ullstein

Das Buch

In nur einem Jahr verändert Stefan sein Leben komplett: Erst macht er sich als Musiker selbständig, dann werden er und seine Frau Lucia Eltern von Terror-Zwillingen und zu guter Letzt wandern sie noch nach Mallorca aus. Vollgepackt mit Ballermann-Klischees zieht Stefan auf die Insel. Ob sein stalinistischer Hauswart Pau, seltsame Gerichte auf der Speisekarte (»Eier Schluss gemacht Schinken«), Touristen aller Couleur oder schräge deutsche Residenten – die Insel ist immer wieder für eine Überraschung gut. Als sich nach einem grausamen Winter auch noch Prude, der Darth Vader unter den Schwiegermüttern, ankündigt, droht das Inselparadies zur Hölle zu werden. Das witzigste Mallorca-Buch aller Zeiten.

Der Autor

Stefan Keller studierte Ökologie und Ökonomie, arbeitete als Krankenpfleger, Sekretärin, Musiklehrer und Manager. 2004 machte er sich als Musiker und Autor selbständig. Seit 2007 lebt er mit seiner Familie auf Mallorca.

www.stevekeller.de

STEFAN KELLER

Papa ante Palma

MALLORCA FÜR FORTGESCHRITTENE

Ullstein

Besuchen Sie uns im Internet:
www.ullstein-taschenbuch.de

MIX
Papier aus verantwortungsvollen Quellen
FSC® C006701

Originalausgabe im Ullstein Taschenbuch
1. Auflage Juni 2011

Umschlaggestaltung und Gestaltung des
Vor- und Nachsatzes: Sabine Wimmer, Berlin
Titelabbildung: Isabel Klett
Satz: Pinkuin Satz und Datentechnik, Berlin
Gesetzt aus der Excelsior
Papier: Munken Print Cream von Arctic Paper Mochenwangen GmbH
Druck und Bindearbeiten: CPI – Ebner & Spiegel, Ulm
Printed in Germany
ISBN 978-3-548-37374-4

für Ana

Eins

»Mallorca …« Der Mann auf dem Sitz neben mir sieht mich an. »Mallorca ist wie eine billige Frau, auf der schon Tausende vor dir drauf waren. Wenn du aber damit klarkommst, dass du nicht der Erste bei ihr bist, ist sie wunderschön«, sagt er mit der gepressten Stimme eines Kettenrauchers.

Damit dreht er sich zum Fenster zurück und verfällt in die gleiche Starre wie zuvor. Mit dem Cowboyhut und dem faltigen Gesicht erinnert er mich an einen Westernhelden aus einem dieser alten Schwarzweißfilme.

Vielleicht war es unhöflich von mir, ihn anzusprechen, während er auf die sich endlos dahinziehenden Wolkenteppiche hinausgeschaut und auf irgendeinem Halm herumgekaut hat, aber lange habe ich es nicht ausgehalten.

»Guten Tag, ich ziehe nach Mallorca, zu meiner Familie«, habe ich überschwänglich zu ihm gesagt, kaum dass die Maschine die Reiseflughöhe erreicht hatte.

Das Verhalten meines Sitznachbarn ist ansteckend. Auch ich verharre reglos, blicke allerdings nicht auf die vorbeiziehenden Wolken, sondern auf den ausklappbaren Tisch in der Rückenlehne des Sitzes vor mir. Die graue Fläche wird nach und nach zum Bildschirm, auf dem einzelne Szenen aus den letzten Jahren aufflimmern. Bis zur Landung in Palma sind es noch gut zwei Stunden, genügend Zeit, um so manches Revue passieren zu lassen.

Gerade mal sechs Wochen ist es nun her, dass meine Frau dieses Jobangebot im Internet gefunden hat.

»Wie wäre es mit Mallorca?«, fragte Lucia mich, als wir abends noch in unserer Kölner Wohnung zusammensaßen, nachdem die Kinder im Bett waren.

»Mallorca? Sehr witzig.«

»Ja, hier suchen sie jemanden in einer Agentur. Das wäre doch was.« Kerzengerade und aufgeregt saß sie vor dem Rechner. »Ich glaube, da bewerbe ich mich mal.«

»Was? Wieso? Ich verstehe nicht! Was sollen wir denn da?« Kopfschüttelnd blätterte ich die Zeitung um.

»Mensch, Steve! Sonne, Strand und Meer, außerdem wollten wir doch immer schon mal in Spanien leben«, Lucias Stimme überschlug sich fast, als sie hinzufügte: »Der Job klingt richtig gut.«

Wie gebannt starrte meine Frau den Bildschirm an. Über die wenigen Meter Distanz konnte ich förmlich spüren, wie ihr spanisches Blut zu sieden begann. »Projektmanagerin in einer Marketingagentur, klingt das etwa nicht gut? Die Kunden stammen übrigens hauptsächlich aus der Nahrungsmittelindustrie.«

»Doch, doch, schon«, nuschelte ich.

Dabei hallte in mir unterdessen etwas ganz anderes nach: Mallorca. Sofort zogen zahllose Bilder an meinem inneren Auge vorbei. Ballermann, Eimersaufen, Pimmelparaden und bierbäuchige Kohorten, die grölend die Inselschönheiten belästigten, dazu Freizeitparks mit Plastiksauriern und leblose, dicke Engländer in Gleitschirmen, die sich von Booten den Küstenstreifen entlangziehen lassen. Als Nächstes schwebten die Köpfe von Jürgen Drews, Dieter Bohlen und Boris Becker vorbei. Männer, die vermutlich die halbe Insel gekauft, sie in ihrer fabulösen Stumpfheit unterjocht und dafür gesorgt hatten, dass man sich ja nicht als Deutscher zu erkennen geben durfte, sofern man nicht in der nächstbesten Paella-Pfanne landen wollte.

»Lass uns lieber nach Ibiza oder Formentera gehen«, schlug ich halbherzig vor. »Dort leben die wirklich coolen Leute. Überall weiße Leinengewänder, Hippie-Märkte, dazu Lagerfeuer-Flamenco-Chill-out, Didgeridoos, Nacktbaden. Das wär's.«

»Klischeehafter geht's wohl nicht.«

»Schon, aber die Klischees müssen ja irgendwo herkommen.«

»Ach, wahrscheinlich wird's eh nichts«, beschwichtigte meine Frau mich, ohne mir richtig zuzuhören.

»Na dann«, grunzte ich und schaute über die Zeitung hinweg in die tiefhängenden lilaschwarzen Schichtwolken, die über dem Dachfenster grummelten.

Okay, es stimmt. Wir haben beide immer schon einen gewissen Sog in die Ferne verspürt. So, wie es an einem zieht, wenn man auf einem Hochhausdach steht und hinunter in die Straßenschlucht blickt. Ein schönes Ziehen ist das. Es entsteht im Magen, wandert langsam den Körper hinauf und kitzelt dabei das Zwerchfell.

Am Anfang unserer Beziehung hatte ich Lucia tatsächlich ein paarmal ins Ohr gehaucht, dass ich irgendwann mit ihr nach Spanien ziehen und sie »nach Hause« bringen würde, wie ich es damals leicht pathetisch formuliert hatte. Aber das war Jahre her und hatte sich ausschließlich auf die Metropolen Madrid und Barcelona bezogen. In Härtefallen vielleicht noch auf Valencia und San Sebastian.

Wieso ausgerechnet jetzt ein Neuanfang, wo eigentlich gar keiner hingehörte? Wir fühlten uns hier in Köln pudelwohl. Vielleicht schon etwas zu wohl. Wenn überhaupt hatten wir uns unmerklich in einen zarten statischen Kokon begeben. Die nicht zu unterschätzende Lebensqualität dieser Stadt, unsere Maisonnette-Wohnung, der stattliche, wenn auch größtenteils kinderlose Freundeskreis, die kinderverrückten Großeltern in Schlagdistanz, das fertige, gut laufende Tonstudio, mit dem ich mir einen langgehegten Traum erfüllt hatte, und last but not least unsere (total anstrengenden) einjährigen Zwillingsmädchen. Gleich mehrere starke Argumente, bestehende Netzwerke zu nutzen und Perspektiven zu schaffen. Neudeutsch: Homing. Alles war geregelt und gerichtet, um sich darin zu aalen und nimmermehr aufzustehen. Damit hatten wir vermutlich genau das, wofür andere sich teeren und federn ließen.

Und jetzt? Noch mal bei null anfangen? Und das alles ausgerechnet im siebzehnten Bundesland, auf der Putzfraueninsel?

Andererseits hatte Lucia mich bisher bei allen Entscheidungen, die ich für mich getroffen hatte, anstandslos unterstützt. Selbst als ich plötzlich meinen gutbezahlten Manager-Job für ein ungewisses Dasein als Musiker hingeworfen hatte. Es wäre also an der Zeit, sich mal zu revanchieren.

Meine Frau hatte zwar einen spanischen Pass, war aber in Deutschland aufgewachsen und immer nur in den Schulferien mit ihren Eltern an die spanische

Nordküste gefahren. Zwei Identitäten. Lucia hatte das Organisationstalent und die Selbstironie einer deutschen Frau und zugleich ein übermäßiges Ehrgefühl und eine manchmal geradezu abartige Gelassenheit, die nur mit der spanischen Sonne und den endlosen Kornfeldern Kastiliens zu tun haben konnte. Sie war deutsch genug, um alles Deutsche an mir nachvollziehen zu können, und spanisch genug, um es oft unbesehen gutzuheißen. An der Grenze zum südlichen Gleichmut sozusagen. Als Deutscher erwartete ich, dass sie meine Art zu denken verstand, war aber durch meine längeren Aufenthalte in Barcelona inzwischen so hispanisiert, dass es mir öfter egal war, wenn es ihr mal egal war. Diese Konstellation funktionierte.

Lucia zeigte sich zudem äußerst wandelbar. Als hippe und luftige Städterin, die in den angesagtesten Läden verkehrte, und stets mit riesigem Freundeskreis unterwegs, mutierte sie im Handumdrehen zur *mama de casa*, sobald irgendwer zu Besuch kam. Dann krempelte sie die Ärmel hoch, band sich eine Schürze um und wirbelte mit riesigen Töpfen durch die Küche, als wäre gerade eine Hundertschaft Gäste in einer andalusischen Bodega eingefallen.

Allerdings bekam dieser spanische Teil in ihr nie wirklich genügend Raum, obgleich sie in Deutschland irgendwie auch davon profitierte. Schließlich ist alles, was mit Spanien zu tun hat, bei uns recht positiv besetzt – mal abgesehen von den Südamerikafeldzügen, der spanischen Inquisition, dem zweiten Irak-Krieg, dem Stierkampf und Julio Iglesias. Die Spanierinnen und Spanier gelten ja gemeinhin als rassig und temperamentvoll, ohne dass sie auch nur einmal den Mund aufmachen müssten. Sie tragen Namen, die wie

Oden an stolze Könige klingen, auch wenn sie auf kein deutsches Klingelschild passen: *Manuel Rodríguez García de la Vázquez* oder *Carmen Luisa Gómez Solana.* Doch vor allem erinnern diese Namen an den letzten Sommerurlaub, als man ganz ohne Socken, mit duftender brauner Haut bis tief in die Nacht vor der Strandbar gesessen und mit Carlos, dem netten Kellner, gewitzelt hat. Wer dieses Gefühl der Leichtigkeit allein mit seinem Namen auslösen kann, ist ein Glückspilz.

Natürlich gehörte es für eine Spanierin wie Lucia auch dazu, auf Partys – ob willens oder nicht – zu den Gipsy Kings (die ja eigentlich Franzosen sind) in den Kreis der rhythmisch Klatschenden auf der Tanzfläche hineinzutanzen und die wilde Flamencosau zu geben, was sie auch fast immer tat. Nur waren das alles gutgemeinte stereotype Assoziationen und Forderungen, die ein echtes spanisches Lebensgefühl nicht ersetzen konnten. Das konnte ich gut nachvollziehen, aber würde sie das ausgerechnet auf Mallorca bekommen? Auf der Touristeninsel, wo die Einheimischen noch dazu einen katalanischen Dialekt sprachen?

Egal, es wird ja eh nichts, tröstete ich mich. Schließlich hatte sie selbst abgewinkt.

Es wurde aber doch was.

Keine vierzehn Tage später fuhr Lucia nach Palma de Mallorca zum Vorstellungsgespräch. Sie bekam den Job sofort und hängte gleich noch ein paar Tage dran, um eine zentral gelegene Wohnung für uns zu suchen. Ihr Chef sagte, in spätestens vier Wochen müsse sie ihren ersten Arbeitstag antreten. Damit blieben mir gerade mal vier Wochen, um alle laufenden Produktionen im

Tonstudio abzuschließen und mit meinem Geschäftspartner Thomas die Ausstiegsformalien zu klären. Außerdem sämtliche Versicherungen, Handy-Verträge und sonstige Mitgliedschaften zu kündigen, aus Vereinen auszutreten, Amtsgänge zu bewältigen, den Umzug zu organisieren, die Kölner Wohnung renoviert zu übergeben und mich von Familie und Freunden zu verabschieden.

Nachdem ich einige Angebote von Umzugsunternehmen eingeholt hatte, die uns jeweils fünfstellige Euro-Beträge nannten – offensichtlich gingen sie davon aus, dass wir jeden Löffel einzeln per Business Class übersetzen lassen wollten –, entschied ich mich für ein sehr günstiges, eher kleines Unternehmen aus Brandenburg.

Termine wurden von rechts nach links geschoben. Ich koordinierte Handwerker, die Hausverwaltung, Nachmieter, eBay-Käufer und Schrotthändler. Alles war auf die Minute getimt, trotzdem klappte es am Ende nicht ganz: Lucia musste mit den Kindern vorfahren und vor Ort einen Babysitter engagieren, bis ich eintraf.

Ein Umzug mit Zwillingen im Alter von knapp vierzehn Monaten ist ehrlich gesagt kein Spaß, schon gar nicht, wenn es ins Ausland geht. Aber er bot auch einen willkommenen Anlass zur Inventur, um die Habseligkeiten, die man sinniger-, vor allem jedoch unsinnigerweise über die Jahre angehäuft hat, auszusortieren und auch mal emotional rein zu machen. Ob Sammeln und Aufbewahren nun die richtige Strategie ist, um sich selbst immer wieder Zeugnis darüber abzulegen, dass man gelebt hat, muss jeder für sich entscheiden. Wenn man allerdings wie ich mit Mitte dreißig noch

Jaxon-Kreide-Bilder findet, auf denen halslose Männchen mit riesigen Händen vor einem Haus in der Luft schweben und »Hallo, Oma!« rufen, sollte man sich eventuell eingestehen, dass alles irgendwann ein Ende hat. Auch die eigene Jugend – spätestens wenn man selbst Vater ist.

»Guten Tag, hier spricht Ihr Kapitän. Ich begrüße Sie herzlich auf unserem Flug von Köln-Bonn nach Palma de Mallorca.«

Die tiefe, sonore Stimme des Piloten reißt mich aus meinen Gedanken, und ich werfe meinem Nebenmann einen Blick zu. Er hat inzwischen die Lehne seines Sitzes nach hinten gestellt.

»Wir haben gerade Deutschland verlassen und …«, fährt der Flugkapitän mit seinem Bericht aus dem Cockpit fort, doch ich höre ihm schon gar nicht mehr zu.

Tja, dann zähle ich ab jetzt wohl offiziell zu den über zwanzigtausend Auswanderern, die Deutschland in Richtung Mallorca verlassen und ihre Zelte dort aufgeschlagen haben, denke ich, während mir langsam die Augen zufallen. Eigentlich weiß ich über die Insel gar nichts. Bei dem leicht zerfransten, überalterten Reiseführer, den ich noch schnell für zwei Euro aus einem Antiquariat mitnahm, bin ich über die frühgeschichtlichen Einstiegsinfos nicht hinausgekommen. Und selbst die habe ich komplett vergessen. Einzig die Tatsache, dass Mallorquiner sich als geschickte Steinschleuderer in karthagischen und später römischen Heeren hervortaten, ist mir in Erinnerung geblieben. Beim schnellen Googeln poppte dafür sofort eine beunruhigende Zahl auf: zehn Millionen Touristen pro Jahr. Davon fast vier Millionen aus Deutschland. Vielen werde ich dort vermutlich begegnen. Wie oft hörte ich den Satz, dass sich allein halb Köln auf den Balearen herumtriebe.

Ohnehin ist Köln an allem schuld. Früher hat es gereicht, wenn einer auf dem Schulhof mit einer Selbstgedrehten im Mundwinkel sagte, er sei am Wochenende in Köln gewesen. Sofort sahen ihn die anderen aus der kleinen, verschworenen Stehrunde ehrfürchtig an. Ob er mit seiner Mutter da war, um neue Schuhe zu kaufen, oder mit Freunden in einer Table-Dance-Bar, musste nicht weiter erörtert werden.

Vielleicht wollte ich als Bonner, nachdem ich Geographie in Münster studiert hatte, dem Mythos Köln bloß endlich auf die Spur kommen und herausfinden, was an dieser Überhöhung dran war. Jedenfalls zog ich kurz entschlossen in die Nähe des Rudolfplatzes, zusammen mit Jörg, einem eher unauffälligen Juristen aus meinem entfernteren Bekanntenkreis, der damals zufällig ebenfalls nach Köln wollte, um seine Doktorarbeit zu schreiben. Etwas fahrlässig von mir, wie sich bald herausstellen sollte.

Jörg schnitt die Wurst millimetergenau auf die Brotkante zu, versah seine Lebensmittel im Kühlschrank mit Aufklebern und sprach, wenn überhaupt, nur in Fußballerzitaten. Erkundigte ich mich nach dem Stand seiner Arbeit, sagte er zum Beispiel: »Zu fünfzig Prozent haben wir es geschafft, aber die halbe Miete ist das noch nicht.« Fragte ich dagegen nach seinem nächsten Kurztrip, lautete die Antwort selbstverständlich: »Mailand oder Madrid, Hauptsache Italien.«

Ich war also mit einem Außerirdischen in eine WG

gezogen. Jetzt brauchte ich nur noch einen Job. Beim Arbeitsamt teilte mir die zuständige Sachbearbeiterin mit, dass sie sich nicht in der Lage sehe, mich trotz meiner sehr respektablen Universitätsabschlüsse zu vermitteln.

»Neeeh, dat glöv isch nit, dot se do jet krijen. Wat könne se denn noch?«, fragte sie.

»Musizieren und Spanisch.«

»Spanisch? Mommänsche mo! Do hat isch jet!« Die Frau zog eine Karteikarte aus einem der vielen Plastikkästen auf ihrem Schreibtisch. »He isset, Sekretärin beim Deutsch-Spanischen Funkhaus!«

»Sekretärin?«, wiederholte ich ungläubig.

»Für vier Monate, rischtisch. Heh steht et: nur mit Spanischkenntnissen! Und? Wär dat wat?« Die Frau sah mich lange an und tippte mit drei Fingern im Galopp auf die laminierte Tischplatte.

Selbstverständlich würde ich ihn nur annehmen, um mir finanziell ein bisschen Luft zu verschaffen, bis ich etwas anderes gefunden hatte. »Dat wär wat«, sagte ich, nahm die Karteikarte mit der Adresse samt Ansprechpartner und ging.

Als ich noch am selben Tag das vielstöckige Gebäude des Funkhauses im Kölner Süden betrat, wusste ich natürlich nicht, dass ich gleich hinter der ersten Tür, an die ich im vierzehnten Stock klopfte, die Mutter meiner ungeborenen Kinder treffen würde. Das wusste ich allein deshalb nicht, weil meiner Überzeugung nach die Mutter meiner ungeborenen Kinder Katrin hieß, gerade fünfzig Kilometer weiter westlich in einer Schule unterrichtete und ganz nebenbei seit acht Jahren mit mir zusammen war. Die kleine Beziehungskrise, bei der es um Katrins drängenden, für mich dagegen eher unpassenden Kinderwunsch ging, würden wir sicher überstehen, wie so vieles andere zuvor. Davon war ich überzeugt.

Auf der Suche nach dem Büro eines gewissen Herrn Nada, mit dem ich die Einstellungsformalitäten zu klären hatte, klopfte ich also sachte an.

Die Tür öffnete sich prompt, und ein kleiner Kopf schaute heraus, das Gesicht von der gleichen Mischung aus Genervtheit und Neugier gezeichnet, die man sonst nur von Backenhörnchen im Wildpark kennt. Die junge Frau hatte einen riesigen Kopfhörer auf. Einer von diesen alten grauen, die auf Flohmärkten zwischen ausgemusterten Kindergummistiefeln, Feldstechern und benutzten Pfeifenköpfen liegen.

»Ja?«, sagte sie viel zu laut.

»Ich …« Mein Gott, was hat sie bloß für Augen. »Ich, äh …« Sie leuchten in allen Schattierungen eines kanadischen Herbstwaldes. Von grün über ocker bis zu einem hellen Rotbraun.

»Ja?«, wiederholte sie und klappte eine der Ohrmuscheln nach oben.

»Ich suche jemanden«, stammelte ich. Ihr Mund ist sinnlich, irgendwie frech, und hebt sich von den strengen hohen Wangenknochen ab, die ihr etwas von einer russischen Ballerina geben.

»Ja und wen?«

»Na, Herrn Nada.« Ihre Augenbrauen sind derart geschwungen, dass ihr Gesichtsausdruck wie eine permanente Frage an die Welt wirkt. »Ich soll mich da vorstellen.« Mein Gott, wenn sie die Tür doch nur ein kleines bisschen weiter öffnen würde, damit ich sehen könnte, ob untenherum irgendeine böse Überraschung auf mich wartet.

»Hm, dann komm mal mit.« Sie legte den Kopfhörer ab und trat auf den Gang hinaus.

Kleine, feste Brüste und ein perfekter Apfelpo. Hart, aber nicht flach. Viel zu perfekt für mich. Und zu anstrengend. Bei dieser Frau muss ein Mann sicher gegen Heerscharen von Verehrern ankämpfen, die vermutlich riesige Herzen aus roten Rosen vor ihrem Balkon ablegen, mit ihr im Hubschrauber über die Ardennen fliegen oder sie mit ans Set nehmen. He, was sollen diese Spekulationen?, ermahnte ich mich. Ich war schließlich vergeben.

Sie führte mich durch die verwinkelten Gänge der Redaktion bis zu einem Büro, auf dem »F. Nada – Chefredakteur« stand. Artig wie ein Schuljunge war ich ihr gefolgt und dank ihr schon vor dem Gespräch mit diesem Herrn Nada leicht verwirrt. Die Tür stand offen, hinter dem Schreibtisch saß ein freundlich wirkender, glatzköpfiger spanischer Opa.

»*Oye, aquí está el chico preguntando por el trabajo*«, rief sie in den Raum, was so viel bedeutete wie: Die neue Sekretärin ist da.

»Gut«, sagte der Opa und winkte ab.

Ein letzter Blick. Sie lächelte und ging. Nun musste ich schnell das Programm wechseln. Vom butterweichen, sabbernden Trottel zur knallharten Sekretärin, die unbedingt den Job wollte.

»Jaaa, Herr Nada«, rief ich möglichst kompetent vom Türrahmen zu ihm hinüber, bereit, im Stechschritt auf den Opa loszustürmen und ihm die Hand zu schütteln.

»Mada!«, unterbrach er mich sofort.

»Also, äh, Herr Nada, ich war heute beim Arbeitsamt, und da …«

»Mada! Ih cheisse Mada!«

»Ich verstehe nicht ganz. Ich sollte mit einem gewissen Herrn Nada … äh Mada … » Bemüht unauffällig, damit der Alte es nicht als Affront werten konnte, bog ich den Oberkörper nach hinten, um aus den Augenwinkeln noch mal das Schild zu lesen, das vor der Tür angebracht war. Da stand eindeutig »Nada«. Entweder litt der Mann an Demenz, oder ich hatte seinen Namen falsch ausgesprochen, oder das »N« war ein Druckfehler. Die hübsche Spanierin hatte schließlich auch ganz normal reagiert, als ich sie nach Herrn Nada gefragt hatte. Ich entschied schnell: Der Alte war dement.

»Nun, Herr Nada. Ich wollte mich bewerben.«

»Mada! Ih cheisse Mada. Komme Esieh cherrein uns esließen Esieh die Ture.«

Ich tat wie befohlen und setzte mich. »Okay, angenommen Sie sind nicht Herr Nada, sondern Herr Mada, richtig?«, sagte ich im Tonfall eines Fernsehseelsorgers.

»Richtig!«, bestätigte er.

»Was ist dann mit Herrn Nada passiert, und warum sitzen Sie in seinem Büro, Herr Mada?«

»Nada isst nisst da!«

»Gut, Sie sind Mada und da. Wann ist denn der Nada da?«

Ich machte mich auf alles gefasst. Eigentlich erwartete ich, dass der Mann kurz mit dem Kopf unter dem Tisch verschwinden, mit einem leicht veränderten Gesichtsausdruck und einem kleinen, bunten Hut wieder hochschnellen und sagen würde: »So, Nada isst jez da!«

Stattdessen sagte er: »Sehe Esieh, ih bin Mada. Nada

isst nisst da. Solange Nada nisst da, bin ih, Mada, Nadas Estellverrtreta.«

Mir wurde es langsam zu bunt. Was sollte das? Ich wollte nur einen einfachen Job als Sekretärin. Das war doch wirklich nicht zu viel verlangt. Wenn der Kerl hier mir blöd kommen wollte, bitte. Das konnte ich auch.

»Gut, Herr Mada, wenn Sie nicht Herr Nada sind, dann gehen wir doch mal in die Bar da. Und da oben auf Ihrem Kopf, da war doch ma Haar da.«

Der Spanier sah nach unten, nahm seine Brille ab, kniff die Lider zu und rieb eine Weile mit Daumen und Zeigefinger darüber. Dann fragte er sehr leise und leicht gequält: »Was wolle Esieh?«

»Ich will doch nur den Job als Sekretärin!«, sagte ich.

Er hob langsam den Kopf, öffnete die Augen, die sich im Bruchteil einer Sekunde scharf stellen mussten, nahm die Brille an beiden Bügeln und setzte sie sich akkurat auf die Nase. »*Bueno pues*, Esieh chaben ihn.«

»Danke, Herr Mada!«

»De nada«, sagte Herr Mada.

Bereits am nächsten Morgen war mein erster Arbeitstag, und als ich im Flur vor dem Spiegel meine Garderobe überprüfte, musste ich wieder an die hübsche Spanierin denken. Wie sie da mit dem riesigen Kopfhörer in der Tür gestanden und mich angebrüllt hatte. Oder wie anmutig und sexy sie vor mir zu Herrn Nadas Büro gelaufen war. In der Erinnerung erschien sie mir so makellos, dass ich mir plötzlich nicht mehr sicher war, was davon ein Trugbild, ein Wunschkonzert und was Realität war. Doch warum sollte ich mir irgendeine Frau schönreden? Aus meiner Sicht hatte ich eine solide Beziehung. Immerhin solide, aber eben auch nur noch solide.

Dann dachte ich kurz an Herrn Mada und daran, wie er mich nach unserem bizarren Gespräch überraschend umarmt hatte, wobei ich die vielen braunen Altersflecken auf seiner Glatze hatte sehen können.

Mein Mitbewohner Jörg, der mich von seinem Schreibtisch aus durch den Türspalt bei meinem Kampf mit der Krawatte beobachtete, rief: »Man muss auch mal über den Kampf zum Spiel finden. Das Unmögliche möglich zu machen wird ein Ding der Unmöglichkeit.«

»Ich hab vom Feeling her ein gutes Gefühl«, antwortete ich nur und zog die Tür hinter mir zu.

Kurz darauf irrte ich erneut im zwanzigsten Stock der riesigen Radiostation durch die Gänge, doch diesmal fand ich Herrn Nadas Büro, ohne jemanden fragen zu müssen. Die Tür zum Vorzimmer, meinem neuen Arbeitsplatz, stand offen. Richtig, ich war nun eine echte Vorzimmerdame.

Der Raum war durch einen Durchgang mit Herrn Nadas Büro verbunden, hatte aber auch einen eigenen Eingang vom Flur aus. Mein Blick fiel auf zwei aneinandergeschobene Schreibtische, auf denen jeweils ein Computerbildschirm, ein großes Kalenderblatt im Plastikmantel, ein Taschenrechner mit LED-Anzeige und eingelegter Papierrolle, ein Locher und eine Stiftbox standen. In einer Ecke surrte ein Faxgerät, das den vorhandenen Sauerstoff innerhalb weniger Stunden sicher komplett aufzehren würde. Daneben stand ein Ficus im Granulatbad, und natürlich fehlte auch die röchelnde braune Filterkaffeemaschine nicht. Sie stand auf dem Kühlschrank, in dem die Redakteure ihre Snacks aufbewahrten. Gekrönt wurde das Ambiente durch einen braunen Teppich, der über genügend elektrostatische Ladung verfügte, um einen beim nächsten Kontakt mit einem der vorhandenen Geräte oder einem Händeschütteln rückwärts aus dem Fenster zu katapultieren. Einzig ein riesiges Poster von King Elvis und ein abgeschlossener spindartiger Schrank zwischen den Aktenschränken stachen aus der Standardeinrichtung hervor.

An einem der beiden Tische saß eine kleine, untersetzte Frau Mitte vierzig mit kurzen pechschwarzen Haaren und runden Augen.

»Ahhh!«, sagte sie, »Ih chabe shon geört, dass eine Mann kommt alse die neue Esekretärin. Aber du biss eso egroß. Mein Gott.« Dabei betonte sie »egroß« und »Gott«, indem sie die beiden Wörter beinahe eine Oktave höher intonierte und zugleich das Gesicht verzog, als hätte sie gerade etwas sehr Ekelhaftes gesehen, oder etwas sehr Geiles – aber das ist ja meist ein und dasselbe. »Ih bin Inés, aus Valencia. Wir arweite jez ezusamme. Hnnn.«

»Was machen wir hier eigentlich genau? Ich meine, woraus besteht die Arbeit?«, fragte ich.

»Oche, iss ganss einfach. Hnnn.« Inés stand auf und schlenderte gemütlich zu dem Spind hinüber. »Wia musse nur Gehälta von die Redakteurre buchen. Hnnn.«

Dieses »Hnnn« ging mir jetzt schon gewaltig auf den Sack.

Sie schloss den Spind auf. Auf der rechten Seite baumelte an einem Kleiderbügel ein paillettenbesetzter weißer Einteiler mit ausladendem Stehkragen. Ganz eindeutig war das ein Elvis-Kostüm. Auf der oberen Ablage konnte ich sonst nur Kleinkram wie ein paar Teepackungen, Zuckerwürfel und einige Plüschtiere ausmachen. Inés kramte nach einer bestimmten Sorte Tee.

»Du bist Elvis-Fan, was?«, fragte ich.

»Hnnn«, sagte Inés, kippte zurück auf die Fußballen, schloss den Spind ab, schlenderte zum Tisch und setzte sich mir gegenüber hin. »Ih trete ejedäs eJarr auf, benn die Beinachsefeier is. In Elvis-Köstum. Hnnn.«

»Ich pack's nicht«, rief ich. »Du willst mir also erzählen, dass du bei der Weihnachtsfeier vor der versammelten Belegschaft den hier machst?« Ich sprang auf, stellte mich glucksend in die Mitte des Büros und fing an, das Becken in ausladenden, immer breiter werdenden Kreisen herumzuwirbeln.

»Du bisse essu esteif, hnn.« Inés lachte.

Kurz darauf hörte ich einen lauten Schlag, gefolgt von einem spürbar eiskalten Luftzug am Hinterkopf.

»*Qué pasa aqui?* Weh essin Esieh? Was emacken Esieh ier? *Coño!*«

Hinter mir war die Durchgangstür zum Büro des Chefredakteurs aufgeflogen, und im Türrahmen stand ein schmerbäuchiger Mann um die fünfzig mit winzigen, in den Kopf gedrückten schwarzen Augen hinter einer Brille mit Goldrahmen. Der Mund sah aus wie ein Strich, den ihm jemand mit einer Klinge ins Gesicht geschnitten hatte, war aber dennoch groß genug, um zwei erstklassigen Schaumecken ein Zuhause zu geben. Die Haare waren etwas länger, angegraut und in der Konsistenz sehr drahtig, so wie diese Schwämme, mit denen man Speisereste aus Töpfen kratzt. In der einen Hand hielt er einen Stapel Papier, mit der anderen gestikulierte er wild durch die Luft, weshalb mein Blick prompt auf die riesigen Schweißflecke unter seinen Achseln fiel.

»*Hola, Señor Nada*«, sagte Inés wie eine geprügelte Hündin und rollte mit dem Stuhl sofort wieder an ihren Schreibtisch heran.

»*Soy Steve, la nueva secretaria* – ich bin Steve, die neue Sekretärin«, antwortete ich und hoffte damit das Eis zu brechen.

»Komme Esieh in mein Buro, jezzz!«, brüllte Herr Nada.

Ich folgte ihm wortlos.

Er schloss die Tür zum Vorzimmer und setzte sich hinter seinen Schreibtisch. »Höre Esieh, wi chaben ein Prowlem.« Herr Nadas Stimme wurde leiser. »Die espanisse Redacionn wird eschlißen bald. Noc drrei Monate, dann isst geslossen. Bitte esreiwe Esieh die Eseugnisse der Mitarweita.«

»Bitte?«, fragte ich verwirrt. »Das ist mein erster Tag. Ich kenne hier doch überhaupt niemanden.«

Herr Nada machte eine abfällige Handbewegung. »Isst egal. Esreiwe Esieh drei, vier Essäze. Fertik«, schlug er vor und widmete sich demonstrativ einem Aktenordner.

Wie angewurzelt blieb ich vor Nadas Schreibtisch stehen.

»Isst noch was?«, fragte er mit einem kurzen Blick zu mir, »Esieh könne gehe.«

»Gut«, erwiderte ich und verließ nachdenklich das Büro. Drei Monate also. Dann war Schluss. Das hatte mir vorher keiner gesagt. So lange wollte ich sowieso nicht bleiben, aber was würden die Mitarbeiter dazu sagen?

Im Vorzimmer sah Inés mich erwartungsvoll an, weshalb ich ihr meine verzwickte Lage erklärte. »Wie kann er das emachen, du kennst die Mitaweita nisst, und viele arweite seit funfezehn Jarre hier, hnnn.« Sie faltete die Hände und schaute eindringlich zur Decke. »Okay, ih chabe eine Idee. Du esreiwst alle Mitaweita de espanisse Redacionn an und esagst, dass esieh esollen eselbst esreiwen ihre Eseugniss.«

Das überzeugte mich. Ich formulierte also eine E-Mail an alle fünfundzwanzig betroffenen Mitarbeiter, sie mögen sich ihr Arbeitszeugnis bitte selbst schreiben und es mir anschließend übergeben. Ich würde dann dafür sorgen, dass Herr Nada seinen Otto daruntersetzte.

Kurz darauf kam die junge Spanierin herein, um sich einen Kaffee zu holen.

»Ah, sie haben dich also wirklich genommen?«, sagte sie, als sie mich sah. »Ich bin übrigens Lucia.«

Sie war noch hübscher als in meiner Erinnerung. Das war besorgniserregend, denn normalerweise waren die Frauen in meiner Erinnerung den Originalen deutlich überlegen.

»Steve«, sagte ich und wollte gleich ausholen, um ihr zu erzählen, dass ich ja nur das Geld brauchte und eigentlich gerade von der Uni käme, vermutlich also eine ganz gute Partie sei, irgendwann. Doch warum sollte ich mich für den Job rechtfertigen oder gar vor ihr glänzen wollen? Wem nützte der Affentanz? Ich konnte getrost das bleiben, was ich war: die einzige männliche Sekretärin im ganzen Sender. Und eine verdammt gute dazu.

»Ach, übrigens, wo du gerade da bist, könntest du dir vielleicht selbst ein Zeugnis schreiben? Señor

Nada hat es mir aufgetragen.« Ich versuchte möglichst nüchtern und dienstbeflissen zu klingen.

Lucia stockte. »Äh ... okay, mache ich«, sagte sie überrascht, da ich auf ihr Schäkern nicht einging, und verließ das Büro mit einem verdutzten Blick.

Ich wurde das Gefühl nicht los, dass ich gepunktet hatte.

»Esieh isst hübsch, hnnn?«, fragte Inés grinsend, nachdem Lucia aus der Tür verschwunden war.

»Ja, das ist sie«, gab ich zu. Wie hatte sie nur gemerkt, dass mir etwas an Lucia lag?

»Vergiss esieh!«, schoss meine Kollegin hart, aber herzlos hinterher und tippte weiter Gehälter in den PC. »Alle finden Lucia etoll. Das isst nur ein Nebenjob. Esieh estudiert an der Uni«, fügte Inés erklärend hinzu, ohne den Blick vom Blickschirm abzuwenden. »Aber du ekommst essu espät. Esieh chat einen Freund. Er leitet eine große Autohaus.«

»Na, dann ist ja gut«, schnaufte ich.

Gar nichts war gut, denn Lucia ging mir nicht mehr aus dem Kopf – Autohaus hin oder her. Und es wurde täglich schlimmer.

In den folgenden Wochen buchte ich Gehälter, bis mir die Eingabemasken zu den Ohren rauskamen, während Inés mich ständig wegen ihres missratenen, siebzehn Jahre alten Sohnes Denis um Rat fragte. Einzig die Hoffnung, Lucia würde mal wieder vorbeischauen, hielt mich am Leben. Nach und nach flatterten auch die ersten Zeugnisse auf meinen Schreibtisch, die meisten waren drei bis vier Seiten lang. Ich sammelte sie, bis ich einen kleinen Stoß zusammenhatte, dann klopfte ich zufrieden an Herrn Nadas Tür und überreichte sie ihm feierlich. Er war sichtlich überrascht, dass ich in so kurzer Zeit so viel geschafft hatte, und nahm sie wortlos entgegen. Ich empfahl mich höflich, schloss die Tür und setzte mich wieder an meinen Platz.

Ein paar Minuten später drangen aus Herrn Nadas Büro die seltsamsten Laute zu uns ins Vorzimmer. »Ohooo« oder »Joerrr« oder »Nooo«, manchmal sogar »Tsss« und »Huiii«.

Inés sah mich orakelhaft an. Sie schien etwas zu ahnen.

Dann flog die Tür zu Herrn Nadas Büro wie in einem Saloon auf, und er stand breitbeinig im Türrahmen, in der einen Hand einen roten Edding, in der anderen einen losen Blätterhaufen mit wilden Markierungen, Kommentaren und sehr großen x-artigen Gebilden. Kein Zweifel: Es handelte sich um die Zeugnisse. Die Pupillen des Chefredakteurs waren von der ganzen Aufregung geweitet, und als wollte er noch bedrohlicher erscheinen, stellte er sich auf die Zehenspitzen. Er schäumte förmlich über vor Wut. Vor allem in den Mundwinkeln.

»Diesse Unde, was erlauwe esieh esiss! Ih chabe diesse Unde vor viele Jahre von de Strasse ge-olt. Ih! Konnte kein Deutss, konnte nix! Und jez läääse ih diesse Eseugniss und esieh tue eso, als wäre esieh eselwst Chefe, *joder*!«, brüllte er.

Mit »Unde« meinte er offensichtlich seine Mitarbeiter.

»Alles estreiche, alles neu. Drei Essäze, *nada más*. Muss cheiße: Señor X at gearweitet von danne bis danne, wir wunschen alles Gute, fertik!« Herr Nada zog die Tür mit einem lauten Rums zu und war verschwunden.

Ich sah Inés an, die abwesend auf ihren Tischkalender starrte. »*Cabrón*, viele chabe ier uber funfzehn Ejarre gearweitet.«

»Warum redet Señor Nada eigentlich immer deutsch?«, fragte ich.

»Weil er die Deutsen fur gebildet und kultiviert ält. Un alle Espanier fur ihn Unde sind.«

Da kam Lucia herein. »Was ist denn hier passiert? Ist jemand gestorben?«

»Nichts«, sagte ich, »bloß ein kleines Problem mit den Zeugnissen.«

»Apropros, ich habe dir meins mitgebracht.« Damit legte sie mir ein mehrseitiges Manuskript auf die Schreibtischkante.

Ich sah Lucia genau an. In den letzten Tagen war sie häufiger zu uns ins Vorzimmer gekommen, angeblich weil sie irgendwelche Akten suchte, und nicht ein einziges Mal hatte sie das Büro ohne eine provokante Bemerkung in meine Richtung verlassen. Doch ich war stets äußerlich ruhig geblieben. Hatte mich nicht darauf eingelassen. Selbst wenn ich hätte kontern wollen, mir wäre beileibe nichts eingefallen. Dafür wühlte diese Frau mich viel zu sehr auf, machte mich irgendwie nervös und sprachlos.

Einmal hatte ich sie in einem der zahlreichen Gänge gestellt und gefragt, ob wir mittags zusammen in der Kantine essen gehen wollten, so von Kollege zu Kollegin. Was war an Bohneneintopf und Kassler schon verfänglich? Doch Lucia watschte mich augenblicklich ab, indem sie an fünf Bürotüren klopfte und alle darin befindlichen Redakteure einlud, mit ihr und »dem Neuen« in die Kantine zu gehen. Am Ende waren wir zwölf Personen, und Lucia war durch einen fünf Meter langen Tisch von mir getrennt.

»Ich kann dir gleich sagen, dass der Chef dein Zeugnis zusammenstreichen wird«, warnte ich sie und griff nach dem Papier. »Aber ich schaue mal, was ich machen kann.« Dann lächelten wir uns an. Zum ersten Mal gleichzeitig.

»Danke, Man in black«, sagte Lucia.

»Man in black?«, fragte ich.

»Ja, seitdem du hier arbeitest, hast du jeden Tag schwarze Sachen an. Ist das 'ne Phase, oder so?«

»Ja, aber nicht von mir, sondern von meiner Waschmaschine. Die ist nämlich kaputt.«

Das war der einzige lauwarme Scherz, den ich in den drei Monaten im Sender machte. Doch er reichte, um Lucia zum Lachen zu bringen, und bewegte sie dazu, mir an unserem letzten Arbeitstag ihre Mailadresse auf den Handteller zu schreiben. Ein Schritt, der unser beider Leben für immer verändern sollte.

Als ich Herrn Nada Lucias ausführliches Zeugnis mit der Bitte überreichte, in diesem Fall ein wenig Milde zu zeigen, schnalzte er nur mit der Zunge. Beschwingt ließ er das Zeugnis in eine der Schreibtischschubladen gleiten und sagte: »Keine Esorge, ih kummere mih personlich darum, Eschinken- oder Käse-Sandwich?«

»Wie bitte?«, hüstele ich verpennt und öffne die Augen einen Spalt breit.

»Möchten Sie lieber ein Schinken- oder ein Käse-Sandwich«, fragt die Stewardess mich noch einmal mit geduldigem Lächeln. Ihr Gesicht befindet sich nun direkt vor meiner Nase.

»Ach so, Käse bitte.« Ich setze mich aufrecht hin und klappe den kleinen Tisch herunter.

Der Cowboy neben mir nimmt Schinken.

»Was möchten Sie trinken?«, fragt die Stewardess nun.

»Einen Orangensaft, bitte«, sage ich und grinse sie verliebt an.

Dabei denke ich, dass das Bordpersonal bei den Billig-Airlines nicht ganz so gut aussieht wie bei den teuren. Aber es ist mir egal, denn heute könnte ich die ganze Welt umarmen. Schließlich bin ich in knapp eineinhalb Stunden bei meinen Liebsten, und das ist das Wichtigste. Zudem freue ich mich mittlerweile doch ein bisschen auf die Insel. Laut Internet gibt es nämlich auch noch das »andere Mallorca«, womit vermutlich die einzigartige Natur sowie das beeindruckende Kulturangebot jenseits der Küstenorte gemeint sind.

Zwei

Kaum habe ich das Sandwich und den Saft verputzt, holen mich die Erinnerungen an die Anfangsphase mit Lucia wieder ein. Ich werfe meinem Nebenmann ein zufriedenes Grinsen zu, um gleich darauf wieder in der Vergangenheit zu versinken.

Zwei Tage nach Beginn des neuen Millenniums schrieb ich Lucia eine Mail mit einem kurzen Gruß und vielleicht noch einer spöttischen Bemerkung über den ausgebliebenen Computercrash. Das war's. Die Antwort, die nicht lange auf sich warten ließ, war knapp und keck.

Damit war der Anfang gemacht, eine Salve E-Mails folgte der nächsten. Es waren Hunderte. Wir schrieben uns Geschichten, Witze und manchmal auch nur ein einzelnes Wort. Die Textzeilen wurden mit der Zeit offener, tiefer und immer zweideutiger. Wie bei einem Gentlemen's Agreement bewahrten wir Stillschweigen über die Beziehungen, in denen wir beide nach wie vor steckten. Doch das Tempo, mit dem wir uns zueinander vorgruben, ließ keinen Zweifel daran, dass hinter uns bald etwas einstürzen würde. Oder über uns.

»Der Ball ist noch heiß«, sagte Jörg, als ich ihm davon erzählte.

Nach acht Wochen kannte ich Lucia besser als viele

meiner alten Freunde. Zumindest glaubte ich das. Sie überraschte mich mit einem burschikosen Sinn für Humor, den ich angesichts ihrer zarten Erscheinung nicht für möglich gehalten hätte. Lucia erschien mir wie die eierlegende Wollmilchsau, der Sonntagsschuss, der Sechser im Lotto mit Zusatzzahl. Schön, belesen, zart, deftig, bescheiden, sportlich und witzig. So etwas gab es nicht. Nicht auf diesem Planeten.

Irgendwann forderte ich ein Date ein, als wäre es das angestammte Recht eines gebundenen Mannes. Wer sich täglich Geschichten schrieb, hatte sich näher kennenzulernen, von Angesicht zu Angesicht. Auch wenn wir damit Gefahr liefen, dass der Zauber des Indirekten, des Unverbindlichen und Ausgedachten einer Realität wich, die womöglich mit einem Streit über unverschlossene Zahnpastatuben anfing und mit gesplitteten Freundeskreisen aufhörte.

Da Lucias Antwort auf sich warten ließ, fragte ich Jörg um Rat.

»Alles hängt zusammen«, orakelte er nur. »Wenn du dir ein Haar am Hintern ausreißt, tränen dir die Augen.«

Ich verstand bloß Bahnhof. Dann, nach vier Tagen, kam endlich die ersehnte E-Mail. Ich konnte Lucias Zähne beim Verfassen der Zusage förmlich durch die Lautsprecherboxen meines Computers knirschen hören. Zu offensichtlich war ihre Angst, in Schwierigkeiten zu geraten. Gerade erst hatte der Autohausmann Ruhe in ihr Leben gebracht. Und nun war ich im Begriff, wieder alles durcheinanderzuwirbeln.

Wir trafen uns schließlich in einer Bodega am Friesenplatz. Als Mitbringsel hatte ich für Lucia alle unsere bisherigen E-Mails ausgedruckt und überreichte ihr ein Buch von fast zweihundertfünfzig Seiten. Ich hatte es *(S)pain* genannt. Mit diesem Titel, für den ich einen ganzen Vormittag gebraucht hatte, glaubte ich sowohl meiner Bewunderung als auch meinem Leiden gebührend Ausdruck zu verleihen.

»Danke«, sagte Lucia und betrachtete den Papierberg in ihrer Hand.

»Gern«, erwiderte ich nur.

Sie sah einfach umwerfend aus in dem federleichten, verspielten Oberteil eines Designers aus Barcelona, der Schlaghose aus hellbraunem Kord und den Lederstiefeln, die dem legeren Outfit einen Schuss Eleganz verpassten. Natürlich war es bizarr, dass wir uns zum ersten Mal wirklich gegenübersaßen, während unser Innenleben auf einem Stapel Papier zwischen uns lag. Bizarr, aber keineswegs ernüchternd. Wir brauchten auch keine Anlaufphase, sondern machten einfach da weiter, wo wir am Bildschirm aufgehört hatten. Nur bekam ich diesmal Lucias Augenaufschlag und ihr Lachen frei Haus, anstatt es mir vorstellen zu müssen. Das war unbezahlbar.

Es gab kein Zurück mehr. Selbst die Tatsache, dass nach einer Stunde urplötzlich Lucias Freundin Susi, die sie für einen eventuellen katastrophalen Verlauf des Abends als Notausgang gebucht hatte, an unserem Tisch stand, konnte nichts daran ändern: Ich war bis über beide Ohren in diese hübsche Spanierin verknallt.

Vier Monate später hatten wir uns unter einigem Getöse von unseren Partnern getrennt und zogen zusammen in eine Maisonnette-Wohnung in Köln-Mühlheim. Lucia machte ihren Magister in Romanistik und landete schließlich in einer Kölner Werbeagentur.

Ich hingegen entschied mich für ein Aufbaustudium in BWL und bekam prompt einen Job in einer multinationalen Unternehmensberatung. Wenn sich der Vorstandsvorsitzende der Firma einmal pro Monat mit einer E-Mail aus den USA meldete, prangte oben links in dem Fenster immer sein digitales Passbild mit dem Gewinnerlächeln. Das Unternehmen schickte mich auf Dienstreisen und zu Managerseminaren, wo ich gemeinsam mit anderen Erwachsenen Rollenspiele, Übungen in Hochseilgärten und Schnitzeljagden über mich ergehen ließ. Ich fühlte mich in der Branche so gut aufgehoben wie ein Schaumkuss in der Mikrowelle.

Es war nur eine Frage der Zeit, bis ich die Schnauze voll hatte, und je länger ich dort arbeitete, desto kühner wurden meine Alternativpläne. Einmal waren Lucia und ich sogar kurz davor, nach Barcelona zu ziehen – einfach so, ohne Job und doppelten Boden. Aber dann traf ich Thomas, einen alten Schulfreund, auf einer Party. Er hatte gerade seine Ausbildung zum Toningenieur beendet und war wie ich ein erfahrener Musiker, der sich mit dem Thema Marktwirtschaft auskannte. Das passte. Gemeinsam eröffneten wir ein Tonstudio im Kölner Süden, und Spanien blieb, wo es war: irgendwo hinter den Pyrenäen.

»Meine sehr geehrten Damen und Herren, Ihr Kapitän meldet sich wie angekündigt noch einmal mit einigen interessanten Infos aus dem Cockpit.«

Die knarzende Stimme des Piloten holt mich erneut in die Gegenwart zurück, und ich versuche, über den Cowboy hinweg einen Blick aus dem Fenster zu werfen. »Wir überfliegen gerade Frankreich, links können

Sie Lyon sehen«, erklärt der Pilot, und alle um mich herum spähen nach draußen.

Zufrieden versuche ich die Beine im Gang auszustrecken und muss grinsen, als mir wieder einfällt, wie mich damals die Nachricht, dass wir Eltern von Zwillingen werden, förmlich aus den Schuhen gehauen hat. Lucia war seit zehn Wochen schwanger, und bisher war alles gutgegangen: keine Übelkeit oder Kreislaufprobleme, keine Schnappatmung und auch keine Übergriffe auf meinen versteckten Süßigkeitenvorrat. Doch dann bekam Lucia Blutungen, und wir machten uns so große Sorgen, dass wir gemeinsam zu ihrer Gynäkologin Frau Dr. Schmitz-Kernig in die Praxis fuhren.

Dort war es so hell, dass ich mir vorkam wie in einem überbelichteten Bild. Noch dazu saß am Empfang eine mehr als seltsame Frau: Kittel schneeweiß, Haare schneeweiß, Zähne schneeweiß. Hätte die Arzthelferin kein solariumgebräuntes Gesicht gehabt, hätte ich sie von der Wand nicht unterscheiden können.

»Blutungen elf plus eins!«, skandierte Lucia, kaum dass die Tür hinter uns ins Schloss gefallen war.

Mehr brauchte sie nicht zu sagen, um direkt zur Frau Doktor durchgewunken zu werden. Aufgeregt stürmten wir an den vier prallen Frauen, die im Gang warteten, und Dr. Schmitz-Kernigs ponygroßem japanischen Akita vorbei. Er sah aus wie ein Schäferhund, dem jemand mit einer Pfanne auf die Schnauze gehauen hatte.

Drinnen ging dann alles furchtbar schnell. Lucia kletterte auf den Stuhl, um sich Blut abschöpfen zu lassen, woraufhin mir leicht unbehaglich in der Magengegend wurde, auch weil mich das Abschöpfgerät an eine Soßenkelle erinnerte. Noch nie hatte ich eine meiner Freundinnen zum Frauenarzt begleitet – und nun war mir auch klar, warum.

»Frau Doktor, ist das Kind noch da?«, fragte ich besorgt.

Keine Antwort. Stattdessen präparierte Frau Dr. Schmitz-Kernig seelenruhig den Ultraschallstab, den sie gleich darauf behutsam in Lucias Schoß einführte.

Mein Puls stieg, denn ich sah nur eine schwarze, wabernde Masse auf dem Bildschirm. Das konnte nun wirklich alles sein, vom Stromausfall in Utah über den Tiefseeboden bis hin zu dem, was der Serienkiller im Keller bei *Das Schweigen der Lämmer* durch sein Nachtsichtgerät sieht.

Frau Dr. Schmitz-Kernig kurbelte am Joystick, als würde sie einen Luxusliner in einen Hafen navigieren. Zu sehen war dennoch nichts als Abgangs-Schwarz. Ich nahm Lucias Hand und sah sie an. Tapfer lächelte sie mit tränennassen Augen. Mein Gott, war diese Frau schön.

»Ah, Schatz!«, sagte die Gynäkologin plötzlich in meine Richtung, und ich zuckte zusammen.

»Wie bitte?«, fragte ich und blickte die Ärztin verstört an. Was soll dieser Schlafzimmerjargon? Ich hatte diese Frau doch erst zweimal vorher gesehen. Wohl etwas unangebracht in dieser Situation!

»Hallo«, raunzte ein Mann mit rotem Schnauzbart, der hinter mir unbemerkt den Raum betreten hatte. »Ich wollte nur mal kurz reinschauen.«

»Ah«, sagte ich.

Lucia schwieg.

»Schatz, ich komme hier nicht zurecht. Blutungen

elf plus eins«, sagte Frau Dr. Schmitz-Kernig. »Irgendwie habe ich heute kein ruhiges Händchen. Willst du mal?«

Wie? Was war das denn jetzt? Wer hat noch nicht, wer will noch mal, oder was? Das hier ist kein Videospiel, sondern eine Ultraschallsonde in meiner Frau, echauffierte ich mich innerlich.

Ohne mich weiter zu beachten, krempelte der Herr Doktor die Ärmel hoch, baute sich vor Lucia auf und machte sich ans Werk.

»Da haben wir es!« Frau Dr. Schmitz-Kernigs Stimme schwankte, trotzdem sprang ihre Erleichterung sofort auf uns über. Nun war tatsächlich eine Art Made auf dem Bildschirm zu erkennen.

»Das hier ist das Herz!« Der Herr Oberarzt zeigte mit der Spitze seines Kulis auf einen winzigen Punkt innerhalb des Weißkörpers. »Es ist ungefähr einen Millimeter groß.«

Der Wurm war noch da, und er lebte! Ich sah das ungefähr einen Millimeter große Herz meines Kindes schlagen. Es gab wieder Strom in Utah, und jemand hatte das Licht angemacht.

Lucia grinste. Ich grinste. Die Frau Doktor grinste. Alle grinsten. Nur ihr Mann nicht.

»Du kannst wieder«, wandte er sich an seine Frau, die ihn glücklich anstrahlte.

Ein kurzer, fester Händedruck und weg war er.

Mir war spätestens jetzt klar, dass er der Kernig von beiden sein musste.

Und dann bemerkten wir alle drei gleichzeitig auf dem Radar, am oberen Rand des Bildschirms, diesen kleinen, schaukelnden Klecks, der dem ersten so ähnlich sah. Zunächst hielt ich ihn für einen Softwarefehler, eine Pixelspiegelung vielleicht, einen alten Tampon oder worauf man in den Untiefen einer Gebärmutter sonst noch so stoßen könnte, und maß ihm folglich keine weitere Bedeutung bei.

Aus purer Neugier fragte ich: »Doc, was ist denn das da?«

Die Antwort haute mich dann um und ließ mich den Teppich des Behandlungsraumes küssen.

Später sollten fast alle, denen wir diese Anekdote erzählten, verständnisvoll nicken und sagen: »Jaja, bei der ganzen Arbeit und den Kosten, die mit Zwillingen auf einen zukommen, kann man schon mal umfallen.«

»Da liegt ihr falsch«, entgegne ich immer, »es war der schönste Augenblick meines Lebens.«

Hatten Lucia und ich noch wenige Minuten zuvor um das eine neue Leben gebangt, mit dem wir so gut es ging versuchten zu planen, tat sich nun ein gleißend heller Vorhang vor mir auf. Ein weiteres Leben trat wie aus dem Nichts dahinter hervor und zog wie ein gewaltiger energetischer Strahl an meinem geistigen Auge vorbei. So, wie man angeblich das eigene Leben an sich vorüberziehen sieht, kurz bevor man stirbt. Nur war es nicht meins.

Die Bilder blieben schemenhaft. Ungenaue, aber kraftvolle Andeutungen eines neuen Wesens, dessen Existenz noch zwei Sekunden zuvor im Dunkeln gelegen hatte und das sich nun zwischen die bereits geschriebenen Geschichten drängelte, um einen Platz auf diesem Planeten einzufordern. Unfassbar! Dann, so schnell er sich geöffnet hatte, schloss sich der Vorhang und ließ mich mit einem starken Kitzeln unter der Schädeldecke zurück. Eine Art Superdroge, die mich in die Knie zwang.

Als Lucia und ich wenig später wieder auf der Straße standen, sagte keiner von uns ein Wort. Es war noch früh, aber schon recht warm. Spatzen, Finken und Braunellen pfiffen. Ein Briefträger kam uns entgegen, griff nach der zufallenden Tür und verschwand im Treppenhaus. Ein Mann in einem kurzärmeligen Hemd rückte seinen Schlips gerade und stieg ins Auto. Er hatte Schweißflecke unter den Achseln. Ein anderer kam mit einer Brötchentüte aus einer Bäckerei. Die Croissants fetteten das Papier. Eine dürre Frau schloss einen Kiosk auf und schob das Rollgitter hoch, wobei ich einen Blick auf ihren Bauchnabel erhaschen konnte.

Wieso bleibt ihr nicht stehen?, dachte ich. Wieso werft ihr keine Rosenblätter? Wieso bietet mir hier niemand ein kühles Bier an? Hallo? Hat denn niemand den Schuss gehört? Nehmt euch gefälligst an den Händen und singt! Ich hatte gerade den intimsten Kontakt mit der Schöpfung, seit ich denken kann. Wenn jetzt nicht die Welt innehält, wann dann? *Zwillinge!*

Benommen torkelten wir immer weiter durch die Fußgängerzone. Die Freude war einer gewissen Schwere gewichen. Einer guten Schwere – wenn es so etwas denn gibt.

»Ich brauche was zu essen«, brach ich irgendwann unter höchstem Kraftaufwand das Schweigen.

Lucia nickte, und wir bogen in eine Stehbäckerei ab.

»Einen Boopie, ein Schweineohr, zwei Arabella-Donuts, zwei Olivenkäseseelen, einen Kernbeißer und zwei Kaffee bitte«, orderte ich.

Lucia fing an zu lachen. »Welcher Idiot denkt sich eigentlich solche Namen aus?«

»Weiß nicht, aber seinen Job hätte ich gerne«, sagte ich und stellte das Tablett, das zirka eine Tonne wog, auf dem Stehtisch ab. Schlapp rührte ich in der Tasse herum. Jede Droge hat nun mal ihren Kater.

»Zwei«, sagte Lucia plötzlich, und ihre Augen glänzten.

Es war wie ein Weckruf.

»Ja, Schatz, zwei. Wir schaffen das«, antwortete ich und streichelte ihr über die Wange.

O Mann, du hattest damals echt keine Ahnung, wovon du da redest, sage ich mir und wage über den Cowboy hinweg einen weiteren Blick aus dem Fenster.

Wir überfliegen bereits die Außenbezirke der mallorquinischen Hauptstadt, und ich werde langsam richtig nervös. Palma! Noch verbinde ich nichts mit dem Städtenamen. Keinen Geruch, kein Geräusch, keine Farbe, kein Gesicht. Im Netz hatte ich mal nach der Einwohnerzahl gesucht: vierhunderttausend. Eine spanische Großstadt. Natürlich, ich habe meine Vorstellungen. So viel anders als Barcelona wird Palma nicht sein, sage ich mir, nur kleiner.

Hell ausgeleuchtete Bars, in denen es meilenweit nach Tabak und *cortados* riecht, dem typisch spanischen Kaffee, zu Füßen der Theke der übliche Serviettenfriedhof. Schlanke Frauen, in deren Haar sich das Licht der aufgehenden Sonne spiegelt und die kerzengerade auf ihren Vespas zur Arbeit düsen. Argentinier mit lockigen Haaren in Strandbuden, die Lederarmbänder feilbieten und von früh bis spät Manu Chao hören. Verbrannte Nasen fleischiger Touristen, die in Sandalen durch die Innenstadt wanken und zwischen den zierlich-eleganten Südländern aussehen wie Seeelefanten auf einer Vernissage. Kalte Luft, die aus den klimatisierten Geschäften auf die glühenden Asphaltpisten strömt, Boutiquen, in denen gelangweilte Schönheiten in bauchfreien Oberteilen minütlich ihren Wet Look checken. So ungefähr jedenfalls.

Als die Anschnallzeichen über unseren Köpfen aufleuchten und die Maschine zum Landeanflug ansetzt, bin ich in Gedanken schon wieder bei den Zwillingen. Wenn ich damals, nach dem Besuch bei Frau Dr. Schmitz-Kernig, auch nur im Entferntesten geahnt hätte, was für harte Zeiten mit Sophie und Luna auf uns zukommen sollten, ich hätte jeden einzelnen Tag bis zu ihrer Geburt gefeiert, als wäre es mein letzter.

Ein erster Warnhinweis hätte die Suche nach der richtigen Klinik sein können, bei der Lucia und ich unter anderem Waltraud kennenlernten. Ein echtes Original.

»Ja, hallo zusammen, isch bin die Waltraud Würz«, stellte sie sich vor und kam auf die kleine Gruppe werdender Eltern zu, die im Flur der Entbindungsstation gewartet hatte.

Wir hatten kaum den Gruß erwidert, da redete sie auch schon weiter.

»Isch bin eine der freien Beleghebammen der Klinik«, sagte sie mit ziemlich monotoner tiefer Stimme, »und will Ihnen jetzt mal die Räume zeischen. Bitte folljen Se mir.« Damit stampfte Waltraud voran.

»Die nehmen wir«, entschied Lucia sofort und erhob sich mühsam von dem harten Sitz.

»Was?«, rief ich. »Was ist denn heute mit dir los? Ist das der Tag der schnellen Entscheidungen? Wozu dann das ganze Hin und Her im Vorfeld von wegen welche Klinik und welche Hebamme?« Ich war völlig überfordert. »Außerdem ist die Frau ein halber Kerl.«

»Na und? Heißt das etwa, sie ist keine gute Hebamme?«, konterte Lucia.

»Deine Geburt«, sagte ich und hob die Hände, als würde ich mich einem Gegner mit geladener Waffe ergeben. »Dein Unterleib, deine Schmerzen, deine Entscheidung.«

»Eben!« Lucia schien sich bestätigt zu fühlen. »Und jetzt komm.«

»Ja, und dat hier is der Kreißsaal Numero uno«, sagte Waltraud und stieß eine Flügeltür mit zwei Bullaugenfenstern auf.

Es war ein völlig normales Zimmer in Ockergelb. Man könnte beinahe meinen, hier wohne jemand, dachte ich und ließ den Blick über eine Stereoanlage, einen Schemel, einen Liegestuhl und ein Schränkchen mit Utensilien wandern. An dem von der Decke hängenden Seil, das am unteren Ende verknotet war, blieb er haften. Es stimmte also: Frauen hingen an Seilen und gebaren Kinder. Unauffällig beobachtete ich die anderen Männer, die das Seil ebenfalls mit Ehrfurcht betrachteten. Jeder Einzelne sah es ganz klar vor sich. Die eigene Frau hing schreiend am Seil, und irgendwo guckte ein kleiner Kopf raus.

Dann das Highlight.

»Ja, und hier, meine Damen und Herren, dat große Bad.« Mit dem Charme und der Beherztheit eines Schiffschaukelbremsers öffnete Waltraud eine weitere Tür.

Wir betraten einen gefliesten Raum, in dessen Mitte eine gigantische Badewanne stand. Sie war lila.

»Poah«, hörte ich hinter mir, »lila, das geht ja gar nicht. Komm, Markus.«

Lucias Augen dagegen leuchteten. »Das will ich.«

»Ja, die können Se sisch zu Weihnachten wünschen, mit Ihren Zwillingen kommen Se da nämlisch nit rein«, kläffte Waltraud trocken. »Wasserjeburten gibt's nur, wenn bloß ein Braten in der Röhre ist. Bei Ihrem Doppelwhopper müssen Se in einen der normalen Kreißsäle.«

»Aha, okay.« Lucia wirkte etwas enttäuscht.

Da meldete sich auf drei Uhr eine Frau mit Topfschnitt zu Wort. »Ich habe mal gehört, dass einige Kliniken auch Unterwassermusik anbieten. Mozart wäre mir sehr recht.«

»Dat kann isch mir vorstellen, dat Ihnen dat rescht wäre, aber hier jibbet keine Musik unter Wasser, es sei denn, Se könnten eine furzen.«

»Das ist ja unerhört.« Die Frau zog ihren Mann aus dem Bad, während ein paar andere losprusteten.

Langsam gefiel mir Waltraud, allerdings würde ich sie lieber auf einer Bühne sehen als mit beiden Unterarmen in Lucia.

»Wir hätten Sie gerne als Beleghebamme«, sagte meine Frau just in diesem Augenblick.

Waltraud überlegte einen Moment. »Härtzlisch jerne.«

Fünf Wochen später war es dann so weit. Es war der neunte Januar, und das Warten war schier unerträglich geworden. Außerdem konnte Lucia nicht mehr schlafen, da ihr die Kinder auf die Lunge drückten. Waltraud, die uns einmal zu Hause aufsuchte, um sich persönlich vorzustellen, und dabei einen halben Marmorkuchen verputzte, riet uns, »langsam mal die

Katzen aus dem Sack« zu lassen und in die Klinik zu gehen, obwohl der ausgerechnete Geburtstermin noch nicht ganz erreicht war.

»Wenn isch ehrlich bin, Zwillinge bis Ende achtunddreißigste Woche drin zu behalten is 'ne Kunst. Die Kinder sin jäz schon voll entwickelt«, sagte sie.

»Okay«, meinte Lucia, »ich packe, du rufst ein Taxi.«

Eine Stunde später ließ ich mich lämmergleich, mit Gummiclogs an den Füßen und einer Art Duschhaube auf dem Kopf, von Waltraud in den OP-Saal führen. Alles war angerichtet für den Kaiserschnitt. Entgegen meiner Erwartung spürte ich überhaupt keine Nervosität mehr. Der Operationssaal war fensterlos und bis zur Decke gefliest, wie in einem Schwimmbecken, aus dem man das Wasser abgelassen hat. Die Kälte, die mir entgegenschlug, erinnerte mich allerdings eher an den Kühlraum eines Massentierschlachthofs. Fehlten nur noch die baumelnden Schweinehälften.

Lucia lag bereits wie gekreuzigt auf einer Liege, als ich hereinkam. Die Handgelenke steckten in Schlaufen, die Arme im 90°-Winkel vom Rumpf weggestreckt. Ein kleiner Vorhang, der oberhalb ihrer Brüste quer gespannt war, machte es für sie unmöglich, die Operation zu verfolgen. Lucia sah mich an, und leichte Panik flackerte in ihren Augen auf. Ich setzte mich auf den Stuhl neben ihrem Kopf und nahm ihre Hand. Sie zitterte stark. Alles an ihr.

»Keine Sorge, das sind die Narkosemittel«, sagte die Schwester ruhig.

Plötzlich wurde aus dem Zittern ein Ruckeln, als würde Lucia auf einem Schlitten über eine Buckelpiste fegen, und kurz darauf hielt eine der Schwestern ein schreiendes blaurotgraues Bündel über den Vorhang: Sophie. Die Kleine tauchte so unvermittelt auf wie eine Puppe beim Kasperletheater. Lucia wollte die Arme nach ihrer Tochter ausstrecken, doch die Schlaufen um ihre Handgelenke rissen sie zurück. Stattdessen verschwand die Krankenschwester mit Sophie aus der Flügeltür, und einen Moment später schwebte mit Luna Kind Nummer zwei vor unseren Köpfen aus dem OP. Still und etwas bedröppelt warteten wir eine Weile, während die Ärzte Lucia zunähten. Irgendwann schwang die Tür wieder auf, wie bei einer Großküche, und die Schwestern brachten uns endlich, was wir bestellt hatten: zwei kleine Halbspanierinnen. Gewaschen, gepudert und in ein Handtuch gewickelt.

Jetzt waren wir eine Familie.

Die Kinder sahen so niedlich aus, wie sie, in dicke Decken gepackt und mit winzigen Zipfelmützen auf dem Kopf, in unserem Familienzimmer zusammen in einem Bettchen lagen. Ständig musste ich an ihnen riechen, während sie im Halbschlaf vor sich hin blubberten und dabei einen Geruch verströmten, der mir noch nie zuvor begegnet war. Fremdartig, wie ein unbekanntes Gewürz, das seinen Weg über Tausende von Kilometer entlang der Seidenstraße zu mir gefunden hatte. Letztlich waren die beiden Mädchen genau das: ein unbekanntes Würzmittel, und fortan unverzichtbar auf meinem emotionalen Speiseplan – allerdings durfte ich davon nicht zu viel nehmen.

Gleichzeitig spürte ich, wie sich in mir ein uraltes Gen Bahn brach, das Ich-will-Kinder-kitzeln-und-hochwerfen-Gen. Ein Schläfergen, das sich vierunddreißig Jahre im Verborgenen aufgehalten hatte. Vermutlich befand es sich in guter Gesellschaft mit dem

Freude-am-Garten-Gen, das in fünfzehn Jahren in Erscheinung treten würde, oder dem Ich-mag-organisierte-Busreisen-mit-Verkaufsveranstaltung-Gen, das vermutlich in dreißig Jahren erwachen würde.

Waltraud bremste mich, als ich wieder mal versuchte, mit anhaltenden Kitzelattacken die Kinder zum Lachen zu bringen.

»Wenn du so weitermachst, dann werden dat noch Clowns, warchte besser noch ein bisschen damit«, empfahl sie mir mit ihrer typisch zurückhaltenden Art.

»Geht klar«, sagte ich und ließ die beiden in Ruhe.

Es war erstaunlich, dass ich Waltrauds Anweisung aufs Wort folgte. Ich kann mich an keine Frau in meinem Leben erinnern, bei der ich derart parierte.

»So, isch glaube, ihr könnt jetzt nach Hause fahren«, sagte Waltraud nach drei Tagen, als sie Lucia mal wieder beim Wickeln assistiert hatte. »Die Kinder wären so weit. Die Fraje is nur, ob ihr so weit seid.«

»Sind wir«, erwiderten Lucia und ich wie aus einem Mund.

Zumindest glaubten wir das. Zu Hause mussten wir dann jedoch erfahren, dass sich mit einem Mal alles änderte. Just in dem Moment, als wir die Türschwelle zu unserer Wohnung überschritten, begann Sophie zu schreien.

»Sie hat sicher Hunger«, sagte Lucia, deren Brüste vom Milcheinschuss zu riesigen melonenartigen Gebilden mutiert waren, an die ich mich auch erst mal gewöhnen musste.

»Fußballergriff«, sagte ich nur und stellte die Taschen ab.

Besagten Griff hatte uns die kompetente Fachkraft

aus Bautzen bei unserem Geburtsvorbereitungskurs gezeigt. Dabei klemmt die Frau sich die Kinder wie im Schwitzkasten rechts und links unter die Achseln, um sie zu stillen.

Lucia nickte und ließ alles stehen und liegen, um sich sofort in Position zu bringen. Nachdem ich ihr die Kinder nacheinander angereicht hatte, platzierten wir sie zusammen an Lucias Flanken und drehten sie in Richtung der Milchhähne. Die Zwillinge schnappten hungrig zu und mühten sich ab, doch es wollte nicht recht funktionieren. Immer wieder musste Lucia die beiden ausbalancieren und eins der Mädchen neu andocken. Und meist rutschte dabei das andere ab.

»Ich hab's gewusst. Dieser Fußballergriff ist totaler Mist«, rief ich.

»Das wird schon«, erwiderte Lucia zunehmend verzweifelt.

Sophie brüllte ununterbrochen.

Die ganze Zeit ging das so. Einmal nahm ich Sophie hoch, hielt sie mir vors Gesicht und rief eindringlich: »Haaallo!«, als ob sich in der Säuglingshülle irgendwo eine intelligente Steuereinheit befände, die ein Einsehen hätte und das Geschrei auf Knopfdruck beendete. Die Nächte waren dementsprechend desaströs, und Lucia verbrachte unzählige Stunden mit den Kindern im Fußballergriff. An Schlaf war nicht zu denken. Für keinen von uns.

»Dat sind die Drei-Monats-Koliken, dat is völlisch normal«, sagte Waltraud bei ihrem ersten Nachsorge-Besuch.

Doch das Geschrei ging weiter. Eines Tages wog Waltraud die Kinder, befand, »dat die Würmer zu wenisch auf den Rippen han«, und ordnete an, die Milchzufuhr ab sofort zweigleisig zu fahren. Das hieß: tagsüber stillen, in den Stillpausen abpumpen und nachts die abgepumpte Milch verabreichen.

Ab diesem Moment bestimmte das Thema »Milch« unseren kompletten Alltag für mehrere Monate. Da Lucia fortan entweder an der Pumpe saß oder den Fußballergriff anwendete, war ich derjenige, der nachts aufstand, um die Milch aufzuwärmen und die Kinder zu füttern. Hatte ich vorher Milch für ein Massengut gehalten, das ich verschwenderisch ins Müsli oder den Kaffee schüttete, lernte ich jetzt, dass sie extrem kostbar war. Dementsprechend behandelte ich die kleinen Ampullen so vorsichtig wie ein explosives Gemisch. Vergoss ich beim Umfüllen auch nur einen Milliliter davon, fing ich laut an zu fluchen. Luna trank die im Wasserbad erwärmte Milch hastig und schlief danach weiter. Sophie trank ebenfalls hastig und schrie danach weiter. Die Koliken, dachte ich.

Da ich im Tonstudio viel zu tun hatte, konnte ich Lucia nicht den ganzen Tag zur Seite stehen, was durchaus mal zu Konflikten führte.

»Ich verhungere«, rief sie mir regelmäßig grantig aus dem Bett zu, während sie versuchte, die Mädchen zu stillen.

»Ich schiebe dir 'ne Pizza in den Ofen«, rief ich zurück. »Ich komme so schnell es geht wieder.«

Dann radelte ich mit schlechtem Gewissen zum Studio, wo mich zwei Mädchen aus Bergheim erwarteten, deren Nerzmantel tragende Mütter ihnen eine CD-Produktion zu Weihnachten geschenkt hatten. Von einer Hölle in die nächste.

Bei meiner Rückkehr am Abend roch es schon im Treppenaufgang nach Essen. Als ich die Wohnungstür aufschloss, sprang mir Lucias Freundin Susi entgegen.

»Deine Frau hat mich angerufen und gemeint, sie könnte mal wieder einen Happen vertragen«, erklärte sie mir.

»Ja, tut mir leid«, sagte ich zerknirscht. »Ich hatte einen Job im Studio, den ich nicht absagen konnte, sonst hätte ich natürlich gekocht.«

»Natürlich hättest du das«, echote Susi mit leicht ironischem Unterton, »jedenfalls kommst du gerade rechtzeitig zum Essen.«

»Ja, darin bin ich ziemlich gut«, sagte ich, küsste Susi auf die Backe und lief an ihr vorbei ins Schlafzimmer zu meinen Frauen.

»Sorry, ist doch später geworden.«

Lucia sah mich nur müde an. Die Kinder lagen rechts und links neben ihr wie zwei gestrandete Robben.

»Ich brauche jemanden, der mir im Haushalt hilft. Ganztägig«, sagte sie. »Ich kann nicht immer nur stillen, wickeln und pumpen. Ich muss auch mal essen, schlafen und mich duschen.«

»Ja … natürlich«, erwiderte ich stockend. »Aber ich muss einige Rechnungen bezahlen, da kann ich einen guten Job im Studio nicht einfach so ausschlagen. Ich …«

»Ich habe Prude angerufen«, unterbrach mich Lucia. »Sie kommt morgen früh mit Herrn Selva an.«

»Was?«

»Lassen Sie mich mal bitte raus?«, fragt der Cowboy neben mir, offenbar leicht genervt, weil er seine Frage wiederholen muss.

Die Maschine ist inzwischen gelandet, und alle Passagiere außer mir stehen mit eingezogenen Köpfen in den Gängen und vor ihren Sitzen und warten darauf, dass die Stewardessen die Türen öffnen.

Ich lasse meinen Sitznachbarn vorbei und setze mich wieder hin, diesmal auf seinen Platz. Während ich zusehe, wie die Maschine angedockt wird, muss ich wieder an meine erste Begegnung mit meiner Schwiegermutter denken.

Die Tatsache, dass Lucia ihre Mutter damals anrief, war ein Zeichen äußerster Verzweiflung, ein SOS, die Ultima Ratio. Das bedeutete im Umkehrschluss allerdings auch, dass ich es nicht geschafft hatte, mich neben meinem Job gut genug um meine drei Frauen zu kümmern.

Solange ich zurückdenken konnte, hatte Lucia nie bei Prude angerufen und sie um irgendetwas gebeten. In den fünf Jahren, die wir nun zusammenlebten, nicht ein einziges Mal. Natürlich telefonierten die beiden ab und zu, doch stets blieb alles unverbindlich. Keine Versprechen, keine Gefälligkeiten, keine Besuchsankündigungen. Bereits ein schlichtes Telefonat konnte diverse Konflikte zwischen ihnen nach oben spülen, weshalb Lucia öfter mal mitten im Gespräch auflegte. Kaum vorstellbar, dass Prude zur Deeskalation unserer schwierigen Situation beitragen konnte.

Lucia hatte mir nie viel von ihrer Mutter erzählt, weshalb ich so gut wie nichts von dieser Frau wusste – bis auf die Tatsache, dass sie sich in den dreißig Jahren, die sie in Deutschland lebte, nie richtig heimisch gefühlt hatte. Dafür hatte sich ihr angeborener kastilischer Stolz mit zunehmendem Alter in schwindelerregende Höhe aufgeschwungen und sich sogar zu einer Art Dauer-Arroganz entwickelt. Zusammen mit ihren immer noch wackligen Deutschkenntnissen hatte dies dazu geführt, dass Prude sich am liebsten nur mit sich selbst umgab.

Einerseits bestand Lucia darauf, eine wunderschöne Jugend in Hannover gehabt zu haben, andererseits hatte diese Zeit offensichtlich ihre Härten gehabt. So musste Lucia schon mit fünf, sechs Jahren ihre Eltern bei Amtsgängen begleiten und als Simultandolmetscherin fungieren, da die beiden große Sprachprobleme hatten. Lucia konnte dem Ganzen trotzdem etwas Positives abgewinnen: ihren Biss und ihr Organisationstalent.

Prude sei früher eindeutig geselliger und feinfühliger gewesen, behauptete sie. Offensichtlich hatte Prude zu viel ertragen müssen, was sie nun wie ein Märtyrerschild vor sich her trug. Als ich Lucia mal bat, ihre Mutter mit einem Wort zu beschreiben, zögerte sie zunächst. »Gefangen«, sagte sie dann und korrigierte sich sofort zu »schattig«, um schließlich bei »stiller Imperator« zu landen. Ich hatte keine Ahnung, wie ich das deuten sollte, beließ es aber dabei.

Und dann auch noch Herr Selva, von dem Lucia nur in den höchsten Tönen schwärmte. Er sei ein seriöser Herr mit Anstand, wie man ihn unter seinesgleichen oft vergeblich suche, behauptete sie. Seine Augen ließen zwar seit einiger Zeit ein wenig nach, und die Zähne blitzten nicht mehr so wie früher, was angesichts seiner bescheidenen achtzig Jahre jedoch kein Wunder sei, dafür sei er aber durchaus rüstig. Er hatte sich angeblich nie großartig verstellt, war sich treu geblieben und hatte immer sein Ding durchgezogen. All das gebe ihm die Strahlkraft, die ihm so manch einer neidete, und tatsächlich beschleunige der alte Schlawiner nach wie vor bei dem einen oder anderen jungen Ding seinen steifen Gang.

Lucia redete über Herrn Selva wie über ihren eigenen Großvater, dabei war er nichts weiter als Prudes inkontinenter Yorkshire-Terrier.

Nun denn, Lucia hatte entschieden, und ich wagte es nicht, zu widersprechen. Eine helfende Hand in der Küche, während Lucia mit leicht gelbstichigem Gesicht als Dauerabpumpstation im Bett lag, war nicht zu verachten.

So schlimm wird es schon nicht, dachte ich bei mir und machte mich nach einer weiteren Nacht ohne Schlaf am Morgen völlig übermüdet daran, die Wohnung aufzuräumen. Unterdessen hievte Lucia sich aus dem Bett, schloss sich an die Pumpe an und machte sich selbst sowie die Kinder für Prude empfangsbereit.

Dann klingelte es, und ich drückte auf den Türsummer.

»Na, dann wollen wir die Oma mal begrüßen«, sagte ich zu Luna, die frisch gepudert auf meinem Unterarm schaukelte, obwohl ich sie viel lieber hochgeworfen hätte.

Ich hörte noch, wie die Tür im Erdgeschoss aufsprang, da stand Prude auch schon vor uns. So als wäre sie die Treppen hochgeflogen.

Erstarrt blieb ich im Türrahmen stehen, ohne ein Wort zu sagen. Lucias Mutter trug einen langen schwarzen Mantel, der ihr die Aura eines mächtigen Zauberers verlieh. Sie hatte ein strenges, aber wohlgeformtes Gesicht, das eine Brille mit bernsteinfarbenem Rahmen zierte. Ihre Augen waren wach und bis zum Anschlag aufgerissen, als hätte sie sich gerade erst über etwas empört. Ihr kurzes kamelfarbenes Haar wirkte irgendwie künstlich. Außerdem hatte es beinahe die gleiche Farbe wie ihre Haut und das Brillengestell, so dass es bis auf die kleinen pechschwarzen Pupillen keine farblichen Kontraste in ihrem Gesicht gab.

Obendrein spürte ich etwas Unnachgiebiges, Borstiges. Einen Stahlmantel, den man nur mit speziellem Werkzeug und sehr viel Energie würde aufbohren können. Hoffnungslosigkeit überkam mich. Ich hatte diese Energie nicht, das war mir sofort klar, denn seit der Geburt der Kinder verwendete ich jedes einzelne Joule darauf, trotz Schlafmangels und Frustration unseren neuen Tagesablauf als Familie irgendwie auf die Reihe zu bekommen. Und dann der Schatten. Da war tatsächlich ein Schatten. Genau wie Lucia es beschrieben hatte. Er legte sich augenblicklich auf Boden und Wände, trübte die ohnehin schon spärliche Treppenhausbeleuchtung, umklammerte unsere Waden und rankte sich die Bücherregale im Flur empor. Wenn Prude der Imperator war, dann waren wir vier übermüdete, schreiende und großbusige Ewoks.

Einen langen Moment taxierten Prude und ich uns, während Herr Selva reglos auf ihrem rechten Unterarm thronte. Offensichtlich war er erblindet. Blind und inkontinent, eine diabolische Kombination.

Die silbergrauen Pupillen gaben dem Hund etwas Orakelhaftes, ja Unwirkliches. Obendrein lugten seine vom Alter verbogenen Schneidezähne links und rechts über die schwarzen Terrierlefzen und verpassten seinem winzigen Gesicht ein kauziges Dauergrienen. Als ich mich Herrn Selva näherte, um ihm über den Kopf zu streicheln, fiel mir der faulig-saure Geruch auf, der von dem Tier ausging. Das Gespann wartete gar nicht erst, bis wir es hereinbaten. Wie ein Zug an einem geschmückten Bahnhof raste Prude an mir und Luna vorbei.

»Ja, äh … *hola Prudencia*«, sagte ich und ging ihr hinterher.

Sie tat, als hörte sie mich nicht, und inspizierte zunächst die Küche, indem sie den Raum von Ecke zu Ecke abschritt. Ich blickte kurz zu den Blumen auf dem Küchentisch hinüber, um sicherzugehen, dass sie nicht im Zeitraffer verwelkten.

Lucia schien das alles nicht weiter zu wundern. Ungerührt blieb sie am Küchentisch sitzen und betrachtete Sophie, die sich auf ihrem Schoß unruhig hin und her wand.

»Dah isse also die teure Wohnung. In Annover konnte esein viel billiger«, brach Prude ihr Schweigen.

»Och, so teuer ist die gar nicht«, antwortete ich und fragte mich gleichzeitig, warum sie sich nicht auf ihre Enkelkinder stürzte.

Prude wandte sich pfeilschnell zu mir um, setzte Herrn Selva ab und kam auf mich zu. Nun inspizierte sie mich ausführlich, und zwar vom Scheitel bis zur Sohle. »Un das isse also Estief«, stellte sie fest. »Große Mann. Ih chatte mal eine Freund aus Santander. *Rubio y muy guapo.*«

»Und was war mit schönen Blonden?«, fragte ich sofort nach, um das zarte Band der Freundschaft zwischen uns weiter zu knüpfen.

»War noche grösser«, sagte Prude. Dann griff sie nach Luna, die ich ihr übergab wie eine Ming-Vase, und wechselte ins Spanische. »*Esta quien es? Luna o Sophie?* Isse nun Luna oder Sophie?«

»Luna«, sagte Lucia nur müde.

Ich betrachtete Prude, deren Gesichtsausdruck unverändert blieb. Nur die Augen verkleinerten sich zu kleinen Sicheln. Ich konnte mich nicht entscheiden, ob das nur ein Freundliche-Oma- oder ein Killerblick war. Prude drehte sich zu ihrer Tochter um.

»*Estás muy delgada.* Du bist zu dünn, Lucia.«

Plötzlich schepperte es. Herr Selva. Der Hund war in der Zwischenzeit offenbar unter den Küchentisch geraten und versuchte nun wieder darunter hervorzukommen. Leider vergeblich, denn er prallte immer wieder wie eine Flipperkugel gegen diverse Stuhl- und Tischbeine. Außer dem Geschepper war eine Weile lang nichts zu hören. Dann fing Sophie an zu weinen.

»*Tienen hambre*, esieh awe Unger«, sagte Prude mit empirischer Gewissheit in der Stimme.

»Ich habe sie eben noch gestillt«, antwortete Lucia.

»Dann ist deine Milch vielleicht nicht gut.«

»Pff, vielleicht willst du es mal versuchen.« Lucia fletschte die Zähne.

»Okay«, mischte ich mich ein, »bevor das jetzt hier zu einem Best-Milk-Contest wird, sollten wir vielleicht besprechen, wie wir die Aufgaben verteilen.«

Stille.

»Also, ih koche«, sagte Prude irgendwann wieder auf Deutsch. »Estief eseig mir bitte den näkste Esupermart, wir musse nur die beste Essutate kaufe.«

Ich sah zu Lucia hinüber, die mir zunickte.

»Na denn, Prudencia. Dann lass uns mal shoppen gehen«, sagte ich und ging Richtung Tür. Ich konnte mir nichts Schöneres vorstellen.

Auf dem Weg zum Supermarkt redeten wir kaum.

»*Cómo es tu español*, wie ist dein Spanisch?«, fragte Prude mich irgendwann.

Ich konnte sehen, wie ihr Atem dabei kondensierte.

»*Más o menos*, ganz okay«, sagte ich freundlich. Ich wertete ihre Frage als zaghaften Versuch ihrerseits, mehr über mich zu erfahren. Gleichzeitig betete ich, dass sie mich als Nächstes nicht nach meinem Abischnitt fragte oder wissen wollte, mit welchen PC-Betriebssystemen ich mich auskannte.

»*Pueslosalemanesnuncaestánenlacallesiempreseencierranensupisoporelfrioquehaceperoelfrioenleondedondesoyesinsoportableperolagenteigualsalealmercadooadondesea.*«

Ich verstand kein einziges Wort des unerwarteten Stakkatos, das wie ein Beschwerde-Rap in Warp-Geschwindigkeit aus ihr hervorsprudelte.

»*Si*«, sagte ich daher nur.

Prude schien damit zufrieden. Einen Moment später betraten wir den Supermarkt, wo wir vor der Gemüsetheke stehen blieben.

»Esiehst du«, wechselte Prude nun wieder die Sprache, »alles von Gewachshauser. In León, da atten wir in Garten beste Tomaten, *aubergines y pepinos*, eh Schurken.«

»Du meinst sicher Gurken.«

Prude reagierte nicht weiter auf meine Korrektur. »Ih mochte für Lucia *sopa de lentejas* machen, Linsenesuppe, aber ehier in Deusland bekomme ih nich die eschonen, kleinen *lentejas* meiner Heimat«, murmelte sie leise, aber sehr bestimmt und mehr zu den Regalen denn zu mir.

Ich sah Prude förmlich in einer Dunstwolke aus Suppendampf stehen, wie sie mit Kräutern um sich warf, den Druidentrank umrührte und grausige Zauberformeln murmelte. Unruhig trat ich von einem Bein auf das andere. Wohin sollte das bloß alles führen?

Scheinbar wahllos warf Prude weitere Zutaten, die ich noch nie bemerkt hatte, obwohl das mein Stamm-Supermarkt war, in den Korb, was ich leicht beunruhigend fand.

»Irre Linsen esin zu groß, Irre Tomate chaben zu viel Wasser und die *piemientos* eh Pafrika sehen aus wie angemalt«, zischte Prude die Kassiererin an, als sie die Einkäufe auf das Band legte.

Es handelte sich bei der Dame offenbar um Fr. Knüppel, jedenfalls war dieser Name auf das Aluschildchen gestanzt, das an ihrem Kittel klemmte.

»Was?«, sagte Frau Knüppel und zog die Zucchini über den Laser.

Prude wippte auf den Zehenspitzen, als würde sie sich den nächsten Satz ganz genau überlegen. »Wenn Esieh Esachen mit Gesmak essen wolle, musse Esieh nach Kastilien fahre«, sagte sie schließlich.

»Wie, wat, Kastilien? Isch fahre nirgendwo hin«, retournierte Frau Knüppel.

»Gibt's hier ein Problem?«, raunte eine Männerstimme hinter mir.

Ich drehte mich um und erblickte einen Mann in einem weißen Kittel. Er hatte einen Schnurrbart, braune, fettige Haare und wirkte ungefähr so bedrohlich wie eine Bulette. An einem Betonpfeiler gleich daneben hing auf Kopfhöhe ein ausgedrucktes Farbfoto von demselben Mann. Darunter stand: *Kompetent und freundlich, Ihr Marktleiter Herr Grabosch.*

»Nein, Herr Grabosch«, sagte ich, »wir haben hier überhaupt kein Problem. Jedenfalls im Vergleich zu dem, was bei mir zu Hause gerade los ist.«

Prude sammelte die Lebensmittel ein und stopfte sie in einen Jutebeutel. »Pfff! Ekomm, Estief, wir gehen!«, prustete sie dann und schritt wie ein gekränkter Pfau aus dem Supermarkt.

Das kann ja heiter werden mit uns beiden, dachte ich nur und folgte ihr auf dem Fuße.

Umso erstaunter war ich, als Lucia am Abend im Kinderzimmer zu mir sagte: »Sie mag dich.«

»Das hat sie aber bisher gut verbergen können«, antwortete ich und sah zu ihr hinüber. Wir wickelten die Kinder gerade parallel und zogen ihnen die Schlafbodys an. »Dann will ich lieber nicht zu den Menschen gehören, die sie nicht mag.«

»A comer!«, bat Prude, kaum dass die beiden schliefen, in einem Tonfall zu Tisch, der faule Ausreden schon im Vorfeld erstickte.

Ihre Paella war erstaunlich köstlich, doch Lucias Mutter moserte so lange daran herum, bis ich irgendwann ebenfalls glaubte, sie sei insgesamt zu kalt, das Kaninchen zu hart und der Reis zu weich.

»Danke fürs Kochen«, sagte Lucia.

»Pff«, schnaubte Prude bloß, die mit unverhofften Komplimenten offensichtlich nicht gut umgehen konnte.

Prude wusste allerdings genau, wie sie ihren Willen durchsetzte.

Einmal schob sie Lucia nach dem Essen einen Stapel Briefe zu. Ich wunderte mich, warum Lucia noch so viel Post nach Hannover bekam, obwohl sie schon seit vielen Jahren in Köln wohnte. Doch es waren Prudes Briefe: von Versicherungen, Banken, Ämtern. Lucia öffnete sie, überflog jeden einzelnen und fasste den Inhalt in zwei, drei spanischen Sätzen zusammen.

Daraufhin fing Prude an zu fluchen. »Warum geht

ihr nisst nach Espanien?«, fragte sie uns, als hätte das irgendwas mit den Briefen zu tun.

»Das würden wir sehr gerne machen, aber hier sind nun mal unsere Freunde, außerdem haben wir beide gute Jobs«, antwortete ich schnell.

Auswandern war für Lucia und mich nun mal ein wunder Punkt. Wie oft hatten wir uns das ausgemalt und es dann doch wieder verworfen. Eine Träumerei, nichts weiter. Mit den Kindern war es nicht mal mehr das.

Denn um davon träumen zu können, hätten wir erst einmal schlafen müssen.

Drei

Nun sind die Träumereien doch Realität geworden, denke ich, als ich am Flughafen von Palma de Mallorca pfeifend die kilometerlangen Gänge zur Gepäckausgabe entlanglaufe und ständig fremde Kleinkinder anlächele, das mache ich sonst nie. An einem Infostand entdecke ich einen vergilbten deutschen Schlagerstar mit frisch geföhnter Vokuhila-Frisur. Vermutlich einer von den Typen, die einen Vornamen als Nachnamen haben, wie Andreas Markus, Markus Alexander, Alexander Gabriel, Gabriel Andreas ... Selbst das tut meinem Überschwang keinen Abbruch.

Am Gepäckband schnappe ich mir den Koffer und verlasse das Flughafengebäude. Wie Lucia es mir beschrieben hat, wartet davor ein blauer Bus, der Richtung Stadt fährt. Ich springe hinein, und kurz darauf donnern wir über die Autobahn in Richtung Innenstadt. Das Licht draußen ist anders als in Deutschland, gleißend hell, und die Luft, die durch das Klappfenster hereinströmt, ist zum Schneiden dick. Linker Hand liegt das Meer. Salzgeruch, Abgase und Müllgestank dringen in den Bus.

Wahnsinn! Nur noch ein paar Minuten, dann bin ich endlich bei Lucia und den Kindern, in unserer neuen Wohnung.

Der Busfahrer biegt in eine Ringstraße ab, die direkt in die Innenstadt führt. Palma ist größer, als ich es mir vorgestellt habe, auf beiden Seiten der Hauptstraße reihen sich großzügige Geschäfte aneinander. Der Fahrer lenkt den Bus schnittig die Außenspur entlang, bis die Anzeigetafel mit den roten Buchstaben an der Busdecke »Plaça d'España« anzeigt. Dieser teilweise begrünte Platz ist offenbar der zentrale Treffpunkt der Stadt, da aus allen Richtungen Menschenmassen herbeiströmen. Eine ganze Reihe von Leuten hat sich unter die schattigen Baumkronen geflüchtet, und noch aus dem Busfenster kann ich erkennen, dass die meisten von ihnen Touristen sind.

Jetzt ist es nur noch eine Haltestelle, bis ich aussteigen muss, und ich schaue neugierig auf die Straße. Wenn ich alle Fahrspuren zusammenzähle, komme ich auf insgesamt zehn. Das könnte ebenso gut in Mexiko-City sein. Ich hoffe, der Bus biegt bald ab, sonst liegt unsere Wohnung am Ende noch genau an dieser Stadtautobahn. Just in diesem Augenblick sehe ich durch die Frontscheibe den Abbiegepfeil auf unserer Fahrspur. Super, alles andere wäre echt schlimm gewesen. In der Erwartung, dass der Bus gleich abbiegt, lege ich mich schon mal in die Kurve, woraufhin mich der Mann neben mir leicht befremdet ansieht und die Stirn runzelt. Eine Sekunde später wird mir klar, wieso: Der Bus biegt nicht ab. Er hält mitten auf der Stadtautobahn.

Wir haben meine Haltestelle erreicht: »Comte de Sallent«. Fuck!

Leicht widerwillig springe ich aus dem klimatisierten Bus. Das Gemisch aus Abgasen, aufgeweichtem Asphaltgeruch, heulenden Motoren und einer Mauer aus kochend heißer Luft trifft mich wie ein Vorschlaghammer, während sich die Tür hinter mir hydraulisch schließt. Mit einem leisen Seufzen setzt sich der Bus in Bewegung und gibt die Sicht auf die gegenüberliegende Straßenseite frei. Nummer 17. Mein neues Zuhause. Fünf Stockwerke. Im Erdgeschoss befindet sich offensichtlich ein Fußpflegegeschäft, denn im Schaufenster stehen mehrere auf Stäbe aufgespießte Plastiken von Füßen. Das beigefarben gestrichene Haus wirkt schmal und steht wie eingequetscht zwischen den breiten Schultern zweier Bürogebäude, an deren Fenstern Zettel mit der Aufschrift »*Se alquila* – Zu vermieten« kleben. Kein Wunder, wer will an dieser Straße schon leben oder arbeiten? Außer uns offensichtlich. Ich ziehe den Bügel meines Koffers heraus und überquere die breite Straße im Trab, da von allen Seiten ständig Autos angerast kommen. Meine Vorfreude auf Mallorca weicht einer saftigen Ernüchterung. Aber das Wichtigste sind jetzt Lucia und die Kinder.

Als der Aufzug im fünften Stock mit einem kleinen Hüpfer zum Stillstand kommt, höre ich es schon. Dieses Glucksen und Fiepen. Dazu das Getrippel und das Klopfen gegen alles und jeden. Hinter dieser trägen Aufzugtür warten meine Kinder. Wie das klingt: meine Kinder! Seltsam. Nach wie vor.

Kinder haben doch immer nur die anderen, und in meinen Lebensentwürfen kamen sie bestenfalls als Option vor. Aber nun stehen sie da und kieksen »Papa!« durch die Aluminiumtür. Vermutlich sind das die Momente, für die man Kinder bekommt. Nicht wegen der Angst, dass man im Alter allein sein könnte oder weil alle Nachwuchs haben oder weil die Natur es so will oder weil man denkt, so ein Kind sei eine Chance, das eigene verpfuschte Leben zu retuschieren. Nein, man bekommt sie, damit sie nach zwei langen Wochen der Trennung hinter einer Tür stehen und glucksen.

Dann öffnet sich die Tür.

Die Zwillinge sehen anders aus, wirken viel größer. Luna hat ein pinkfarbenes Kleidchen an. Ihre blonden Haare sind durch Sonne und Salzwasser noch heller geworden und haben sich zu süßen Löckchen gedreht. Die Haut hat einen zarten hellbraunen Teint angenommen, der ihre braungrünen Augen nur noch mehr betont. Sie ist wunderhübsch. Sophie trägt wie immer ein ärmelloses Jungs-T-Shirt, diesmal mit einem vieräugigen Monster darauf, und eine kurze Hose. Sie ist ein paar Zentimeter größer und insgesamt kompakter als Luna, und auch wenn ihre Wangen noch kugelrund sind, wirkt sie mit ihren vierzehn Monaten nicht mehr ganz so babyhaft. Ihre braunen, glatten Haare glänzen vor Vitalität, und an Schultern und Oberarmen zeichnen sich Muskeln ab, die einem Angst machen können – wahrscheinlich auch demjenigen, der sie in etwa zwölf, nein, besser sechzehn Jahren gegen ihren Willen zu küssen versuchen wird.

Als ich die Mädchen in die Arme schließe, durchströmt mich ein friedvolles Gefühl. Ich drücke die beiden noch einmal an mich, bevor ich Lucia, die neben ihnen steht, einen Kuss gebe. Letztlich sind es diese Momente, für die man lebt. Momente mit langem Abgang, die nicht so schnell im Treibsand der Zeit versickern und lange dem Durchsatz an täglichem Informationsmüll trotzen. Sie bleiben nicht nur als Bild erhalten, sondern auch als Gefühl. Dennoch merke ich: Die zwei Wochen, in denen ich auf mich gestellt war, waren offensichtlich eine lange Zeit, denn ich muss erst wieder ein bisschen in die Papa-Nummer reinkommen.

Leicht benommen folge ich Lucia und den Kindern in die Wohnung. Sie ist klein. Halb so groß wie unser Zuhause in Köln. Steinboden. Die Klimaanlage, die bei Bedarf auch warme Luft erzeugen kann, röhrt über dem Türrahmen. Dafür haben wir eine große Terrasse zum Innenhof, die mir Lucia gleich zeigt. Nach dem Flug und der Bustour bin ich ziemlich erschöpft und, ja, auch etwas enttäuscht über diesen Klotz, in dem wir nun wohnen.

Zurück in der Wohnung, kämpfe ich mich durch mehrere Stapel von Umzugskartons und öffne demonstrativ das Fenster im Kinderzimmer, um einen Blick in die Straßenschlucht zu werfen. Ein polyphones Hupkonzert, eingebettet in einen basslastigen Dröhnteppich, dringt herein. Die Fensterscheiben vibrieren, als unten ein riesiger Lastzug vorbeirauscht, dessen Anhänger ein gigantisches Ei mit Armen und Augen ziert. Das Ei kneift ein Auge zusammen und schnippt mit der linken Hand. Daneben ein Text, den ich mühelos lesen kann, auf Deutsch etwa: »Eiernudeln ... und die Sache läuft!« Irgendwie hatte ich mir Palma romantischer vorgestellt.

»Das nennst du eine etwas größere Straße in der Nähe? Ich nenne das einen Großstadt-Highway direkt vor unserem Fenster!«, sage ich zu Lucia.

»Ja doch, ich hatte eben keine Zeit, was anderes zu suchen. Ist 'ne Übergangslösung.«

»Eine Übergangslösung? Wir sollen über hundert Umzugskartons auspacken, um in ein paar Monaten wieder von vorne anzufangen?«

Ich sehe mich um. Verschiedene Insekten liegen rücklings im Staub auf der Fensterbank. »Okay, wir können keins dieser Fenster zur Straße jemals öffnen, wenn wir wollen, dass die Kinder ihren zweiten Geburtstag noch erleben. Das dürfte feststehen. Sonst noch was, das ich wissen sollte?«

Lucias Unterlippe fängt leicht an zu zittern, man sieht ihr die Anspannung an. Neuer Job, ein fremder Babysitter und vierzehn Tage mit zwei schreienden Kindern auf einer Matratze in einer ansonsten leeren Wohnung. Schon tut es mir leid, dass ich so heftig reagiert habe.

»*El Presidente* will gleich mit dir reden«, sagt sie.

»Der Präsident? Was für ein Präsident?«

»El presidente de la comunidad!«, sagt Lucia.

»El presidente de la comunidad«, wiederhole ich. In meinem Kopf rattert es. Gut, langsam. Nachdenken. *»El presidente«* ist der Präsident, und *»comunidad«* heißt Gemeinde. Ergo müsste es sich um den Gemeindepräsidenten handeln.

»Der Gemeindepräsident?«, frage ich mit einem gewissen Stolz auf meine Kombinationsgabe.

Keine Antwort.

»Von der Gemeinde Palma? Also der Bürgermeister, oder was jetzt? Wieso war der überhaupt da?«

»Ja, das ist die wörtliche Übersetzung, aber er ist mehr der Vorsteher der Hausgemeinschaft«, erklärt mir Lucia geduldig.

»Der Hausmeister?«

»Nein, eine Art gewählter Verwalter. Er wird für jedes Mehrparteien-Haus bestimmt. In unserem Fall ist es der Sohn der Vermieterin.«

»Was will nun dieser seltsame Präsident von mir?«

Lucia seufzt und streicht sich eine lange, dunkle Haarsträhne, die sich aus ihrer Frisur gelöst hat, hinters Ohr. »Er war schon zweimal hier, jede Woche einmal. Wegen der Kinder. Er sagt, so gehe es nicht weiter. Er möchte mit dir reden.«

Im Treppenhaus riecht es nach Chlor. Überall ist Marmor verbaut, oder zumindest ein Marmorimitat. Ich stehe vor der mächtigen Eichentür des Präsidenten, und schon die Tür kommt mir irgendwie unfreundlich vor. Sie ist viel größer als unsere und lässt dahinter mehr auf eine imposante Eingangshalle, denn auf einen simplen Flur schließen. Die handgedrechselten Ornamente des Portals gehen in dem finsteren Anstrich des Holzes schlicht unter. Als ich den schweren Messingring vor mir anhebe, um ihn gegen das imposante Tor zu schlagen, geht das Licht im Treppenhaus aus. Zeitschaltuhr. Im Dunkeln scheint der Türklopfer in einem finsteren Loch zu hängen. Es könnte aber genauso gut ein schwarzer Minotaurus sein, den ich gerade an seinem schmiedeeisernen Nasenring ins Treppenhaus ziehe.

Tumm! Tumm!

Schwer und träge wabert der Schall durchs Treppenhaus. Kurz darauf öffnet sich die Tür lautlos und gibt den Blick in einen schummrigen, hallenartigen Gang frei, an dessen Wänden riesige Gemälde über reichverzierten Kommoden prangen. Auf dem Boden schwarzer Marmor. Darauf ein dunkelbrauner Läufer. Darauf ein Mann in einer kurzen braunen Sporthose. Aus dem Gang riecht es stärker nach Chlor als am Kinderbecken eines städtischen Hallenbads. Ich mache das Licht im Flur wieder an.

Der Spanier vor mir hat einen stramm rechts gezogenen Scheitel und sehr hart aussehende, braungebrannte Waden. Sein Gesicht ist scharfkantig, falkenhaft und ebenfalls tiefbraun, die braunen Augen stehen eng zusammen. »Sie wollten mich sprechen.« Mein Gesichtsausdruck, so hoffe ich, ist eine Mischung aus Dolph Lundgren in *Rocky IV* und Andrej Valuev.

»*Si*, ich bin der Präsident der Hausgemeinschaft«, antwortet er und schiebt gleich hinterher: »So geht es nicht!« Dabei zieht er die Mundwinkel nach unten.

»Was geht so nicht?«

»Die Kinder! Ich kann seit zwei Wochen nicht mehr ausschlafen. Ab sieben Uhr morgens machen sie einen schrecklichen Lärm. Das geht doch nicht!« Seine Unterlippe kippt beim Reden nach vorne wie die Rückgabeschale eines alten Münzfernsprechers.

»Ich verstehe«, sage ich. »Sie meinen, die Kinder wachen um sieben Uhr auf, laufen in der Wohnung herum und spielen. Alles Dinge, die Kinder nun mal so tun.«

»Das geht so nicht! Ich bin der Präsident!« Empört pocht er an den Türrahmen.

»Was schlagen Sie vor? Wir warten jeden Morgen, bis Sie ausgeschlafen und gefrühstückt haben, dann rufen Sie uns an, lassen zweimal durchklingeln, und wir machen die Kinder los, die wir Ihnen zuliebe gefesselt halten?« Wow, wo kommen all diese Vokabeln her?

»Ich habe auch zwei Töchter«, sagt der Präsident mit gekränktem Unterton. »Sie sind schon etwas älter, aber ich weiß, wie das ist.«

»Dann wissen Sie sicher auch, dass man mit knapp

anderthalb Jahre alten Kindern nicht diskutieren kann. Zudem sind unsere sehr lebhaft.«

»So geht es jedenfalls nicht weiter!«, fährt er mich an. »Ihr Deutschen haltet euch sowieso für was Besseres. Ihr kommt auf die Insel, kauft alles auf und meint, ihr könnt euch deshalb aufführen wie die Barbaren. Ihr missachtet unsere Kultur und unsere Sprache.«

»Ich äh ... wir kaufen gar nichts. Außerdem ging es doch gerade um die Kinder«, wende ich ein.

»Cuadriculados que sois«, damit lässt er mich stehen und wirft die Tür ins Schloss. Ich drehe mich um und gehe die Stufen wieder hinauf.

»Der Präsident geht ja wohl gar nicht«, beschwere ich mich oben bei Lucia. »Seit wann sind die Spanier Kinderhasser? Das sagt man doch nur den Deutschen nach. Er hat uns als *cuadriculados* beschimpft. Was soll das heißen?«

Sie zuckt nur mit den Schultern, also nehme ich ein Wörterbuch zur Hand. »*Cuadriculado*, ich hab's: *kariert, Millimeterpapier* steht hier«, murmele ich vor mich hin. »Kariert? Wir Deutschen sollen kariert sein?«

»Vermutlich meint er damit so was wie penibel oder kleinkariert. Es könnte heißen, dass ihr zu schematisch denkt, keinen Platz für Improvisation lasst, eben zu geplant, spießig und festgefahren seid.«

»Ihr? Du hast gerade *ihr* gesagt.«

Lucia sieht mich an, als hätte ich sie auf frischer Tat ertappt. »Na, dann eben wir«, sagt sie leicht trotzig.

»Das ist doch alles erstunken und erlogen. Nur weil der Typ da unten keine Kinder mag, sind wir jetzt kleinkarierte Landbesetzer, oder was? Ich werde jedes

Geräusch aus seiner Wohnung registrieren, und wenn es das Letzte ist, was ich mache!« Um meinen Worten Nachdruck zu verleihen, haue ich mit der Faust auf den Tisch – wenn auch nordisch kontrolliert. »Wie heißt er eigentlich?«

»Pau. Er ist Chemiker. Unten im ersten Stock betreibt er ein Labor für Lebensmittelhygiene.«

»Tabellen mit Dezibelangaben werde ich erstellen und sie diesem Pau am Monatsende unter die Nase halten! Ich werde mich im Poncho und mit einem Riesensombrero auf den Treppenabsatz setzen, mich schlafend stellen und notieren, wann er mit wem nach Hause kommt. Außerdem, wann er daran denkt, zu kacken, wann er wirklich kackt, wie lange er kackt, ob er beim Kacken liest oder pfeift und wie laut er überhaupt kackt. Ach, was red ich, Kakerlaken werde ich ihm in sein blödes Labor schmeißen ...«

»Ganz ruhig«, beschwichtigt mich Lucia und streicht mir über die Hand, »komm mal runter. Ein Krieg nützt hier keinem was. Du bist gerade mal eine halbe Stunde hier. Wir kaufen Teppiche und achten ein bisschen drauf, dass die Kinder nicht so viel Lärm machen.«

»Nichts da!«, rufe ich. »Kommt her, Kinder. Lasst uns ein bisschen Ball spielen, im Wohnzimmer. Sofort!«

Am nächsten Morgen fange ich an die Kartons auszuräumen, baue das Wasserbett auf und richte mein kleines Studio ein. Der Plan: Auftragskompositionen für Kunden aus Deutschland und Spanien zu übernehmen, außerdem Soundlogos, Jingles, Telefonschleifen und ganze Songs zu komponieren, wenn's sein muss.

»Vielleicht kann ich ja ein paar alte Kontakte umleiten oder für Thomas arbeiten, sollte er komplett ausgelastet sein. Wenn es richtig gut läuft, könnte ich sogar abends mit einer professionellen Top-40-Band ein paar Euronen dazuverdienen«, hatte ich mir vorab ausgemalt.

Es war an einem Abend, kurz bevor Lucia endgültig in Palma zugesagt hatte, und wir saßen im Wohnzimmer bei einem Wein auf der Couch.

Natürlich würde ich die nächsten Monate nur den halben Tag dafür Zeit haben, schließlich betreute ich während der anderen Hälfte die Kinder. Wie lange das so sein würde, ließen Lucia und ich einfach offen.

»Vom kinderlosen Manager im Ruhrpott zum Musiker, Hausmann und Vater auf Mallorca in weniger als zwei Jahren«, sagte Lucia und sah mich an. »Bist du dir sicher, dass du das willst?« Sie sprach es zwar nicht aus, aber das Wort »Abstieg« schwang im Subtext mit, obwohl sie das selbst nie so sehen würde. Natürlich war es ihr wichtig, dass ich auch nach Mallorca wollte und nicht am Ende sie für alles verantwortlich machte, falls die Insel sich als Sackgasse herausstellen sollte.

»Zu Hause mit Kindern und Musik. Ich denke, es wird mir gefallen, zumindest bis wir uns dort eingelebt haben. Außerdem fällt mir auf die Schnelle nichts anderes ein. Wir haben ja nicht mal ausreichend Zeit, um uns von allen Freunden zu verabschieden. Wo soll ich da im Handumdrehen meinen persönlichen Masterplan herzaubern? Wenn ich jetzt ja sage, dann heißt das auch ja. Und damit basta. Und ich sage: Ja, wir gehen.« Ich war optimistisch.

Und ich versuchte es zu bleiben. Regale aufzubauen und dabei Jerry-Lewis-Grimassen zu schneiden, um zwei Kleinstkinder bei Laune zu halten, ist kein leichter Job. Aber wenn eines sicher ist, dann dass Kinder alles zum Vorschein bringen: brachliegende Talente, nie gekannte Charakterzüge, verschüttete Traumata und sogar längst vergessen geglaubte Gefühle. Plötzlich ist alles da, und irgendwie geht es tatsächlich.

Die vertrauten Gegenstände aus den Kisten nehmen der Wohnung gleich die Kühle und Fremde, und als Lucia am Abend von der Arbeit kommt, sieht es bei uns schon fast gemütlich aus.

Vier

Lucias Job ist besser als gedacht. Sie arbeitet inzwischen seit drei Wochen in der Firma und fühlt sich sehr wohl dort.

»Nettes Team, geregelte Arbeitszeiten, gute Bezahlung. Außerdem bin ich in drei Minuten zu Fuß am Hafen und kann in der Mittagspause die Promenade entlangspazieren«, zieht sie am Frühstückstisch Resümee.

»Schön«, sage ich.

»Denk dran, heute fängt der Hort an.«

Ich betrachte die Kinder, die das ganze Gesicht voller Marmelade haben und glucksen. Sophies Laune hat sich durchaus etwas gebessert, seit wir hier sind. Leider gilt das nur für die Stunden am Tage. Nachts ist sie immer noch eine unzähmbare Furie. Ich bin gespannt, wie sich die beiden im Hort machen werden.

Lucia hat die Kindertagesstätte *El monito*, das Äffchen, die ungünstigerweise am anderen Ende der Stadt liegt, bereits vor meiner Ankunft ausgewählt. Da wir auf ein Auto verzichten wollen, der Kinderwagen aber kaum in den Bus passt, bleibt mir wohl nichts anderes übrig, als jeden Tag schiebend ganz Palma zu durchqueren.

»Das wird schon«, sagt Lucia, »ich muss los, *beso*.« Sie drückt mir einen Kuss auf den Mund und ist verschwunden.

Den ausgedruckten Stadtplan in der Hand und zwei gestriegelte Kinder vor mir im Wagen, biege ich kurz von der Ringstraße in das verwirrende Gassenlabyrinth der Altstadt ab. Über eine halbe Stunde brauche ich, um mich hindurch zu kämpfen. Es sind bereits dreiunddreißig Grad im Schatten, und das Hemd klebt mir am Körper. Endlich biege ich in die kleine Stichstraße ein, die zur Kindertagesstätte führt.

El monito sieht von vorne aus wie der einzige Punkschuppen in der gesamten Hinterpfalz: Fenster und Türen sind vergittert, die Fassade wurde mit lila-weißer Farbe so gestaltet, dass man von weitem einen Fantasy-Himmel zu erkennen glaubt. Bei genauerer Betrachtung ähnelt das Ganze allerdings eher einem Blauschimmelbelag, der sich über die Jahre auf dem Putz breitgemacht hat.

Ich schelle. Prompt öffnen uns gleich zwei Frauen.

»Hola, soy Maria José«, brüllt mich die kleinere der beiden in Konzertlautstärke an. Offensichtlich hat sich ihr Sprachapparat jobbedingt über die Jahre prächtig entwickelt.

Maria José, übersetzt Maria und Josef, ist ein mütterlicher Typ. Sie hat strahlende, gütige Augen und trägt einen gestärkten ärmellosen Kittel, aus dem ihre teigigen Oberarme herausquellen. Man fühlt sich bei ihr auf Anhieb so geborgen wie bei der Wurstverkäuferin, die einem als Kind eine Scheibe Fleischwurst gereicht hat.

Fast hätte ich daher aus dem Reflex heraus gesagt: »Ich hätte gerne fünfhundert Gramm Kalbsleberwurst und ein Viertel Pfund Schweinskopfsülze.« Stattdessen bringe ich keinen Ton heraus.

Da sagt die andere Frau: »*Hola, yo también soy Maria José*, ich bin auch Maria und Josef.«

Die beiden lachen. Man merkt dem Lachen eine leichte Mühe an, als handele es sich um einen überstrapazierten Scherz. Vermutlich haben sie diese Szene schon eintausend Mal durchlebt. Der Einfachheit halber werde ich die Frauen durchnummerieren.

Maria und Josef 2 ist im Gegensatz zu Maria und Josef 1 weniger kastenförmig, sondern verjüngt sich eher birnenförmig in Richtung Kopf. Für eine spanische Frau ist sie riesig und fällt zudem durch die lange, spitze Nase auf, auf der eine Hornbrille mit schwindelerregend starken Gläsern sitzt, überdacht von einem gegelten Kurzhaar-Rasen in Vinylschwarz.

Ich versuche an ihnen vorbeizuspähen, kann aber nicht viel von dem Hort sehen. Direkt hinter ihnen befindet sich eine zweite, verschlossene Tür, hinter der gedrosseltes Gebrüll hervordringt.

»*Bueno*, ich wollte mich nur kurz vorstellen«, sagt Maria und Josef 2 und verschwindet durch eben jene Tür.

»Das sind also Sophie und Luna. Zwillinge! So etwas Herrliches! Deine Frau Lucia hat uns bereits informiert«, röhrt Maria und Josef 1.

»*Si«*, sage ich und will eintreten.

»Leider kann ich dich nicht mit reinlassen«, sagt Maria und Josef 1.

Ich bin verblüfft und verstehe gar nichts mehr. »Wie bitte?«

»*Pues*, wir haben die Erfahrung gemacht, dass eine abrupte Entwöhnung von den Eltern für alle Beteiligten am besten ist. Du kannst die Kinder um zwei Uhr wieder abholen«, erklärt sie mir so laut, dass die nächsten vier Straßenzüge auch noch mithören können. Im Zeitlupentempo formt sie dabei mit dem Mund alle erdenklichen geometrischen Figuren und rudert asynchron mit den Armen.

Fast hätte ich die Kinder einfach abgestellt und wäre ihr blind in den Hort gefolgt. Für immer. Aber Sophies Geschrei erinnert mich daran, dass es ausnahmsweise einmal nicht um mich geht. Ich lade Maria und Josef 1 nacheinander die Zwillinge auf die massigen Arme.

»Bis dann.« Sie dreht sich um und öffnet kurz die zweite Tür, was mit beiden Kindern im Gepäck gar nicht so einfach ist.

»Papaaa!«, jaulen die Mädchen, die gar nicht wissen, wie ihnen geschieht, und die Arme über den Rücken von Maria und Josef 1 hinweg nach mir ausstrecken.

»Papa kommt ja gleich wieder, ihr Süßen.«

Es hilft nichts. Da verschwindet die mollige Erzieherin mit den plärrenden Kindern auch schon hinter der Tür. Ich muss erst mal tief Luft holen. Ganz so abrupt habe ich mir den Abschied nicht vorgestellt.

Für ein paar Sekunden kann ich nun doch sehen, was drinnen vor sich geht. Gleich hinter der Tür ist ein Gatter, an dem mindestens zehn Kinder stehen, darunter Latinos, Afrikaner und Spanier, die mit beiden Händen die Gitterstäbe umklammern und brüllen, was das Zeug hält. Dann sind da noch ein paar winzig kleine Baby-Fuzzis, die noch nicht laufen können. Die Erzieherinnen haben sie einfach im Kinderwagen liegen lassen und in die tobende Meute der Kleinkinder geschoben. Nun bilden die regungslosen Maden einen eigenartigen Kontrapunkt zu dem wilden Gebalge der mobilen Infanterie. Wie ein Kannibalenstamm springen die Älteren um die Wägen mit den Neugeborenen herum und plärren wildes Zeug hinein.

Für einen Moment fühle ich mich an das Pflegestift erinnert, in dem ich mal ein Sozialpraktikum gemacht habe. Die alten Menschen wurden einfach im Rollstuhl vor den Fernseher im Gemeinschaftsraum geschoben, wo dann das Kinderprogramm mit *Tom & Jerry* lief, gefolgt von *Glücksrad* und *Der Preis ist heiß*. Irgendwann, wenn beinahe alle in die Windeln gemacht hatten, wurden sie wortlos zurück auf ihre Zimmer geschoben. Die ganze Zeit über gab keiner der Alten auch nur einen Ton von sich, bis auf einen Mann, den wir alle den »Spanier« nannten, obwohl er nach Aussage seiner Angehörigen nie in Spanien gewesen war. Er war achtundsiebzig Jahre alt, kam aus Meppen und hatte einen Schlaganfall erlitten. Seitdem war sein Sprachzentrum geschädigt, und er brachte nur noch ein einziges Wort heraus: *»Olé!«* Dieses *»Olé!«* hatte alle, aber wirklich alle, die dort arbeiteten, über die Jahre zermürbt. Leider war es dem alten Mann nicht möglich, dieses Wort zu variieren. Ein zackiges *»Olé!«* hätte immerhin auf dringenden Stuhlgang schließen lassen oder ein langes *»Olééé!«* seinem Schlafbedürfnis Ausdruck verleihen können. Aber nein, immerzu das gleich intonierte Wort, das man dann nach Belieben interpretieren durfte. Und was bekam man wohl auf Rückfragen, ob man auf der richtigen Fährte sei, vom Spanier zu hören? Korrekt: *»Olé!«*

Die Altenpflegerin Elke, die drei Liter Kaffee am Tag trank und mit fünfzig noch eine Pippi-Langstrumpf-Frisur hatte, sagte mal: »Wenn die Menschen im Alter wieder zu Kindern würden. Einen perfekten Kreislauf erjäbe dat. Dat hätte de läve Jott doch jut jemaat, oder etwa nisch?«

Damals nickte ich nur höflich, ohne zu verstehen, was sie meinte.

Das gelingt mir erst jetzt, als ich vor dem lärmerfüllten Hort stehe, in den gerade das Kostbarste und Nervigste verschwunden ist, das es in meinem Leben gibt.

Maria und Josef 1 taucht nur Sekunden später in bester Laune wieder vor mir auf, obwohl ich Sophies Geschrei noch deutlich hinter ihrem Rücken ausmachen kann.

»*No te preocupes*«, beschwichtigt sie mich, »mach dir keine Sorgen. Am Anfang fällt es allen schwer.«

»*Si, si*«, sage ich und versuche meine Unruhe damit niederzukämpfen, dass ich den Kinderwagen zusammenklappe, um ihn im Eingangsbereich abzustellen.

»Äh, der ist zu groß und passt hier nicht rein.«

»*Cómo*, wie bitte?« Verdattert lasse ich den Falt-Schalt-Doppel-Hebel mit zweifacher Laschen-Klemmbremse los und starre Maria und Josef 1 an. »Was soll ich mit dem Wagen in der Zwischenzeit machen?«, frage ich.

Nach einigem Hin und Her schenkt mir Maria und Josef 1 ein Lächeln zum Niederknien. Das Lächeln bedeutet, dass ich den leeren Kinderwagen ab jetzt zweimal täglich durch Palmas Innenstadt schieben darf.

Auf dem Heimweg denke ich über die beiden Marias und Josefs nach. Wie konnte nur so ein Name entstehen? Vielleicht trauen die per se eher technikkritischen Spanier dem Ultraschallgerät nicht recht über den Weg. Praktisch, wie sie nun mal sind, überlegen sich die werdenden Eltern zu Beginn der Schwangerschaft daher einen Namen, der sowohl für weibliche wie auch für männliche Nachkommen passen würde. So können sie das Ganze gelassen abwarten. Egal, was es wird, einer der Namen geht immer. Wäre Maria José ein Junge geworden, hätte man den Namen kurzerhand umgedreht und es wäre eben ein kleiner José Maria daraus geworden.

Schon häufiger habe ich über einige Namen der Spanier länger grübeln müssen. Vor allem über den einen oder anderen Mädchennamen, auf die wir bei der Namenssuche für unsere beiden Halbspanierinnen gestoßen sind: Dolores = Schmerzen, Montserrat = Sägeberg, Soledad = Einsamkeit, Concepcion = Empfängnis.

»Gestatten, Sägeberg Schmitz mein Name«, oder: »Herzlich willkommen, Frau Schmerzen Schröder«. Man könnte ja mal einen Mix zwischen deutschen und spanischen Vornamen versuchen. Alle können prima je nach Geschlecht hin und her gedreht werden: Dolores-Paul = Wenn es ein Junge wird, eilt ihm sein Ruf als Türsteher und Schläger voraus. Als Mädchen scheint dagegen eine Karriere als Apothekerin vorgezeichnet. Montserrat-Horst = Damit steht einer vielversprechenden Karriere im Bergbau nichts im Wege, und zwar egal, ob es ein Junge oder ein Mädchen wird.

Soledad-Ernst = Als melancholische Schönheit wird das Kind in völliger sozialer Isolation aufwachsen. Es wird nur nachts auf den Spielplatz gehen, im Schwimmbad Toter Mann spielen und auf Kindergeburtstagen statt »Happy Birthday« weinend »As time goes by« singen.

Erheitert komme ich zu Hause an, falte den Wagen zusammen und fahre mit dem Aufzug zur Wohnung hoch. Endlich mal ein bisschen Ruhe. Ich gehe auf die Terrasse und blicke in den dunklen fünfeckigen Innenhof hinunter. Er scheint von den Nachbarn in den angrenzenden Häusern nicht genutzt zu werden, vermutlich gar nicht zugänglich zu sein. Nur ein platter Ball und ein trostloses, auf dem Kopf liegendes Kanu bezeugen, dass irgendwann schon mal jemand dort unten war. Wenn man im fünften Stock wohnt, ist man in Palma schon so hoch, dass man von der Terrasse die Stadt über der Stadt betrachten kann.

Ich liebe die Antennenwälder und windschiefen Kabuffs, die überall auf den Dächern der Häuser stehen. Eine ganz eigene Welt, die von der Straße nicht zu sehen ist. In Barcelona wohnen über den sündhaft teuren Stadtwohnungen oft die Rosenverkäufer und Junkies in ihren Verschlägen. Sie springen den Angehörigen der Oberschicht auf den Köpfen herum und schnappen ihnen das Licht weg. In Palma ist es vielleicht ähnlich.

Ich lege mich auf eine aufgeblasene Luftmatratze in die Sonne. Der Autolärm drängt kaum herüber, dafür kreisen Lachmöwen über der Stadt und kichern hexenartig aus der Ferne.

Eine Stunde später wache ich verschwitzt auf und taumele in die Wohnung. Vor meinen Augen tanzen bunte Punkte, die Morgensonne hat mich geröstet. Das Ergebnis im Spiegel ist eindeutig. Ich schmiere mir etwas kühlende Aftersuncreme ins Gesicht. Was ist das nur für ein Zeug in der Creme, das sich meine Wangen bei fünfunddreißig Grad so anfühlen, als würde ich sie aus dem offenen Fenster einer Gletscherbahn halten?

Ich nutze die freie Zeit, um die letzten Installationen fertigzustellen und der Wohnung einen persönlichen

Touch zu verleihen. Vor allem muss ich noch die Fenster zur Straße dämmen, denn die ersten Nächte im neuen Heim waren nur mit Ohrstöpseln zu ertragen. Ich habe gerade damit angefangen, da bimmelt mein Handy.

»He, *cariño*, wie war es im Hort?« Lucia ruft aus dem Büro an.

»Ganz okay, die beiden haben zwar geweint, aber die Erzieherinnen sind sehr nett. Sie heißen beide Maria und Josef … Leider kann ich den verfluchten Wagen nicht dalassen.«

»Hm, das ist blöd. Aber Hauptsache, die Mädchen kommen mit den Betreuerinnen klar.«

Ich blicke auf die Uhr und zucke unweigerlich zusammen. »Ja, und wo wir schon mal dabei sind: Ich muss wieder los.«

Die Sonne brennt jetzt richtig vom Himmel, was sich auch in der Stadt bemerkbar macht. Die Straßen wirken deutlich aufgeräumter als am Morgen. Diesmal halte ich mich ausschließlich an die große Ringstraße und bin etwas schneller am Ziel.

Wieder klingele ich bei *El monito*.

Maria und Josef 1 öffnet, auf dem Arm die völlig entkräftete und zittrige Sophie. Durch die zweite Zwischentür erkenne ich im Hintergrund Luna, die sich offenbar schon mit einem Kannibalenstamm verbündet, ja es bereits zur Anführerin gebracht hat. Wie besessen rennt sie um die Kinderwägen herum und schreit den Säuglingen »DICKEDICKEDICKEDICK!« oder »TJJERPIG-BUMBA-HOYAAAHHH!« entgegen. So laut, dass einem das Blut in den Adern gefriert.

Maria und Josef 1 drückt mir die wimmernde Sophie in den Arm. »Das wird schon«, sagt sie nur.

Um meine Tochter mache ich mir ehrlich gesagt

weniger Sorgen als um Maria und Josef 1, denn die arme Frau ahnt noch nicht, welche Sturheit und damit verbundenen Kräfte in der kleinen Zwiebel wohnen. Ich setze Sophie in den Wagen, Luna klettert bestens gelaunt auf ihren Platz, und wir ziehen los.

»Bis morgen«, ruft Maria und Josef 1, und es schallt wie ein Donnerhall durch die kleine Gasse.

Die Erzieherin soll recht behalten. Die Wochen gehen ins Land, und es wird tatsächlich besser. Die Kinder gewöhnen sich an den Hort und ihre neuen Betreuerinnen, Lucia gewöhnt sich an das verlangsamte spanische Arbeitstempo sowie die Pfiffe aus den offenen Autofenstern, wenn sie mit dem Rad vorbeidüst, und ich gewöhne mich an unser seltsames Zuhause.

Als ich eines Nachmittags mit den Zwillingen nach Hause komme, finde ich einen Zettel vor der Haustür. Pau!, denke ich sofort. »Bitte die Ruhezeiten einhalten. Das geht doch nicht!«, steht darauf.

Welche Ruhezeiten? Das klingt ja wie in einer deutschen Rehaklinik im Schwarzwald. Bisher bin ich davon ausgegangen, dass die Spanier zu den lautesten aller Völker gehören und damit konsequenterweise eben auch zu den lärmunempfindlichsten.

»Wo sind wir hier bloß gelandet?«, frage ich die Kinder.

Sie blicken mich mit großen Augen an.

Acht Wochen bin ich jetzt hier, und ich komme nicht umhin festzustellen, dass Pau bei uns eingezogen ist. Dazu braucht er kein eigenes Zimmer in unserer Wohnung. Es reicht, dass wir bei jedem heruntergefallenen Spielzeug und jeder Quengelei der Mädchen sofort an ihn denken.

Kaum landet ein Plastikteller beim Frühstück auf dem Boden, sehen wir Pau unten in seinem Eichenbett wie ein Klappmesser hochschießen, die Schlafbrille abnehmen und seiner Frau zuzischen: »Unglaublich! Was machen diese Deutschen denn da? Hammerwerfen?« Spielen die Zwillinge abends Fangen oder zerren sie einen Puppenwagen durchs Wohnzimmer, sehen wir Pau, wie er in seinem Ohrensessel sitzt und die sehnigen Waden in den Teppich stemmt. Poltern wir morgens durchs Treppenhaus, klebt Pau am Spion, und wenn ich Gitarre übe, wer geht da ein Stockwerk tiefer kopfschüttelnd auf und ab und lamentiert: »Das ist doch keine Musik!«? Klar: Pau.

Mit diesem Mann bricht für mich gleich am Anfang unseres Mallorca-Abenteuers eine kleine Welt zusammen. Nicht nur, dass er uns das Leben zur Hölle macht, nein, er wirft auch meine langgehegten Klischees, dass die Spanier lockere, entspannte und tolerante Sonnenmenschen sind, völlig über den Haufen. Das hier hat eher den Geruch von Schrebergartenkolonie und Waldhornkapelle. Und Pau ist überall: In dem fünfstöckigen Haus nimmt er allein drei Geschosse in Beschlag für Labor, Lager und Wohnung. Es ist sein Haus, und obendrein ist er der Präsident der Hausgemeinschaft – auf Lebenszeit. Zu seinem Verdruss hat seine Mutter im dritten Stock ein nettes argentinisches Studentenpaar einziehen lassen, die den ganzen Tag kiffen und Manu Chao hören. Sie nennen Pau schlicht *el enfadado* – den Griesgram.

Es ist wie verhext, denn sobald der allgegenwärtige Pau in unserer Vorstellung gerade dabei ist zu verblassen, ruft sich der echte Pau durch einen Besuch oder eine Nachricht in unserem Briefkasten in Erinnerung.

Das Pau-Muster ist immer gleich: Es klopft. Pau steht im Freizeitdress vor mir. »*Por favor*, so geht das doch nicht! Diese Kinder!«

Einmal hat er uns sogar ernsthaft beschuldigt, seine Ehe zu gefährden. Er würde mittlerweile schon nicht mehr mit seiner besseren Hälfte ausgehen, da an ein Ausschlafen am nächsten Morgen nicht zu denken sei.

Ist er mit seinem Lamento fertig, spule ich meinen immer gleichen Text ab, der da lautet: »Gehen Sie doch zu Ihrer Frau Mama und beschweren Sie sich. Die hat uns die Wohnung schließlich vermietet, wohl wissend, dass zwei kleine Kinder eben auch Lärm bedeuten. Außerdem frühstücken wir an den Wochenenden Ihretwegen extra auf der Terrasse und haben mehrere Teppiche ausgelegt. Wenn Ihnen das nicht genügt, können Sie ja ausziehen.« Dabei lasse ich absichtlich jedes Mal weg, dass ich die letzten Nächte auf einer Isomatte vor der Tür des Kinderzimmers verbracht habe. Das alles nur, weil die Zwillinge zuvor zwanzigmal versucht haben, zu uns ins Bett zu steigen, und ich sie immer wieder unter unerträglichem Geheul zurückgebracht habe.

Ich würde Pau nur zu gerne mal einen Wert aus meinen Dezibeltabellen zu seinem eigenen Lärmpegel unter die Nase halten, aber meine Feldforschungen diesbezüglich sind leider völlig erfolglos geblieben. Bisher habe ich nicht das leiseste Geräusch aus seiner Wohnung wahrnehmen können. Seltsam. Selbst dann nicht, wenn ich ein Ohr so fest es geht auf die Steinfliesen presse oder im Treppenhaus vor seiner Tür kurz verharre. Nichts.

»Du führst dich schon genauso auf wie er«, hat Lucia neulich erst beim Abendessen zu mir gesagt.

Spießer-Magie, habe ich gedacht und geantwortet: »Man muss selbst zum Spießer werden, will man andere Spießer überführen.«

Hinter der Ruhe muss etwas anderes stecken, etwas Düsteres, denke ich jetzt. Meine Theorie: Pau hat seine Frau und seine Töchter vor Jahren in Lauge aufgelöst und wahrt nach außen den Schein einer glücklichen Familie. Wenn er im Labor Feierabend macht, rennt er die Treppe hoch, wirft sich in die Klamotten seiner Frau und kocht sich Grünkohl mit Pinkel. Im Goofy-Schlafanzug seiner Töchter zieht er sich dann amerikanische Vorabendserien rein, derweil seine Liebsten zwei Stockwerke tiefer in Kanistern hin und her schwappen.

Ich laufe gerade auf der Suche nach Windeln durch die Wohnung, als es klingelt. Die Twins haben mal wieder den Rekord im Synchronkacken gebrochen. Das kann nur Pau oder die Post sein, denke ich und spurte den Flur entlang, verfolgt von den quengelnden Mopsmonstern, die sich müffelnd, müde und miesepetrig an meine Waden heften.

Als ich die Tür öffne, steht wider Erwarten ein Mann vor mir, der aussieht wie eine Kreuzung aus Antonio Banderas und Räuber Hotzenplotz. Auf seiner blauen Latzhose steht in weißen Lettern *»Telefono«*. Er blickt mich unter seinen feuchten Latinolocken aus Rehaugen an.

»Si?«, frage ich und lasse mir nicht anmerken, dass es von links unten nach abgelaufener Erbsensuppe und von rechts unten nach totem Hund riecht.

Der Mann sagt so etwas wie: *»ZzaazzzAO!«*

Danach lässt er zufrieden die Hosenträger schnalzen und geht wortlos an uns dreien vorbei in die Wohnung.

Die Kinder sind ausnahmsweise mal ruhig und gucken ihm verdutzt hinterher.

Der Fremde sieht sich kurz im Wohnzimmer um, dreht sich zu uns um und meint: *»MmmmAO. ZzzAO?«* Er lässt erneut die Hosenträger schnalzen und sieht mich erwartungsvoll an.

Das war offensichtlich eine Frage. »Wie bitte? Ich verstehe nicht!«, bringe ich fahrig heraus, denn der Gestank der vollen Windeln lenkt mich extrem ab.

Vielleicht spricht der Typ Portugiesisch, oder er spielt beim Sprechen mit der Zunge an einer der hinteren Kronen herum.

»Äh, was suchen Sie denn genau?«, frage ich. »Das Telefon vielleicht?«

Nun sieht er mich zum ersten Mal leicht verstört an und sagt etwas deutlicher, mit völlig verständnislosem Gesichtsausdruck: *»Telefono y Internehhh!«*

»Internet?«, rufe ich freudig aus und mache ein paar Schritte auf ihn zu. Vor Aufregung greife ich ihn an beiden Unterarmen und schüttele sie leicht. »Wirklich? Sie haben jemanden geschickt, um Telefon und Internet zu installieren?«

Der Mann nickt, zieht die Arme weg und geht ein Stück zurück.

»Ich sterbe ohne Internet und habe schon seit acht Tagen kein Internetcafé mehr aufgesucht, um meine Mails abzurufen«, erkläre ich ihm hektisch.

»Na und?«, sagt er.

»Wie na und?« Gut, in den letzten Monaten haben sich in meinem Posteingang fast ausschließlich wohlgemeinte Hinweise darauf gefunden, dass ich nur einmal lebte und daher sicherlich poppen wolle wie ein Weltmeister, wenn ich nach der angepriesenen Penisverlängerung aus meinem *Dwarf* erst mal einen *Giant* gemacht hätte. Aber das ist sicher nur eine Phase, die bald vorübergeht. Bald wird es wieder lange, schön geschriebene E-Mails voller spannender Geschichten hageln. Außerdem geht ihn das überhaupt nichts an.

»Nichts übertrifft eine handgeschriebene Karte an Schönheit, *aaaooo!*«, sagt er. »So und nicht anders habe ich meine Frau für mich gewinnen können.«

Ich nicke, während die Zwillinge weiter vor sich hin stinken.

»Allerdings ist das Internet ganz schön gefährlich. Eine Illusion, die uns vordergründig die Angst nimmt, irgendwas auf dem Planeten zu verpassen, tatsächlich aber schmerzhaft aufzeigt, wie klein unser Handlungsradius in Wahrheit ist. Letztlich ist die Fülle an nichtqualifizierten Informationen nichts weiter als eine Nicht-Information, da wir für jede nützliche zehn unnütze erhalten, die es zu sieben gilt. Das alles ist im Grunde so nötig wie ein Kropf. Früher hat es auch keiner vermisst, das Internet.« Nach seinem Mini-Vortrag lässt er effektvoll die Hosenträger schnalzen.

»Ich«, stottere ich perplex, auf der Suche nach Gegenargumenten, »ich … weiß nicht. Ich kann jederzeit sehen, wie das Wetter in … in Simbabwe ist oder wie es um mein Bankkonto bestellt ist. Und dann sind da auch noch die Online-Flohmärkte. Dort kann man schöne Schnäppchen machen«, behaupte ich.

Der Techniker mustert mich gelangweilt. Gerade so, als wüsste er, dass ich erst vor kurzem in Köln zur Reparatur eines Gitarrenkabels von Strotzkopf 007 einen halben Meter Schrumpfschlauch ersteigert habe, den ich Tage später halb so teuer im Baumarkt gesehen habe.

»Na ja, der beste Werbeträger für Ihren Berufsstand sind Sie nicht gerade«, sage ich.

»Könnten wir jetzt bitte fortfahren?« Der Spanier atmet ungewöhnlich lange und vernehmbar laut aus.

»Natürlich. Also, ich nehme an, Sie suchen die …« Mein Redefluss wird unversehens von einer Vokabellücke gebremst. Woher zum Geier soll ich wissen, was Buchse auf Spanisch heißt? Also forme ich mit Daumen und Zeigefinger der rechten Hand so gut es geht ein Quadrat und fahre mit dem gestreckten linken Zeigefinger hinein, als Kabelsimulation sozusagen. Es dauert knapp zwei Millisekunden, bis in meinem Hirn ankommt, was ich da gerade simuliere, und ich hoffe inständig, dass diese Geste in Spanien nicht als eindeutige Aufforderung zum Kopulieren verstanden wird.

Der Mann sieht mich einen Moment lang an, als hätte ich nicht alle Tassen im Schrank. Dann nickt er, und wir machen uns daran, die Wände nach besagter Buchse abzusuchen, während die Kinder noch immer wie Bleigewichte an meinen Hosenbeinen kleben.

Hinter dem Sofa entdecke ich sie.

Mit einem Schraubenzieher aus seiner Latzhose öffnet der Spanier den Plastikdeckel. *»ZzzzAO«*, sagt er, »das Kabel fehlt.«

Was zum Himmel bedeutet das jetzt schon wieder? Ich muss dreimal nachfragen, bis ich verstanden habe, dass es sich bei dem Anschluss um eine Attrappe handelt. Man hat also eine Telefonbuchse in die Wand gebaut, ohne ein Kabel zu verlegen.

Sei es drum. Wir suchen also die anderen Räume ab, bis wir schließlich in meinem Studio hinter einem der Verstärker fündig werden. Wieder nur eine Attrappe.

Ich kann mir keinen Reim darauf machen, immerhin haben hier vor uns bereits etliche Generationen von Mietern gewohnt. Alle ohne Telefonanschluss? Offenbar gibt es an der Sachlage nichts zu deuteln. Es führt kein Telefonkabel in diese Wohnung.

»Das war's dann wohl«, sagt der Mann fröhlich. »Kein Kabel, kein Telefon, kein Internet.«

Fassungslos starre ich ihn an. Ich würde jetzt gerne gegen irgendwas treten, aber die Kinder hängen noch immer an meinen Beinen. »Bitte, Sie müssen mir helfen«, flehe ich. »Mein halbes Leben spielt sich im Netz ab.«

»*Pues*, dann sollten Sie achtgeben, dass die andere Hälfte hier bei Ihren Kindern bleibt«, sagt er und reibt sich über das Gesicht. »*Vale* – okay«, brummt er schließlich. »Ich ziehe das Kabel über die Fassade und zapfe weiter unten eine der bestehenden Leitungen an, die außen am Haus entlanglaufen.«

»Was? Sie wollen ein loses, etwa zwölf Meter langes Kabel aus unserem Fenster im fünften Stock werfen, das dann über vier Stockwerke an den Fenstern der Nachbarn vorbei quer über die Fassade baumelt, um es unten an irgendein Kabel zu löten, das an der Hauswand entlangläuft? Habe ich das richtig verstanden?«

Pling! Keine Antwort, nur die Hosenträger.

»Sind Sie verrückt?«, frage ich.

»Internet oder kein Internet?«

»Okay, dann los!«

»Damit wir das Kabel nicht aus dem Fenster hängen müssen, bohre ich gleich hier neben der Buchse ein Loch, dann können wir es dort hinausführen, *zzzaaaooo*.«

»Ein Loch durch die Außenwand bis nach draußen? Die Wand ist über einen halben Meter dick!« Ich bin fassungslos.

Der Bohrer, den der Spanier nun aus dem Auto heraufholt, hat etwa vier Zentimeter Durchmesser und eine Länge von circa sechzig Zentimetern. In Deutschland braucht man für so etwas vermutlich einen Waffenschein und allein fürs Anschalten eine Genehmigung der Bauaufsichtsbehörde.

»Also, vielleicht sollte ich erst schnell unsere Vermieterin anrufen und ihr sagen, dass wir im Begriff sind, ein neues Fensterloch zur Straßenseite zu bohren.«

»Ach was, *maaoo*«, sagt der Techniker und zieht sich eine Schutzbrille über die Augen.

Die Kinder rennen panisch aus dem Zimmer, als der Hotzenplotz-Latin-Lover unter ohrenbetäubendem Lärm den Bohrer einschaltet. Das alte Gemäuer hat ihm nichts entgegenzusetzen, und binnen Sekunden bricht er durch die Wand. Mit der Spitze des Geräts schiebt er die restlichen Brocken aus dem Loch, die auf der anderen Seite fünfzehn Meter tief zwischen irgendwelchen Anzugträgern auf den Gehweg prasseln. Ungläubig beuge ich mich zu dem Loch hinunter und spähe hindurch. Ich kann dem Nachbarn auf der anderen Straßenseite in rund fünfunddreißig Metern Entfernung dabei zusehen, wie er seelenruhig auf dem Balkon Blumen gießt.

»Äh, ich muss mich mal kurz um die Kinder kümmern«, sage ich.

»Moment noch«, ruft der Telefonmann. »Sie müssen mich festhalten, *maaaooo*!«

»Okay, festhalten, ja. Wieso festhalten?«

»*Zaoo*, ich muss draußen an der Wand eine Klammer befestigen, damit das Kabel nicht direkt vor dem Fenster Ihres Nachbarn baumelt. Es läuft sozusagen erst mal durch die Schelle nach rechts und fällt dann hinunter, *caoo*!« Ehe ich es mich versehe, hat er das Fenster geöffnet, sich mit dem Oberkörper hinausgelehnt und ruft leicht gequetscht: »Jetzt!«

Ich schnappe nach den Waden des Spaniers, der nunmehr mit dem Oberkörper in schwindelerregender Höhe hängt, und halte ihn so gut ich kann fest. Nach einer Weile verkrampfe ich leicht und ächze seinem Hinterteil entgegen: »Hm, wie lange noch?«

In diesem Moment kommen die panisch schreienden Kinder zurück und heften sich erneut an meine Waden. Der beißende Kotgestank dringt sofort wieder in meine Atemwege. So stehen wir noch eine ganze Weile da, in dieser eigenartigen Wadenpolonaise. Ich an den Waden des Latinos, die Kinder an meinen.

Irgendwann werden meine Hände leicht schwitzig, und ich merke, wie mir die stark behaarten Waden des Mannes ein Stück nach vorne wegrutschen. Nur seine massiven knöchelhohen Arbeitsstiefel bieten mir jetzt noch den nötigen Halt, damit die Aktion nicht in einem Desaster endet. »Ich … ich kann Sie nicht mehr lange halten«, rufe ich.

Von der Straße aus sieht das Ganze vermutlich nach einem Ehedrama aus, bei dem der eifersüchtige Gatte den Liebhaber aus dem Fenster hängt.

»Bin gleich fertig!«, ruft es vom Hintern her zurück. Er hat die Klemme offensichtlich bereits angebracht und das Kabel so gut wie hindurchgefädelt. »*AAAOOO*. Jetzt, ziehen Sie mich hoch«, befiehlt er.

Ich komme mir vor wie beim Hochseeangeln, auch wenn ich diesen Sport nur aus dem Fernsehen kenne.

»WAS IST DENN HIER LOS?«, höre ich plötzlich eine Stimme hinter mir.

Vor Schreck lasse ich ein Bein los, und der Techniker rutscht wieder ein Stück in Richtung Straße. Synchron fangen wir beide an zu schreien, woraufhin ich nach dem freien Bein greife und mich gleichzeitig umdrehe. Im Türrahmen steht Lucia, mehrere Einkaufstüten in der Hand. Die Kinder eisen sich von mir los, um sich nahtlos an ihre Schenkel zu heften.

»Schatz, ich habe dich gar nicht kommen hören«, sage ich.

»Was machst du da mit dem Mann?«, fragt sie.

»Erklär ich dir später. Könntest du mir vielleicht kurz helfen, bitte?«

Mit vereinten Kräften ziehen wir den Telefonmann in die Wohnung zurück.

»*Ya está*, das war's«, sagt er verschwitzt. Er wolle jetzt nur noch schnell unten am Haus das Kabel anzapfen, dann könnten wir in ein paar Minuten surfen und telefonieren. Ein letztes, leises Schnappen der Hosenträger, ein kurzes Nicken in Lucias Richtung, und der Spanier verlässt die Wohnung.

»Der Mann installiert das Internet und die Telefonleitung«, sage ich.

Lucia und die Kinder sehen mich nur mit tellergroßen Augen an.

Fünf Minuten später fahre ich auf Verdacht den Computer hoch. E-Mail-Programm öffnen und auf »Abrufen« klicken. Sofort poppt eine Meldung auf. »Es konnte keine Verbindung zum Internet hergestellt werden«, steht da.

Doch dann verschwindet die Fehlernachricht, und ein Strichbalken ist zu sehen, der sich langsam füllt. »Rufe 178 E-Mails ab« ist nun zu lesen.

»Ich glaub, ich spinne«, rufe ich. »Es geht!«

Lucia antwortet nicht.

Nach kurzer Durchsicht lösche ich einhundertvierundsiebzig Mails und gehe ins Wohnzimmer, wo Lucia mit den Kindern auf dem neuen Teppich sitzt und mit Bauklötzen spielt.

»Tse, der Typ war vielleicht lustig. Er hatte irgendwie was gegen das Internet. Meinte, er hätte seine Frau nur durch Briefe erobert.«

»Ist ja ein Ding«, sagt Lucia, ohne aufzublicken. »Genau wie du.«

»Ja, aber bei uns waren es E-Mails. Wie dem auch sei, jetzt haben wir endlich wieder Internet. Gut, dass du den Termin mit der Telefongesellschaft ausgemacht hast.«

»Ich?«, sagt Lucia und blickt mich erstaunt an. »Ich dachte, du hast da angerufen.«

Fünf

Die große Anzeigetafel auf der Ringstraße zeigt schon vierunddreißig Grad, dabei ist es gerade mal neun Uhr morgens.

Für meinen täglichen Gang zu *El monito* habe ich mittlerweile eine Lieblingsroute. Sie ist zwar etwas länger als der direkte Weg, aber die paar Meter extra lohnen sich. Bekomme ich doch dabei etliche Facetten der Stadt zu sehen.

Ganz unbescheiden gesagt, bin ich als knapp eins neunzig großer Mann, der einen knallroten Hightech-Doppelsitzer schiebt, eine kleine Attraktion. Nicht zuletzt weil in dem Wagen zwei Mädchen sitzen, von denen die eine blonde Locken und die andere die Statur einer Mini-Siebenkämpferin hat. Jedenfalls fallen wir hier in Palma deutlich mehr auf als in Köln. Wenn wir von einer der Avenidas auf die Plaça d'España zurollen, vorbei an der Can Gaietà, dem leuchtenden Beispiel des *modernismo*, dem katalanischen Pendant zum Jugendstil, kann sich kaum jemand ein Lächeln verkneifen.

Zuerst kommen die Touristen vor der berühmten Bar Cristal, die vor ihrem *café con leche* sitzen und die Seele baumeln lassen. Einige winken frisch und erholt, andere noch ein wenig deplatziert, als wären sie erst vor ein paar Minuten auf der Insel gelandet. Es sind fast ausschließlich Deutsche. Von allem etwas. Strubbelige Berliner, kerzengerade Schwaben und laute Rheinländer. Manchmal zeigen sie mit dem Finger auf uns und sprechen so laut, dass ich es mühelos hören kann.

»Ei, ei, ei, guck emol dooo!«

»Inge, häässe jesonn? Zwo Schtück.«

»Det is aber janz schön viel Abeit, weeste.«

Von der Bar aus kann ich auch den »Snack to go«-Shop von schräg gegenüber sehen, in dem heute wieder Gema, eine ganz reizende Mallorquinerin mittleren Alters, hinter der Theke steht. Sie sagt über ihre Landsleute, dass sie misstrauisch und verschlossen seien, was ihrer Meinung nach mit den vielen Invasoren zu tun hat. Unter den Römern, Wandalen, Byzanztinern, Mauren, Wikingern, Katalanen und Pauschaltouristen habe die mallorquinische Identität gelitten. Daher stamme auch der derzeitige Trend von Wirtschaft und Politik, die Inselkultur so stark zu fördern, zumal das Katalanisch unter Franco verboten war und erst seit Anfang der achtziger Jahre wieder als Amtssprache anerkannt ist. Gema indes liebt diesen Mix der Kulturen, schlicht weil es sonst viel zu langweilig wäre.

Wie immer, wenn sie Dienst hat, kommt sie auf die Straße gelaufen und versperrt uns den Weg. »*Oh mis niñas más guapas, un beso*, meine wunderhübschen Mädchen, bekomme ich heute keinen Kuss?«

Die Zwillinge lassen sich nicht lange bitten und küssen die quietschende Gema eifrig ab. Gegen zwei Mini-Croissants, versteht sich. Während die Kinder vor sich hin mümmeln, tauschen wir uns über die neusten Scheiben von John Mayer oder Joe Bonamassa aus. Gema liebt Blues.

»Genau wie mein Sohn«, ruft sie immer wieder aus, »er liebt den Blues. Er wohnt in einem kleinen Dorf, aber wenn er mal wieder in die Stadt kommt, müsst ihr euch kennenlernen.«

»*Si*«, verspreche ich und schiebe den Wagen langsam weiter in Richtung der beliebten Einkaufsstraße Calle de San Miguel. Schließlich wartet Maria und Josef 1 schon auf uns.

Die San Miguel bietet einem schon in den frühen Morgenstunden allerlei Sehenswertes. Frauen um die vierzig, die rauchend und wie von einer unsichtbaren Schnur gezogen an uns vorbeihetzen und dabei die Füße so exakt voreinander setzen, dass man meint, sie würden – bei nur einem Schritt zur Seite – ins Bodenlose fallen. Dann sind da noch reiche Geschäftsleute, die aussehen wie eine unbekannte, leicht bösartige Fischart. Sie brüllen in ihre Handys, als wären es Megaphone. Viele der »Palms«, so nenne ich die männlichen Einwohner von Palma, in meinem Alter bevorzugen dagegen den guten, alten Sascha-Hehn-Look: flockiges kastanienbraunes Haar, Mittelscheitel, gelbes Lacoste-Shirt, weiße Bundfaltenhose und dazu diese Segelschuhe mit den durchgezogenen Lederbändchen an der Seite. Es scheint ihnen gutzugehen.

An der Ampel spielen sich die Mallorquiner gerne an den Eiern herum, selbst wenn ihre Frauen danebenstehen. So viele schlechtsitzende Hosen kann es doch gar nicht geben. Und in puncto Reinlichkeit sind die Spanier eigentlich auch ziemlich weit vorne.

Aber vielleicht geht es hier ja auch ums nackte Überleben der Palms, und es hat gar nichts mit mangelnder Hygiene zu tun, wie auf dem Wiener Platz in Köln, wo der eine oder andere schon mal ein paar Gliederfüßer in der Hose von rechts nach links schiebt. Nein, vielleicht geht es den Männern hier vielmehr darum, die Pampe flüssig zu halten. Denn wer bei vierzig Grad im Schatten nicht regelmäßig mit seinem Glockenspiel bimmelt, der läuft Gefahr, dass ihm die Schlacke stockt und er mit einem sperrigen Baiser im Sack herumlaufen muss. In Deutschland gibt es allerdings auch genügend Männer, die sich in der U-Bahn gerne mal »am Riemen reißen« und einen dabei ansehen, als hätten sie gerade den Schlüssel zum Universum entdeckt.

Zur Rechten passieren wir nun das mondäne Café Cappuccino, aus dem gerade ein paar Frauen unschätzbaren Jahrgangs herauskommen. Ihre Figuren sind echt toll, und die Haut ist gespannt wie ein Schlagzeugfell. Einzig ihr leicht O-beiniger, wackeliger Gang lässt darauf schließen, dass hier Etikettenschwindel betrieben wird.

Vielleicht ist es auch das Meersalz in der Luft, das die Haut konserviert, aber beim zweiten Hinsehen spiegeln ihre Wangen die einfallende Sonne wider wie die Glasfassade eines Bankgebäudes in der Frankfurter Innenstadt. Ja, einige sind gar von derart pergamentartiger Qualität und Reinheit, dass ich ihnen am liebsten mit Sepiatinte eine Geschichte auf die Wange schreiben möchte.

Wie oft wollte ich schon mit einem flotten »Hallo, wie geht's?« auf den Lippen an einer dieser schlanken Schönheiten mit lockigem Haar vorbeirollen und musste dann auf halber Höhe feststellen, dass da nur das Gesicht des alten Klaus Kinski auf den Körper von Gisele Bündchen geklatscht wurde. Ausatmen und schnell weiter, lautete dann die Devise.

Schönheit und Jugend sind hier auf Mallorca extrem wichtig. Viel wichtiger als in Deutschland. Überall an den Häuserwänden sieht man Typen mit David-Beckham-Frisuren und darunter eine Telefonnummer, die man anrufen soll, sofern man im Bikinimonat eine ähnliche Body-Line wünscht. Jede Frau, die etwas auf sich hält, geht wöchentlich zum Friseur und steckt jeden ersparten Euro in den perfekt modellierten Traumbusen.

Mir ist erst nach mehreren Wochen aufgefallen, dass es hier in der Innenstadt mehr *Institutos estéticos* gibt als Sand am Meer. Diese Schönheitsinstitute sind nicht etwa halb staatliche Einrichtungen, wo promovierte Wissenschaftler dermatologische Tests an Laborratten durchführen. Nein, das sind schlicht und einfach Beauty-Kokons, die aus hässlichen Raupen wunderschöne Falter machen sollen. Hier werden Rücken enthaart, halbe Gesichter hinter die Ohren getackert, hier wird Fett abgesaugt und Botox gespritzt. Seite an Seite mit den unzähligen Immobilienbüros teilen diese Institute die Ladenfronten der Shoppingmeilen unter sich auf. Es würde mich nicht wundern, wenn es hier und da einen Durchgang gäbe und der Inhaber, der gerade noch links Gesichter eingerenkt hat, nun rechts mit Hilfe von Photoshop Fassaden verschönert und Quadratmeterzahlen aufrundet. Ist ja irgendwie dasselbe.

Am Mercado del Olivar, der Markthalle von Palma, kommen mir zwei ungepimpte, naturbelassene Omas mit vollen Tüten entgegen. Sie vermögen ihre freudige Neugier genauso wenig zu zügeln wie ihre Pendants in Deutschland. »*Qué son? Gemelas?*«, fragen sie. »Sind das etwa Zwillinge?«

»Si«, rufe ich stolz und biege in eine der weniger belebten Gassen ab.

Ich gelange zur Plaza de San Antonio, einem Schnittpunkt zwischen den Einkaufstempeln, einem Neubaublock und dem kleinen *Gitano*-Viertel, in dem teilweise sogar Fenster und Türen fehlen. Während überall in dieser Stadt ein hektisches Gewusel herrscht, bewegt sich auf diesem Platz rein gar nichts. Prostituierte lehnen gähnend an Schaufenstern, und vor den Hauseingängen stehen fußlahme Greise und starren ins Leere. Als wir an ihnen vorbeirollen, formen sie plötzlich mit ihren spitzen Lippen ein stummes »O« oder werfen lachend den Kopf in den Nacken. Dabei kann ich den Tabak aus ihren Hälsen riechen.

Noch ein letztes Mal biege ich auf die Ringstraße, wo uns Kinder in dunkelblauen Schuluniformen entgegenkommen. Viele von ihnen sprechen mit südamerikanischem Akzent. Dann tauche ich in das Geflecht der schmalen Straßen jenseits der Avenidas ein und rolle in die Calle de Sant Antoni Ribas, zu *El monito*.

Kaum habe ich geklingelt, öffnet Maria und Josef 1 die Tür.

»Hooola!«, schmettert sie mir entgegen.

Luna springt sofort auf die Erzieherin zu, Sophie hingegen klammert sich an meinen Hals, als ich sie aus dem Wagen nehme, und weint.

Längst hat Maria und Josef 1 ihre Beschwichtigungen eingestellt, stattdessen nimmt sie Sophie wortlos entgegen. »Das Kind ist stur wie ein Esel, aber es ist schon viel besser geworden«, sagt sie und küsst Sophie liebevoll auf die Wange. Erst jetzt bemerke ich, dass die Stirn von Maria und Josef 1 aussieht wie eine beschlagene Badezimmerwand nach einer langen, heißen Dusche.

Nachdem sie verschwunden ist, mache ich mich pfeifend auf den Rückweg, auf dem ich eigenartigerweise ebenso großes Aufsehen errege. Vor allem von älteren Damen ernte ich zahlreiche mitleidige Blicke. Zunächst konnte ich mir keinen Reim darauf machen, aber vermutlich halten sie mich für einen traumatisierten Vater, der in einer Scheinwelt lebt und glaubt, dass seine Kinder noch immer im Wagen säßen.

Jetzt brauche ich erst mal einen Kaffee, daher steuere ich die Bar Sangrera an, die zu meinen Lieblingsbars gehört. Obwohl sie direkt an einer der Avenidas liegt, ist so gut wie nie jemand hier. Das Mobiliar stammt original aus den fünfziger oder sechziger Jahren: überall Gilb, Patina und Löcher in den mit PVC bezogenen Stühlen mit Schaumstoffpolster. Eine Karte gibt es hier nicht, dafür steht neben dem Eingang ein handbeschriebenes Pappschild, auf das jedoch nicht mehr als fünf Getränke passen. Der Besitzer Angel, ein Mann um die sechzig, trägt stets eine Bundfaltenhose und ein perfekt gebügeltes Hemd, so, als wäre er bereit für einen Sonntagsspaziergang an der Strandpromenade und nicht für die Arbeit hinter der Theke. Seine Mutter, die im Rollstuhl sitzt, ist auch immer da. Meist hockt er mit ihr in einer Ecke der Bar und schaut fern, wenn ich komme. Er kümmert sich rührend um die alte Dame und lässt alles stehen und liegen, sobald sie auch nur die Hand hebt.

Angel gehört noch zu der Gattung von Barmännern, die selbst entscheiden, ob und wann der Gast bedient wird. So warte ich auch heute, als einziger Gast, fast eine Viertelstunde, bis er an meinen Tisch kommt.

»*Gracias*«, bedanke ich mich, als er mir kurz darauf den bestellten *cortado* bringt. Zwei Schlucke, dann lege ich ein paar Münzen auf den Tisch. Seine Mutter winkt mir zum Abschied, glaube ich zumindest, und weiter geht's, zum Einkaufen.

Im Supermarkt funktioniere ich den Kinderwagen zum Einkaufswagen um und lege Bier, *jamón* Serrano, frischen Fisch, Bier, Wein, Brot und Gemüse hinein. An der Kasse muss ich erst das vorherrschende Prinzip der Langsamkeit verstehen. Die Kassiererin mit dem kreisrunden Gesicht und den riesigen Augen zieht jedes einzelne Teil so langsam und zärtlich über den Scanner, als würde sie den Rücken ihres Liebhabers mit einem Eiswürfel entlangfahren, und hält dabei noch in aller Seelenruhe einen Schwatz mit ihrer Kollegin.

Unglaublich, die Spanier reden wie Maschinenpistolen, fahren ultraschnell Motorrad und bewegen die Füße beim Flamenco fixer als gedopte Nähmaschinen, aber beim Arbeiten ist alles anders. Da macht sich eine Ruhe in ihnen breit, die auf einen Nordländer beinahe schon provozierend wirken muss. Ruhig bleiben, besser ich gewöhne mich dran. Zudem wirken die Leute hier wirklich entspannter und ausgeglichener, als ich es aus den Supermärkten in Köln kenne. Zeit existiert auf dieser Insel offensichtlich nur, um verbraucht zu werden, und nicht, um sie zu sparen.

Ich schiebe den Wagen über die Calle del General Riera in Richtung Wohnung, als mich ein paar Meter vor der Haustür ein unrasierter Mann abfängt. Er bleibt vor dem Wagen stehen, faltet entzückt die Hände und sagt: »*Qué guapos son*, was für wunderschöne Kinder Sie doch haben.«

Dann streichelt er über die Bierdosen, die aus der Einkaufstüte hervorlugen, und fragt: »Na, wie heißt ihr Süßen denn?« Gefolgt von einem nicht enden wollenden Ducados-Brüll-Husten und einem gutgemeinten Schulterklopfer.

Ich grinse ihn nur freundlich an und gehe weiter.

Zu Hause räume ich die Sachen ein und rufe Thomas an. Leider läuft das Studio schleppend, weshalb er mir gerade keine Aufträge durchreichen kann. Es sieht also ganz danach aus, als müsste ich selbst auf Kundenfang gehen.

Ich nutze die kinderfreie Zeit, um ein bisschen Gitarre zu spielen, was ich schon sehr lange nicht mehr getan habe. Spontan wähle ich die handgefertigte Selmer-Style-Gitarre und hole sie vorsichtig aus dem Koffer. Ich spiele Djangos »Montagne Saint Genevieve«.

Plötzlich eine Art Geheul, so, wie es Wölfe bei Vollmond von sich geben. Es ist weiß Gott nicht unüblich, dass die Spanier ihre Köter auf die winzigen Balkone sperren und stundenlang jaulen lassen. Ich stöpsele die Gitarre ab und horche. Ja, das Geheul kommt eindeutig aus Paus Wohnung und ist eingebettet in ein tiefes Knurren und Brummen, als wäre da doch noch ein anderes, ein größeres Tier. Das Eigenartige ist, dass Pau gar keinen Hund hat, schon gar nicht zwei. Es hätte auch gar nicht zu ihm gepasst, allein der Hygiene wegen. Ich notiere im Logbuch: »06. 08., 11.30 Uhr MEZ, entsetzliche Wolfslaute und tiefes Bärenknurren aus Paus Wohnung. Ein sehr großes Tier scheint ein kleineres zu malträtieren. Deutliche Überschreitung der erlaubten Dezibelgrenze. Fühle mich in der Ausübung meiner kreativen Tätigkeit auf das Empfindlichste gestört. Werde das weiter beobachten.«

Zufrieden spiele ich noch ein paar Phrasen von Pat Martino, bis ich eine Pause mache, um kurz den Müll runterzubringen und nach der Post zu schauen. Als ich, den Müllbeutel noch in der Hand, unten im Treppenhaus den Briefkasten aufschließen will, höre ich, wie sich der leere Aufzug mit einem Rumpeln schließt und nach oben schwebt. Auf der Digitalanzeige über der Schiebetür leuchtet die Vier. Paus Stockwerk.

Im Briefkasten finde ich obendrein eine Nachricht von Pau. Er schreibt, er habe in einem verborgenen Winkel des Treppenhauses eine Puppe unserer Kinder gefunden. Unerhört sei das, wirklich unerhört, immerhin empfange er Kunden im Labor. Was sollten die denn denken? Die Puppe habe er daher gleich entsorgt. Das gibt Krieg, denke ich, für die Puppe, das Gejaule in der Wohnung und stellvertretend für jede weitere zu Unrecht verletzte Seele auf diesem Planeten.

Mit einem kurzen »Bing« meldet sich der Aufzug im Erdgeschoss zurück. Eigentlich habe ich keine Lust auf eine laute oder gar handgreifliche Konfrontation im Treppenhaus, doch jetzt ist alles egal. Ein wirklich großer Feldherr muss seinen Gegner auf jedem Terrain schlagen können. Die Tür des Fahrstuhls öffnet sich.

»Hören Sie … äh, *hola*«, sage ich.

»Hola!«, brummt ein zwei Meter großer, bärtiger Mann im Outfit eines KFZ-Mechanikers und nestelt am Reißverschluss seiner Arbeitshose herum. Er klingt ein bisschen wie ein sehr großer Bär. Dahinter tritt Pau aus dem Aufzug, der alles anderes als angenehm überrascht wirkt, als er mich sieht.

»Haben Sie die Nachricht gelesen, die ich Ihnen in den Briefkasten geworfen habe?«, fragt er.

Wortlos hebe ich die Hand und wedele mit dem Zettel.

»Gut, dann wissen Sie auch, dass es so nicht geht. Die Puppe, dieser ewige Lärm.«

»Für jemand, der entgegen der von Ihnen verfassten Hausordnung in der Wohnung große Hunde oder andere jaulende Tiere hält, nehmen Sie den Mund gerade ein bisschen zu voll, oder? Schönen Tag noch«, sage ich und betrete den Aufzug.

Ich bin kaum zurück in der Wohnung, da klingelt das Telefon. Deutschland. Meine Eltern.

»Hallo-oo, wir wollten mal wieder hören, wie es euch so geht. Habt ihr euch inzwischen eingelebt?«, singt meine Mutter, eine waschechte Rheinländerin.

Wider Erwarten waren sie und mein Vater sehr tapfer, als wir ihnen bei Kaffee und Kuchen unsere Auswanderpläne gesteckt haben. Dafür müssen wir jetzt natürlich regelmäßig telefonisch Bericht erstatten.

»Och joo«, antworte ich. »Wir haben 'nen blöden Nachbarn erwischt, und Sophie schläft sehr unruhig, aber sonst läuft alles ganz gut.«

»Ist das eigentlich weit weg von Paguera, wo ihr jetzt seid?«

»Paguera? Keine Ahnung. Wieso?«

»Na weil wir doch vor achtundzwanzig Jahren mit dir dort waren.«

»Was, ich war schon mal auf Mallorca? Das ist ja ein Ding«, sage ich und versuche irgendein Bild zu dem Namen Paguera aus meinem inneren Archiv zu bergen. Vergeblich.

Meine Mutter geht nicht weiter darauf ein. »Danke für die schönen Bilder, die ihr uns geschickt habt, wir haben sie uns hier auf dem Computer angesehen. Die

Kinder sehen so fremd aus, irgendwie so … so spanisch.«

»Mamaaa, die beiden sind Halbspanierinnen, schon vergessen? Vielleicht suggeriert das aber auch nur der Ort.«

»Hmm. Jedenfalls wollte ich sagen, dass ich euch ein Paket geschickt habe. Etwas Geld, Kleider für die Kleinen und was zu naschen.«

Ich hole tief Luft. »Mama! Das sollst du doch nicht. Wir sind hier nicht in Bangladesch. Wir können uns alles kaufen, keine vierzig Meter von hier ist ein Laden, es gibt sogar deutsche Supermärkte. Das Porto wird dich mehr gekostet haben als der Inhalt.«

»Ach«, seufzt sie, »die Kleinen freuen sich doch immer so.«

»Natürlich, danke. Ich melde mich dann … nächste Woche mal, oder so.«

»Grüß Lucia ganz lieb. Ach, und wisst ihr schon, ob ihr Weihnachten kommt?«

»Äh, es ist August, und wir haben noch nicht mal alle Kartons ausgepackt.«

Sechs

»Kannst du diesmal bitte gehen?«, stöhnt Lucia. »Ich bin schon fünfmal aufgestanden.«

Es ist mitten in der Nacht, und Sophie schreit wie am Spieß. Sie ist ein Schreikind. Seit ihrer Geburt vor sechzehn Monaten hat sie keine einzige Nacht durchgeschlafen. Wir auch nicht.

»Ja, bin schon unterwegs«, sage ich und rolle mich über die Seite aus dem leicht glucksenden Wasserbett.

Im Kinderzimmer steht Sophie im Schlafsack am Bettgitter und schreit panisch. Aus ihrem Gesicht ist alles gewichen, was Kinder süß aussehen lässt, und meine Tochter ist der Mörderpuppe Chucky deutlich näher als den gepuderten Babys aus der Penaten-Werbung. Luna schnarcht.

Ich setze mich auf einen Stuhl, halte ihre Hand durch das Holzgitter und fange an zu singen. Das Geträller wird sie jedoch nur vorübergehend beruhigen. Ich verschaffe uns damit etwas Zeit, mehr nicht. Nach ungefähr vierzig Minuten schlage ich zum ersten Mal vor Müdigkeit mit dem Hinterkopf gegen die Wand. Meine Lider sind bleischwer. Das mantra-artige Wiederholen ein und desselben Satzes, nämlich »Auf einem Baum ein Kuckuck saß, Simsalabimbambasaladusaladim«, zeigt selbst bei mir Wirkung. Ich merke noch, wie mir Sophies schwitzige, kleine Hand aus den Fingern gleitet, dann wird alles still und friedlich. Endlich.

»Chef, lukki, lukki. Billiger, billiger. Kaufen, kaufen!«, ruft irgendwer und reißt mich aus meinem wertvollen Schlaf.

»Lucia? Sophie? Was ist denn?«, frage ich todmüde.

Ich öffne die Augen für den Bruchteil einer Sekunde, nur um sie sofort zu einem Spalt zu verengen, denn ich blicke genau in die pralle Mittagssonne. Wo bin ich? Was zum Teufel ist los?

Langsam schiebt sich die rundliche Silhouette eines Kopfes zwischen mich und den glühenden Ball, und ein wohltuender Schatten fällt mir aufs Gesicht. Nun kann ich die Augen endlich vollständig öffnen. Ein Afrikaner in einem schrillen Gewand und mit einer Plastikrolle in der Hand, auf der an die zwanzig Uhren hängen, hockt über mir.

»Chef, lukki, lukki!« Er klingt heiser.

Aus der Ferne dringt das Gemecker von Gokarts herüber. Von rechts nähert sich eine Einpropellermaschine, an der eine Werbebotschaft hängt.

Hilfesuchend richte ich mich auf und schaue mich um. Überall Sand und Menschen in Badekleidung. Hinter mir sitzen meine Eltern unter einem Sonnenschirm. Dem Himmel sei Dank! Doch irgendetwas stimmt nicht. Mein Vater hat schwarzes, volles Haar, üppige Koteletten und einen Kinnbart. Auch die Brillengläser sind anders – größer und dunkler. Meine Mutter ist viel schlanker und trägt die Haare zu einem Zopf gebunden. Das ist mir völlig neu. Die beiden essen Wassermelone aus einer Kühltasche. Auch ich habe mich verändert. Ich trage eine Badehose Größe

XS. Wir schreiben das Jahr 1978. Ich bin ein fünfjähriger Junge am Strand von Paguera.

»No, krahzias«, sagt mein Vater und bedeutet dem fliegenden Händler mit einer Handbewegung, er solle weiterziehen.

»Magst du was trinken, Schatz, eine Capri-Sonne vielleicht?«, fragt meine Mutter und wirft einen Blick in die Kühltasche.

»Ja«, sage ich, »klar.« Hastig durchsteche ich mit dem Strohhalm das feine Aluhäutchen, trinke die Tüte aus und rolle das untere Ende zu einer Wulst zusammen, um auch noch an die letzten Tropfen zu kommen.

»Es wird langsam zu heiß«, sagt mein Vater, wobei er die Stirn fachmännisch in Falten legt, unter dem Schirm hervorlugt und die Sonne betrachtet. »Wir sollten in die Anlage zurückgehen, an den Pool.«

Sofort klemme ich mir den silbernen Plastikdelphin mit dem freundlichen Gesichtsausdruck unter den Arm und spurte über den glühend heißen Sand in Richtung Strandpromenade, während meine Eltern in Ruhe die Sachen zusammenpacken.

»Kommt«, rufe ich. »Kommt doch!«

Die Ferienanlage, in der wir Urlaub machen, besteht aus mehreren weißen, kastenförmigen Bungalows, in deren Mitte ein kleiner, nierenschalenförmiger Pool eingelassen ist, keine zweihundert Meter vom Strand entfernt. Allerdings handelt es sich nicht um irgendeine Ferienanlage. Nein, diese Anlage gehört einem gewissen Mister Pumpernickel alias Chris Howland, dem bekannten englischstämmigen Showmaster und Komiker.

Für meine Eltern offensichtlich das Spannendste am ganzen Urlaub. So spannend, dass sie sogar über die achtspurige Ameisenstraße, die quer durch ihr Schlafzimmer verläuft, und den schlechten Empfang des Fernsehers mit Zimmerantenne hinwegsehen, wenn auch zähneknirschend. Natürlich ist Herr Howland selbst nie da, aber das kann meine Mutter nicht davon abbringen, ständig »Pumpernickel« zu rufen und gleich danach loszugackern. Für mich ist Chris Howland nichts weiter als der Depp aus den Winnetou-Filmen.

Am Pool ist es voll. Die Liegen sind abgezählt, für jeden ist eine da. Zielstrebig steuert mein Vater auf seine zu, während meine Mutter kurz die Sachen in den Bungalow bringt. Ich mag den Pool, weil man unter Wasser die Augen auch ohne Taucherbrille aufmachen kann. Im Meer geht das nicht so gut. Es gibt einen flachen Bereich für Kinder, der an einer kaum sichtbaren Kante des Beckenbodens endet und in den deutlich tieferen Schwimmerbereich übergeht.

Als ich ins Wasser springe, ist niemand drin. All die glänzenden Körper liegen strahlenförmig um das Becken, als wollten sie die Sonne selbst nachbilden. Es ist sogar zu heiß zum Reden. Beißender Chlorgeruch schießt mir in die Nase. Das Wasser des Pools ist deutlich kühler als das im Meer. Es ist sogar kühler, als ich es in Erinnerung habe. Ich öffne die Augen und merke es sofort. Aus Versehen bin ich hinter der Kante gelandet, im tieferen Wasser. Hier ist es dunkler, kühler … Meine Füße finden keinen Halt. Ich ertrinke.

Alles geht ganz schnell, und dennoch scheint alles zeitlupenhaft verlangsamt. Ich schreie. Aber was nützen Schreie unter Wasser, selbst wenn oben alles still und friedlich daliegt? Ich rudere wild mit den Armen. Vergebens.

Ich sehe die Sonne, die von oben in den Pool knallt,

ein wenig wabert und schaukelt, aber sie ist ein Kreis, immer noch, selbst hier unten im Wasser. Unter mir befinden sich Hunderte von diesen blauen Fliesen. Gestern erst habe ich sie noch gezählt – im Nichtschwimmerbereich. Ich sehe das komische Bullauge vor mir, in dem ein Scheinwerfer untergebracht ist, damit der Pool auch im Dunkeln etwas hermacht. Neulich Nacht konnte ich von meinem Zimmer aus beobachten, wie einige Jugendliche ihn mit ihren Körpern bedeckt haben. Von oben hat es so ausgesehen, als glühten ihren Bäuche, aber der Pool war fast dunkel. Ich sehe auch den Beckenrand, aber ich werde ihn nicht erreichen.

Panik empfinde ich nicht. Mir fehlt die präzise Vorstellung vom Tod. Ich kann nicht sterben. Ich bin ein Kind. Kinder sterben nicht, schon gar nicht bei Pumpernickel. Und in Filmen sterben auch immer nur die Alten und Fiesen. Ich schlage noch ein paar Mal mit den Beinen, fast lustlos. Es macht weder Geräusche, noch bringt es mich ein Stück nach vorne. Nur wenige Sekunden bis zur völligen Bewusstlosigkeit. Kein Tunnel, keine Bilderabfolge. Nichts.

Wasser läuft mir in die Lungen.

Dann zischt es, und ein brauner, gestählter Körper sticht auf elf Uhr ins Wasser. Von unten sehe ich zwei große Luftblasen aus seinen Nasenlöchern entweichen, die rechts und links von seinem Schnauzer an die Oberfläche blubbern.

Mit einem festen Griff unter meine Achseln stemmt er mich nach oben: Papa!

Nee, Herr Engels aus Düsseldorf.

Herr Engels aus Düsseldorf hat zwar nicht hingesehen, aber er hat instinktiv mitgezählt. Sein archaisches

Jagdgefühl hat ihm gesagt, dass etwas Lebendiges irgendwann wieder auftauchen muss, wenn es zuvor ins Wasser gesprungen ist. Wäre ich ein Grauwal, hätte mich Herr Engels vor ein paar tausend Jahren vermutlich harpuniert, sobald ich aufgetaucht wäre, aber wir schreiben das Jahr 1978. Herr Engels hat nichts außer Tiroler Nussöl zur Hand, ich bin ein Kind von fünf Jahren. Herr Engels hat mir das Leben gerettet.

»Sie sind sozusagen unser Schutz-Engels«, bedankt sich meine Mutter überschwänglich bei ihm.

Natürlich will ich für den Rest des Urlaubes genauso sein wie Herr Engels. Vom Tag meiner Rettung an imitiere ich ihn. Seinen Gang. Wie er spricht. Wie er isst. Wie er ein Getränk ansieht, bevor er es ansetzt und hinunterkippt. Hätte ich schon Bartwuchs, ich würde mir den gleichen Schnauzer stehen lassen wie er. Alleine des Bierschaums wegen, der nach jedem Schluck kurz an seinen Bartspitzen haftet und dann auf mysteriöse Art verschwindet. Heimlich schaue ich mir auch die Art ab, wie er seine Frau anfasst, wenn wir über die Strandpromenade flanierten – für später sozusagen.

Herr Engels mag Witze. Am liebsten die, bei denen drei bis vier Männer unterschiedlichster Herkunft, etwa ein Amerikaner, ein Franzose, ein Chinese und ein Ostfriese, in derselben Situation stecken und unterschiedlich reagieren. Vom Hochhaus springen, in einem Bienenschwarm ausharren, in der Bar protzen. Also erfinde ich täglich neue Länder-Witze, renne zu der Sonnenliege, auf der Herr Engels gerade friedlich döst oder Zeitung liest, und zähle ihm die neuesten so schnell und nervös auf, als ginge es um das obligatorische Weihnachtsgedicht vor der großen Bescherung. Er wäre nicht Herr Engels, wenn er nicht mit viel Humor und Verständnis darauf reagieren würde. Mein Herr Engels!

Ein paar Tage später fahren mein Vater und ich mit dem Bus aufs Land. Er hat eine Überraschung geplant. Nach ein paar Kilometern auf engen, von Bruchsteinen gesäumten Straßen, biegen wir auf einen staubigen Camino ein und halten schließlich neben einer ovalen Sandpiste. Ein Eselverleih. An die fünfzig Tiere stehen gleich neben dem Parkplatz und warten darauf, mit ihrem Ballast aus Oberhausen, Stuttgart und Kiel in die ovale Bahn getrieben zu werden. Es handelt sich dabei um eine von Erdwällen umspannte Sandpiste, in der die Esel zeigen können, was in ihnen steckt – was natürlich auch für die Tiere gilt.

Beim sogenannten *ase mallorquí* handelt es sich um eine eigene Eselrasse, die es nur auf der Insel gibt. Die Tiere sind schwarz und etwas größer und kräftiger als normale Esel – allerdings auch etwas sturer.

Schon aus dem Busfenster halte ich nach einem geeigneten Kandidaten Ausschau. Ich traue meinen Augen nicht, denn inmitten dieser müffelnden Horde steht ein einzelner weißer Esel. Der Moby Dick unter den Eseln! Muli Dick! Der Auserwählte! Schneeweiß, mit durchtrainierten, geäderten Läufen und einer stolzen Kopfhaltung, wie man sie sonst nur von Lipizzanern kennt.

Der Bus hält. Ich reiße mich von meinem Vater los und renne auf den Esel zu. Den muss ich reservieren, denke ich. Das ist meiner. Ein großer Mann mit fleischigen Armen und einer Fotokamera um den Hals hat sich auch schon in Bewegung gesetzt und visiert Muli Dick an. Verdammt.

Eine Frau ruft: »Da, seht nur! Der weiße Esel!«

Unruhe kommt auf, denn jetzt will ihn jeder. Aber ich habe einen guten Vorsprung, bin nur noch wenige Meter entfernt. Doch auf einmal biegt der Mann mit der Kamera in meine Spur ein, und wir rennen Kopf an Kopf durch die grauschwarzen Paarhufer. Muli Dick hebt schon den Kopf, jetzt hat er uns gesehen. Ich kann den schweren Atem des Mannes neben mir hören, da kommt jemand von hinten angeprescht, touchiert uns und taucht durch unsere Mitte nach vorne. Ich erheische noch einen kurzen Blick auf den Läufer, bevor ich abgedrängt werde und vollends aus dem Tritt komme. Habe ich dieses Hemd heute nicht schon mal gesehen?

Ich muss mich mit aller Kraft abfangen, um nicht zu stolpern und gegen den Esel neben Muli Dick zu knallen. Dem Mann neben mir geht es nicht anders. Als ich endlich zum Stehen komme und erschöpft die Hände auf den Knien abstütze, brauche ich nicht mehr nach oben zu schauen. Ich weiß es auch so. Es ist das weißblau karierte Hemd meines Vaters.

Alle anderen haben in der Zwischenzeit natürlich längst ihre Wahl getroffen, so dass für mich und meinen Widersacher nur noch die Esel-Ausschussware übrig bleibt.

Von den letzten beiden mausgrauen, brotfertigen Eseln, die wir noch finden, erwischt mein Mitstreiter immerhin den, der noch einen Rest Mähne und ein paar Zähne im Maul hat. Na toll, da habe ich den Pumpernickel-Pool überlebt, um mich nun auf dem ältesten Klappergestell des gesamten Mittelmeerraumes wiederzufinden. Mein Esel hat Mundgeruch und sieht aus wie ein altes Holland-Rad, über das jemand einen

Parka geworfen hat. Als ich mich auf seinen durchhängenden Rücken setze, spüre ich jede einzelne seiner Rippen. Fairerweise müsste ich ihm anbieten, auf mir zu reiten.

»He, hopp!«, rufe ich, doch er rührt sich keinen Zentimeter vom Fleck. Indes sehe ich meinen Vater ruhmreich auf Muli Dick davonreiten, der ihm aufs Wort gehorcht. Es scheint, als wären die beiden eine Einheit, als hätten sie schon immer zusammengehört. Dabei wusste ich nicht mal, dass mein Vater überhaupt reiten kann. Soweit ich mich erinnere, hat er nie ein Tier auch nur angefasst.

Einer stummen Prozession gleich zockeln die dunklen Tiere samt Reiter in die Arena, als warteten sie nur auf weitere Anweisung meines Vaters. Ich bilde mit meinem langsam dahintrottenden Esel die Nachhut, gute fünfzig Meter hinter Vater und Muli Dick.

Als alle Tiere endlich innerhalb der ovalen Sandbahn traben, verschärft die Spitzengruppe um meinen Vater leicht das Tempo. Für viele der Schwarzwald-Cowboys und Ruhrpott-Djangos ist das schon der Todesstoß und sie müssen die anderen davonziehen lassen. Mein Vater dagegen führt das Feld souverän an und spielt mit seinen Gegnern. Ich kann ihn sicher einholen, selbst mit dem klapprigen Eselgestell. Warum denn nicht? Er hat mir Muli Dick weggeschnappt, und er ist mein Vater. Bessere Argumente brauche ich nicht, um meinem klapprigen Untersatz ordentlich in die Seiten zu treten und ihn anzufeuern. Dabei bediene ich mich einer Technik, die ich mal bei *Western von Gestern* gesehen habe. Man nimmt die Zügel in eine Hand und peitscht abwechselnd rechts und links auf den Hals und duckt sich möglichst stark, weil windschnittig in den Sattel. Nur leider reagiert mein Esel im Gegensatz zu den Pferden aus dem Fernsehen darauf nicht. Vielmehr bleibt er einfach stehen, tritt aus und fängt an zu blöken.

»Lauf endlich!«, schreie ich ihn an.

Auf der anderen Seite der Sandbahn sehe ich meinen Vater und seine Jünger immer näher kommen. Wenn mein Esel nicht langsam mal losläuft, werden sie mich überrunden. Das wäre die Höchststrafe. Unverzeihlich.

Offensichtlich befinde ich mich mitten in einem entwicklungsbedingten sportlichen Konkurrenzkampf mit meinem Erzeuger, doch allen Theorien zum Trotz – das schwöre ich – geht es dabei nicht um meine Mutter.

Plötzlich rennt mein Esel Hals über Kopf los, wobei er selbst mit einem Furz für den Startschuss sorgt. Die ersten zwanzig Meter kann ich mein Glück kaum fassen, denn bei dieser Geschwindigkeit fliegen wir bald an allen anderen vorbei, auch an Muli Dick. Aber dann kommt die erste Kurve, und mein Esel kann, ja will bei dieser enormen Geschwindigkeit nicht mehr reagieren. Er rennt stur geradeaus, den Erdwall hinauf und auf der anderen Seite wieder hinunter direkt in einen Olivenhain. Ich bekomme Angst. Wo will das Vieh hin? Auf den Eselfriedhof, wie bei den Elefanten? Mein Muli ist völlig außer Kontrolle, und kurz darauf erreichen wir den Hain in wildem Bocksprung-Rodeo-Galopp. Ich schreie. Der Esel schreit. Dann wird es Nacht.

Als ich aufwache, hockt mein Vater neben mir, während hinter ihm Muli Dick friedlich grast. Er hat das Rennen abgebrochen und ist hinter mir her geritten, als er gesehen hat, dass mein Esel ausbricht.

»Dein Esel hat im Olivenhain zielstrebig einige Bäume mit dicken, tiefhängenden Ästen angesteuert. Beim dritten Baum bist du mit dem Kopf dagegengeknallt und ohnmächtig heruntergefallen«, sagt er.

»Papa, aber du hättest doch gewonnen!«

»Was gewonnen?«

»Na, das Rennen!«

»Das war kein Rennen. Wir sind alle nur ein bisschen auf ein paar alten Eseln im Kreis geritten«, sagt er und grinst.

Gut, dass du da bist, denke ich.

Dann höre ich hinter mir einen der Esel schreien. Es ist ein sehr vertrautes Geräusch. Das Schreien wird so laut, dass ich davon aufwache. Es ist gar kein Esel, sondern Sophie. Ich versuche sie nochmals zu trösten und lege sie danach behutsam wieder hin. Nach einer Weile wanke ich, begleitet von dem schrillen Konzert, zurück ins Schlafzimmer.

»Morgen werde ich irgendwas kaufen, was sie beruhigt«, sage ich zu Lucia, die mich fragend ansieht. Dann mache ich das Licht aus und stecke den Kopf unter das Kissen.

Am nächsten Morgen bringe ich die Kinder völlig übermüdet zum Hort. Unterwegs versuche ich, jedem denkbaren Gespräch aus dem Weg zu gehen, und mache selbst um Gema einen Bogen.

Maria und Josef 1 sieht mir die schlechte Laune sofort an. »Schlechte Nacht gehabt?«, erkundigt sie sich besorgt.

»Ja, ich habe mich daran erinnert, dass ich als Kind schon mal auf Mallorca war und damals nicht nur von einem Esel reingelegt worden bin, sondern auch noch fast ertrunken wäre. Zudem hat eine der *señoritas* hier die ganze Zeit Rabatz gemacht. Ich habe also kaum geschlafen.«

Maria und Josef 1 zieht mitleidig die Augenbrauen seitlich herunter und verpasst mir urplötzlich einen aufmunternden, aber derart harten Schwinger aufs Zwerchfell, dass mir schier die Luft wegbleibt.

»Ach was, du gehst jetzt einen schönen Kaffee am Strand trinken und machst mit den Kindern heute Mittag eine Siesta. Danach sieht die Welt schon wieder ganz anders aus.«

»Ja, puhhh, danke«, sage ich.

Schlafmangel ist purer Horror. Bereits nach ein paar schlaflosen Nächten hintereinander glaubt man, die Schatten unter den Augen stammten daher, dass die Stirn sich nach vorne gewölbt habe und das Licht ungünstig falle. Dauert die schlaflose Zeit gar mehrere Monate an, beginnt man vermehrt Lichtblitze zu sehen, die im Spiegel alles andere überblenden. Dadurch gelangt man leicht zu der Überzeugung, gar keine Schatten unter den Augen zu haben. Nach einem Jahr ohne eine einzige erholsame Nacht glaubt man, seinen gesamten Kopf nicht mehr zu spüren. Und wo nichts ist, da können auch keine Schatten sein. Anstelle des Kopfes hat ein Dauerbrummen auf dem Hals Platz genommen, eine Mischung aus gregorianischen Chorälen und einem LKW-Motor, garniert von einem Pfeifen aus der Ferne. Wenn es zudem schlimmer wird, sobald man sich anstrengt, liegt eindeutig ein Baby-Burn-out vor.

Mit dem Partner redet man beim Frühstück kaum noch darüber, wie müde man aussieht, als vielmehr darüber, wie laut man sich anhört. Man glaubt wieder an die unbefleckte Empfängnis und den Osterhasen und würde nur zu gerne sentimentale Briefe an flüchtige Bekannte schreiben – wenn man bloß die Zeit dazu hätte. In Bus und Bahn streckt man wie in Zeitlupe die Arme aus, um wildfremde Menschen zu berühren, in der Hoffnung, man könne den inneren Lärm irgendwie ableiten oder den eigenen Körper besser orten, indem man andere anfasst.

Bei Sophie hat schlicht alles versagt: Tragetuch, Baby-Björn, Hängematte, PEKiP mit Mama, PEKiP mit Papa, heiße Kirschkernkissen, Fencheltee, Kümmelzäpfchen, Osteopathie, Herumtoben, Fläschchen, klassische Musik, Mobile, beten. Alles keine Gegner. Einzig ein Föhn brachte für ein paar Wochen Linderung, denn das Dröhnen des Apparates beruhigte Sophie, und sie schlief sogar in dem warmen Luftstrom ein. Doch nach der gigantischen Stromrechnung, die uns daraufhin ins Haus flatterte, mussten wir von der Föhn-Methode zumindest teilweise Abstand nehmen. Ich kam auf die Idee, die Föhngeräusche mit einem Mikrophon aufzunehmen, erstellte eine CD mit sechzig Minuten Föhn-Musik und machte vier Tracks à fünfzehn Minuten daraus. Die CD lief den ganzen Tag.

Track 1: Föhn ist es, auf der Welt zu sein.

Track 2: Jetzt föhn wir übern See.

Track 3: Father and Föhn.

Track 4: Die Föhne Mannheims mit »Föhne dich«.

Sophie fiel tatsächlich ein paar Tage darauf herein, aber dann merkte sie, dass die warme Luft ausblieb. Alles auf null, wenn nicht sogar schlimmer als vorher.

Das war Köln. Doch jetzt ist Palma, und ich muss dringend etwas Neues ausprobieren. Ich schalte den Rechner an und stoße nach ein paar Recherchen auf den Geräuschebär. Dieses putzige Stofftier springt angeblich an, sobald die Kinder losweinen, und spielt

Uterusgeräusche ab, die beruhigend auf die Kleinen wirken sollen. Sophie entspricht mit ihren zwei Jahren zwar nicht mehr ganz der Altersangabe des Herstellers, dennoch kopiere ich den Link, packe ihn in eine E-Mail und schicke sie Lucia. Was Internetshopping angeht, ist man in Spanien misstrauischer als in Deutschland. Hier wollen die Leute die Dinge noch anfassen, bevor sie etwas kaufen. Online-Flohmärkte oder Gebrauchtbörsen existieren zwar, aber das Angebot ist klein, und die Preise sind kaum günstiger als bei Neuwaren.

Also lande ich letztlich doch wieder auf der deutschen eBay-Seite und ersteigere den Bären bei Melusine23. Die Verkäuferin versichert mir schriftlich, der Bär habe bei ihren Kindern wahre Wunder bewirkt.

Am Abend dann ein Dialog der übermüdeten, verzweifelten Eltern. Er am Rechner, sie im Bad, die Kinder im Bett.

Er: »Ich habe den Bär geschossen!«

Sie: »Was für'n Bär?«

Er: »Na, ich hab dir doch einen Link geschickt. Von dem Geräuschebär.«

Sie: »Wie geschossen?«

Er: »Nein, nicht geschossen, ich meinte ersteigert.«

Sie: »Für wie viel?«

Geräusch einer elektrischen Zahnbürste.

Er: »Äh, fünfunddreißig!«

Sie: »Hmm … Unch wachs kann de so Schtolles?«

Spül- und Gurgellaute.

Er: »Nun, ich habe mehrere Berichte von Betroffenen in Foren gelesen, dass der Bär irgendwelche Geräusche macht, eine Art Brummen.«

Sie: »Hmm.«

Pause.

Sie: »Brummen nicht alle Bären?«

Er: »Ja, aber nicht so wie dieser! Er brummt anders.«

Sie: »A-ha. Wie anders?«

Stolz beschreibt er die Vorzüge des Kaufs.

Sie: »Uterusbrummen?«

Er: »Ja, Herrgott! Durch Uterusbrummen!«

Sie: »Fünfunddreißig?!«

Er: »Yep!«

Sie: »Du spinnst.«

Als das Tier sieben lange Tage und kurze Nächte später ankommt und ich den Karton wie besessen aufreiße, macht sich Ernüchterung breit. Vor mir liegt ein billiger China-Import-Plüschbär mit einem modifizierten Lachsack im Rücken, nichts weiter. Und Batterien sind auch keine dabei.

Noch so eine Nacht, nein danke! Ich beschließe, den nächsten Supermarkt zu stürmen, um Batterien zu kaufen. Unrasiert und müde, wie ich bin, entscheide ich mich gegen den Aufzug und hoffe, dass mein Kreislauf beim Treppenlaufen in die Gänge kommt. Schon auf der Höhe von Paus Tür bemerke ich eine Blockade im Rücken und muss kurz stehen bleiben. Tief einatmen, sage ich mir. Die alte Bandscheibensache. Ausgerechnet jetzt.

»BUUURRRIEH!«, tönt es von oben.

Die Läden machen gleich zu. Ich muss weiter. Der Bär.

Nichts wie raus in die abgasschwangere Sommerluft. Der *supermercado* ist gleich über die Straße, doch das Gehen wird mit jedem Meter beschwerlicher. Indem ich das Becken schief stelle und ein Bein hinter mir herziehe, als wäre ich angeschossen, halte ich den Schmerz gerade so aus, ohne loszubrüllen. Einige Passanten sehen mich bestürzt an. Leute, die nachts acht Stunden schlafen, kann ich sowieso seit Monaten nicht ernst nehmen.

Da, die Leuchtreklame. Große blaue Buchstaben. Ich überquere den kleinen Parkplatz, wo in der Ecke zwei Penner sitzen, die ihre Tageseinkünfte beäugen und Tütenrotwein trinken. Sie bieten den Kunden an, die Einkaufswagen zurückzubringen und wollen dafür die Pfandmünze behalten. Als sie mich bemerken, winkt mir einer solidarisch zu. Vermutlich, weil ich so unrund laufe. Ich grüße zurück. Man weiß ja nie.

Lichtschranke. Die Tür gleitet auf. Geschafft. Ich bin drin.

Windeln, Fencheltee, Feuchttücher und natürlich die Batterien. An der Kasse bezahle ich mit einem Zehn-Euro-Schein. Die Kassiererin sieht mich erst länger an und hält dann den Schein unter eine Ultraviolettlampe. Danach zieht sie die Artikel so langsam über den Scanner, als hätte sie Arthrose im Endstadium.

Schwitzend humpele ich wieder hinaus, wobei die beiden Tüten meine Statik durcheinanderbringen. Für eine Sekunde passe ich nicht auf, und mir ist, als würde mir jemand ein heißes Blech ins Rückenmark schieben. Der Impuls ist so stark, dass ich die Tüten loslasse, den Kopf in den Nacken lege und losschreie.

Kurz darauf lehne ich mich erschöpft gegen das Schaufenster des Fußpflegegeschäfts unten in unserem Haus. Die Batterien sind derweil aus der Tüte auf den Gehweg gepurzelt. Eine Mallorquinerin bleibt stehen und mustert mich mitleidig. Dann bückt sie sich, packt alles behände in die Tüten und sieht zu, dass sie weiterkommt.

»*Gracias*« und »mein Rücken« rufe ich ihr hinterher.

Eine geschlagene Viertelstunde stehe ich ans Schaufenster gelehnt da, ohne mich zu bewegen. Noch so ein Schmerz und ich krieche auf allen vieren nach Hause. Die Angst vor dem ersten Schritt ist groß. Wofür? Du kannst das!, sagt der Teil in mir, der vor siebzehn Jahren Dritter bei den Bonner Hochsprungmeisterschaften der Schüler geworden ist. Hör auf zu maulen!, sagt der Teil in mir, der Lucia zum Verwechseln ähnlich ist. In Gedanken klemme ich mir eine Gitarre unter den Arm und heuere auf einem Kartoffeldampfer nach Weißrussland an. Nur weg von hier!, sagt der Teil von mir, der wirklich ich ist.

Ich wage den ersten Schritt. Es geht. Irgendwie schaffe ich die letzten Meter bis zur Haustür.

»Wie siehst du denn aus?«, begrüßt mich Lucia, als ich völlig abgekämpft die Wohnung betrete.

»Frag mich lieber, wie ich mich anhöre.«

»Du musst zum Arzt.«

»Gerne, aber erst will ich den verdammten Bär aktivieren.«

Ich platziere die Frischzellen im Rücken des Bären und laufe zu Sophie hinüber, die, wie es der Zufall will, gerade mal wieder schreit. Generalprobe. Als sie ihren neuen Kollegen sieht, verstummt sie und tastet verwundert das Fell ab.

»Huch, der funktioniert«, sage ich. »Sophie ist leise.«

»Ja, aber er hat doch noch gar nicht gebrummt«, bemerkt Lucia.

»Stimmt. Okay, dann soll er mal brummen, der Bär.« Ich schalte das Tier ein, und gespannt harren wir der Dinge. »Kinder, ihr dürft schreien«, befehle ich irgendwann.

Nichts.

»Hm, Lucia, du musst schreien.«

»Ich? Wieso ich?«

»Sonst springt der Scheißbär nicht an!«

»Schrei doch selbst.«

»Na gut, oh Mann. Dann schrei ich halt.« Ich hole tief Luft. »BÄHÄÄÄÄÄÄÄHHHHH!«

Das genügt, Sophie steigt sofort ein.

»Was macht der Bär?«, frage ich. »Irgendetwas ist da, aber man kann es nicht richtig hören bei dem Geplärre«, sage ich zu Lucia. »Der Bär kommt nicht dagegen an. Ich gehe mal kurz mit ihm raus.«

Ich nehme den Stoffbären und gehe aus dem Zimmer, um zu hören, was da für Töne aus dem Plüschfell kommen. Aber kaum verlasse ich den Raum, da hört der Bär auch schon wieder auf, weil er keine Signale mehr wahrnimmt. Das Ding nervt.

Ich gehe in mein Arbeitszimmer, wo ich ihn auf den Schreibtisch lege und ihn noch einmal anschreie.

Da! Er springt an, ein eigenartiges Rauschen kommt aus seinem Innern, etwas zwischen kaputtem Fernseher und einem dicken, gurgelnden Mann. Das ist also der ominöse Bär für satte fünfunddreißig Euro, der die original beruhigende Uterus-Geräusch-Kulisse abspielt, sobald das Baby schreit. Während ich mir hier größte Mühe gebe, nicht wahnsinnig zu werden und die Kinder im Biosack vor die Tür zu stellen, dreht der Erfinder des Bären vermutlich gerade auf seiner vierzig Meter langen Yacht in Gesellschaft einiger Ex-

Playmates eine Runde um Mallorca. Menschen, die mit dem Elend anderer Geld verdienen …

Natürlich legen wir den Bären dennoch nachts ins Kinderbett. Luna scheint sich nicht weiter an ihm zu stören. Sophies Geschrei dagegen verstärkt sich, sobald der Bär anfängt zu rauschen. Alles umsonst.

Als ich den Bären am nächsten Morgen noch mal zum Test anschreie, reagiert er nicht. Die Batterien sind leer.

»Der Bär ist alle, nach nur einer Nacht!«, rufe ich Lucia zu, die die Kinder unter panischem Geschrei badet.

Keine Antwort.

»Wo ist eigentlich die Föhn-CD?«

In der Hoffnung, den kaputten Lachsack irgendwie wieder instand setzen zu können und so wenigstens irgendwas von dem Tier zu haben, schraube ich den Plastikdeckel im Bärenrücken ein letztes Mal auf. Zwecklos. Die Schallquelle ist unter dem Batteriefach untergebracht und damit unzugänglich. So kommt es, dass uns Gevatter Petz nach nur einer Woche in einer Pappschachtel wieder verlässt. Der Klaus007 hat bei eBay-Deutschland zugeschlagen und ihn ersteigert. Für vierzig Euro plus Porto.

Sieben

Eigentlich haben wir uns inzwischen ganz gut eingelebt auf Mallorca, und der Alltag läuft einigermaßen rund. Die Wohnung ist sicher nicht optimal, aber selbst wenn wir wollten, könnten wir momentan nicht ausziehen. Als wir uns den Mietvertrag neulich mal in Ruhe angesehen haben, ist uns nämlich ein Absatz aufgefallen, in dem wir uns zu einer Mindestmietzeit von sechs Monaten verpflichtet haben. Noch an jenem Abend habe ich mir fest vorgenommen, sofort nach Ablauf der Frist den Wohnungsmarkt zu sondieren. Das Dasein als Halbtagshausmann bekommt mir nur mittelprächtig. Hausmann kann man definitiv nur dann sein, wenn man entweder sehr viel Selbstbewusstsein hat oder gar keins. Ich liege irgendwo dazwischen.

Was die Kontakte betrifft, so krame ich eines Tages die Nummer von Juan heraus. Mit dem Musiker, den ich aus Barcelona kenne, gehe ich unverbindlich Bier trinken, wobei es sich als äußerst schwierig herausstellt, ihn mal in Ruhe alleine zu sprechen, da die Spanier am liebsten im Rudel ausgehen. Ganz nebenbei erkundige ich mich nach dem Bedarf an Musikern in der lokalen Studio- und Bandszene. Er könne sich ja bei mir melden, sobald er etwas höre, verspricht er mir.

An einem anderen Abend lädt Lucia die ganze

Agentur zu uns nach Hause ein. Alles nette Leute, die eine Hälfte Deutsche, die andere Hälfte Spanier. Jeder der Deutschen scheint auf seine ganz eigene Art mit der Insel verwurzelt: Haus gebaut, eingeheiratet oder zufällig hier gestrandet und hängengeblieben.

Ansonsten bleiben mir nur die unverbindlichen Gespräche auf den Spielplätzen von Palma – das Übliche: Wie heißt er denn? Wie ist er denn so? Was kann er denn schon? Viel mehr ist nicht drin. Alleine deshalb nicht, weil uns bereits in den ersten beiden Monaten auf Mallorca Jochen, Max, Peter, Johann, Anna, Susi, Alex sowie Heike mit ihrem neuen Lover besuchen kommen. Das ist zwar herzallerliebst, aber natürlich sorgt es auch für gewisse Rhythmusstörungen. Während wir versuchen, unseren Arbeitsalltag inklusive der Kinder auf die Reihe zu bekommen, trudelt ständig neuer Besuch in vogelfreier Urlaubslaune ein. Nicht selten ziehe ich völlig übermüdet mit ihnen um die Häuser oder stelle Ausflugsziele und Stadtrundgänge zusammen, statt zu komponieren oder die Wäsche zu machen. Außerdem fehlt uns definitiv ein Gästezimmer. Immerhin sind die Gäste sich alle einig: Palma ist toll.

Lucia und ich sind mittlerweile der Meinung, dass der größte Standortvorteil von Palma das Meer ist. Nicht dass es ein besonders malerisches Meer wäre. Aber Hauptsache Meer. Man muss auch nicht immer hingehen, man muss nur wissen, dass es da ist. Gleich hinter den Dächern und den vereinzelten Spitzen der Pinien liegt es und schmatzt vor sich hin.

Das Meer bestimmt natürlich auch die Preise. Je näher man ihm kommt, desto teurer sind der *café con leche* und die Mieten. Aber ich finde es völlig gerecht, mehr fürs Meer zu zahlen. Palma hat zusätzlich eine sehr nette Uferpromenade, auf der tagtäglich die nassgeschwitzten, muskelbepackten Schenkel der Inlineskater blitzen und Radrennfahrer mit Alien-Hightech-Helmen versuchen, zwischen sandverklebten Strandbengeln und lethargischen Spannern Bestzeiten zu erreichen. Und dann gibt es da ja auch noch ein paar brauchbare Strände.

Als wir uns für Mallorca entschieden haben, sah ich so etwas wie ein Traumbild von den Zwillingen vor mir, wie sie in Badehosen über den Strand liefen, während hie und da eine Welle nach ihren Füßen haschte und sie zum Lachen brachte. Zeitgleich saßen ihre Altersgenossen in Deutschland in langen Unterhosen vor der Heizung und zogen Schnodderbahnen die Nasen hoch.

Ich habe mir damals auch vorgestellt, wie Luna und Sophie sich, wenn sie einmal älter und in Deutschland wären, an die Zeit auf der Insel erinnerten. Zum Beispiel an das Gefühl, wie die Temperatur des Sandes steigt, sobald man aus dem kühlen, vom Wasser gehärteten Streifen der Brandung tritt. Sie würden sich vielleicht auch daran erinnern, wie das Meer innerhalb weniger Stunden die Schattierungen wechselt, von einem düsteren Silber über Kobaltblau bis hin zu einem frischen Türkis, und wie erfrischend diese eigenartig kühlen Stellen inmitten des sonst badewannenwarmen Wassers sind. Wie abends am Strand Ruhe einkehrt, wenn alle nach Hause strömen, obwohl das Licht wärmer, das Meer sanfter und der Wind schwächer werden. Und daran, dass nach einem langen Tag am Meer ihre Arme nach Mandeln riechen, ihre Haare sich fester und stumpfer anfühlen und die Bräune sich noch unter einem sandigen Staub verbirgt.

Das alles habe ich mir in den prächtigsten Farben ausgemalt. In Wirklichkeit sind wir bisher nur ein paar Mal am Meer entlangspaziert.

»Kinder«, beschließe ich eines Tages feierlich beim Frühstück, »es wird Zeit für unseren ersten richtigen Strandtag.«

Die Zwillinge sehen mich mit einer Mischung aus Neugier und Angst an.

El monito liegt für einen Strandausflug ausgesprochen günstig, denn die Kita ist keine fünfhundert Meter vom Meer entfernt. Als ich die Mädchen am Nachmittag abhole, um direkt zum Meer zu gehen, drückt Maria und Josef 1 mir die beiden in den Arm und sagt: »Achiedesän.«

Wir lachen hell auf.

»Ebenfalls auf Wiedersehen«, sage ich. »Bis morgen.«

»Wenn wir so weitermachen, lerne ich noch Deutsch«, ruft sie uns hinterher.

Ich hebe nur die Hand, ohne mich umzudrehen, und eile los, denn ich will endlich zum Meer. Ich kann es sogar fast schon riechen, dabei nennt Lucia mich immer einen Geruchslegastheniker. Dieser leichte Hauch nach salzigem Fisch an Algenmousse. Herrlich!

Sobald man die letzte Häuserreihe Palmas vor dem Meer passiert, verändern sich die Geräusche. Hier gibt es keine betonierten Flächen mehr, die den Schall verstärken. Kein Durcheinander von quietschenden Bremsen. Keine schrillen Schienengeräusche mehr. Ab hier übernimmt der Wind das Kommando.

Dann sehe ich es. Das Meer. An dieser Stelle ist es für einen Stadtstrand wirklich gut: nicht zu aufgewühlt, nirgends Algenschlamm und die leichten Wellen versprechen puren Badespaß. Von der Promenade aus, die ein paar Meter oberhalb des Strands liegt, kann ich ihn sehen, unseren Platz. Eine Woche zuvor habe ich bei einem Spaziergang mit Lucia und den Kindern das Fleckchen ausfindig gemacht, das zu späterer Tageszeit einen akzeptablen Kompromiss aus Erreichbarkeit, Wasserqualität, Sandreinheit, Nebenliegern, Strandüberwachung des Roten Kreuzes und diversen Po-Ansichten Volleyball spielender mallorquinischer Studentinnen darstellt. Dass ich diese Auswahl ohne vorheriges Erstellen einer Computertabelle getroffen habe, halte ich bereits für einen sehr mediterranen Zug.

Heute gilt es hier drei Stunden zu überbrücken, bis Lucia von der Arbeit kommt. Es ist zwei Uhr mittags, der Strand ist menschenleer, und die Luft flirrt. Um die Zeit sind die meisten nicht arbeitenden Spanier in ihren Häusern, um Siesta zu halten. Ein, zwei Großfamilien, ich tippe mal auf Andalusier, sitzen gedrängt unter Strandschirmen, trotzen der Hitze und futtern Pasta aus Plastikschüsseln. Außer ihnen liegen ein paar eingebutterte Einzelkämpfer über den Strand verteilt wie angespültes Strandgut von einem Schiffsbrand. Sie tragen neben Stringtangas ausschließlich teelöffelgroße Augenprotektoren, um auch wirklich keinen Sonnenstrahl zu verschenken.

Als ich mit dem Doppelsitzer von der Promenade auf den holzbeplankten Strandweg ausschere, winken die Andalusier mir zu. Sie freuen sich sichtlich über einen Mann, der bei siebenunddreißig Grad im Schatten einen riesigen Kinderwagen an den Strand schiebt.

»Luna, Sophie, hopp, steigt aus, ihr könnt prima laufen«, rufe ich, bevor ich den Kinderwagen die letzten Meter über den Sand rolle.

Die Räder sinken sofort tief ein. Die Zwillinge wollen nicht aussteigen und fangen an zu schreien. Sie schwitzen im Nacken, ich kann es deutlich sehen. Von dem Geschrei aufgeschreckt, dreht ein Stück weiter hinten einer der Sonnenfetischisten behäbig den Kopf, klappt den Augenschutz hoch und späht zu uns herüber. Kurz muss ich an einen Waran auf den Galapagos-Inseln denken. »Schnell, raus mit euch, damit Papa den Schirm aufbauen kann.«

Die Zwillinge schreien lauter.

»Gut, dann haltet euch fest«, sage ich grimmig.

Das Geschrei stoppt kurz, als die Kinder einen Ruck spüren, dann schreien sie weiter. Mit aller Wucht stemme ich mich gegen den Wagen, der sich nur zentimeterweise vorwärts bewegen lässt.

»*Dale*, feste!«, rufen die Andalusier feixend.

Die Räder des Wagens drehen sich nicht, daher schiebe ich ihn vor mir her. Endlich haben wir unseren Platz erreicht. Ich hole den Sonnenschirm unter dem Wagen hervor, spanne ihn auf und ramme die Ständerspitze in den Boden. Dann drehe ich den Schirmständer gegen den Uhrzeigersinn in den Sand. Das habe ich mir mal von einem der Typen abgeschaut, die diese Tickets für die Liegen einsammeln.

Plötzlich fällt mir siedend heiß ein: Der Wagen samt den Kindern steht ja in der prallen Sonne! Wenn ich den Wagen schnell umdrehe und die kleinen Vordächer nach vorne ziehe, dann können sie zwar während des Schirmaufbaus nicht aufs Meer blicken, aber sie sind außer Gefahr und müssen nicht ohne Creme in der Sonne braten. Dieses ewige Einschmieren geht mir mächtig auf die Nerven!

Ich lasse also von dem Schirm ab, drehe den Wagen

gegen die Sonne und haste schnell zurück zum Schirm. Zu spät – er ist bereits auf dem Weg zu mir. Eine Böe hat ihn erwischt. Zwei kleine Salti, dann hebt er ab und fliegt im hohen Bogen über mich hinweg, um zehn Meter weiter genau auf das ausgestreckte Bein einer bäuchlings daliegenden Sonnenanbeterin zu knallen.

»*Lo siento*«, rufe ich hektisch, »Entschuldigung!«

Die Frau ist hochgeschnellt. »Schon okay«, doch so, wie sie es sagt, klingt es alles andere als okay.

Der Schirm hat einiges an Sand aufgewirbelt, der jetzt an ihrem verschwitzten Bein klebt. Den wird sie sich abwaschen müssen, wenn sie sich das Gesamtbräunungsergebnis nicht versauen will. Ihr Körper ist so gleichmäßig tief gebräunt, dass ihm jegliche Konturen fehlen. Selbst die nackten Brüste wirken zweidimensional, wie aufgemalt. Ganz anders als die Körper der Neuankömmlinge aus Deutschland. Die kann man immer sofort erkennen, denn sie strotzen nur so vor Kontrasten. Liegend blitzen sie wie chlorgebleicht auf, sitzend werfen sie tiefschwarze Schatten von Köperteil zu Körperteil.

Mit dem Schirm unterm Arm laufe ich zurück zu unserem Platz. Die Kinder sind mittlerweile aus dem Wagen geklettert und stehen X-beinig im Sand. Ihre Gesichter glühen.

»Papa kommt ja schon«, rufe ich etwas hilflos angesichts meiner beiden Streuner. »Ich muss nur noch den Schirm aufbauen, dann geht er los, der große Badespaß.«

Diesmal hält der Schirm. Ich lege ein paar Badetücher darunter und schnappe mir die schreienden Kinder. »Ausziehen«, ordne ich an. »Hose, T-Shirt, Windeln aus. Eincremen, und dann ab ins Wasser.«

Luna und Sophie scheinen das Meer nicht weiter zu beachten. Dabei haben sie es beim Babyschwimmen in Köln absolut toll gefunden, wenn wir im Becken im Kreise gehüpft sind und dabei »Wir sind Quack der Frosch und gehen jetzt nach Haus« gesungen haben. Als einziger Vater unter sehr agilen Müttern war ich kaum hinterhergekommen und durch den dabei entstandenen subaquatischen Strudel mehrfach ins Straucheln geraten.

Und heute? Sie haben im Hort gegessen, geschlafen, sie wurden von Maria und Josef 1 und 2 bespielt und bespaßt. Sie dürfen nun im wunderbar warmen Meer planschen oder im Sand Burgen bauen. Ich verlange ja nicht einmal, dass sie es toll finden, aber dulden, ja, dulden sollten sie es schon. Das ist meine Mindestanforderung: *DULDUNG DES MEERES OHNE MASSIVE BESCHWERDEN*. Alles andere ist grotesk, niederschmetternd, undankbar.

Keinen Sandwurf entfernt spielen die kleinen Kinder der Andalusier, still, vergnügt und neugierig. Sophie hingegen hat einen Kampf aufgenommen, den sie nur verlieren kann. Sie versucht jedes Sandkorn wegzuwischen, das auf ihrem Körper landet. Luna hat sich etwas beruhigt und will nun unbedingt ins Wasser.

»Gut«, sage ich. »Moment, Papa macht nur noch schnell den alten Zaubertrick mit dem Badetuch und zieht sich die Badehose an.«

Normalerweise geht der Trick so:

1. Ich stelle mich hin.
2. Ich wickele mir ein ausreichend großes Badetuch um die Hüften und verknote es.
3. Ich ziehe die Jeans unter dem Tuch aus und hole sie hervor.

4. Ich ziehe die Badehose unter dem Tuch an.
5. Ich knote das Badetuch auf.
6. Ich bin strandfein.

Normalerweise. Aber nicht heute. Heute geht er so:

1. Ich stelle mich hin.
2. Ich wickele mir ein ausreichend großes Badetuch um die Hüften und verknote es.
3. Ich ziehe die Jeans unter dem Tuch aus und hole sie hervor.
4. Ich will meine Badehose gerade anziehen, als sich Sophie von hinten heulend an meinen Oberschenkel hängt und mir das Tuch über den Hintern bis in die Kniekehlen zieht.
5. Ich stehe leicht paralysiert nackt am Strand. Eigenartigerweise fühle ich mich für den Bruchteil einer Sekunde extrem wohl, während der Seewind sanft meine Eier umspielt.
6. Die Andalusier lachen.
7. Ich bekomme durch eine Kniebeuge mit beiden Händen den Saum des Badetuches zu fassen und reiße es hoch.
8. Ich verknote es erneut.
9. Ich sage Sophie, sie möge weitere Aktionen dieser Art bitte unterlassen.
10. Ich ziehe die Badehose unter dem Tuch an.
11. Ich knote das Badetuch auf.
12. Ich bin strandfein.

Luna weint. Der Sand ist ihr zu heiß. Wie zur Salzsäule erstarrt steht sie ein paar Meter vor dem Wasser und weißt nicht, wohin sie sich wenden soll. Ich laufe zu ihr, woraufhin Sophie sofort einen weiteren

Schreianfall bekommt, weil ich mich von ihr entferne.

»Jaaaa doch«, rufe ich, laufe zu Sophie zurück und nehme sie auf den Arm, um weiter zu Luna zu hasten.

Der Sand ist wirklich verdammt heiß. Meine Schritte werden immer kürzer und schneller, und Sophie hoppelt auf meinem Arm wie eine leblose Handpuppe. Im Laufen schnappe ich mir Luna und hebe sie auf den anderen Arm. Zirkusreif.

Das Wasser tut gut. Strand und Wasser sind ein einfaches komplementäres System. Ying und Yang. Mann und Frau. Ernie und Bert. Das eine geht nicht ohne das andere. Selbst die Kinder scheinen das einzusehen, denn sie werden plötzlich ruhig und spähen erstaunt aus ihrer sicheren Sitzposition hinunter auf die Wasseroberfläche. Wir müssen von hinten in etwa aussehen wie ein Elefant, an dem rechts und links zwei Safariteilnehmer in Körben schaukeln. Ich wate weiter hinein, und bald geht mir das Wasser bis zur Hüfte.

»So, *chiquititas*, jetzt werden wir uns ein bisschen abkühlen«, kündige ich an und gehe in die Knie. Ganz langsam. Schon als Sophies Fußsohle die Wasseroberfläche berührt, fängt sie an zu brüllen und zappeln.

»Willst du etwa schon wieder raus?«, frage ich.

Meine Tochter nickt.

Beim dem Wort »raus« schüttelt Luna allerdings sofort aufs Energischste den Kopf und fängt ebenfalls an zu weinen. Die Zwillinge sind außer sich.

»Okay, lasst uns rausgehen, es hat keinen Sinn. Dann eben nicht. Dann eben kein Badespaß«, sage ich.

Plötzlich biegt sich Luna so weit mit dem Oberkörper nach hinten, dass ich sie ausbalancieren muss wie einen riesigen Stapel Teller. Das kenne ich schon. Sie bockt und will vom Arm herunter.

»Nicht! Biiittttääähhh!«, rufe ich.

Ich kann Luna nicht länger halten, und sie kippt wie ein Taucher von der Bootskante ins Meer. Und ist weg.

Mein Herzschlag beschleunigt sich. Zuerst will ich Sophie irgendwo abstellen, um nach Luna zu greifen, doch dann beuge ich mich vor und stochere nur mit einem Arm nach ihr. Dabei muss ich gut aufpassen, dass ich Sophie nicht aus Versehen untertauche. Schließlich erwische ich Luna am Unterarm und ziehe sie hoch. Sie hat die glasigen Augen weit aufgerissen und macht ganz dicke Backen. Die Überraschung und der Schreck über den Zustand unter Wasser – keine Luft, brennende Augen, der Körper federleicht – sind ihr deutlich anzusehen: Vor lauter Erleichterung lache ich wie ein Wahnsinniger.

Der Strand hat sich inzwischen gefüllt. Links neben uns liegen zwei sehr gepflegte Rentner, rechts eine Familie mit Kleinkindern. Die hinteren Reihen sind ebenfalls dichter besiedelt, vermutlich mit Erasmus-Studenten und ein paar Jungendcliquen.

»Hui, das war ja was«, sage ich zu den Mädchen, die immer noch schreien. Oder schon wieder? »Jetzt essen wir erst mal ein bisschen Obst.«

Ich stelle die schreienden Zwillinge ab und hole die Dose mit den vorgeschälten Früchten hervor.

»Pi«, sagt Luna plötzlich und stellt sich breitbeinig auf mein Strandtuch.

»Nicht«, flehe ich, doch es ist zu spät. Die ersten Tropfen fallen.

Reflexartig packe ich meine Tochter unter den Armen und stelle sie neben das Tuch in den Sand. Luna heult auf wie ein Motor im Leerlauf bei durchgetretenem Gaspedal. Oh, der Sand ist ja heiß. Hatte ich vergessen. Schnell hebe ich sie wieder ein Stück hoch, und der Urin läuft an ihren Beinen herunter über meine Füße in den Sand. Wieso muss ständig alles schiefgehen, selbst die einfachsten Dinge?

Hinter mir ist es eigenartig leise. Sophies Geschrei ist verstummt. Ist das etwa ein Zeichen von Mitleid? Hat sie wirklich so viel Feingefühl? Als ich mich zu ihr umdrehe, sieht sie mich schuldbewusst an. Da fallen mir die seltsamen Formen auf, die sich um sie herum von der Sandoberfläche abheben. Obwohl die Gebilde ebenfalls aus Sand zu bestehen scheinen, zeichnen sie geradezu perfekt die Umrisse von beliebten Obstsorten nach, etwa die einer Banane und daneben die eines Apfels. Entweder hat hier irgendwer Obstförmchen, oder …

Im Bruchteil einer Sekunde wandert mein Blick zu der Dose hinüber. Sie ist leer.

»Okay, Feierabend«, sage ich. »Es reicht. Ihr beide setzt euch jetzt schön brav unter den Schirm, und ich gehe kurz baden.«

Die Zwillinge wirken beeindruckt.

Ohne ihre Reaktion abzuwarten, renne ich in Richtung Meer und verschwinde mit einem Kopfsprung in der Brandung. Mit kräftigen Zügen bewege ich mich vorwärts und tauche immer wieder unter. Das Meer ist nichts wert, wenn es keiner schätzt. Meine Brust schmerzt. Ich lasse mich dahingleiten. Unter Wasser öffne ich die Augen. Der Seeboden leuchtet mir hell entgegen. Für einen Moment wünsche ich mir Kiemen oder Schwimmhäute an den Fingern und Zehen. Dann würde ich noch ein bisschen hier unten verweilen, bis es dämmert, und mich vielleicht im Dunkeln zurück an Land trauen.

Der Kiemenmann von Mallorca. Ich würde aussehen wie das Ding aus dem Sumpf und in der Altstadt von Palma steinreiche Juweliere und korrupte Bankiers überfallen. Entkommen würde ich durch die Kanalisation, wie in jedem halbwegs ernstzunehmenden Gangsterfilm. Einziges Indiz: eine Pfütze am Tatort, gepaart mit leichtem Fischgeruch.

Meine Lunge platzt beinahe. Es geht nicht mehr, ich muss auftauchen. Ich habe ein Déjà-vu: der Moment eines unerwartet friedvollen Todes und Herr Engels. Dann verblasst das Bild, ich schwimme ein paar Züge nach oben und durchstoße die Wasseroberfläche. Anfangs ist mein Atem noch so laut, dass er das gellende Gejaule meiner Kinder übertönt, doch dann dringt es zu mir herüber, in den unbarmherzigsten Frequenzen, irgendwo zwischen Motorsäge und Sopranflöte. Die Zwillinge stehen heulend am Ufer.

»Papaaa! Mamaaa!«

Einer der Rentner versucht sie zu beruhigen. Ich winke ihnen zu. Bin erfrischt, getauft, runderneuert und damit bereit für eine neue Runde. Ich werde durchhalten, bis Lucia kommt.

»Bin schon da!«, rufe ich ihnen zu.

Da berührt mich etwas an der Schulter. Mir fährt der Schreck bis in die Zehenspitzen, und ich schreie auf. Was zum Teufel war das? Aus den Augenwinkeln kann ich etwas Fleischfarbenes erkennen. Ein anderer Schwimmer? Ich versuche Abstand zwischen mich und das riesige Objekt zu bekommen, das neben mir im Wasser dümpelt. Das ist kein Schwimmer. Das ist ein

Schwein oder vielmehr der Kopf davon. Aus dem hinteren Teil ragen noch Stücke der Halswirbelsäule heraus. Ich schnappe nach Luft und kraule wie von Sinnen zum Strand. Gegen einen abgehackten Schweinskopf sind die Kinder wirklich Karneval. Doch als ich aus dem Wasser steige, sind sie weg. Dafür ist Lucia da. Ihre rote Allwetter-Fahrradtasche im Arm, steht sie neben unserem Sonnenschirm, die Kinder hängen an ihren Beinen.

»Was soll das?«, fragt sie verärgert. »Wieso lässt du die Kinder alleine am Strand?«

»Ich ... ich wollte mich nur kurz erfrischen«, stammele ich.

»Waren die beiden so schlimm?« Lucia dreht das Gesicht leicht zur Seite, als erwarte sie eine Ohrfeige.

»Ach, wie immer«, sage ich und denke, dass es genügt, wenn einer von uns einen verkorksten Nachmittag hatte.

»Und, wie ist das Wasser?«

»Nicht so gut wie beim letzten Mal.« Ich fläze mich neben das Strandtuch und lasse mir die Sonne auf den Bauch scheinen. Über mir kreisen ein paar Möwen.

»Ich geh mit den beiden ein bisschen am Strand spazieren, okay?«

Lucia zieht einen Bikini an und bindet sich die langen schwarzen Haare mit einem Gummiband zusammen, so dass sie einen Knoten bilden. Wenn ich sie so betrachte, dann unterscheidet sie sich kaum von den anderen spanischen Frauen, die um uns herum in der Sonne liegen. Sie hat den gleichen zierlichen Körper, den gleichen karamellfarbenen Teint und die gleichen Wellen im Haar. Die perfekte Adaption für das Habitat Strand. Dann geht Lucia in die Hocke und setzt den Kindern die Sonnenmützchen richtig auf.

»Ja, macht nur«, antworte ich.

Wo ist das Schwein? Ich hebe den Kopf. Nicht zu sehen.

Da fällt mein Blick auf einen anderen deutschen Vater, der mit seinen beiden Kindern ganz vorne am Meer sitzt und seelenruhig eine Sandburg baut. Der Wind trägt einzelne Wörter zu uns herüber. Emil und Lotte heißen die beiden. Eimer für Eimer schleppt Emil Sand an, während sein Vater und Lotte das frische Material am Burgfried verbacken.

Wie steht es um seine Liebe zu den Kindern? Das mit der Liebe ist so eine Sache, denke ich, da kommt Lucia mit den Zwillingen auf mich zu.

»He, da seid ihr ja schon wieder.«

»Luna hat es sich unterwegs anders überlegt«, sagt Lucia ruhig.

Man könnte Liebe im Idealfall als eine moralisch integere, dem Egoismus entgegenstehende Grundhaltung auffassen. Sei es, um ein Zusammenleben auf diesem Planeten zu ermöglichen, oder als einzig zweckungebundener Sinn des Lebens.

»Ich hab Obst mitgebracht. Willst du ein paar Weintrauben?«, fragt Lucia.

»Äh … nein, danke.«

Wobei Begriffen wie Haltung gleich immer so etwas Gewolltes, Rationales und Erlerntes anhaftet. Unsere romantische Vorstellung dagegen sieht in der Liebe ein nicht bewusstes, unergründliches und bereits in uns wohnendes Gefühl.

Die gesamte Schöpfung lieben? Ist das nicht ein bisschen viel verlangt? Sagen wir mal, es gibt verschiedene

Schwerpunkte. Während in einigen Religionen noch jedes fühlende Geschöpf bedacht wird, richtet sich bei anderen die Liebe mehr auf den Schöpfer selbst und jene, die angeblich am nächsten an ihm dran sind. Uns also. Allerdings gibt es zunehmend auch kaum religiös geprägte Räume, in denen sich der Liebesradius allzu sehr verengt hat und die Liebe gerade noch für einen selbst, den Partner, den Hund, ein, zwei Freunde und ein paar Konsumgewohnheiten reicht. Etwa den Ikea-Einkauf bei Nieselregen, Individualreisen, vorzugsweise nach Indien oder Südostasien, die Rucola-Pizza beim Lieblingsitaliener, den Milchkaffee auf der Sonnenterrasse, Apple-Produkte.

Was ist mit mir? Was liebe ich? Kann ich überhaupt alles Existente lieben?

Okay, stopp. Das würde ja bedeuten, dass ich auch Bettvorleger, kaputte Siphons und Flugzeugträger lieben müsste, da all diese Dinge offensichtlich existieren.

»Kannst du mir mal schnell den Rücken eincremen?«, fragt meine Holde.

Leicht abwesend verteile ich Sonnenlotion auf Lucias leicht gebräunter Rückseite.

Nun, die Glaubensstifter und Philosophen haben das sicherlich so nicht gemeint. Trennen wir einmal die organische von der anorganischen Materie, dann kommen wir der Sache schon näher. Obwohl – auch nicht. Das hieße ja, dass ich auch verfaulte Bananen, das Ebola-Virus und all das lieben müsste, was sich nach drei Wochen im Abfluss der Männerdusche im örtlichen Hallenbad so angesammelt oder gebildet hat.

Ich schüttele die Flasche mit der Sonnenlotion, doch

sie ist leer. Also krame ich zwischen Feuchttüchern, Windeln, einem zerfledderten Krimi und einigen Dingen, von denen ich lieber nicht wissen möchte, was sie einmal waren, eine neue Flasche aus dem Rucksack hervor.

Einverstanden, nehmen wir aus dem Organischen lieber doch erst mal nur die höheren Lebensformen heraus, die wir lieben. Tiere zum Beispiel. Das bedeutet letztlich, ich habe gefälligst auch die Amöbe, den molchartigen Schwanzlurch und das Schwein zu lieben. Geht auch nicht!

Dann müssen wir wohl oder übel aus den höheren Lebensformen eben allein den Homo sapiens isolieren. Aber selbst das bedeutet in letzter Konsequenz, dass ich auch Roberto Blanco, Johannes B. Kerner oder gar Birgit Prinz lieben muss. TUE ICH ABER NICHT!

»Autsch!«, beschwert sich Lucia und blickt mich mit gerunzelter Stirn über ihre Schulter hinweg an. »Geht das vielleicht auch ein bisschen sanfter?«

»Ach so, 'tschuldigung«, murmele ich, immer noch leicht abwesend.

Gut, okay, dann beschränken wir uns bei den Menschen also nur auf die Kinder. Jene kleinen, unschuldigen Engel, die sich bar jeder Missgunst und ohne Arg in unsere Hände begeben, um uns die Liebe in ihrer reinsten Form erleben zu lassen. Und die im Gegenzug nichts weniger erwarten als dieselbe bedingungslose Liebe – plus hin und wieder ein Eis, einen Schokokuchen, ein Plastikmotorrad, einen Kaufmannsladen und einen Arm, der sie von A nach B trägt. Wir müssen sie einfach lieben, die Kinder. Alle Kinder! In ihnen kann sich unsere stille Sehnsucht nach dem Einssein, dem

Verschmelzen mit dem Kosmos jenseits aller Ängste erfüllen.

»Auch unten am Rücken bitte. Und im Nacken. Den Nacken vergisst du immer«, grummelt Lucia.

»Aye, aye, Sir, äh, Madam«, erwidere ich.

Kinder sind per se süß und gehören automatisch geliebt. Das heißt allerdings auch, dass man an keinem Kinderwagen vorbeigehen darf, ohne sich ein gezwungenes Lächeln abzuringen. Die Eltern-Community verhält sich da genauso wie die Hundebesitzer.

»Sophie! Nicht dem Papa Sand ins Gesicht werfen!«, brüllt Lucia.

»Ach, lass nur. Ich … bin gerade eh …«

Das Spiel geht so: Wenn du lächelnd in meinen Kinderwagen schaust, dann grinse ich auch in deinen rein. Selbst wenn darin ein schwitzender Mops liegt, der aussieht wie ein Politiker kurz vorm Ruhestand. Egal, erst grinsen und dann nach dem Namen fragen. Zugegeben, ein heikler Punkt.

Frage: »Wie heißt sie denn, die Kleine?«

Antwort: »Er heißt Nepomuk.«

Den leichten Fauxpas am besten einfach übergehen und weiter grinsen. Verlorenen Boden kann man auf jeden Fall gutmachen, indem man sich noch schnell nach dem Alter erkundigt. Die Frage ist selbstverständlich rein rhetorischer Natur, denn egal, was die Eltern sagen, die Antwort lautet: »Ganz schön groß für sein Alter.« Dabei meint »groß« letztendlich ein vitales, quietschfideles Baby, das eine glänzende Zukunft vor sich hat, weil es allen anderen ein Quäntchen voraus ist und kein vollgestopftes Michelin-Männchen, das von den gängigen Wachstumstabellen der Kinderärzte nicht mehr erfasst werden kann. Verabschiedet man sich dann noch mit einem gesäuselten »süß«, zeigt es, dass man selbst unglaublich glücklich und zufrieden mit seinen Kindern ist und daher auch alle anderen niedlich findet. Kurz, dass man Kinder liebt.

Kinder bedeuten aber auch: kein Fußballspiel mit Einheimischen an einem karibischen Strand. Kein Sex mit einer Brasilianerin in einer Passfotokabine irgendwo in São Paolo. Kein Fremder, der einen im Zug anspricht und zu einem Fest mitnimmt, wo man dann bis in den Morgen hinein unbekannte Lieder singt.

»Steve! Steeeve! Träumst du?«

»Wer? Was? Ja, hallo. Bin fertig, alles perfekt eingeschmiert. Dein Rücken glänzt wie ein Spanferkel«, sage ich schnell.

»Dafür bist du schon ziemlich rot im Gesicht«, bemerkt Lucia kritisch.

Nichts, aber auch gar nichts von all dem kann einem je dieses Glücksgefühl oder diesen Frieden geben wie der plärrende, stinkende Krümel, den man gerade vor sich herschiebt. Kinder sind das Schönste auf der Welt. Wer das anders sieht, ist ein egoistischer, menschenfeindlicher, unsensibler Blödian. Also grinsen.

Vielleicht geht es hier aber auch gar nicht um Kinder. Vielleicht sind sie nur Platzhalter, und man sollte das Lächeln lieber ein paar Zentimeter weiter nach oben richten. Auf die Gesichter all der Paare mit Ringen unter den Augen, die nicht mehr regelmäßig vögeln und sich tagtäglich zu erinnern versuchen, wie das Leben eigentlich vorher war, ohne Kinder. Also zum Beispiel auf mein Gesicht.

Wie auch immer. Selbst die bedingungslose Kinderliebe bringe ich nicht auf.

Damit ich sie mag, müssen fremde Kinder von sich

aus zumindest ein zaghaftes Interesse an meiner Person signalisieren, selbst wenn nicht ich, sondern jemand anderes die Chipstüte auf den Knien hat. Natürlich muss auch der Terrorfaktor erträglich sein. Schreiende Kinder mag niemand. Zudem braucht das Kind ein gewisses Maß an Attraktivität und einen annehmbaren Geruch. Wenn man so will, sind das alles nichts weiter als die notwendigen, wenn auch nicht immer hinreichenden Kriterien, die ich genauso an einen Erwachsenen stelle, wenn ich ihn mögen oder gar lieben soll.

»Im Büro ist es heute mal wieder drunter und drüber gegangen«, startet Lucia einen weiteren Versuch, mit mir ins Gespräch zu kommen. »Zwei Mailings, drei Flyer und ein fetter Bock bei der Druckabnahme.«

»Hmm«, sage ich nur.

Wenn ich also noch nicht mal Liebe für andere Kinder aufbringen kann, wie ist es dann mit meinen eigenen?

Allmählich müsste ich mal den Punkt der wahren und völlig reinen Liebe erreicht haben. Immerhin sind die Kinder im Bestfall aus Liebe entstanden. Sie tragen Merkmale des Partners, den man liebt. Sie sind vermutlich das Einzigartigste und Lebendigste, was ein Mensch in seinem Leben schaffen kann. Sie halten unsere Launen aus und erkämpfen sich jeden Tag ein kleines Stück Geschick und Individualität. Sie sind der Arm, der über unser eigenes Ableben hinausreicht und uns ein wenig weiterträgt. Natürlich nur im Best-case-Szenario.

»Das Best-case-Szenario wäre, wenn wir mit der neuen Produktserie ein Cross-Selling hinbekämen und so die alten Packagings abverkaufen könnten«, sagt Lucia und hat für eine Sekunde meine volle Aufmerksamkeit.

»Witzig. Hast Du gerade Best-case-Szenario gesagt?«, frage ich.

»Ja, warum?«

»Och, nur so.«

Doch selbst bei unseren eigenen Kindern bin ich oft hin- und hergerissen. Zwar fühle ich eine tiefe Verbindung zu ihnen, doch bereits nach einer anstrengenden Nacht und dem morgendlichen Ich-will-mich-aber-nicht-anziehen- oder Ich-will-aber-nicht-in-den-Wagen-Gezeter spüre ich ebenso eine nie gekannte Genervtheit und Aggression, die ich beim besten Willen nicht mit Liebe unter einen Hut bekomme.

Sobald die negativen Gefühle abklingen, fühlt es sich sofort wieder so an, wie es sein sollte, eine Liebe, die jede Faser meines Herzens durchdringt. Letzten Endes ist das Gefühl jedoch viel weniger stetig, als ich je gedacht hätte.

»Kann ich nachher noch mit Maike joggen gehen?«, fragt Lucia und wartet ungeduldig auf eine Antwort, die nicht kommt. »Ja oder nein?«, setzt sie hinzu. »Du kannst mit den Kindern ruhig schon mal vorgehen.«

»Ja, Herrgott noch mal«, sage ich.

»Wo sind denn die Butterkekse? Hast du die etwa nicht eingepackt?« Lucia mustert mich mit zusammengekniffenen Augen.

»Doch, aber ich habe sie alle aufgegessen. Auf dem Weg zum Hort.«

Allerdings empfinde ich auch einige Reaktionen von anderen Menschen als bizarr. Irgendwelche Passanten, die sich aus mir unerfindlichen Gründen zum Priester auserkoren fühlen, drehen sich plötzlich um, nehmen meine Hand und grienen mich an, als wollten sie mir jeden Moment einen Heiratsantrag machen. Mit der anderen Hand fahren sie langsam über die Köpfe der Kinder, als wollten sie sie segnen. Sagen tun sie dabei meist nichts. Sobald ich die Hand wegziehe und das Weite suche, lächeln sie mir gütig hinterher, als hätten sie auch das schon vorhergesehen.

Was jüngere Frauen betrifft, hält sich ja hartnäckig das Gerücht, ein Mann mit Kindern suggeriere Fruchtbarkeit und Wohlstand, weshalb er fast automatisch zum Objekt der Begierde werde.

Na ja, ich meine in letzter Zeit durchaus so etwas wie eine gesteigerte Anziehungskraft auf einige Frauen zwischen fünfundzwanzig und fünfunddreißig gespürt zu haben. Zwillinge zu bekommen scheint tatsächlich ein weitverbreiteter Wunsch zu sein – woher dieser Größenwahn auch immer kommen mag. Aber bisher haben es ausnahmslos alle Frauen geschafft, direkt in den Kinderwagen zu lächeln, und mit schräg nach unten geneigtem Haupt an mir vorbeizulaufen. Der Effekt scheint sich also eher auf die Kinder zu beschränken.

»Kommt, Kinder, wenn Papa die Kekse aufgegessen hat, dann hole ich euch ein kleines Eis.«

Bei ganz besonders attraktiven Frauen beuge ich mich daher stets schnell zu den Zwillingen herunter und reiche ihnen einen Alibi-Keks oder eine Alibi-Wasserflasche. Dabei kommt es auf das richtige Timing an, um das Lächeln sozusagen von unten abzufangen. Im rechten Moment trifft es mich voll. Bin ich dagegen zu früh, stolziert die Señorita vorbei, ohne uns eines Blickes zu würdigen. Bin ich jedoch zu spät, dann bin ich eben zu spät, und die Kinder sehen mich verwundert an, als wollten sie mich fragen, warum ich schon wieder eine Runde Kekse springen lasse.

Jedenfalls ist der Wagen mit den beiden Frischlingen, trotz aller Eigenartigkeiten, die einem als Vater von Zwillingen so widerfahren, nichts anderes als ein echter Stimmungsaufheller. Selbst die tristeste Fußgängerzone wird für kurze Zeit wenigstens hellgrau. Ich würde lügen, wenn ich behauptete, dieser Schwall an positiver Energie gehe spurlos an mir vorbei. Im Gegenteil, ich genieße ihn in vollen Zügen. Vielleicht ist es sogar das Schönste an den ersten beiden Jahren mit den Kindern. Die unentwegt lächelnden Menschen erinnern mich stets daran, dass meine Kinder gar nicht so schlimm sein können. Wie sonst könnten sie die dicken Zöllner am Flughafen so sehr zum Lachen bringen, dass ihre Hosen ins Rutschen geraten und die Männer sie sich wie einen Hula-Hoop-Reifen wieder bis unter die Achseln ziehen müssen. Warum sonst kämen wildfremde Frauen mit Backwaren und Bonbons angetrabt? Warum würde jeder noch so hektische Börsenmakler seinen guten Anzug schmutzig machen, um die Monster samt Wagen die U-Bahn-Stufen hochzutragen?

Nein, so viele Menschen können nicht irren. Andere Kinder zu mögen ist der erste Schritt zu wahrer Liebe. Von dort ist es dann auch nicht mehr weit bis zum Flugzeugträger.

»Kommt, Kinder«, sage ich unvermittelt, »ich spendiere uns allen von Mamas Geld ein dickes Eis.«

»Witzbold.«

Acht

Der erste Sommer in Palma neigt sich langsam dem Ende zu.

Lucia fühlt sich in ihrem Job sichtlich wohl, denn ihr Chef hat ihr *poco a poco*, Schritt für Schritt, mehr Verantwortung übertragen und schickt sie immer öfter auf Dienstreise. Paradoxerweise nach Deutschland, weil dort die meisten Kunden sitzen. Zurzeit plant sie die Kampagne für irgendeinen Smoothie, der auf dem deutschen Markt platziert werden soll. Seitdem ist unser Kühlschrank voll mit Ampullen dieser Ganzfruchtgetränke.

Neulich hat uns Lucias Assistentin auf eine Grillparty eingeladen, und auch dort waren die Smoothies überall präsent. Maike ist vor sieben Jahren aus Düsseldorf nach Palma gezogen. Der Liebe wegen: David, seines Zeichens Surflehrer. Heute ist sie alleinerziehende Mutter.

»Was ist das noch mal genau?«, ließ ich mir von ihr das Konzept dieser neuartigen Getränke erläutern, während ich mir noch einen Löffel von dem rheinischen Wurstsalat auf den Teller schaufelte. »Ein flüssiger Apfel oder eine zermatschte Banane in einer Plastikflasche?

»So ungefähr«, sagte Maike.

»Warum in Herrgottsnamen soll ich das Zeug kaufen, wenn ich auch eine Banane in fester Form kriegen kann?«

»Weil die Leute bequem sind und ihren täglichen Bedarf an Obst lieber mit einem Schluck hinunterspülen.«

»Das läuft in Deutschland?«

»Und wie!«

Ich gebe zu, ich bekomme zuweilen ein wenig Heimweh nach den *cuadriculados*. Natürlich treffe ich in Palma unzählige Deutsche auf meinem Weg zu *El monito*. Und zwar nicht nur die in der Bar Cristal. Andauernd sprechen mich wildfremde Menschen an, denn offenbar steht mir folgende Botschaft auf die Stirn geschrieben:

»BITTE halten sie mich ja nicht für einen, wenn vielleicht auch großgewachsenen Spanier. kommen sie auch nicht auf die Idee, ich könnte Däne, Holländer, Pole oder Lette sein. nein, halten sie mich gleich für einen Deutschen. fragen sie mich daher direkt auf deutsch – ja, sie haben richtig gelesen, nicht etwa auf Spanisch, obwohl wir uns hier in Spanien befinden, oder gar Englisch, *just in case*, Man weiss ja nie – nein, direkt auf deutsch. und fragen sie mich bitte nicht nach irgendwas, nein, fragen sie mich immer nach dem Weg.«

Ehrlich gesagt könnte dieser extrem lange Satz bald wirklich auf meine Stirn passen, denn meine Geheimratsecken sind seit der Geburt der Zwillinge deutlich größer geworden.

»Wo geht's zur Kathedrale?« – »Wo ist das Aquarium?« – »Wo kann man lecker Tapas essen?« – »Wo war noch gleich das Meer?«

Vornehmlich sind es drei verschiedene Gruppen, die mich nach dem Weg fragen. Einsamer Spitzenreiter ist die mit Schweißbändern ausgestattete Familie aus dem Raum Pforzheim. Hinter den hilflosen Eltern stehen zwei Kinder in der hormonellen Blüte ihrer Pubertät. Der rechte Arm baumelt leblos neben dem Körper, während sie sich mit dem linken daran festkrallen und auf den Boden glotzen. Offenbar schämen sie sich dafür, dass ihre Eltern den einfachsten Weg trotz Plan nicht finden. Vielleicht denken sie auch: Man muss mich nach der Geburt in einem Korb vor der Tür dieser Menschen abgelegt haben, anders ist das hier nicht zu erklären.

Vielleicht wird es Sophie und Luna irgendwann auch so ergehen. Ein grauenhafter Gedanke.

Hin und wieder sprechen mich auch gutsituierte, sehr entspannte ältere Ehepaare an, die bereits braungebrannt auf die Insel kommen und sich beide einen Pullover um die Schultern geschlungen haben. Während der Mann meist im Hintergrund bleibt, kommt die leicht verwelkte Schönheit mit den sanften Augen auf mich zu und fragt vorsichtig nach dem Weg, wobei sie mich behutsam am Ellenbogen berührt. Ich gebe dann stets sehr geduldig und gütig Auskunft. Sofort spüre ich die große Erleichterung meines Gegenübers, und auch, dass sie mir jetzt gerne etwas Gutes tun würde. Vielleicht eine große Kugel Eis spendieren oder einen Krapfen. Stattdessen belohnt sie mich mit einem längeren Augenaufschlag, während der Mann hinter ihr kurz die Hacken zusammenschlägt, mir zunickt und sagt: »Komm, Schatz.«

Die dritte Gruppe sind Vereinsmitglieder auf Reisen, meist fünf bis acht Männer Mitte vierzig. Dass sie aus

Deutschland kommen, erkenne ich sofort, weil sie fast immer im Kreis stehen und außerdem Adressschilder von ihren Rucksäcken herunterhängen, die ihre Frauen in Sonntagsschrift ausgefüllt haben. Einige tragen Rotzbremsen, Jeansjacken und stachelartige Igelfrisuren, andere sind blass, bebrillt und haben T-Shirts an, auf denen steht: »Ich bin über dreißig, bitte helfen Sie mir über die Straße«, oder schlicht: »Fotzenpräsident«. Diese Männer wohnen in der Nähe des Ballermanns und haben sich bewusst entschieden, auch mal einen Tag woanders zu verbringen und einen Ausflug nach Palma zu unternehmen.

Wer kann schon jeden Tag im Dinopark Minigolf spielen, im Tropic Rubi die sechzig Meter lange Tunnelrutsche, auch »Black Hole« genannt, hinuntersausen, Jägerschnitzel essen, bis der Arzt kommt, und abends nach achtzehn Weizen auf einer vollgekotzten Bierbank im Oberbayern blankziehen? Klar: Die brauchen Hilfe, die fragen nach dem Weg – aus Palma raus.

Dann gibt es da noch den Subtyp »Waterproof«. Diese Menschen fragen nie nach dem Weg. Beide, Männer wie Frauen, sehen aus wie der Überlebenskünstler Rüdiger Nehberg, wobei die Frau zumeist den stärkeren Bartwuchs von beiden hat. Die Waterproofs kennen sich auf der Insel besser aus als jeder Einheimische, obwohl sie gerade erst angekommen sind. Die Hosen haben sie kampfbereit hochgekrempelt, und die Schuhe sind so besohlt, dass sie damit zehn Jahre lang im Himalaya überleben könnten. Die beiden laufen im Stechschritt im Schatten der Edel-Boutiquen entlang, die in keiner gutsortierten Fußgängerzone fehlen dürfen. Selbstverständlich sind sie perfekt eingeschmiert.

Ihre Creme hat Lichtschutzfaktor fünfundachtzig, denn sie haben wie jedes Jahr entschieden, blass wie Tiefkühlgeflügel zu bleiben. Selbst wenn in Palma ein Tsunami alles plattmachen würde, hätten sie immer noch einen Kompass in der Harnröhre. Sollte auch der versagen, würden sie anhand der Gestirne den Weg finden. Auch die in Falten gelegte Stirn von – nennen wir ihn mal – Dieter ist nichts anderes als eine Seekarte, um im Notfall auf einer Tür schwimmend das Festland zu erreichen.

Diese Paare sind der perfekt präparierte, politisch absolut korrekte Outdoor-Öko-Klassiker. Sobald ich die Nehbergs sehe, ziehe ich mich in die nächstbeste Häagen-Dazs-Eisdiele oder zu Burger King zurück – etwas, das ich sonst selten mache.

Bei meinen bisherigen Spanienaufenthalten bin ich als Deutscher immer recht gut angekommen. Ich habe den Eindruck gewonnen, die Spanier mögen es, dass die Deutschen in allem so anders sind. Dadurch stehen sie nicht in Konkurrenz zu ihnen. Bei den Franzosen ist es anders, denn vor allem die Südfranzosen sind den Spaniern recht ähnlich. Die Franzosen stinken, haben ernsthaft einige Katalanen mit akademischen Grad mir gegenüber behauptet. Aber die Deutschen sind großgewachsen und haben meist blaue Augen. Außerdem haftet ihnen ein für Spanier unerklärbares, nimmersattes Streben an, Dinge oder Abläufe zu verbessern. Allerdings ahnen die Südländer, dass dieser Wesenszug viel mit dem kühlen Klima in Deutschland zu tun haben muss. Die Sonne würde hier übrigens keiner gegen Ingenieurskunst tauschen, auch ich nicht. In diesem Punkt bin ich voll und ganz Spanier.

Aber sind wir Deutschen tatsächlich *cuadriculados*?

Sind wir wirklich so unfassbar durchstrukturiert und gleichförmig, dass die Spanier bei »deutsch« unwillkürlich an komplexe und gut funktionierende Maschinen denken? Selbst wenn eine deutsche Fußballmannschaft äußerst ansehnlich und erfolgreich spielt, heißt es am nächsten Tag in den spanischen Gazetten: »*Los panzer alemanes derribaron a los ingleses* – Die deutschen Panzer haben die Engländer niedergewalzt.«

Wann immer ich so etwas lese oder höre, muss ich an meine Freunde in Deutschland denken. Von denen weiß keiner, wie man eine Maschine baut. Die meisten können gerade so einen Föhn von einer Bohrmaschine unterscheiden. Sie kommen mir auch weder langweilig, penibel noch verschlossen vor. Aber vielleicht sind sie es ja doch, und ich verkläre nach einem Sommer auf Mallorca schon alles.

Deutschland wird plötzlich zu einem Konglomerat aus Zahlen und verschwommenen Kindheitserinnerungen, bei denen ich schon mal ins Schwärmen geraten kann. Während mir die mallorquinische Sonne unbarmherzig aufs Haupt brennt, kommt mir komischerweise in den Sinn, wie ich meinen ersten Döppe-Kuche an der Ahr gegessen oder mit elf Jahren dem Hund unserer Dorfärztin mit einem Edding die Eier rot lackiert habe. Wie gerne habe ich mir damals zu Weihnachten Mamas Nylonstrumpfhose übers Gesicht gezogen und in der Nachbarschaft die leuchtenden Tannenbäume ausgedreht. Im Schwimmbad bin ich mit meinen Freunden unter reifen Dorfmedusen entlanggetaucht, um die unvermeidliche Anziehungskraft schwarzer Löcher zu begreifen. Und das war nur die Spitze des Eisberges.

Ach, es war wunderbar! Diese stetig nassen Wälder

und feuchten Wiesen, in die man sich nie setzen durfte, weil die Jeans am Arsch immer grün wurde und einem irgendwann Nacktschnecken die Fersen hochkrochen. Oder die Fußgängerzonen mit den hölzern vorbeilaufenden Passanten und den muffigen Spelunken, in denen Bluthochdruckgesichter mit Erdbeernasen auf den nächsten Kurzen warteten, eingefasst vom verklinkerten Idyll aus selbstgerechtem Spießertum.

Kann man so etwas nicht mögen? Ich habe es wirklich gemocht, trotz all der Abgründe – oder vielleicht genau deshalb. Natürlich nur in überschaubaren Dosen.

Dann ist da auch noch das andere Deutschland. Der Prenzlauer Berg mit den modernen Gewinner-Eltern. Sie Designerin, die in ihrer Freizeit Lachyoga-Kurse gibt, er Fotograf. Beide sehen aus, als kämen sie gerade aus dem Bett, dabei haben sie für das Styling mehrere Stunden gebraucht. Hier noch schnell das neue iPhone, da noch kurz eine Ausstellung über den Holocaust und danach ins Programmkino, natürlich nur in Filme in Originalfassung. Danach Erasmus-PEKiP und der dreisprachige FKK-Kindergarten mit Hanfspielzeug aus Neuseeland. Abends kommen dann Freunde, die nicht nur genauso aussehen, sondern auch alles genauso sehen. Zum Essen gibt es Bio-Sushi und dazu ein bisschen isländischen Jazz. Toll.

Gut, es ist vielleicht nicht alles toll an Deutschland. Wenn ich die grauenhaften Statistiken zusammenfasse, die man aus den Zeitungen kennt, dann sind die Deutschen die dicksten, alkoholsüchtigsten und kinderärmsten Menschen in ganz Europa. Die wenigen Kinder, die in Deutschland leben, sind schulisch gesehen nichts weiter als Mittelmaß. Außerdem sind sie zu fett und ganz weit vorne in Europa, wenn es um Alcopops und Tabak geht. Alles Dinge, die sich bei den ebenso zeugungsunwilligen, dafür aber schlankeren Spaniern noch nicht herumgesprochen haben. Hier sind wir laut Pau nichts weiter als kleinkariert.

Aber ich gebe es offen zu: Ich mag Deutschland. Das ist mir in den ersten Monaten hier auf der Insel klargeworden. Vielleicht mag ich dieses Land aus der Distanz sogar mehr als aus der Nähe, aber ich mag es. Nicht weil wir angeblich die besten Autos bauen, bei sämtlichen Gewehrsportarten Weltspitze sind oder die höchsten Sozialleistungen zahlen, sondern weil es unter all den *cuadriculados*, den Dicken und Kinderlosen ebenso wie unter den Schluckspechten, viele humorvolle, kreative Leute gibt, die etwas bewegen wollen.

Vor gar nicht allzu langer Zeit sagte ein Mallorquiner auf dem Spielplatz zu mir: »Wenn du etwas über die Deutschen lernen willst, musst du zum Ballermann.«

Bisher haben Lucia und ich das Thema irgendwie vermieden, obwohl wir den berühmt-berüchtigten Strandabschnitt bei vielen unserer Spaziergänge sehen konnten. Man muss nur von einer etwas höher gelegenen Stelle mit Blick die hufeisenförmige Bucht vor Palma entlangschauen, dann kann man Arenal in der Ferne funkeln sehen.

Vor meiner Ankunft auf Mallorca bin ich davon ausgegangen, Palma sei ein Stadtteil vom Ballermann und in dieser Verballhornung des Ortsnamens schwinge noch etwas Größeres mit. Eine Art Mekka des schlechten Geschmacks, das seinen Schatten über die ganze Insel wirft. Ein Epizentrum des ordinären und phantasielosen Urlaubs, dessen Höhepunkt nur eine Fahrt auf einer am Seil gezogenen Luft-Banane sein kann. Ein Abbild des degenerativen Unterschichts-Kultur-Imperialismus, möglich gemacht allein durch die – ökologisch gesehen – unverschämte Preispolitik der Airlines und den Zwang der Hoteliers, ihre Bettenburgen vollzubekommen. Letztlich ist der Ballermann aber auch der Grund, warum fast keiner meiner Freunde und Bekannten jemals nach Mallorca geflogen ist. Für andere ist es wiederum der alleinige Anlass, um hinzufliegen.

»Heute geht's zum Ballermann«, flöte ich eines Morgens beim Frühstück und reibe mir die Hände. »Wenn man das Leben begreifen will, dann muss man da mal hingehen. Dann haben wir es wenigstens hinter uns. Selbst wenn wir nackt und vollgekotzt wiederkommen!«

»Ich bin mal gespannt«, sagt Lucia nur. »Wahrscheinlich treffen wir dort halb Köln.«

»Ein Mann?«, fragt Luna neugierig.

»Nein, mein Hase, im Stadtführer steht, dass eine Strandbar so heißt. Es gibt fünfzehn sogenannte *Balnearios* am Strand von Palma, wobei einer davon, der mit der Nummer sechs, ganz besonders bekannt ist. Wir wollen uns heute mal anschauen, was da so alles los ist.«

An der Plaça d'España steigen wir in die Buslinie fünfzehn, mit der wir durch die Siedlungen Ciudad Jardín und Can Pastilla bis zum neuen Aquarium fahren. Von dort sind es nur noch ein paar Meter bis zur Platja de Palma und zu den *Balnearios*, den Standbars. Die Promenade ist breit, palmengesäumt und angenehm leer, der Strand planiert und sauber. Es ist elf Uhr vormittags. Zur Linken liegen die berüchtigten Hotels, unter denen ich wider Erwarten kein außergewöhnlich hässliches entdecken kann. Jedenfalls wirken sie nicht schlimmer auf mich als Benidorm, Bibione, Hurghada, Ayia Napa oder wo sonst noch Touristen in Betonbunkern gestapelt werden. Nach ein paar Metern haben wir den ersten Balneario erreicht, ein futuristisch anmutendes Aluminiumgebilde, auf dem in blauen Lettern eine Zwölf steht. Ein paar Stühle sind davor aufgestellt, die fast alle noch unbesetzt sind. Nur ein spanisches Paar hockt einsam an einem Tisch und diskutiert heftig, während es von pathetischer, spanischer Popmusik beschallt wird.

»*Una caña, por favor*«, bestelle ich an der Bar ein Bier.

Der Spanier hinterm Tresen stellt ein Glas auf die Theke und sagt in fast akzentfreiem Deutsch: »Bitte sehr.«

»Nett hier«, meint Lucia, die mit einem Ellenbogen lässig an der Bar lehnt und auf die glitzernden Wellenkämme schaut. »Ich hab's mir irgendwie anders vorgestellt.«

»Wart's ab, wir sind noch nicht da. Immerhin fehlen uns noch fünf Balnearios bis zum sechser«, unke ich, trinke aus und lege ein paar Münzen auf den blechernen Tresen.

Die Kinder springen vergnügt über die Promenade. Endlich mal keine Autos, auf die sie achtgeben müssen. Ich nehme Lucias Hand.

»Bereust du, dass wir nach Mallorca gegangen sind?«, fragt sie mich plötzlich.

»Was? Nein. Wie kommst du denn darauf?«

»Na ja, das Studio, unsere Freunde …«

»Klar fehlt mir das alles. Aber ich frage mich immer, was schlimmer wäre: die einmalige Chance nicht genutzt zu haben und ein Leben lang jammern, wie es hätte sein können, oder hierherzukommen, es zu versuchen, vielleicht zu scheitern und einfach wieder nach Deutschland zurückzukehren. Ich bin ohne Zweifel für Ersteres. Außerdem hättest du mal deine Augen sehen sollen, als du das Jobangebot im Netz entdeckt hast. Deine Entschlossenheit hat mir die Entscheidung leicht gemacht. Ich habe dir doch schon vor Jahren versprochen, dich eines Tages nach Hause zu bringen, nach Spanien.«

Noch während ich rede, passieren wir einen Imbiss, davor eine Tafel, auf der mit Kreide auf Deutsch geschrieben steht: »Heute Strammer Max und Geschnetzeltes, hausgemacht.«

»Okay, also ich meine, fast bis nach Spanien.«

Wir lachen.

Die Kinder veranstalten unterdessen ein ausgelassenes Bockspringen auf der Promenadenmauer. Zur Linken mehren sich nun langsam auch die Fahrradverleihe und Eisdielen. Wir sind inzwischen bei Balneario Nummer elf angekommen.

Die Dinger scheinen alle identisch zu sein, denn dieser hier sieht genauso aus wie der Zwölfer – weit entfernt von den charmanten, teils aus Strandgut zusammengezimmerten *chiringuitos*, den Strandbuden an den anderen Küstenabschnitten von Spanien und Mallorca. Die Balnearios ähneln eher einheitlichen Kästen und versprühen den Charme eines Kassenhäuschens vor einem deutschen Spaßbad.

»Ich glaube, ich brauche dringend einen *café con hielo*«, sagt Lucia.

»Gut, bestell du deinen Kaffee mit Eiswürfeln, ich nehme noch ein Bier.«

»Vermisst du denn das Studio nicht?«, bohrt Lucia weiter.

»Doch, natürlich, besonders die Zusammenarbeit mit Thomas und den Kundenkontakt. Aber das kann ja auch hier noch werden. Ich finde, für eine Familie ist der Ort, an dem man lebt, nicht mehr so wichtig. Eine Familie ist wie eine Kugel, die sich überall hinrollen lässt, die sich nach innen richtet und von ihrem Schwerpunkt zusammengehalten wird. Dadurch wird sie automatisch selbst zum Ort. Wenn wir ehrlich sind, waren wir vorher ein elastisches Seil mit zwei losen Enden, die sich ständig nach außen gereckt haben.«

»Das gefällt mir, das mit der Kugel«, sagt Lucia und schmiegt sich an mich.

»Ja«, sage ich und komme langsam in Fahrt, »sieh es ruhig auch mal von der praktischen Seite. Letztlich ist es doch egal, wo wir leben. Ob in Barcelona, New York oder Kaiserslautern, wir würden überall gleich wenig ausgehen und versuchen, nicht wahnsinnig zu werden, wegen der Windelmonster ... autsch!«

Lucia hat mir einen Ellenbogen in die Seite gerammt. »War ja klar, dass du noch was hinterherschieben musst«, sagt sie.

Die Promenade füllt sich langsam, mit Joggern, Radfahrern und unzweifelhaft auch mit deutschen Kleinfamilien oder älteren Paaren. Am Strand liegen jedoch nach wie vor nur vereinzelt Grüppchen. Zur Linken tauchen nun ein paar plattenbauartige Gebäude auf, deren Fassaden völlig von der salzigen Luft zerfressen sind. Es sind Relikte aus dem Bauboom der siebziger Jahre, als die Hoteliers schnell und funktional irgendwelche Bettenburgen hochziehen mussten, um den steigenden Bedarf zu decken.

Ich merke, wie mir die Sonne den Wasseranteil des Bieres aus den Stirnporen zieht. Portioniert in winzigen Perlen. Es scheint, als bliebe der Alkohol als Konzentrat in der Schädeldecke zurück und legte sich wie Butter auf meine Synapsen.

Kurz darauf: Ballermann neun. Geschafft, denke ich und wende mich an den Barmann. »Ein Bier, bitte«, rutscht es mir direkt auf Deutsch heraus.

»Was ist, wenn wir scheitern, wenn wir hier nicht richtig ankommen?« Lucia lässt nicht locker.

»Dann haben wir eben ein paar tausend Euro in den Sand gesetzt und fahren nach Hause zurück«, sage ich. Dabei fällt mir auf, mit welcher Selbstverständlichkeit ich Deutschland immer noch als mein Zuhause tituliere. »Das Tolle ist doch, dass unser Leben wie eine Drehtür ist, genau wie die deutsche Fußball-Nationalmannschaft.«

»Was soll das denn bitte schön heißen?«, fragt Lucia verständnislos. »Warum ist eine Fußballmannschaft eine Drehtür?«

»Na, das sagen die doch immer, jeder kann jederzeit rein und auch wieder raus.«

»Das ginge mit einer ganz normalen Tür doch auch«, gibt Lucia zu bedenken.

»Ja … iss ja jäz egal«, entgegne ich. »Jedenfalls können wir auch die Drehtür nehmen und uns eine halbe Runde mitdrehen oder, oder, oder eben eine gansse Runde, verstehste?«

»Eine ganze? Dann sind wir am Ende ja wieder genau da, wo wir eingestiegen sind?« Lucia schüttelt den Kopf.

»Ja, sach ich jaa. Wier zück na Deussslahhnn.«

»Steve, bist du besoffen?«

»Aaach Quasss, doch nich vo drei Bier«, lalle ich beschwingt. »Komm, da hinten kann ich ssson Ballermann Nummer acht sehen. Da trink ich noch einsss.«

Links von uns tauchen die ersten Spielhöllen und Strandzubehörläden auf. Überall Handtücher, Sonnenöl und die bereits aufgeblasenen Luftmatratzen in Reih und Glied. »Alles so schön bunt hier«, geht mir Nina Hagens Song durch den Kopf. Dennoch ist das alles weit davon entfernt, aufdringlich oder völlig geschmacklos zu sein. Am Strand mehren sich nun die Sonnenschirme mit Bastkopf, die mit dem karibischen Flair. Die ersten Kitesurfer zischen den Küstenstreifen entlang.

»Weissu, ich finde, wir haben alles richtich gemah, mir hat die Fremde ssschon imma gefallen. Wenn man fremd ist, alsooo, dann ka man Fremde erst richtig verstehen, isch meine, äh, … also auch andere Fremde in Deusslahn jäz, Demut unsoweiter. Ich sach ma so, du machs einen super Job und ischab die Kinder und die Musssik, was … was will man meoaah?« Mit dem letzten Wort rülpse ich aus Versehen, was mir einen leicht angewiderten Seitenblick von Lucia einbringt.

»Kindaaahhh! Ballermann acht ist da«, brülle ich über den halben Strand hinweg. »Kommt, jäz gib's für die Mädels ein Eis und Papa trinknoeinen.«

Ein Paar, das auf einem Strandtuch sitzt, dreht sich zu uns um. Die Körper der beiden sind so weiß, dass sie beinahe leuchten. Neben ihnen auf dem Tuch erkenne ich die neuste Ausgabe des *Spiegel*.

»Geht das auch in etwas gemäßigterer Lautstärke?«, fragt der Mann.

»Wass isn mit dir? Iss das etwa dein Strand, du Pimpf?«, schnauze ich ihn an und springe angriffslustig auf die kniehohe Promenadenmauer.

»Steve!« Lucia zieht mich zur Seite. »Ich glaube, drei Bier in einer Viertelstunde bei prallem Sonnenschein sollten genügen.«

»Genug … hicks … kann nie genügen«, zitiere ich irgendeinen alten Song von Konstantin Wecker und torkele zur Bar hinüber. »Ein großes Bier, *pofafor*«, bestelle ich und füge an Lucia gewandt hinzu: »Ich muss mich vorbereiten, auf das Grauen vom Ballermann Nummer sechs. Prost!«

Das Bier schmeckt nach nichts mehr. Meine Geschmacksnerven sind offensichtlich bereits über den Jordan. Egal, Hauptsache es ist kalt. Außerdem muss ich mir den Ballermann sechs schön saufen.

»Das Eis laaaangsam essen«, ruft Lucia den Kindern zu. »Seht mal, wie ihr ausschaut.«

Beide haben im Nu einen Schokoladenvollbart, auf den einige vorbeigehende Rentner amüsiert deuten.

»Missst, ssseitdem ich Papa bin, vertragich ga nix mär«, brabbele ich vor mich hin, stelle das leere Glas ab und zahle.

Auf dem Weg zu Ballermann Nummer sieben lichtet sich die dichtbepackte Laden- und Hotelfassadenkette und weicht zugunsten eines kleinen Platzes, auf dem eine weiße Kirche steht. Alles wirkt recht retortenhaft, aber fast wie eine gewachsene Dorfidylle.

»He, mach dich nicht so schwer«, sagt Lucia, als ich erneut den Arm um sie lege. »Aufstützen gibt's nicht.«

»Jetzt komm, haab dich nicht so«, quengele ich und drücke ihr einen nassen Schmatzer auf die Backe. »Ich haalte den Ballermah nur bsoffen aus.«

»Aber bis jetzt ist es doch völlig harmlos.«

In diesem Moment schreiten drei als Bayern verkleidete Südamerikaner im Gleichschritt an uns vorbei. Sie tragen Lederhosen und Filzhüte mit aufgesteckten Gamsbärten, bereit, jedem Deutschen ungefragt einen Flyer in die Hand zu drücken. Mit starkem spanischem Akzent und unter größten Anstrengungen reimen sie:

»Eins, esswei, edrei,
jrcheute Awend Feierei.
Konn, konn, konn cherbei!«

»Siiiehste, die Vorboten der Hölle! Haaabich's doch gewusst. Und daa wills du mi verbieten, noch eine zu tinkehh?«, schwafle ich und fuchtele mit dem rechten Zeigefinger in der Luft herum. »Da iser ja auch schon, der siebte Ballermann.«

Der Balneario ist deutlich voller als die anderen. Klar, denke ich, wer am Sechser keinen Platz findet, der kommt eben hierher.

»Ich nehme mal zur Abwechslung was Gesundes«, sage ich und bestelle einen *hierbas*, wie der Kräuterschnaps hier heißt. »Wiss du aunowas?«, frage ich Lucia, kratze die letzten Geldstücke in meiner Hosentasche zusammen und versuche die Münzwerte zu addieren. Letzteres dauert eine gefühlte Ewigkeit. Gerade so wie bei den Alten an der Supermarktkasse, die ewig im Portemonnaie herumsuchen, bis sie irgendwann aufgeben und es der Kassiererin hinstrecken.

Lucia schüttelt den Kopf.

»Auch gut«, murmele ich und setze das Glas an den Hals.

Die Süße des *hierbas* trifft mich unvermittelt. Der

Schnaps schmeckt, als wäre ein Süßstoffspender in ein Glas mit Wick MediNait gefallen.

»Puuhhh«, stöhne ich für alle Gäste hörbar und verziehe das Gesicht. »Wassn das fürne Plörre? Iss wollte ’nen Sssnaps und kein Ahornsiruppp!«

»Estimm was niss, der Err?«, fragt der Barmann.

»Komm ma her«, flüstere ich und ziehe ihn an seiner Weste halb über den Tresen.

»Ich will zun Baaalermann sechs, verstehste«, hauche ich in sein behaartes Ohr. »Aber pssst, ich bin zunersten Mal hie und nur weil ich mir den angucken will, okay? Nur gucken! *Entiendes*?«

»Si, señor«, sagt der Mann, »Esieh sin in essweiundet Meter da. Alle wolle imme nu gucken.«

»Ich weiß, *gracias amigo*«, sage ich, entlasse ihn mit einem Schulterklopfer aus dem Klammergriff. »NO SSWEIHUNDERT METER«, rufe ich dann quer über die Tische zu meiner Holden hinüber, indem ich die Hände wie einen Trichter um den Mund lege.

»Wieso nimmst du nicht gleich ein Megaphon?«, sagt Lucia.

Ein paar Leute lachen.

»Was ist mit ihm?«, fragt der kleine Junge am Nachbartisch.

»Nichts«, antwortet Lucia, »er ist nur sehr, sehr gut gelaunt.«

»Jetzt geht’s lo-os, jetzt geht’s lo-os!«, brülle ich, hake mich bei Lucia ein und schiebe sie in leichtem Trab ein paar Meter nach vorne. Die Kinder folgen uns quietschvergnügt.

Im Rücken höre ich vage ein »Unmöglich« und dann noch: »Tse, kein Wunder.«

Links Minigolfplätze, Pizzerien, Bierstuben und

Boutiquen mit deutschen Namen wie Gerdas Strandkörbchen oder Uschis Klause. Auch der Strand ist nun deutlich voller. Mehr Bastschirme, mehr fliegende Händler, mehr glänzendes Fleisch und endlich eine Propellermaschine am Himmel. Aufschrift: »Fitnessworld an der Platja de Palma. Jetzt!«

Alles verdichtet sich, zielt auf den einen Punkt hin. Ein Massezentrum, das die Germanen anzieht wie ein angestochener Fisch die Haie. Ob aus Geilheit, wirklicher Gewogenheit oder purem Voyeurismus – die Gründe spielen keine Rolle mehr. Man ist hier. Das allein zählt.

Am Strand erkenne ich ein paar stattliche Bodybuilder. Weiter hinten haben die Mitglieder eines Fußballvereins einen Sandwall um die Liegen gebaut, aus dem ein paar Sektflaschen herausragen. Es ist jetzt nur noch eine Frage von wenigen Metern, bis die leeren Sangria-Eimer mit den kilometerlangen Strohhalmen über die Promenade rollen, Frauen aus Remscheid am Miss-Wet-T-Shirt-Contest teilnehmen, Polonaisen aus nackten Menschen juchzend den Strand zerfurchen und einem Männlein wie Weiblein herzhaft in den Schritt packen.

Noch zwanzig Meter. Der Ballermann sechs unterscheidet sich von den anderen von weitem nur durch einen Zaun aus einer PVC-Plane, mit dem der Gastrobereich eingefasst ist. Vermutlich um das Grauen halbwegs in den eigenen vier Wänden zu halten. Ich löse mich von Lucia, tänzele wie ein Boxer kurz auf der Stelle und laufe mit einem lauten »OleeeOleeeOleeeOleee, we are the champions« und ausgestreckten Armen wie ein Flugzeug um die Plane. Vermutlich stehen ohnehin bereits alle auf den Tischen, und mit meinen gefühlten drei Promille ist mir sowieso alles egal.

Zu meiner Entgeisterung blicke ich in ungefähr fünfzig teils erstaunte, teils gelangweilte Gesichter von Menschen, die sittsam an den Tischen sitzen, wie bei der Verkaufsveranstaltung auf einer Butterfahrt. Niemand ist nackt, keine Polonaise, keine Eimer. Nichts. Aus der Bar dudelt irgendein alter Gassenhauer von Roland Kaiser. Das ist der einzige wirklich auffällige Unterschied zu den anderen Balnearios.

»Wassn das?«, rufe ich. »Ist das hier der Ballermann sechs?«

Ein Paar, das an einem Tisch gleich neben mir sitzt und Kaffee trinkt, nickt stumm. Beide haben mintfarbene Trainingsanzüge an, auf denen »TSV Muffendorf« steht.

»Wosssinnndenn? Woisssnnn? Ich raff nix mehr«, gurgele ich und lasse mich platt und schwitzig in einen der Alustühle fallen. Lucia und die Kinder sind mittlerweile auch da und setzen sich zu mir.

»Mir isschlecht«, lalle ich.

Ein paar Gäste schütteln angewidert den Kopf, andere scheinen eher Mitleid zu haben, wiederum andere wirken amüsiert.

»Ischglaub, ich mumi …«, würge ich. Mit vollen Backen und letzter Kraft springe ich auf, schiebe die Stühle mit den Kniescheiben beiseite und erreiche mit einem Kurzsprint die Promenadenmauer, hinter der ich den inzwischen warmen, galligen Gerstensaft schwallartig auskotze. Nur fünf Meter hinter einem Nordic Walking Club aus Bad Hersfeld. Das steht zumindest auf einem der Handtücher.

Während ich noch eine Weile in gebückter Position

verweile, höre ich, wie es in meinem Rücken aus einem der Lautsprecher tönt: »Ich bin ein armer Idiot, sogar mein Klo hat mehr Niveau. Helft mir, denn ich merk es nicht.«

Neun

»Wir sind jetzt zehn Monate hier, vertraglich sind wir also nicht mehr an die Wohnung gebunden. Pau schreibt in letzter Zeit mehr Zettel denn je, und Luna hustet nachts bedenklich. Ich bin nicht sicher, wie gut ihr die Stadtautobahn neben dem Kinderbett tut«, frotzele ich auf der Terrasse bei unserem improvisierten Abendbrot, das aus den Tapasresten vom Vortag, Salat und Rotwein besteht.

»Kannst du nicht ein Mal sachlich bleiben? Vielleicht erinnerst du dich noch daran, dass ich kaum Zeit hatte, um die Wohnung zu suchen«, sagt Lucia und knallt die Salatschüssel demonstrativ auf den Tisch.

Die Wohnung. Wieder das alte Thema. Wieder fangen wir an aufzurechnen.

»Ich weiß ja, dass es anstrengend war, aber wir müssen uns eingestehen, dass diese Wohnung ein Fehler war«, sage ich, wobei ich nicht »wir«, sondern »du« meine.

Lucia schluckt. Sie kann siebzig Stunden in der Woche arbeiten, kommt mit vier Stunden Schlaf pro Nacht locker aus und geht vor dem Frühstück bei Wind und Wetter zehn Kilometer joggen, aber sie darf sich keinesfalls ungerecht behandelt fühlen. Dann zertritt sie Möbel, bekommt glasige Augen und verfällt in ein bodenloses Schweigen. Irgendwie wechselt sie dann von den beweglichen Dingen zu den starren und wird zum Accessoire – tagelang, wenn es sein muss. Sie schweigt so konsequent, dass ich mich irgendwann schuldig fühle. Jedes Mal. Das gilt es unter allen Umständen zu vermeiden.

»Lass uns irgendwo hinziehen, wo es ruhiger ist. Vielleicht in ein Dorf in der Umgebung«, schlage ich vor.

»Ein Dorf? Hast du etwa gerade Dorf gesagt? Du?«, höhnt Lucia, schiebt den Stuhl zurück und verschränkt die Arme vor der Brust.

»Ja, ich weiß, ich habe hundertmal gesagt, dass ich nie mehr in ein Dorf ziehen will, weil ich in einem groß geworden bin. Ich weiß auch, dass mir die Städte gar nicht groß genug sein können. Und ja, ich weiß sogar, dass du noch nie in einem gelebt hast und Tratsch, Doppelhaushälften und trostlose Bushaltestellen grauenhaft findest. Aber jetzt ist eben alles anders. Unter uns wohnt ein omnipräsenter Misanthrop, der uns nichts als schlechte Nachrichten überbringt. Im Altertum hätte man Pau dafür geköpft, und ich bin ehrlich gesagt auch kurz davor. Der Straße wegen haben wir die Schallisolatoren aus meinem Studio vor die Fenster gehängt. Unsere Kinder wissen nicht, wie ein Baum aussieht, und ich muss zwölf Gitarren in einen sechs Quadratmeter großen Raum quetschen. Das riecht regelrecht nach Dorf.«

»Das heißt aber auch, dass ich ein Auto brauchen werde. Und wir das Meer nicht mehr vor der Tür haben werden.«

»Das mit dem Meer nehme ich gerne in Kauf«, nuschele ich, den Schweinekopf wieder vor Augen.

»Na, dann los, lass uns ein Auto kaufen und aufs Land ziehen«, sagt Lucia kurz entschlossen.

Gesagt, getan. Allerdings gestaltet sich der Autokauf schwieriger als gedacht. Ein gebrauchter Wagen soll es sein, praktisch, familiengerecht, sicher ... langweilig.

Entgegen meiner Erwartung ist der Gebrauchtwagenmarkt mehr als überschaubar. Ich habe bisher angenommen, dass die Mietwagenfirmen alljährlich ganze Flotten von Mietwagen ausmustern und auf den Markt werfen. Ein Händler hat mir das irgendwann mal telefonisch bestätigt, nicht ohne jedoch zu ergänzen, dass die Firmen die Autos größtenteils exportierten. Und zwar ausgerechnet nach Deutschland.

Zunächst rufe ich ein paar private Anbieter an, die ich aus der Zeitung und dem Internet fische. Es ist jedes Mal die gleiche Story. Jemand bestellt mich zu irgendeinem Supermarktparkplatz, am besten zu einer Zeit, wenn nicht so viel los ist. Die Verkäufer sind samt und sonders schmierige Typen mit Sonnenbrillen, Lackschuhen und billigem Rasierwasser. Einige sprechen mit lateinamerikanischem Akzent, einer klingt nach Ostblock und drückt mir unfassbarerweise eine Visitenkarte mit der Aufschrift »Hai-Motors« in die Hand. Sie alle verkaufen Wagen, die sie selbst günstig angekauft haben. Fliegende Händler sozusagen.

Das schlagende Verkaufsargument, mit dem sie sich alle von den niedergelassenen Händlern abheben wollen, ist leicht verständlich. Das Autohaus gebe mir zwar eine einjährige Garantie auf schwere Mängel, halte sich jedoch niemals daran, behaupten sie unisono. Und das für einen Aufschlag von gut eintausend Euro. Genau diesen Betrag könne ich bei ihnen sparen.

»Gut«, sage ich jedes Mal, »dann mach doch mal die Motorhaube auf.«

Mit einem Ausdruck höchster Überlegenheit und Kompetenz inspiziere ich den Motorraum, linse minutenlang zwischen Kabel und zupfe an irgendwelchen Teilen herum. Immer mal wieder runzele ich die Stirn, schürze die Lippen oder rümpfe die Nase. Natürlich habe ich nicht die leiseste Ahnung, was ich da gerade in der Hand halte. Bei dem Wort Einspritzpumpe muss ich persönlich immer an das männliche Geschlechtsteil denken und bei Zylinderkopfdichtung an einen Mann, der sich der Lyrik verschrieben hat, mit einem altmodischen Hut auf dem Kopf. Dementsprechend sind meine Berührungen zu uninspiriert, zu halbherzig. Diese Schwäche nutzen die gerissenen Händler freilich sofort aus. Sie drehen den Spieß um, indem sie von den technischen Details ablassen und mich an dem Punkt treffen, der mir wirklich wichtig ist: Das Auto soll fahrtüchtig und halbwegs sicher sein, also über möglichst viele Airbags verfügen.

Nun ist ein Sicherheitsexkurs aus dem Munde eines Hallodris, der ohne zu zögern seine eigene Oma verkaufen würde, in etwa so viel wert wie der Liebesschwur einer Gottesanbeterin vor der Kopulation. Jedenfalls verspielt er damit sein letztes bisschen Glaubwürdigkeit, und der Kauf rückt für mich erst mal in galaktische Ferne.

Nach mehreren solchen Treffen gestehe ich Lucia mein Scheitern ein.

»Hier treffen Löwen auf Lämmer«, erkläre ich ihr. »Daher bevorzuge ich den deutschen Weg.«

»Was heißt das?«, hakt sie nach.

»Dass wir den Wagen bei einem mallorquinischen

Gebrauchtwagenhändler kaufen, auch wenn die Garantie reine Makulatur ist. Diese Parkplatzdjangos sind hinterher sicherlich nicht mehr aufzufinden, den Händler können wir dagegen jederzeit in seinem Autohaus stellen«, füge ich als weiteren Pluspunkt hinzu. Wenigstens das.

»Geht klar«, sagt sie nur.

Zwei Wochen später steht eine *furgoneta* vor unserer Tür, einer von diesen Kastenwägen, von denen man hier Tausende sieht und die man nur anhand ihrer Beulen, Kratzer und Risse unterscheiden kann. Blechblessuren holen sich hier alle Autos, dafür sorgen die engen Straßen. Zudem ist Fahrerflucht bei Blechschäden in Spanien kein strafbares Delikt.

Das Auto haben wir also, jetzt fehlt nur noch ein Haus. Das wird bestimmt ähnlich kompliziert, überlege ich, da es in Spanien keine Mietkultur gibt. Jeder hier, der ein halbwegs geregeltes Einkommen hat, ganz gleich, in welcher Höhe, kauft sich sofort ein Haus. Die Bank macht's möglich. Zudem haftet Mietern hierzulande der Ruf an, nicht pünktlich zu zahlen und das gemietete Objekt obendrein herunterzuwirtschaften. In den kommenden Tagen schaue ich mir zwei Wohnungen und vier Häuser in der Umgebung von Palma an, während die Kinder bei Maria und Josef 1 sind und Lucia bei der Arbeit ist. Mich erwarten nichts als dunkle, schachtartige Löcher. Renovierungsbedürftig. Zu laut. Vollgestellt bis oben hin. Es ist ein Kreuz.

»Gibt's was Neues?«, fragt Lucia am Samstagmorgen.

Sie spielt mit den quietschenden Zwillingen in einem aufblasbaren Swimmingpool auf der Terrasse. Am Wochenende bin ich für die Kinder Luft. Letztlich funktioniert eine Familie wie ein freier Markt: Das knappste Gut wird am stärksten nachgefragt. Die beiden Mädchen sind ausgelassen und wollen jeden Moment mit Lucia auskosten.

»Ja, es gibt was«, sage ich, »ein großes Haus in einem Dorf, zirka zwanzig Kilometer von hier. Das Bild im Internet ist etwas unscharf. Ich hab's mal ausgedruckt. Wir könnten es heute besichtigen.«

»Gut«, sagt Lucia, »ich rufe sofort an.«

Das Dorf Alaró, in das wir am Nachmittag fahren, liegt am landseitigen Fuße des Gebirgszuges, der Tramuntana, inmitten einer toskanisch anmutenden Hügellandschaft. Gleich dahinter erheben sich zwei mächtige Bergschultern, durch deren Mitte sich ein malerisches Tal schlängelt. Als hätten irgendwelche Riesen einen Zugang zum Gebirge gebraucht und mitten in den Bergkamm ein Tor geschlagen. Der Anblick ist umso überwältigender, da das Tor den Blick auf den gewaltigen Puig Mayor freigibt, Mallorcas höchsten Berg, der mit seinem wohlgeformten, oft schneebedeckten Gipfel fast wie ein alpines Idyll in einem Fischbach-Gemälde anmutet. Vom Meer ist weit und breit nichts zu sehen.

Bekannt ist der Ort vor allem durch die Festung, die oben auf dem linken der beiden Tafelberge thront. Die leicht ansteigende Hauptstraße führt uns an einigen eher unspektakulären Ladenlokalen vorbei, direkt in den *casco antiguo*, den alten Dorfkern. Aus Asphalt wird Kopfsteinpflaster. Rechts und links von uns Blumenkübel und Touristen auf Alustühlen. Ganz schön knapp. Würden wir einem der am Straßenrand sitzenden Männer einen Apfel auf den Kopf setzen und ein

Küchenmesser am Außenspiegel befestigen, könnten wir damit bei *Wetten, dass ..?* mit einer Apfelschälwette auftreten.

Die Fassaden der Häuser ziehen sich wie ein steinerner Vorhang langsam über der Straße zu, verengen für einen Augenblick tunnelartig die Sicht, um dann schlagartig wieder zurückzuweichen und den Blick auf die stattliche Plaza freizugeben, das unangefochtene Zentrum des Dorfes. Hier befinden sich neben Kirche und Rathaus auch weitere Cafés und der Dorfbäcker. Der ältere Dorfteil schmiegt sich so homogen an den Hang, als wäre er aus einer einzigen riesigen Gerölllawine modelliert worden – vermutlich von denselben Riesen, die auch das Tor in den Berg gehauen haben.

In unserer silbernen *furgoneta* folgen wir einer der Stichstraßen, die von der Plaza auf ein Café zuläuft. Laut Karte müssten wir gleich noch einmal rechts abbiegen und dann bis zum Ende der Straße weiterfahren.

»Calle d'en Mig«, rufe ich. »Hier ist es.«

»Mitsch«, sagt Lucia, »ich glaube, es wird Mitsch ausgesprochen.«

»Mitsch? Klingt irgendwie vertraut, so kölsch«, freue ich mich.

Die Straße ist derart eng, dass gerade mal ein Auto durchpasst. Nahtlos reihen sich die Dorfhäuser auf beiden Seiten aneinander, weshalb man nur schwer bestimmen kann, wo ein Haus aufhört und das nächste anfängt. Zu ähnlich sind sich die Fassaden und die Bauten in ihrer Höhe. Auf der Straße kommen uns ein paar herrenlose Köter entgegen, die aber geschickt ausweichen, als wir an ihnen vorbeifahren.

»Hier, Nummer achtzehn. Das ist es.« Lucia zeigt

auf ein riesiges Haus, das höher ist als die angrenzenden *casas del pueblo*.

Ich gehe vom Gas. Während wir im Schritttempo an der Haustür vorbeirollen, recken wir die Hälse und versuchen einen Blick ins Innere zu erhaschen. Tatsächlich, die Tür steht offen, und ein langer, dunkler Gang ist zu erkennen, an dessen Ende sich eine große, offene Flügeltür befindet. Diese umrahmt wie ein dunkles Passepartout eine bunte, heitere Szene. Vier ältere Frauen stehen in einem Innenhof, dem typischen spanischen *patio*, um einen alten Brunnen herum und lachen. Hinter ihnen führt eine kurze Treppe hinauf zu einer terrassierten Gartenfläche mit Zitrusbäumen, Bougainvilleen und Margeritensträuchern, die farbenfroh das obere Drittel des Bildes ausfüllen.

»Bist du sicher, dass es hier ist?«, frage ich Lucia. »Vier lachende Frauen in einem wundervollen Garten. Wo gibt's denn so was? Und das Haus scheint riesig zu sein«, frohlocke ich.

»Wahnsinn.« Lucia ist platt. »Dann lassen wir die Kinder am Morgen einfach in den Garten raus, und zum Essen holen wir sie wieder rein.«

»Who let the twins out, uh, uh, uh, uh, uh«, singe ich und klopfe rhythmisch aufs Lenkrad. Die Stimmung im Wagen ist auf dem Siedepunkt. Endlich haben wir auch mal Glück. Jetzt müssen wir nur noch einen Parkplatz finden. Vor dem Haus können wir nicht stehen bleiben, denn dann kommt keiner mehr durch. Ein wenig ratlos treiben wir im ersten Gang durch das Sträßchen bis zu einer Gabelung, wo etwas mehr Platz ist. Ich stelle den Kastenwagen ganz dicht an die Häuserwand. So müsste es gehen, überlege ich und drehe den Zündschlüssel.

»Kinder, wir sind da«, rufe ich und öffne die hintere Schiebetür.

Die Zwillinge hängen verschwitzt und müde in ihren Kindersitzen. Es sind gut und gerne fünfunddreißig Grad im Schatten.

»Wow! Das ist ja unglaublich kühl hier drin«, sagt Lucia, als sie von der aufgeheizten Betonschlucht auf der Straße in den dunklen Hauseingang tritt, die Kinder an den Händen.

»Tatsache«, sage ich und gehe ihr hinterher.

Drinnen riecht es ein bisschen nach alter Frau. Den Geruch kenn ich in- und auswendig, vom Zivildienst. Meine Augen brauchen ungewöhnlich lange, um sich an die Dunkelheit zu gewöhnen. »Mann, hier ist es so dunkel wie in einer Gruft«, sage ich.

»Du hast ja auch noch die Sonnenbrille auf«, amüsiert sich Lucia über mich.

»Das erklärt einiges«, murmele ich und nehme die Brille ab.

Nun erst kann ich die Ausmaße des Eingangs richtig erkennen. Das Entree ist sicher vier Meter breit und mindestens so hoch, und bis zu der Flügeltür, die in den Innenhof führt, sind es an die zwanzig Meter. Der Boden ist mit grauen Granitplatten ausgelegt, die ein wenig an Grabsteine erinnern. Eine Treppe aus demselben Stein führt kerzengerade nach oben, wo an den Wänden stellenweise der Kalkputz abgeblättert ist. Schwere Holztruhen und Schaukelstühle mit geflochtenen Sitzflächen säumen den Gang, an dessen Wänden wuchtige Spiegel und eine Vielzahl von naiven Ölgemälden hängen, auf denen ich Obst, Jesus und einfache Lasttiere erkennen kann – jeweils in unterschiedlichen Kombinationen. Auf und zwischen den

Truhen stehen ganze Kohorten von Porzellanfiguren und diese gehämmerten Messingtöpfe, die man hier überall sieht. Zwei weitere verschlossene Türen gehen von dem riesigen Flur ab.

»*Ah, ya estais*, da seid ihr ja schon.«

Als uns die gutgelaunten Frauen im Innenhof bemerken, formieren sie sich zu einer Polonaise und tanzen uns entgegen. Die kleine rothaarige Anführerin schaltet bei der Gelegenheit gleich noch das Licht an. In der Mitte des Flures kommt der Frauenzug schließlich zum Stehen und fächert sich auf. Die vier breiten synchron die Arme aus. Das alles wirkt wie einstudiert, so wie früher bei diesem grauenhaften Fernsehballett in der großen Samstagabendshow.

»Herzlich willkommen in unserer Familie«, maunzt die Rothaarige. »Ich bin Marta, und das hier sind Aina, Magdalena und Montserrat. Wir vier sind Schwestern.«

Die vier Damen machen zeitgleich einen Schritt nach vorne und umarmen uns. Es geht genau auf. Jeder von uns bekommt eine ab. Alle umarmen und küssen alle. Im Begrüßen sind die Spanier weltspitze.

»*Si* … Wir freuen uns auch, aber wir würden uns das Haus vorher schon gerne noch kurz ansehen«, spreche ich in die Frisur von Montserrat, die mir gerade einen feuchten Schmatzer auf die Backe gibt.«

»Aber natürlich«, sagt Marta und lächelt. »Kommt nur, ihr Lieben, wir zeigen euch gerne alles.«

»Ist das Haus derzeit bewohnt?«, will Lucia wissen. »Es wirkt fast ein bisschen so.«

»Nein«, sagt Marta und stockt. »Es ist das Haus unserer geliebten Tante Rosa, die vor über einem Jahr gestorben ist. Wir haben alles unverändert gelassen.«

»Das tut mir leid«, sagt Lucia.

Wie zur Bestätigung nickt Aina, die neben mir steht, wobei sich ihr gerade noch lächelndes Gesicht verzieht und ihr zwei Tränen über die Backen laufen.

»Wir vier sind sehr oft hier gewesen und haben mit Rosa gespielt oder gemalt. Es war wie unser zweites Zuhause.«

Montserrat legt kurz die Hände ineinander und blickt melancholisch zu ihrer Schwester hinüber.

»Nun denn, fangen wir doch gleich mit dem ersten Raum an«, schlägt Marta vor.

Wir gehen mit den Frauen ein Stück zurück in Richtung des Eingangs, und Marta öffnet die erste Flügeltür. In dem Raum stehen zwei schlichte Betten mit stramm gespannten Tagesdecken, ein Nachttischchen und ein kantiger, dunkler Schrank. Sehr spartanisch. Marke Klosterschule.

»Das war ihr Schlafzimmer.«

»Gästezimmer«, flüstert mir Lucia ins Ohr.

»Gästezimmer?«, hallt es glockig in mir nach. Nachdem wir in Palma auf engem Raum fast wöchentlich Besuch aus Deutschland bekommen, klingt das Wort wie eine Verheißung.

»Von hier gibt es einen direkten Durchgang zu einem der Bäder. Bitte folgt mir.«

Kurz darauf stehen wir in einem typischen Omabad. An den Wänden hellbraune Kacheln mit verspielten Blumenornamenten. Über dem Waschbecken ein länglicher Badheizstrahler à la Dönergrill. Anti-Rutschmatte im Badewannenboden. Haltegriffe an der Wand. Alles sehr gut in Schuss.

»So, dann gehen wir mal weiter ins Esszimmer.

Wenn ihr mal schauen wollt.« Marta genießt die Vorführung sichtlich.

Der Raum ist geradezu museal. Der Tisch sieht aus wie vom Set zu *Die Ritter der Tafelrunde* entwendet. Gigantisch. Ich zähle vierzehn Stühle. Von der Decke hängt ein schwarzer gusseiserner, mit geschmiedeten Dornen und Zacken besetzter Kandelaber, bei dem man allerdings die echten Kerzen durch Plastikimitate ersetzt hat. Sollte dieses Ding mit seiner eigentümlichen Folterkammerästhetik jemals herunterkrachen, würde es alle am Tisch aufspießen. Das Ding könnte also, je nach Besuch, noch mal richtig nützlich werden.

An den Wänden stehen Bauernschränke und Vitrinen der rustikalsten Art, die nur noch von den unzähligen Kelchen und Spitzendeckchen darin übertroffen werden. Der Raum scheint unter der Last der vorhandenen Gegenstände förmlich zu ersticken.

»Ich finde diese Holzbalken toll, die hier in allen Räumen unter den Decken entlanglaufen«, versuche ich dem Ganzen noch etwas Positives abzugewinnen.

»Die heißen *vigas vistas* und sind ganz typisch für Mallorca, ebenso wie für einige andere Teile Spaniens«, erklärt Montserrat.

Lucia schaut mich entsetzt und fast sogar ein wenig resigniert an. Eigenartig, den Blick kenne ich noch gar nicht. In all den Jahren, die wir zusammen sind, kam er bisher nicht ein Mal vor. Offensichtlich habe ich mit meiner Unwissenheit über die Balken ihre spanische Seele tief getroffen. Auf die Art habe ich selbst, glaube ich, erst ein Mal einen Menschen angesehen. Das war vor etwa vierzehn Jahren in einem Supermarkt in Cleveland/Ohio, als der Mann an der Kasse zu mir sagte: »Oh, wow, aus Deutschland kommen Sie. Ist das nicht die Hauptstadt von Österreich?«

»*La cocina*«, sagt Marta und stößt den nächsten Holzflügel auf.

Die Küche beherbergt ein Sammelsurium aus verschiedenen Designepochen. Es beginnt etwa 1880 und hört um 1950 auf. Kein Teil passt zum anderen. Das gefällt mir. Marta öffnet eine massive, schrumpelige Tür, bei der man die obere Hälfte wie ein Fenster aufklappen kann. Sie führt von der Küche direkt in den Innenhof.

»Bitte, hier entlang geht es in den Patio samt Garten«, sagt sie und schreitet voran.

Wir folgen ihr.

»Es ist herrlich!« Ich atme tief ein und aus, als hätte der Innenhof eine ganz besondere Luft zu bieten, die jener auf der Zugspitze in nichts nachsteht. »Das ist ja alles noch viel größer, als ich dachte«, stelle ich begeistert fest.

Ein geräumiger, schattiger Innenhof, in dessen Mitte ein antiker Brunnen steht, bildet zusammen mit dem sonnendurchfluteten Garten das Zentrum der *vivienda*, umrahmt von den weiß verputzten Wänden des Hauses. Ich steige mit den Kindern die kleine Treppe zum Garten hoch. Im vorderen Teil liegen zwei Beete brach, auf denen einst sicher mediterrane Sträucher mit den delikatesten Früchten gewachsen sind. Sie sind mit groben Natursteinen eingefasst, und gleich daneben führt ein kleiner Kiesweg zur Baum- und Strauchfraktion im hinteren Teil des Gartens.

»Schaut mal her, Kinder, hier sind sogar tolle Bäume. Da hängen wir erst mal ein paar Hängematten dran zum Kuscheln, oder wir bauen gleich ein Baumhaus«, schlage ich vor.

»Jaaa, Baumhaus«, rufen die Zwillinge unisono.

Dann entdecke ich die kleinen grünen Früchte, die überall an den Bäumen hängen.

»Son naranjas!«, ruft Marta vom Hof herüber. Sie hat wohl bemerkt, dass ich den Baum inspiziere.

»Orangen! Ich werd verrückt. Wir können künftig Frühstückssaft aus unseren eigenen, frisch gepressten Orangen trinken. Das ist ja zu schön, um wahr zu sein. Gefällt es euch hier?«, frage ich die Zwillinge.

Die Kinder nicken.

»Was sind das alles noch für Räume?«, erkundigt sich Lucia und zeigt auf die Seitenflügel des Gebäudes.

Marta winkt ab. »Der ganze obere Westflügel war Rosas Atelier, in dem sie auch Klavierunterricht gegeben hat. Da kommt man aber nur von der Straße rein. Unten sind noch ein paar Abstellräume und Garagen, außerdem ein offener Schuppen und ein Raum für die Waschmaschine. Sie sind alle vom Innenhof aus zugänglich.«

»Das ist ein wenig verwirrend. Also, sämtliche Teile, die ich hier sehe, gehören zum Haus, aber nicht alle sind für uns zugänglich«, stellt Lucia klar.

»Stimmt«, sagt Montserrat.

»Vielleicht gehen wir wieder hinein«, bietet Marta an. »Es fehlen noch einige Räume. Das Wohnzimmer ist gleich da vorne. Es geht ebenfalls vom Flur ab.«

Auf dem Weg in den Raum tippt mir Magdalena auf die Schulter. *»Son muy guapas vuestras niñas*, eure Mädchen sind sehr hübsch«, sagt sie und lächelt milde.

Sie ist großgewachsen und schlank. Ihre wachen Augen liegen inmitten eines Geflechtes kleiner Lachfalten, und ihre Stimme hat etwas derart Erholsames, dass ich sie auf Anhieb ins Herz schließe.

»Kommt zu uns nach Aları, ihr passt hierher. Hier kennt und vertraut man sich. Außerdem ist Alaró für mich das schönste Dorf auf der Insel«, fügt sie noch hinzu, und aus ihrem Mund klingt weder das eine anbiedernd noch das andere großspurig.

Im Eingangsbereich öffnet Marta die letzte der Doppeltüren im Erdgeschoss und betritt den Raum, in dem es stockfinster ist. Vorsichtig tapsen wir hinterher.

»Der Lichtschalter muss hier irgendwo sein«, murmelt sie. »Ahhh, da ist er ja.«

Es macht klick, und Lucia lacht laut los. Vermutlich wegen des Deckenleuchters. Er sieht aus wie die Eierstöcke einer Amphibienart vom Mars. Zudem taucht er den völlig zugestellten Raum in ein kräftiges Seekrankgrün und verwandelt uns in augenlose Untote. Ein Ohrensessel, ein runder Tisch, mehrere Vitrinen, ein kniehoher Porzellan-Dalmatiner, noch mehr Bilder mit Jesus, Obst oder Lasttieren darauf, dazu ein offener Kamin a. D., ein brummender Entfeuchter und vieles mehr.

»Das ist der Raum, in dem sich Rosa am meisten aufgehalten hat«, flicht Marta ein.

Ein bisschen fühle ich mich wie auf einer Museumstour, etwa damals im Schloss Schönbrunn, als ich mir die muffigen Lieblingsräume von Kaiserin Sissi ansehen musste.

»Der Tisch hier ist ganz typisch für Mallorca«, erklärt Marta. »Den Winter über saß man mit einer Decke über dem Schoß hier um den Tisch und ließ sich zusätzlich von dem kleinen Elektroofen hier wärmen«, Marta hebt die Tischdecke an und zeigt auf das kleine Gerät, das unter dem Tisch steht.

Aller Voraussicht nach werden wir bald in diesen

Räumen wohnen, denke ich. Was sollen wir dann bloß mit dem ganzen Plunder machen? Schließlich steht in Palma beinahe ein ganzer Hausstand.

»Ui«, rutscht es mir absichtlich raus.

»Si?«, fragt Marta sofort.

»Nun, ich wollte nur noch mal eines sicherstellen … also, wir suchen eigentlich etwas Unmöbliertes. Wir haben sehr viele Sachen aus Deutschland mitgebracht.«

»Sin muebles?« Martas Miene friert schlagartig ein.

»Ja, ich hatte das am Telefon mit Aina besprochen«, schaltet sich Lucia ein.

»Tatsächlich?« Marta straft ihre Schwester mit einem kurzen Blick ab. »Da hat es wohl ein kleines Missverständnis gegeben«, räumt sie ein. »Aber das ist alles kein Problem, das Haus hat genug Stauraum. Ihr sagt uns einfach, was raus soll, und wir räumen es dann dort rein.«

»Alles?«, sage ich zögerlich und füge schnell hinzu: »Ich meine, wir können alles, was wir nicht wollen, ohne Sorge wegtun? Auch die Bilder? Die finde ich nämlich nicht so dolle.«

»Die Bilder sind alle von Rosa. Sie war passionierte Malerin und Pianistin«, wirft Magdalena ein wenig beleidigt ein.

»Sooo schlecht finde ich das eine oder andere gar nicht mehr, wenn ich sie genau betrachte«, rudere ich augenblicklich zurück. Schließlich will ich nicht gleich am ersten Tag einen Keil zwischen uns und unsere Vermieterinnen treiben.

»*De acuerdo*, keine Sorge, wir nehmen das nicht persönlich«, beruhigt mich Marta. »Hängt einfach alles ab, was ihr nicht mögt. Wir geben euch sowieso einen Monat mietfrei, dann könnt ihr euch das Haus so herrichten, wie es euch gefällt. Aber jetzt gehen wir erst mal noch kurz nach oben.«

»Toll, *gracias*«, gluckst Lucia.

Ich wollte gerade das Gleiche sagen, denn irgendwie scheinen die vier Frauen nicht auf die menschenverachtende Schule für deutsche Vermieter gegangen zu sein. Jedenfalls müssen wir weder mit ganzen Aktenbergen belegen, was für beglaubigt lupenreine Personen wir doch sind, noch müssen wir versprechen, auch ja nichts an dem Wohnobjekt zu verändern, außer einer Vollrenovierung von Profihand am Ende der Mietzeit, versteht sich.

»Was kommt denn jetzt noch?«, flüstere ich Lucia ins Ohr.

Über die Steintreppe gelangen wir in den zweiten Stock. Die Räume hier sind wunderbar, viel heller und irgendwie freundlicher. Die Böden sind mit handbemalten, rotweißen Fliesen gekachelt, statt normaler Fenster gibt es zur Straße hin ebenfalls alte Flügeltüren aus Holz, in die Sprossenfenster eingelassen sind. Wie schon unten ist alles vollgestellt mit antiken Betten, Schränken und Kommoden.

»Das hier wird mein kleines Studio. Und der Raum gleich da vorne das Kinderzimmer. Was meinst du?«, frage ich Lucia.

»Gut«, zwitschert sie hochzufrieden.

Der Platz unten hätte uns sicher gereicht, aber hier oben warten noch mal sechzig Quadratmeter Fläche als Bonus. Hier können wir uns, also ich und meine zwölf Gitarren, endlich breitmachen.

Um in den hinteren Teil des Hauses zu gelangen, führen uns die vier Schwestern durch ein kleines, fensterloses Durchgangszimmer mit drei Türen. Die eine, durch die wir gerade hereingekommen sind, und zwei weitere an der gegenüberliegenden Wand.

»Hier könntet ihr vielleicht ein paar von den Schränken reinstellen, um die übrigen Räume etwas luftiger zu gestalten«, schlägt Magdalena vor.

»Und hier«, Marta stößt die linke der beiden Türen auf, »ist noch das letzte Zimmer … mit Terrasse und einem kleinem Badezimmer.«

Dieser Raum ist besonders rustikal. Der uralte, sich zur Zimmermitte hin absenkende Boden besteht aus groben Steinplatten. Darauf steht eine klobige schwarze Truhe, die ihrem Aussehen nach mehrere Jahrhunderte, gut gefüllt mit Dukaten, auf einem Tiefseeboden zugebracht hat. Ich sehe mich um. Ein rostiger Nachttopf, ein Holzschemel, ein schlichtes Bett mit einem schweren Holzrahmen, das noch auf die urbäuerische Seele der Mallorquiner hindeutet, sowie eine nackte Glühbirne, die an einem dünnen, gezwirbelten Kabel in der Mitte des Raumes baumelt. Über eine Holztür geht es nach draußen auf eine moosbewachsene Terrasse, von der man wiederum den Garten und Innenhof einsehen kann.

Ich spüre, wie sich Lucia neben mir leicht auf die Zehenspitzen stellt und freudig seufzt. Mit ein paar von unseren Möbeln würde es ein Raum ganz nach ihrem Geschmack. Reduziert bis aufs Äußerste.

»*Pues eso*, das war's. Wir hoffen, es gefällt euch«, fasst Marta die Besichtigung zusammen. »Das Haus ist alt und sicher pflegebedürftig, aber es hat Charme.«

»Den hat es wirklich«, stimme ich unverhohlen zu. »Ja, dann bliebe nur noch die andere Tür. Was verbirgt sich denn hinter der?«, will ich wissen.

»Welche Tür?«, fragt Marta mit gekünstelter Verwunderung.

Für meinen Geschmack ist die Pause zwischen Frage und Antwort ein bisschen zu lang.

»Na diese hier.« Mit einer Handbewegung bedeute ich dem Schwesternballett, mir noch einmal in den Durchgangsraum zu folgen.

Stockend und überraschend widerwillig setzt sich die Karawane in Bewegung und kommt nach ein paar Schritten vor besagter Tür in einem Halbkreis wieder zum Stehen.

»Ach die«, prustet Marta, »die führt nirgends hin.«

»Nirgends? Ist dahinter etwa eine Mauer?«

»No«, quengelt Montserrat. »Sie führt zum Speicher. Zu dem Raum, in dem wir die von euch aussortierten Dinge lagern werden. Aber keine Sorge, wir werden die Tür sofort zumauern lassen.«

Verdutzt blicke ich zu Lucia hinüber. »Warum, um Himmels willen?« Ich verstehe es nicht.

»Wie sollen denn die Sachen auf den Speicher gebracht werden, wenn der Zugang zugemauert ist?«, nimmt Lucia nur eine der unzähligen Fragen vorweg, die mir durch den Kopf gehen.

»Puuuess, es gibt noch einen anderen Zugang zum Speicher. Von dort könnte man über den Speicher auch zu dieser Tür und damit in eure Wohnung gelangen«, antwortet Montserrat.

»Aber zu dem anderen Eingang habt doch sicher nur ihr Zutritt?«, bohre ich nach.

»Si«, sagt Marta und schaut verstohlen Montserrat an.

»Nun, dann ist es doch egal. Ihr braucht nichts zu mauern. Es ist okay.«

»*No, no*«, beharrt Marta unbeeindruckt. »Wir lassen mauern.«

Lucia wirkt verunsichert. »Würde es euch denn reichen, wenn wir einen Schrank davor stellen?«

»Ja … das wäre auch in Ordnung«, willigt Marta zögerlich ein.

Für einige Sekunden fühle ich mich wie in einem Hörspiel mit den Drei Fragezeichen, etwa *Der Geheimgang* oder *Speicher des Grauens*. Was ist hier los?

»Nun denn, nehmt euch ruhig einen Tag Bedenkzeit, und am Montag kommt ihr wieder und unterschreibt den Vertrag«, schlägt Marta vor.

»*Vale*, ist gut«, sage ich, als wir geschlossen in Richtung Treppenabgang gehen.

Die Entscheidung fällt uns leicht. Die mysteriöse Tür ist schnell vergessen, und die Vorfreude auf ein großes, charmantes, kühles und spartanisches, wenn auch ein wenig schräges Haus überwiegt. Natürlich müssten wir erst mal entrümpeln und Hand anlegen, aber die Arbeit würde sich lohnen. Da sind wir uns ganz sicher.

Nur sechsunddreißig Stunden später sitzen wir wieder mit Marta und Montserrat an dem großen Tisch im Esszimmer. Die Frauen haben den Mietvertrag, gerade mal eine halbe Seite lang, handschriftlich aufgesetzt. Daneben ein Füller. Ein echter Pelikan.

»Eine Unterschrift noch, dann seid ihr Alaróner«, witzelt Marta. »Wir sind froh, dass ihr euch für das Haus entschieden habt.«

»Ja, wir auch«, sagt Lucia und unterschreibt. Ihre Augen glänzen. Sie ist glücklich.

Wieder folgt eine ausgiebige Küss- und Umarmorgie. Montserrat verdrückt gar ein paar Tränen.

»Jetzt, da wir die Formalitäten geklärt haben, wollt ihr sicher noch mal allein durch die Zimmer gehen«, mutmaßt Marta.

»*Si.*« Lucia klatscht in die Hände.

Eigenartigerweise wirkt das Haus diesmal viel kleiner. Wie ein maßstabsgetreues Modell des Hauses, das wir beim ersten Mal gesehen haben. In Lucias Gesicht lese ich, dass sie das Gleiche denkt, während wir die Treppe in den ersten Stock hochgehen. Egal, es ist immer noch groß genug. Als wir den Lichtschalter in dem Durchgangsraum betätigen, sehen wir es sofort. Die dritte Tür ist verschwunden. Zugemauert und verputzt, als hätte sie nie existiert.

»Boah«, platzt es heiser aus mir heraus, »die haben doch tatsächlich die Tür zugemauert.«

»Tatsache!« Auch Lucia ist baff.

»Wenn die einen spanischen Maurer dazu bringen, binnen weniger Stunden, noch dazu an einem Wochenende, eine Tür zuzumauern, dann müssen sie es aber wirklich eilig gehabt haben«, wundere ich mich, während ein paar Meter unter uns auf einem Blatt Papier die Tinte trocknet, die uns an dieses seltsame Haus bindet.

Zehn

Ich bin in unserer Wohnung in Palma gerade damit beschäftigt, die ersten Dinge für den Umzug vorzubereiten, als das Telefon klingelt.

Es ist Jochen. Jochen aus Wolfsburg. Also ursprünglich Bonner, aber Studium und Beruf haben ihn nach Niedersachsen verschlagen. Wir telefonieren ein-, zweimal im Monat länger, um uns gegenseitig auf den neusten Stand zu bringen. Ein Mallorca-Deutschland-Abgleich sozusagen.

Jochen ist der Schlagzeuger meiner alten Iron-Maiden-Coverband, mit der wir als Schüler die Vororte von Bonn bestraften. Keiner konnte damals den Stick schneller zwischen den Fingern rotieren lassen als Jochen. Wir nannten ihn immer nur den Drumstick-Spinner, und er hatte Haare bis zum Hintern. Er nahm sogar heimlich irgendwelche Präparate, damit sie noch schneller wuchsen, und kaufte sich die Jeans immer eine bis zwei Nummern zu klein. Auch seine Kutte war perfekt gestylt. Die Knöpfe ersetzte er durch Kronkorken, und den großen Rückenaufkleber, den Backpatch, nähte er millimetergenau auf die Schultermitte. »MENOWAR« stand da drauf, denn die Typen hatten die besten Hymnen und die dicksten Muckis. Wir mussten die Kutte sogar taufen, indem wir ihm Bier überschütteten, während er sie anhatte. Waschen durfte er die Kutte übrigens nie. Das gebot der Codex.

Jochen war damals der Einzige von uns, der nach Metal aussah. Wir anderen hätten auch bei der Münchner Freiheit spielen können. Außerdem war er der Schlauste von uns, beste Noten bei geringstem Aufwand. Der Vater Hirnchirurg, die Mutter Verlagsleiterin. Er ein wandelndes Lexikon. Ein wandelndes, extrem haariges Lexikon. Ein wandelndes, extrem haariges Lexikon in einer viel zu engen Jeans. Ein wandelndes, extrem haariges Lexikon in einer viel zu engen Jeans und einer stinkenden Kutte. Das war Jochen.

Heute arbeitet Dr. Jochen Buchholz als Psychiater am Klinikum Wolfsburg. Er ist sehr gut in seinem Job und räumt einen Wissenschaftspreis nach dem nächsten ab. Die Haare sind ihm unlängst ausgefallen, und seine Körperhygiene sucht ihresgleichen. Seine Hobbys, die halbjährig wechseln, sind neben Mathematik auch Geomantie, Fengshui, Okkultismus, Wing-Chun sowie Internet-Blind-Dates, Ultraleichtflug, die Mongolei und Stepptanz. Jochen ist für mich nicht nur ein guter Freund, sondern auch wie ein Attest für ein anderes Leben. Eines, in dem wir damals nach unseren Konzerten kichernd an den Pissrinnen der Kneipen standen, als die Welt noch nichts kostete und obendrauf bar jeder Verpflichtung, jedes Planes und jeder Wiederholung war.

»Jochen, alte Wursthaut, was geht in Wolfsburg?«, lautet meine stets gleiche Eröffnung.

»Nix, aber das volles Brett«, kontert Jochen für gewöhnlich.

Im nächsten Moment sehe ich ihn kurz vor mir, wie er hinter seinen hundert Becken und Toms das Haar hin und her wirft und mit dem Stick wahre Kunststücke vollbringt. Er ist dann ziemlich weit entfernt von dem überregional bekannten, glatzköpfigen Arzt mit Brille und dem weißen Kittel, in dessen Brusttasche Kugelschreiber stecken.

Auch heute bleiben wir uns treu.

»Jochen, alte Wursthaut, was geht in Wolfsburg?«

»Nix, aber das volles Brett.«

Wir lachen.

»Erzähl mir lieber, was es bei euch auf der Insel so neues gibt. Habe eben bisschen gegoogelt, ihr habt es ja ziemlich mollig warm.«

»Na ja, siebenunddreißig Grad sind es hier in der Stadt schon. Der Asphalt glüht förmlich. Ehrlich gesagt, mir ist es schon fast zu warm.«

»Ja, was denn nun? Der Winter zu kalt, der Sommer zu heiß. Dir kann man es aber auch nie recht machen«, stichelt Jochen.

»Ja, irgendwie wird Mallorca wettermäßig total überschätzt. Richtig gut aushalten kann man es eigentlich nur im Mai, Juni und September«, stelle ich erschrocken fest. »Aber es gibt auch gute Neuigkeiten: So, wie es aussieht, sind wir Pau bald los, unseren nervigen Nachbarn.«

»Was, zieht der aus?«

»Nein, aber wir. Wir haben ein altes, charmantes Dorfhaus in einem Ort namens Alaró gefunden. Hat 'ner Oma gehört, die vor einem Jahr gestorben ist«, berichte ich hochgestimmt.

Stille am anderen Ende der Leitung.

»Hallo!«, rufe ich in den Hörer. »Jochen, bist du noch da?«

»Ja«, sagt er ungewöhnlich gebremst.

»Was sagst du dazu? Klingt doch toll oder?«

»Steve, jetzt mal ganz ehrlich. Du willst mich verarschen, oder?«

»Nein, es ist wahr, wir können es selbst kaum fassen, nach dem ganzen Mist, den wir uns hier angeschaut haben.«

»Steve«, Jochens Stimme klingt nun gemahnender, »ich meine nicht das Haus, sondern die Oma.«

»Die Oma? Was ist mit ihr?«, frage ich baff.

»Ist sie in dem Haus gestorben?«, vergewissert sich Jochen.

»Kann sein.«

»Dann könnt ihr so auf keinen Fall da einziehen«, bestimmt er. »Ihr müsst erst ein Clearing vornehmen.«

»Ja, schon klar, dass wir da erst mal durchputzen müssen.«

»Du verstehst mich nicht. Im Haus könnte es Interferenzen geben. Negative Energien«, alarmiert er mich.

»Du meinst Geister?«

»Wenn das andere für dich zu abstrakt ist, ja.«

»Ach, komm schon, Dr. Buchholz, wie oft haben wir uns schon über den Esoterikkram in den Haaren gehabt. Du weißt doch, dass ich damit nichts anfangen kann. Ich finde alle anderen Hobbys von dir besser, die Mongolei zum Beispiel.«

»Arsch!«

»Ich behaupte ja gar nicht, dass es all das nicht gibt«, fahre ich fort, »aber ich habe mit den Zwillingen schon genug zu tun und keine Lust, mir das Leben mit diesem Kram noch zusätzlich zu erschweren.«

»Du erschwerst es dir eher, wenn du dich nicht damit auseinandersetzt. Ich würde im Leben nicht in dieses Haus einziehen. Ein Clearing würde die Strukturen des energetischen Feldes wiederherstellen, neutralisieren und harmonisieren und so ein Gefühl von Wohlbefinden, Harmonie und Reinheit hervorrufen«, gibt Jochen mir Kontra.

»Ja, aber was soll so schlimm daran sein, dass die alte Frau zu Hause gestorben ist? Immer noch besser als in einem keimfreien Altenstift unter Fremden. Wenn man sich nirgends mehr aufhalten kann, wo irgendwann mal jemand gestorben ist, dann bliebe nicht viel Platz übrig für die knapp acht Milliarden Menschen auf der Welt, oder?«

»Ich wollte es ja nur angemerkt haben. Nicht dass es nachher Tränen gibt«, bringt Jochen etwas sauertöpfisch vor.

»Zur Kenntnis genommen. Okay, könnten wir jetzt bitte über was anderes reden, die neue *Dream Theater* vielleicht?«, versuche ich die Unterhaltung in eine andere Richtung zu lenken.

»Gerne.«

Vierzig Minuten später haben wir die neusten Scheiben, Filme und Bücher messerscharf rezensiert, sind den alten Freundeskreis einmal komplett durchgegangen und haben über die Entwicklung der Zwillinge gefachsimpelt. Ich genieße die Telefonate mit Jochen sehr. Nicht zuletzt, weil ich mich mühelos in meiner Muttersprache bewegen kann, ganz ohne inneres Übersetzen, Zurechtlegen oder Gestottere.

In der folgenden Nacht schlafe ich sehr unruhig. Im Traum fahre ich erneut nach Alaró, nur sitze ich diesmal alleine im Auto. Gut, es ist gar kein richtiges Auto. Ich schwebe im Schlafanzug in der typischen Fahrerpose in einem unsichtbaren Chassis über dem Asphalt und halte ein imaginäres Lenkrad in den Händen. Um mich herum ist alles in einen sanften Sepiaton getaucht, wie auf einer Schwarzweißfotografie, über die jemand Kaffee geschüttet hat.

Bei der Einfahrt ins Dorf erkenne ich zwei Reihen von Menschen, deren Hände so ineinander verschränkt sind, dass sie mit ihren Armen eine Gasse aus lauter kleinen Dächern bilden, wie bei Hochzeiten, wenn das Brautpaar darunter hindurchtanzen soll. Als ich das erste Dächlein passiere, erkenne ich die beiden Frauen rechts und links neben mir sofort. Es sind Marta und Montserrat. Auch die nächste Paarung kommt mir bekannt vor: Magdalena und die stille Aina. Allerdings sehen sie alle nicht mehr so gütig und freundlich aus wie bei der Vertragsunterzeichnung.

Ihre Gesichtszüge sind merkwürdig verlaufen, so, als wären sie aus feuchter Tinte und jemand hätte mit dem Ärmel darübergewischt. Auch die dunklen Münder wirken zerfranst und zu einem übertrieben clownesken Grinsen verzogen. Die Köpfe nicken lose im Takt, wirken wie angenäht auf den welken Hälsen. Plötzlich erhebt sich ein vielschichtiges Stimmengewirr. Zunächst noch leise und undeutlich, fallen die unterschiedlichen, teils fiepsigen, teils tiefen Stimmen in den Rhythmus ein. Allmählich … kann ich den Text entschlüsseln.

»Cuadriculados … cuadriculados … cuadriculados … cuadriculados«, skandieren sie und werden immer lauter und schneller.

Immerfort zieht sich der Reigen aus den unheimlichen Schwesterpaaren. Ich würde gerne schneller fahren und einen Gang hochschalten, doch während alles andere an dem Auto bloß unsichtbar ist, fehlt die

Gangschaltung tatsächlich. Also krieche ich weiter im Schritttempo durch die Geisterbahn, begleitet von der grausamen Parole. Aus dem anfänglichen Nicken der Schwestern ist inzwischen ein starkes lebloses Schlackern geworden. Ein paar Meter noch, bis zum Ende des Tunnels. Da lösen sich die Köpfe der Schwestern mit einem lauten Plopp und fliegen katapultartig über mir in die Luft, wie Doktorhüte auf einer Graduationsfeier. Einige davon prasseln auf das durchsichtige Dach des Wagens und von dort in den Rinnstein, wo sie munter weiter *»Cuadriculados … cuadriculados«* plärren.

Dann ein Schnitt, wie es ihn nur im Traum geben kann. Deshalb mag ich Träume. Wegen der Schnitte. Man muss nicht jedes Mal ewig mit dem Bus von A nach B fahren, um was zu erleben, sondern es kommt ein Schnitt, und schwups ist man da. In diesem Fall spare ich mir eine Fahrt von ungefähr zweihundert Metern Luftlinie und stehe direkt in der Eingangshalle unseres zukünftigen Dorfhauses. Es ist still, dunkel und kalt, genau wie bei der ersten Besichtigung.

»Hola?«, rufe ich. »Ist da jemand?«

Nur ein kurzer Nachhall, sonst nichts. Irgendwas sagt mir, dass ich dennoch nicht alleine bin.

»Holaaa! Soy yo, el alemán, ich bin's, der Deutsche«, flöte ich melodiös gegen die Angst an.

Da höre ich ein leichtes Schaben, als ob jemand mit den Fingern an einer Wand kratzt. Dann verstummt es wieder.

»Hola?«, rufe ich erneut.

Wie zur Antwort setzt das Kratzgeräusch kurz ein, um Sekunden später wieder abzubrechen. Es kommt eindeutig von oben. Mit der rechten Hand nehme ich einen schweren Messingtopf aus einer der Vitrinen und schleiche langsam die Treppe hoch. Meine Beine sind bleischwer und die Stufen so kalt, dass ich die nackten Zehen einrolle. Je weiter ich die Treppe hinaufsteige, desto deutlicher ist der eigenartige süßliche Geruch nach vergorenem Obst wahrzunehmen.

»*Hola?*«, rufe ich, um das nächste Kratzen zu provozieren und es orten zu können.

Keine Antwort. Von der Treppe gehe ich in das Durchgangszimmer und schalte das Licht ein. Der Raum erscheint mir viel höher als in meiner Erinnerung, und noch eine Veränderung fällt mir auf. Die zugemauerte Tür ist wieder an ihrem Platz. Das gärige Fruchtbukett in der Luft ist hier beinahe unerträglich.

Der Topfgriff schneidet mir in die Handflächen, als ich noch mal rufe.

Jetzt kratzt es ganz klar und deutlich. Gleich vor mir. Es muss hier sein. In diesem Raum. Und ja, es kommt von besagter Tür.

Ich versuche, irgendwie auf den Traum einzuwirken, zurückzuweichen, einfach zu gehen, doch mit der linken Hand umschließe ich bereits den elfenbeinfarbenen Türknauf, während ich mit der anderen den Topf zum Niederschlag bereithalte. Die Tür lässt sich mühelos öffnen und springt, als hätte sie nur auf eine Berührung gewartet, sofort auf. Nach und nach fällt das Licht in einen düsteren Treppenaufgang, wo auf einer der unteren Stufen zu meiner grenzenlosen Überraschung Pau sitzt. Das Gesicht grotesk zur Geisha geschminkt, trägt er eine volkstümliche Tracht mit Weste, hochgezogenen Stutzen und Bändchen an den knielangen Hosenbeinen. Mit dem Fingernagel kratzt er apathisch an einem Bild auf der vor ihm aufgebauten Staffelei herum, das eine Obstsschale mit wurmstichigen Früchten zeigt.

»Pau!«, sage ich, halb besorgt, halb verärgert, und lasse die Hand mit dem Topf sinken.

Unser Nachbar schabt unbeirrt weiter. Schließlich nimmt er den Zeigefinger von der Leinwand und deutet teilnahmslos auf meine linke Schulter. Zögernd drehe ich leicht den Kopf zur Seite, doch meine Schulter sieht völlig normal aus. Fragend blicke ich zurück zu Pau. Genau genommen zeigt sein Finger nicht auf die Schulter, sondern leicht darüber hinweg. Als ich den Kopf diesmal weiter nach hinten drehe, ist es schon zu spät. Aus den Augenwinkeln erkenne ich gerade noch, wie jemand im Nachthemd und mit weit aufgerissenem, zahnlosem Schlund auf mich zustürzt.

»AHHH! Huiii! Shit!«, stöhne ich und merke, dass das Bettlaken unter mir völlig durchgeschwitzt ist.

»Was ist?« Lucia ist ebenfalls hochgeschreckt und macht das Licht an.

»Irgendwie habe ich schlecht von dem Haus, unseren Vermieterinnen und der toten Oma geträumt«, stammele ich atemlos wie nach einem Sprint. »Jochen! Er faselte am Telefon von negativen Energien, und dass man irgend so eine Geisteraustreibung vornehmen müsse. Vielleicht ist da ja doch was dran.«

»Was? Jetzt komm schon, er hat dir einen Floh ins Ohr gesetzt, und du hast das irgendwie weitergesponnen. Kopfkino«, entschärft Lucia meine Gedanken und legt den Arm um mich. »Rosa war die gute Seele des Dorfes, wenn überhaupt, dann ist sie ein guter Geist.«

»Ja, du hast sicher recht. Logisch. Gute Frau ist

gleich guter Geist. Hätte ich ja auch mal selbst draufkommen können. Nein, ich freue mich wirklich auf das neue, alte Haus. Es war nur so ... so echt. Ach, egal.«

»Gute Nacht, *cariño. Te quiero.*« Lucia schaltet das Licht wieder aus.

Ich muss Jochen anrufen, und jetzt vergiss die Oma, denke ich noch leicht aufgewühlt und starre ins Schwarze. Stell dir lieber was Erbauliches vor. Los! Ich schließe die Augen. Wie auf Kommando wirft mein inneres Auge eine Projektion von Luna und Sophie auf die schwarze Leinwand meiner Augenlider.

Mit einem langsamen Seufzen entschwinde ich endlich in des Schlafes Reich.

Am folgenden Abend sitze ich am Computertelefon und überrede Jochen, statt wie geplant nächsten Monat schon nächsten Freitag zu kommen. Zu meiner grenzenlosen Erleichterung kann er es einrichten und sagt spontan zu.

Vier Tage später stehe ich am Flughafen und warte auf Jochen, dessen Maschine pünktlich landet. Als sich die Milchglastür zwischen Kofferausgabe und dem Wartebereich öffnet, entdecke ich ihn sofort. Irgendwie wirkt er blasser und hagerer, als ich ihn in Erinnerung habe. Er trägt Gummiclogs, eine beigefarbene knielange Hose mit diversen Außentaschen und ein T-Shirt, auf dem ein gigantisches skizziertes Schlagzeug prangt. In der Hand trägt er einen kleinen silbernen Koffer.

»Junge, du sieht aus, als könntest du mal wieder etwas Licht vertragen.« Eine kurze, feste Umarmung.

»Ja, Steve, ich freue mich auch, dich zu sehen«, sagt Jochen und lächelt.

Ein paar tiefe Sonnenstrahlen verirren sich zwischen die Imbissbuden und Autovermietungsstände der Halle. Als einer davon genau auf Jochen trifft, kneift er die Augen zusammen.

»Ich hatte gehofft, du würdest mich mit den Kids abholen. Wo stecken die beiden denn?«

»Bei Lucia. Sie sind auf den Geburtstag einer Kindergartenfreundin von Luna eingeladen. Ich bin wirklich froh, dass ich dich abholen darf. Im Gegensatz zu den Feiern bei uns Deutschland, bei denen man dankbar die Kinder abliefert und sie ein paar Stunden später wieder abholt, bleiben die Eltern hier bis zum Schluss. Außerdem gleichen sich mallorquinische Kindergeburtstage wie ein Ei dem anderen: Hüpfburg, Kartoffelchips, eine eigenartige Mangoldpizza, die keiner essen will, und Cola, bis der Arzt kommt. Aber der ist ja jetzt da.«

»Verstehe.«

»So, in dem Koffer ist also dein Ghost-Busters-Besteck«, witzele ich.

»So ähnlich.« Jochen grinst gequält. »Du wirst sehen, es ist halb so wild, wie du denkst. Eine gute Stunde und wir sind durch.«

Im Wagen schweigen wir. Schweigen konnte man mit Jochen immer schon gut. Das ist die Königsdisziplin in einer Männerfreundschaft.

Kurz erwäge ich, ihm ein paar Infos über die Tramuntana und Alaró zu geben, aber Jochen war schon öfter auf Mallorca und hat uns ja auch gleich zu Anfang besucht. Wie ich ihn kenne, hat er sowieso alles über die Insel gelesen, was je gedruckt worden ist. Für einen Moment überlege ich, ob Jochen ein *cuadriculado* ist, weil er immer perfekt vorbereitet ist, komme aber zu dem Schluss, dass dem nicht so ist. Gute Vorbereitung heißt ja nicht automatisch schlechte Improvisation. Ich lege die neue Metallica in den CD-Player.

Song eins: Jochen klopft den Schlagzeugpart sofort auf den Knien mit. Punktgenau.

Ich lache. »Spinner. Wo nimmst du eigentlich noch die Zeit zum Üben her?«

»Sonntagabends von acht bis zwölf, aber nur wenn ich keine Nachtschicht habe.«

Wir steuern auf die Tramuntana zu. Die warme Abendsonne wirft ein zweites, ähnlich hohes Gebirge aus Schatten zwischen die rötlich glühenden Bergkuppen und bläht sie damit zu einem imposanten dreidimensionalen Bergmassiv auf.

»Ihr habt's schon toll hier«, sagt Jochen und setzt zu einem heftigen Kniewirbel an.

»Yep.«

In Alaró bringe ich meinen Freund zum Petit Hotel, dem laut Marta besten und schönsten Hotel des Dorfes. Jochen hat darauf bestanden.

»Nach dem Clearing dürfen nur die zukünftigen Bewohner im Haus übernachten«, gab er vorab zu bedenken. »Ich sorge mit meiner Anwesenheit eventuell nur für Verwirrung. Ein Hotel ist da genau das Richtige.«

»Bitte, wenn du es so willst«, reagierte ich etwas beleidigt, »dann reserviere ich dir eben ein Zimmer per E-Mail.« Etwas beleidigt … und ein wenig beunruhigt.

Als wir das Hotel betreten, steht an der Rezeption eine durchtrainierte, braungebrannte Frau.

»*Nom* Dr. Jochen Buchholz, *he reservat una habitació*«, parliert Jochen in feinstem Mallorquí.

Ungläubig sehe ich ihn an. »Was? Hast du jetzt auch noch in achtundvierzig Stunden Mallorquí gelernt, oder willst du mich hier düpieren?«

»Nur das Nötigste«, spielt Jochen seine Sprachkenntnisse schmunzelnd herunter. »Man wird sich ja vorher informieren dürfen.«

»Ist es in Ordnung für Sie, wenn ich auch Deutsch rede, Herr Dr. Buchholz?«, sagt die Frau. »Mein Mallorquí ist nicht ganz so berauschend. Ich bin übrigens Silvia aus Köln.«

»Selbstverständlich, Silvia.« Mein Freund lächelt für meinen Geschmack etwas zu breit. »Ich bin Jochen.«

Nachdem er sich auf seinem Zimmer frisch gemacht hat, kommt er gut gelaunt die Treppe herunter. »Tolles Zimmer, tolle Aussicht, und Silvia gefällt mir auch ziemlich gut.«

»Hallo? Du hast einen Job zu erledigen, und das hier ist ein Dorf. Das fällt alles auf mich zurück«, sage ich mit gespielter Empörung. »Hier wird nicht herumgeflirtet. Die tote Oma wartet.«

Wir schlendern die wie ausgestorben daliegende Hauptstraße hinunter, bis wir ein kleines Restaurant entdecken, in das wir spontan einkehren.

Das Lokal besteht aus einem einzigen Raum, in dem etliche quadratische Bistrotische mit gusseisernen Gestellen und weißen Steinplatten stehen. Darauf Papierservietten in roten Spendern. Neonröhren leuchten den Raum ungnädig bis in den letzten Winkel aus, im Eckfernseher läuft irgendein Tennisspiel mit Rafael Nadal, dem Vorzeige-Mallorquiner.

»Mann, die Spanier haben's echt nicht so mit der Gemütlichkeit, was?« Jochen schaut sich befremdet um.

»Nee, aber die sitzen eh meistens draußen. Warum dann noch die Räume nett herrichten?«, mutmaße ich.

Der Kellner kommt an unseren Tisch. Wollte man Langweile malen, müsste man nur sein Gesicht skizzieren.

»Die Speisekarte, bitte.«

Ohne zu antworten, verschwindet er wieder, holt zwei versiffte Kunstledermappen aus einem Fach an der Theke und knallt sie vor uns auf den Tisch.

»Gracias.«

Die Karte ist dreisprachig: Mallorquí, Spanisch, Deutsch.

Plötzlich lacht Jochen laut los.

»Was ist?«, frage ich, während ich noch blättere.

»Na, hier, die Nummer elf. Schweinefleisch-Leiste plus baguette des Huhnes, wird mit Tomate, caramilzed Zwiebeln und Salat gedient.«

»Tatsache!«, schreie ich und sehe es dann auch.

»Ach, ich glaube, ich nehme die vierzehn: Eier Schluss gemacht Schinken.«

»Aber nur, wenn ich dich danach zu der einundzwanzig einladen darf: Kalbfleisch-Fleisch, pepperoniand Würste wich Chili und Klumpen von Kartofl.«

Wir bekommen einen Lachanfall. Einen von den echten, bei denen alles erlaubt ist. Selbst heulen.

»Also entweder arbeitet hier ein Fünf-Sterne-Avantgarde-Koch, oder sie haben irgendeine von diesen Internet-Übsetzungsmaschinen benutzt.« Jochen nimmt die Brille ab und reibt sich die Tränen aus dem Gesicht.

»Schön, dass du da bist«, sage ich.

»Ja, ich freue mich auch.« Er macht eine Pause, klappt die Karte zu und sagt: »Du bist immer noch der Alte, nur brauner.«

»Du und die anderen Jungs, ihr fehlt mir hier schon sehr. Telefon, Chat, E-Mail, das ist lange nicht dasselbe.«

»Kein Vergleich«, bestätigt Jochen. »War gar nicht so leicht für uns, als ihr gegangen seid.«

»Wieso, was meinst du?«

»Na ja, wir alle haben es dir natürlich gegönnt, aber ein bisschen Neid war schon auch im Spiel. Zuerst Lucia, dann das Studio, dann die Zwillinge und jetzt auch noch Mallorca. So viel Glück kann ein einzelner Mensch doch gar nicht haben.«

»Ach, Herr Doktor, Sie kennen mich doch. Bei mir hängt die Unzufriedenheit am Abschleppseil des Glücks. Immer nur ein paar Meter dahinter. Sobald das Glück auch nur kurz bremst, knallt die Unzufriedenheit gleich hinten drauf.«

»Klingt ganz so, als hättest du Deutschland noch nicht wirklich verlassen«, konstatiert Jochen lachend.

»Nein, das sitzt zu tief«, gebe ich zu, »aber wer weiß, vielleicht kann ich das ja von den Mallorquinern lernen. Weniger zu wollen und mehr zu genießen. Die Leute hier wirken irgendwie vitaler und zufriedener als in good old Germany.«

»Ich wünsche es dir jedenfalls«, sagt er.

An einem Tisch im hintern Teil des Restaurants setzt plötzlich ein Pfeifen ein: ♫ »Tea for two and two for tea.« ♫ Der Mann ist mir vorher gar nicht aufgefallen. Er ist um die fünfzig, auf dem Kopf stoppelige Haare und auf der rotbraunen, ledrigen Haut einen grauen

Zehntagebart, der aussieht, als könne man sich daran übel verletzen. Er trägt ein weit aufgeknöpftes Hemd sowie eine beigefarbene Bundfaltenhose. Dazu Mokassins, ohne Socken. Zunächst schaut er nur zu uns herüber, dann steht er auf und kommt her.

»Ick höre, ihr seid och Deutsche?«

»Äh ... ja«, antwortet Jochen zögerlich, während ich den Kopf schüttele.

»Ick hab mitjekricht, wie ihr eusch über die Karte beeumelt habt. Ick kann dit och nich begreifen. In Alaró lebn fast zweehundert Deutsche, und uff die Idee, mal eenen zu fragen, komm se nich. Ick bin übrijens Wolfgang«, sagt Wolfgang und setzt sich. »Aber kochen, dit kanner, unser Ferran«, fügt er hinzu. »Also mehr oder wenijer. Ick empfehle die sieben: *frito mallorquín*, det sind Lamm- und Ziegeninnerein mit Kartoffeln und Paprika. Oder die achtzehn, *tumbets*, det issn deftiger Eintopf mit Obaschin.«

»Ich hätte eher Lust auf einen guten Fisch«, sagt Jochen.

»Uiiii«, Wolfgang dreht mit der Hand eine imaginäre Glühbirne in eine imaginäre Fassung, »dit wird schwer. Wir sind hier zwar mitten im Meer, aba die Mallorquiner essen jerne deftisch, mit viel Fleisch und Kartoffeln, vor allem hier inne Inselmitte.«

»Okay, wir probieren es mal.«

Ferran, offensichtlich Kellner und Koch in Personalunion, kommt an den Tisch und nimmt die Bestellung auf. »Die sieben und die elf, bitte«, bestelle ich.

»*Y tres cañas*«, ordert Wolfgang noch schnell drei Bier hinterher.

Ferran verzieht keine Miene und verschwindet durch die Schwingtür hinter dem Tresen.

»Macht ihr hier Urlaub?«, will Wolfgang wissen.

»Ich schon, er nicht«, antwortet Jochen und nickt in meine Richtung.

»Wat denn, och ausjewandert? Wohnste in Alaró?«

Lügen ist zwecklos, schießt es mir durch den Kopf. In einem Dorf dieser Größe werden wir uns ohnehin ständig über den Weg laufen.

»Ja, ab morgen, hinten an der Carrer d'en Mig achtzehn«, lasse ich die Katze aus dem Sack.

»Mööönsch, da sind wa ja Nachbarn, ick hab de sechsundzwanzig. Ick gloob's nich. Haste juut jemacht. Mir kriejn keene zehn Pferde mehr nach Deutschland. Wat soll ick och da?«

Jochen zuckt mit den Augenbrauen.

»Ja, jenau«, fühlt sich Wolfgang bestätigt, »immer nur miese Laune und mieset Wetter. Und wennde ma 'ne jute Idee hast, werfense dir behördenseitig nur Knüppel zwischen de Beene. Ick weeß, wovon ick rede. Ick hatte 'ne jut laufende Imbisskette in Moabit, Wolles Wurscht. Wolle wegen Wolfgang, weeste.«

»Schon klar«, sage ich in möglichst desinteressiertem Tonfall.

»Hab allet vakooft, und jetzt bin ick hier, elf Jahre schon. Beste Entscheidung meinet Lebens. Aahh, da kommt ja meene kühle blonde Freundin.«

Ferran stellt das Tablett mit den Biergläsern auf den Tisch. »Prost *y bienvenido a Alaró*.«

Widerwillig stoßen wir mit Wolfgang an, der sein Bier mit einem Schluck austrinkt. Er stellt das leere Glas auf den Tisch, raunt ein erfrischtes, völlig übertriebenes »Aaahhh« und verabschiedet sich – ohne zu zahlen. »Tschüssikowski. Man sieht sisch.«

»Na, einen neuen Freund hast du hier schon mal«,

zieht Jochen mich auf und klopft einen Tusch auf die Tischkante.

Die Schwingtür geht, und Ferran, der zwei Teller auf einem Unterarm balanciert, kommt herein. *»Frito mallorquín y tumbet«*, sagt er und knallt uns die Teller vor die Nase. Erst jetzt fällt mir auf, dass er bisher kein Wort gesprochen hat.

Eine Weile betrachten wir die Nahrung. Jeder für sich. Die beiden Gerichte ähneln sich. Zwei in Öl schwimmende Haufen. Die pampenartige Konsistenz kenne ich aus dem deutschen Straßenkarneval. Dort begegnet sie einem zuweilen in Kartoffelsalateimern auf zu Theken umfunktionierten Tapeziertischen.

»Sag mal, warum hast du in Sachen Austreibung eigentlich so plötzlich die Meinung geändert?«, fragt Jochen und fährt sich den ersten Löffel *tumbet* rein.

»Ein Alptraum vom Feinsten, mit Oma und allen Schikanen«, antworte ich.

»Verstehe«, brummt Jochen. »Hmm, das ist ja mal lecker! Also auf jeden Fall leckerer, als es aussieht, und bestimmt auch besser als Eier Schluss gemacht Schinken.«

Nach gefühlten drei Litern *hierbas* und einhundert alten Geschichten bringe ich Jochen zurück zum Hotel. Auf der Straße gehen wir noch mal kurz den Plan für den nächsten Tag durch.

»Mal sehen, ob Silvia noch da ist«, sagt Jochen zum Abschied und verschwindet grinsend durchs Hotelportal.

Am nächsten Morgen geht dann alles ganz schnell: Kinder zu Maria und Josef 1 bringen. Transporter in Palma abholen. Jochen in Alaró auflesen, während Lucia die gepackten Kartons mit dem Aufzug ins Entree befördert. Alles einladen. Kinder von Maria und Josef 2 abholen. Mit allen in das neue Haus nach Alaró fahren – zur Geisteraustreibung.

Vor dem Haus erklärt Jochen uns noch mal das Procedere. »Seid bitte leise, wenn wir gleich reingehen. Geht mir einfach hinterher.«

Lucia sieht mich an, während die Kinder förmlich an Jochens Lippen kleben. In mir macht sich eine gewisse Unruhe breit. Zum einen fällt es mir immer noch schwer, Jochen den Esoteriktick hundertprozentig abzunehmen, andererseits klingt er plötzlich sehr ernst, so als würden wir vor dem jungfräulichen Grab eines durchtriebenen Pharaos stehen und eine Vielzahl von Giftpfeilen, dreiköpfigen Grabwächtern und die wandelnde Seele des Gottkönigs höchstselbst auf uns warten.

»Geht mir einfach hinterher« klingt in diesem Kontext wie: »Bleibt dicht hinter mir, sonst kann ich nichts mehr für euch tun«, und »seid bitte leise« wie »verfallt nicht in Panik, solltet ihr etwas Ungewöhnliches sehen, wie zum Beispiel eine halb durchsichtige Oma, die im Nachthemd aus dem Fenster schwebt«.

Jochen kniet sich kurz auf die Straße und öffnet den silbernen Koffer. Zu meiner Überraschung befinden sich darin zahlreiche kleine Säckchen sowie mit Korken verschlossene Reagenzgläser mit den unterschiedlichsten Pulvern, Essenzen und getrockneten Pflanzenteilen. Alle sind sie auf Lateinisch beschriftet und liegen geordnet nebeneinander. Dazwischen entdecke ich eine Steinschale. Jochen nimmt sie heraus und füllt etwas Sand aus einem Säckchen hinein, dann gibt er einen Kohledrops darauf, den er anzündet.

»Ah, da haben wir es ja, Weihrauch«, sagt er und

wählt ein Gläschen, in dem sich ein goldenes Granulat befindet.

Er öffnet es und schwenkt es ein paar Mal unter seiner Nase, als handele es sich um einen Château Pétrus. Dann lässt er ein paar der Granen davon auf die inzwischen glühende Kohle purzeln. Augenblicklich steigt stark würziger Rauch auf.

Die Kinder weichen zurück.

»Keine Angst«, sagt Lucia, »das ist kein richtiges Feuer.«

»Lasst uns beginnen.« Jochen nimmt feierlich die Steinschale und verschwindet zügig in dem dunklen Hauseingang.

»Schnell, hinterher«, rufe ich meinen drei Frauen zu. »Wir sollen doch dicht hinter ihm bleiben.«

Mein Freund steht bewegungslos im Flur, die Augen geschlossen. Er wirkt hochkonzentriert.

»Und?«, frage ich aufgeregt. »Wie schlimm ist es?«

Jochen reagiert nicht. Offensichtlich hat er sich gerade mit Rosa verbunden und hört ihr zu.

»Doktor Buchholz, hallo?«

»Pssst«, zischt er aus dem rechten Mundwinkel.

»Komm, du kannst uns doch jetzt nicht einfach hier stehen lassen. Da draußen wartet ein voller Transporter mit unserem Krempel«, flüstere ich. »Wir ziehen hier nicht ein, wenn es spukt.«

»Alles clean! Hier ist gar nichts«, sagt Jochen, plötzlich wieder ganz wach.

»Was? Woher willst du das wissen? Wir haben doch nicht mal angefangen.«

»So was spürt man … wenn man sich darauf einlässt.«

»Und jetzt? Sollen wir jetzt alle tanzen und ein Eis

essen gehn?« Ich bin halb enttäuscht und halb erleichtert.

»Nein, wir ziehen die Sache komplett durch«, sagt Jochen. »Das kann auf keinen Fall schaden.«

So wandern wir fünf von einem Raum zum anderen, um das Clearing vorzunehmen. Jochen hat es besonders auf die Ecken abgesehen, die er alle mit der rauchenden Steinschale abfährt und dabei vor sich hin nuschelt. Irgendwann gelangen wir auch in den Durchgangsraum mit der zugemauerten Tür.

»Hier hätte ich das Clearing gerne etwas gründlicher gemacht«, sage ich. »Du weißt schon, der Alptraum und so weiter.«

Jochen nickt wissend. »Ihr könnt auch selbst die guten Energien bitten zu bleiben und die negativen anregen zu gehen. Ich mache gerade nichts anderes.«

»Muss man dazu irgendeinen Zauberspruch aufsagen?«, fragt Lucia.

»Nein, du musst es einfach nur aussprechen.«

Zu viert stellen wir uns Hand in Hand vor die zugemauerte Tür, während Jochen eine besonders schwierige Ecke säubert. Lucia späht zu mir herüber. Ich sehe erst sie an, dann die Kinder. Sie wissen, dass gleich irgendwas Lustiges passiert, und quietschen.

»WIR BITTEN DIE GUTEN ENERGIEN ZU BLEIBEN UND DIE NEGATIVEN ZU GEHEN!«

Schön, dass einem vor Menschen, die man liebt, nichts peinlich sein muss.

»Gut, wir sind durch«, sagt Jochen und betrachtet uns lächelnd. Er ist etwas verschwitzt, fast so als hätte er eine zusätzliche Arbeit verrichtet, von der wir nichts mitbekommen haben. »Jetzt bitte alle Fenster und Türen aufreißen. Wir wollen doch den schlechten

Schwingungen ermöglichen, die Räume auch wirklich zu verlassen.«

»Okay, ich mache das mit den Kids, dann könnt ihr schon mal anfangen, die Kisten auszuladen«, schlägt Lucia vor.

Fünf Stunden später stehen die Umzugskisten in den entsprechenden Zimmern, die Kinderbetten sind aufgeschlagen, und auch das Wasserbett ist unter größten Anstrengungen aufgebaut und befüllt. Nach getaner Arbeit sitzen Jochen und ich noch im Wohnzimmer zusammen und gönnen uns ein, zwei Bier.

»Mein Flieger geht morgen in aller Herrgottsfrühe. Ich würde mich daher gerne noch ein bisschen im Hotel ausruhen«, sagt mein Freund und kneift ein Auge zu.

»Verstehe, Silvia«, erwidere ich.

»*Si.*«

»Danke, dass du hergekommen bist. Damit hast du einen gut bei mir.«

»Gerne. Irgendwann mal kannst du mein Schlagzeug so aufnehmen, dass es auch nach was klingt.«

»Unmöglich«, sage ich lachend. »Das bedeutet die Quadratur des Kreises.«

»Viel Spaß noch in dem Haus. Es hat wirklich«, Jochen zögert, »Charme.«

Nachdem er gegangen ist, bringe ich die Kinder ins Bett. Trotz einer extra langen Geschichte und einem Gutenachtkuss kommt es zu massiven Protesten, als ich das Zimmer verlassen will. Die neue Umgebung hat offensichtlich nichts an der Tatsache geändert, dass einer von uns im Raum bleiben muss, bis die Mädchen eingeschlafen sind, obwohl sie nun schon deutlich älter als zwei Jahre sind. Natürlich könnten wir sie einfach hinlegen, das Licht ausmachen und hinausgehen, allerdings nur, wenn wir auch die Nerven für das sich anschließende einstündige Schreikonzert oder die Verfolgungsjagd hätten, bei der Sophie aus dem Bett springt und uns mit dem immergleichen Lamento »NIIICHT RAAAUUUSSSGEHHHEN« bis in den letzten Winkel verfolgt. Die Nerven habe ich selten, schon gar nicht nach einem Umzug mit anschließender Ausräucherung und dem Aufschlagen des Wasserbetts.

In Palma habe ich irgendwann herausgefunden, dass es den Einschlafprozess beschleunigt, wenn ich mich selbst neben das Bett lege und mich schlafend stelle. Mit fünf, sechs übertriebenen Schnarchgeräuschen beim Einatmen und Pfeifgeräuschen beim Ausatmen kündige ich unmissverständlich an, dass ich als Punchingball nicht länger zur Verfügung stehe. Ein schlafender Vater neben dem Bett ist für Sophie offensichtlich so langweilig, dass sie früher aufgibt und nach zehn Minuten einschlummert. Diese wegweisende Errungenschaft verschafft mir und Lucia fast eine Stunde mehr gemeinsame Zeit. Eine kinderlose Stunde am Tag für die Partnerschaft ist pures Gold wert.

Der Steinboden ist kühl, stelle ich fest, als ich mich für die Schnarchnummer in Position bringe.

Sophie sitzt wie immer aufrecht im Bett und beobachtet genau, was ich da tue. »Neu Haus?«, fragt sie mit ihrem putzigen Gesicht.

»Ja«, sage ich, »das ist jetzt unser neues Haus. Aber weißt du, es ist nicht ganz neu. Eine Oma hat hier vorher gewohnt.«

»Eine Oma?«, wiederholt Luna das magische Wort,

das in ihrer Welt für Kuchen, Kuscheln und Kaufrausch steht.

»Ja, eine Oma, aber nicht unsere, sondern eine andere. Rosa.«

»Wo ist die Oma?«, fragt Luna.

Mist, das leidige Thema Tod, denke ich. »Na, im Himmel, wo denn sonst«, antworte ich schnell und mit einem Tonfall, der nicht den geringsten Zweifel zulässt. »Und jetzt wird geschlafen.« Ich drehe mich mit dem Rücken zu den Kinderbettchen und intoniere mit offenen Augen den ersten Monster-Fake-Schnarcher: »NNNAAARRRCHHH-PFÜÜÜHHH.«

Keine fünf Minuten später vernehme ich ein friedliches, gleichmäßiges Atmen. Zeit, langsam aufzustehen, dennoch ist äußerste Vorsicht geboten. Selbst das Knacken meiner morschen Knie könnte Sophie aufwecken, und das würde eine weitere Schnarchscharade von gut fünfzehn Minuten bedeuten. Langsam, ganz langsam schleiche ich mich auf Zehenspitzen hinaus und husche durch das Durchgangszimmer in unser neues, spartanisches Schlafgemach.

»Puh«, flüstert Lucia, die schon auf dem gigantischen Bett liegt. »Wie gut, dass man bei dem Wasserbett die Temperatur einstellen kann. Es ist angenehm kühl, und eine Decke werden wir auch kaum brauchen. Ich dachte, zwei Laken dürften reichen.«

»Bestimmt, *cariño*«, antworte ich müde. »Ich bin froh, dass dieser Tag vorbei ist. Gute Nacht.«

»Gute Nacht.« Lucia beugt sich zu mir herüber, gibt mir einen Kuss und macht das Licht aus mit dem altmodischen Kippschalter, der zwischen unseren Köpfen an der Wand angebracht ist.

Die erste Nacht im neuen Haus – immer etwas Besonderes. Welche Geräusche werden den Tag überleben? Aus dem monotonen Brummen der Landstraßen, dem hochfrequenten Geknatter der Mopeds und dem Surren der entfernten Flugzeuge hervortreten? Wo fällt noch Licht herein und wirft die bizarrsten Schatten? Wie laut hört man die Leute, wenn sie nachts die Straße entlanggehen? Einige labernd und langsam, andere stumm und schnell.

Flugs ist die Glühbirne abgekühlt und der Raum in dichtes Schwarz getaucht. Genau so, wie ich es mag. Kein Mondschein und kein Laternenlicht kann von außen hineindringen und meiner inneren Uhr ein Schnippchen schlagen. Zufrieden drehe ich mich auf die Seite.

Da dringt plötzlich ein Geräusch an mein Ohr. »Sinnngg … Simmmggg … siiinnnggg.«

»Was ist denn das jetzt?«, frage ich ins Nichts hinein.

»Ich glaube, es ist die Glühbirne«, vermutet Lucia.

Tatsächlich. In unregelmäßigen Abständen summt die Glühbirne, als wollte sie SOS morsen, begleitet von einem Flackern, das den Raum immer wieder für den Bruchteil einer Sekunde blitzlichtartig ausleuchtet. Genau wie dieses Leuchten, das man aus Horrorfilmen kennt, wenn der Täter immer wieder sein entstelltes Opfer und die mit Blut geschriebene Nachricht über dem Bett ablichtet. Das Blitzen sieht dann draußen ein Rentner, der gerade den Müll rausbringt, und verständigt schließlich die Polizei.

»Das ist ja grauenhaft. Da scheint noch Strom durchzufließen. Ich drehe die Birne für heute Nacht mal raus und kümmere mich morgen darum.«

»*Vale*«, maunzt Lucia, schon halb im Schlaf.

Auf Zehenspitzen löse ich die Birne unter lautem Quietschen aus der Fassung, wobei mir pulveriger Rost auf die Unterarme rieselt. »Popp«, macht es, dann Dunkelheit. Vollkommene Dunkelheit. Unser Schlafzimmer ist eine Dunkelkammer in einem Tunnel unter dem Schwarzwald bei Mondfinsternis.

Ich werfe mich auf das sanft schaukelnde Bett. *»Buenas noches«*, flüstere ich zu Lucia hinüber und küsse sie auf die Stirn.

Erst jetzt, in dem ersten Moment der Ruhe seit Tagen, spüre ich, dass meine Glieder bleischwer sind. Es ist, als sänke ich metertief in die Wassermatratze, ja, als würde ich das Häutchen des Wassersacks förmlich durchstoßen und langsam auf den Grund des Bassins strudeln, während sich die warme Wasseroberfläche über mir schließt wie der Reißverschluss eines Leichensacks.

»Äääähhhrrr.«

Sofort sitze ich aufrecht im Bett. Die Kinder schreien. Aber in diesem Schreien liegt noch etwas anderes. Etwas Entrücktes, Raues. Reflexartig suche ich den Lichtschalter, aber noch während ich die Wand nach ihm abtaste, fällt mir die herausgeschraubte Glühbirne wieder ein. Ich schwinge mich vom Bett und fahre mit den Händen langsam die Wände in Richtung Tür ab. In ein paar Wochen werde ich blind durch das Haus laufen, aber noch kann ich die Abstände und Maße nicht recht abschätzen. Endlich habe ich die Tür zum Durchgangsraum ertastet. In ihrem Rücken sollte sich der Lichtschalter zum Flur befinden. Klick, Licht.

»Äääähhhrrr. Raooo.«

»Jaaa, ist ja gut. Ich komme schon.« Doch irgendetwas ist eigenartig. Je näher ich dem Zimmer der

Mädchen komme, desto leiser und entfernter klingen die Schreie. Tatsächlich: Schon durch den Türspalt zum Kinderzimmer kann ich erkennen, dass die beiden friedlich schlummern. Ein wundervoller Anblick ist das. Schlafende Menschen stehen sowieso ganz weit oben auf meiner persönlichen Schönheitsskala. Wenn mich jemand nach den fünf weltschönsten Dingen fragte, würde ich antworten: »A) meine drei schlafenden Frauen, b) eine alte, schmatzende Fender, c) das Barrì Xino in Barcelona von 1990 bis 1997, d) Beethovens Klavierkonzerte und e) das 4:0 im Spiel Deutschland gegen Argentinien bei der Fußball-WM in Südafrika.«

Wenn die Kinder nicht schreien, wer dann?

»ÄÄÄÖÖÖRRRRRRRRRRRRRR.«

Zurück im Flur, versuche ich das grausige Geschrei zu orten, indem ich den Kopf teleskopartig hin und her schwenke. Diesmal kommt es eindeutig von draußen, aus dem Garten. Katzen!, durchzuckt es mich. Wenn es keine misshandelten Kinder sind, die sich in der Dämmerung in unserem Garten versammelt haben, müssen es Katzen sein. Viele Katzen. Sie klingen wie Babys, denen man die Haut abzieht. Vermutlich geht es ihnen aber gut, sie sind gar rollig und im Liebestaumel. Sozusagen ein Universum entfernt von den langweiligen Schlafstörungen und Schreitraumata eines zugereisten, tagaktiven Familienvaters. Vielleicht haben sich immer schon alle Katzen aus dem Dorf in dem Lustgarten hinter unserem Haus gepaart und geneckt. Das wird ein jähes Ende haben.

Mit Hilfe des Flurlichts poltere ich an Lucia vorbei durch das lampenlose Schlafzimmer, öffne die Terrassentür und stampfe dreimal fest auf den Steinboden auf.

Mit einem Mal verstummt das werbende Konzert, und allerorten schießen kleine Körper torpedohaft aus den Büschen und Bäumen die angrenzenden Mauern hoch.

»Fickt in eurem eigenen Garten«, krakeele ich den kleinen Raubtieren hinterher, obwohl ich genau weiß, dass sie vermutlich über keinen solchen verfügen.

»Komm wieder ins Bett«, greint Lucia.

»Bin unterwegs.« Ich schließe die Terrassentür hinter mir.

»Irre ich mich, oder warst nicht du derjenige von uns beiden, der auf dem Dorf groß geworden ist?«, fragt Lucia.

»Ja, schon, aber es kommt mir vor wie aus einem anderen Leben.«

»Bitte mach noch das Licht im Flur aus und lass uns endlich schlafen.«

»Nichts lieber als das.«

Die Ruhe ist atemberaubend. Keine Autos, keine Stimmen, keine Tiere. Nichts. Je mehr ich mich auf die Stille konzentriere, desto lauter erscheint sie mir. Sie hat Körper und Wucht. Sie schiebt förmlich. Und ihr Angebot ist nur vorübergehend. Jetzt oder nie. Schlafen. Ich rücke dicht hinter Lucia und lege ihr einen Arm um die Taille. »Köperteilung« habe ich das mal getauft, da nach ein paar Minuten im Halbschlaf mein Arm irgendwie auf Lucias Körper übergeht oder ihr Körper auf ihn. Habe ich diesen eigenartigen Effekt anfangs nur zufällig bemerkt, so stelle ich ihn heute mit Vorliebe bewusst her.

Dann ein Klopfen. Vielmehr ist es kein Klopfen, sondern ein Hämmern, nur dass nichts metallisch nachhallt, sondern das Geräusch eher holzig und stumpf verebbt.

»Was ist das?«, flüstere ich in die Dunkelheit.

»Keine Ahnung, aber es wird lauter und es scheint diesmal von drinnen zu kommen. Ein klapperndes Fenster vielleicht«, mutmaßt Lucia.

»Wenn ein hämmerndes Geräusch lauter wird«, sage ich in der Dunkelheit, » dann gibt es genau zwei Möglichkeiten: a) jemand oder etwas hämmert mit immer mehr Energie. Vielleicht durch eine stärkere Kraftzufuhr von außen, etwa durch Wind oder Wasser, oder b) die Geräuschquelle nähert sich.«

Pock … Pock … Pock.

Gespannt lauschen wir dem Geräusch. Kurz überwiegt ein nüchternes, beinahe wissenschaftliches Interesse, doch dann fällt uns beiden gleichzeitig die Regelmäßigkeit des Klopfens auf. Eine Regelmäßigkeit, die weder Wind noch Regen oder irgendein Tier aufzubringen vermag. Damit kommt nur eines in Frage: ein Mensch.

»Da kommt jemand«, sagt Lucia und lacht. Doch ihr Lachen ist eigentlich ein gefühltes Schreien und bleibt ihr im Hals stecken.

»Ja, jemand ist im Haus.« Ich schlucke und setze mich auf. »Jemand mit einem Holzbein.«

»Rosa!«, rufen wir gleichzeitig und klammern uns in der Dunkelheit aneinander.

Die Schritte werden lauter. Wie die Besatzung der Pequod in ihrer Kajüte unter den Schritten von Captain Ahab erstarrte, so lauschen wir dem Wandeln des rastlosen Geistes. Nur noch wenige Meter, dann wird Rosa vor uns stehen, und wir werden sie nicht einmal sehen können, es sei denn, ein Geist kann leuchten wie das Phosphor-Dino-Skelett aus einem der *Yps*-Hefte. Ich würde mir gerne irgendeinen schweren Gegenstand greifen, aber ich kann nicht mal die Hand vor Augen sehen, und den Geräuschen nach zu urteilen, ist Rosa schon im Durchgangsraum.

»Komm unter das Laken«, flüstert Lucia.

»Sollte ich mich ihr nicht besser in einem offnen Kampf stellen?«, frage ich, warte die Antwort aber gar nicht ab, sondern schlage Lucias Bettlaken auf, verkrieche mich darunter und ziehe es uns über die Köpfe. »Wir haben Rosa mit der Ausräucherung gegen uns aufgebracht, das war's, *amor*. Ich hätte mir ein anderes Ende für uns gewünscht.« Allein der Tatsache, dass dem Ganzen eine gewisse Absurdität innewohnt, ist es zu verdanken, dass ich mich nicht schreiend nass mache.

»Pssst«, zischt Lucia. Ihr Atem geht schnell und heizt die Luft unter dem Laken auf, »sie ist schon im Schlafzimmer.«

Rosas Schritte sind nun deutlich zu hören, bis sie am Kopfende des Bettes zum Stehen kommen. Mit angehaltenem Atem liegen wir unter dem Laken, wie Vieh auf der Schlachtbank in Erwartung eines niederfahrenden Beiles. Doch es geschieht zunächst gar nichts. Dann hören wir ein leises Geraschel, so, als würde sich jemand einen Rock oder eine Hose ausziehen.

»Das wird ja immer bunter«, murmele ich, »jetzt reicht's. Ist da jemand?«

Keine Antwort.

Dann donnert ein gefurztes *Flllaaarrrttt*, begleitet von einem befreienden Seufzer, durch den Raum.

»Okay, in Ordnung.« Ich springe vom Bett. »Ich mache jetzt im Flur das Licht an, und dann werden wir ja sehen ...«

Wieder taste ich mich an der Wand lang, bis ich die

Tür samt Schalter finde. Ich mache mich auf alles gefasst: untote Omas, Jochen, Pau oder den Beelzebub, was im Grunde ein und dasselbe ist. Klick. Wieder fällt das Licht von dem kleinen Flur ins Schlafzimmer, doch außer Lucia, die den Kopf unter dem Laken hervorstreckt wie ein aufgeschrecktes Murmeltier aus einem Erdloch, ist niemand hier.

»Das … das … das gibt's doch nicht«, stottere ich. »Ich habe doch genau …«

In diesem Moment ist ein pieselndes Zischen zu hören, gefolgt von einem kurzen »Zapp«, als würde jemand ein Blatt Papier auseinanderreißen. Einen Moment später folgt ein ähnliches Geraschel wie zuvor, danach setzt das laute, holzbeinartige Klopfen wieder ein. Zunächst laut und deutlich, dann immer leiser, bis es schließlich nicht mehr zu hören ist.

Lucia sieht mich an, zieht die Augenbrauen zu zwei perfekten Halbkreisen hoch und lacht laut los.

Noch während ich am Türrahmen lehne, löst sich auch bei mir die Spannung.

»Okay«, sagt Lucia, »wir haben das verfluchte Wasserbett Rücken an Rücken mit einem Pisspott aufgebaut, getrennt von einer gerade mal drei Zentimeter dicken Wand. Aber was viel wichtiger ist: Wir sind in diesem Haus nicht allein.«

Am Morgen nach der unruhigen Nacht werde ich von eigenartigen Geräuschen geweckt. Auf der anderen Seite der Schlafzimmerwand scheint eine Konversation stattzufinden.

Er: »Auuulll.«

Sie (der Stimme nach eine ältere Frau): »Kääätts. Üeeh.«

Er: »Aula, Ets, Eöö, Schooo, Äiinaah, Määhm.«

»Bist du wach?«, flüstere ich in Richtung Lucia.

»Ja.« Sie streckt sich.

»Mein Gott, diese Wand hier ist wirklich aus Papier. Was passiert denn da drüben? Werden da Tiere misshandelt? Die klingen ja wie die Orks aus *Herr der Ringe*.«

»Ich nehme an, es ist ihre Art, mallorquí zu sprechen. Ein starker Dorfslang«, sagt Lucia.

»Großartig. Folklore finde ich ja grundsätzlich toll, aber bitte nicht um halb acht Uhr morgens in meinem Schlafzimmer. Hast du die Nummer vom Schwesternballett gespeichert?«

»Ja.«

»Gut«, sage ich. »Dann werde ich gleich mal Marta anrufen und sie in dem Café an der Plaza treffen. Die vier Frauen haben uns diese seltsame Mitbewohnerin verschwiegen. Wir müssen reden.«

Zwei Stunden später laufe ich in Richtung Dorfplatz. Am Sonntagmorgen.

Das Café Can Jordi ist noch fast leer. Die Spanier gehen bekanntlich spät aus. Oft fängt der Abend erst um Mitternacht an – mit dem Abendessen. Bis die Spanier das Haus verlassen, um auf die Piste zu gehen, kann es locker halb zwei Uhr nachts werden, und wenn sie nach Hause kommen, steht die Sonne in der Regel schon hoch über der Insel. Im Café starren ein paar Alte lustlos auf den Riesenfernseher, der direkt unter der Decke angebracht ist. Es läuft eine Dokumentation über die Beuteltiere Australiens. Ein paar von ihnen trinken bereits einen *carajillo*, Espresso mit Schuss.

Der Laden ist typisch für Mallorca: schlauchartiger Raum, Zigarettenautomat gleich an der Tür, daneben ein Spielautomat, der immerfort dieselben arpeggierten Melodien dudelt, bis man sie nicht mehr aus dem Kopf bekommt. Dazu längsseitig eine mehrere Meter lange Bar, auf der eine Vitrine mit Donuts, Croissants oder kleinen Tapas steht, und eine klobige chromfarbene Kaffeemaschine. Hinterm Tresen ein übellauniger Barmann.

Jetzt einen guten Kaffee, denke ich und rufe von meinem Tisch aus in Richtung Bar: *»Un café con leche por favor.«*

Das ist das Gute an einer spanischen Bar: Egal, wo sie ist, egal, wer hinter der Theke steht, und egal, wer du bist, du bekommst überall einen großartigen Kaffee. Im Kopf gehe ich die Liste der sechs Dinge durch, auf die bei den Spaniern am meisten Verlass ist:

1. Der Kaffee in spanischen Bars ist immer gut. 2. Jeder Spanier wiederholt das, was er gerade gesagt hat, mindestens noch einmal. Unaufgefordert. 3. Jedes spanische Kind in einer Bar hat eine kleine Chipstüte in der Hand. 4. Jede spanische Frau tanzt im Light-Flamenco-Style, wobei Musikrichtung und Art des Etablissements völlig egal sind. 5. Vor dem Zebrastreifen gibt der Spanier Gas, anstatt anzuhalten. 6. Alle sind immer *guapa* oder *guapo*, auch wenn sie aussehen wie abgelaufenes Hühnerfrikassee.

Einer der älteren Männer bestellt nun auch. *»Jauumm potts fähhh u däschohhh.«*

Das Mallorquí. So richtig hatte ich das nicht auf dem Zettel, als wir uns für Alaró entschieden haben. In Palma war die Sprache, die eigentlich ein Dialekt des Katalanischen ist, eher eine Randerscheinung, der man ohne Probleme ausweichen konnte. Natürlich bin ich manchmal auf Mallorquí angesprochen worden, doch sobald ich auf *castellano*, also Spanisch antwortete, wechselte mein Gegenüber ebenfalls sofort ins Spanische. Im Grunde war es das Gleiche wie damals in Barcelona. Die Zugezogenen sehen es nicht ein, noch eine Sprache zu lernen, die sie sonst nirgends auf der Welt gebrauchen können, und berufen sich darauf, dass man mit Spanisch bereits eine gemeinsame Sprache hat. Die Katalanen und Mallorquiner indes vermögen es nicht zu verstehen, wie man eine derart existenzielle Entscheidung treffen kann, seine Heimat zu verlassen, um nach Katalonien oder auf die Balearischen Inseln zu ziehen, ohne die dort gesprochene Sprache lernen zu wollen. Ein Dilemma, das vermutlich für immer zwischen den Auswanderern und den Einheimischen stehen wird.

»Hier bitte«, sagt der Kellner mit dem pomadigen Haar und dem vernarbten Kinn.

»Gracias.«

Da steht auch schon Marta in der Tür, und ich winke ihr zu. Unsere Vermieterin trägt ein blaues Poloshirt, eine sportliche weiße Hose und dazu Turnschuhe. Sie lächelt sanftmütig, als sie mich entdeckt. Zwar hat sie ihre besten Jahre längst hinter sich, aber sie ist immer noch schön.

»Nun, wie war die erste Nacht im neuen Haus?«, fragt sie freundlich und setzt sich zu mir.

»*Pues*, nicht so gut. Marta, kann es sein, dass ihr uns etwas Wichtiges verschwiegen habt?«

»So, was denn?« Sie wirkt bestürzt.

»Kann es sein ...« Ich schüttele den Kopf, da ich es selbst kaum glauben kann, jetzt, da ich es frage. »Also, kann es sein, dass in unserem Haus noch jemand wohnt? Wand an Wand oder vielmehr Bett an Klo mit uns?«

Martas Gesichtszüge hellen sich wieder auf. »Ach, du meinst Teresa? Sie wohnt seit fast fünfzig Jahren in dem Haus. Seit einer Weile kann sie nur noch mit einem Stock laufen, aber ansonsten ist sie sehr rüstig. Ihr Leben lang hat sie hart in einer der Schuhmanufakturen geschuftet, für die Alaró früher landesweit einen guten Ruf genossen hat. Sie war eine gute Freundin von Rosa. Der separate Eingang zu ihrer Wohnung ist um die Hausecke. Ihr teilt euch nur den zweiten Stock mit ihr.«

»Aha. Kann sie den Garten denn auch nutzen?«

»Nein, aber sie kann von ihrem Wohnzimmerfenster aus in den Hof hinunterschauen.«

»Warum habt ihr uns denn nichts davon gesagt?«

»*Pues*, stört sie euch irgendwie?«

»Nein … Ich hätte es nur gerne vorher gewusst, ob ich im Garten nackt herumlaufen kann, oder nicht.«

»Macht man das in Deutschland?«, fragt Marta keck.

»Äh«, stottere ich, »nicht immer. Also, ich meine, es ist kein Sport oder so, aber in Deutschland wollen die Menschen zumindest wissen, ob sie die Möglichkeit dazu hätten. Ob sie es dann machen, ist etwas ganz anderes. Wir Deutschen zahlen gerne für Optionen, auch wenn wir sie dann nicht nutzen.«

»Tu dir keinen Zwang an. Teresa würde sich sicher freuen.«

Wir lachen.

»Ist das auch der Grund, warum ihr die Tür habt zumauern lassen?«

»Ja. Der Durchgang hat nach oben und durch eine weitere Tür auch in ihre Wohnung geführt.«

Am Tisch der alten Männer erhebt sich plötzlich ein

lautes Raunen, als der Kellner etwas Unverständliches ruft. Wir blicken ebenfalls auf. Da betritt ein großgewachsener Mann die Bar. Obwohl nur eine Handvoll Leute anwesend sind, macht sich eine deutliche Unruhe unter den Anwesenden breit. Selbst Marta zupft plötzlich an ihrem Shirt, schaut kurz zum Busencheck an sich herunter und steckt noch mal das Haar hoch. Der Kellner begrüßt den Mann, der enganliegende Joggingsachen und Laufschuhe trägt, mit einem High five. Einer der alten Dörfler fängt sogar an zu applaudieren.

Der Jogger hat graumeliertes Haar, ein kantiges Gesicht mit unzähligen Lachfalten, die kometenschweifartig von seinen Augen abgehen, und blitzende, fast unnatürlich weiße Zähne, wie diese Zahnarztfrau aus der Fernsehwerbung. Insgesamt erinnert er entfernt an George Clooney, nur ist er ein wenig größer und muskulöser. Er kaut Kaugummi. Nein, er kaut nicht, er zermalmt das Ding förmlich. Mit dem Druck mehrerer Tonnen presst er die Kiefer auf das Kautschukplättchen, dass die Backenmuskeln hervortreten wie bei einem grasenden Rennpferd. Ich hasse solche Typen. Wenn sie den Raum betreten, fühlt man sich wie ein Schuljunge.

»*Com va aixo*, wie geht's, Jaume?«, fragt er den Kellner mit prüfendem, aber herzlichem Blick.

»*Bé, bé*, gut, gut«, antwortet der Kellner hastig, so als ob der andere nur schnelle und möglichst positive Antworten akzeptiere. Ohne dass der Jogger etwas bestellt hat, stellt ihm der Kellner einen *cortado* auf den Tresen.

»*Wer* ist das?«, frage ich Marta leise.

Sie räuspert sich. »Das ist Jaume!«

»Ich meine nicht den Kellner, sondern den anderen.«

»Er heißt auch Jaume.«

»Heißen hier alle Jaume?«

»Er ist der erste Mallorquiner, der den Ironman auf Hawaii absolviert hat, außerdem hat er fünf Achttausender bestiegen und an einem Marathon durch die Sahara teilgenommen. Er arbeitet beim lokalen Fernsehsender als Nachrichtensprecher und ist auf Mallorca richtig berühmt. Vor ein paar Tagen war ein Bericht über ihn in einer großen Zeitung vom Festland.« Marta gerät ins Schwärmen.

Mit einem Auge beobachte ich, wie der Mann den Kaffee abstellt und auf uns zukommt. »Marta«, ruft er, »wie geht's?«

Meine Vermieterin erhebt sich. Küsschen rechts, Küsschen links. Ein herber Schweißgeruch breitet sich am Tisch aus, und ich halte mir instinktiv die Kaffeetasse vor die Nase, um den unangenehmen Geruch mit dem Kaffeearoma zu überlagern.

»Hast du irgendwas mit deinen Haaren gemacht?«

»Si.« Marta errötet leicht.

»*Der* neue Haarschnitt steht dir sehr gut«, sagt Jaume. Dann wendet er sich mir zu.

»Das ist Steve, er ist mit seiner Familie in Rosas Haus eingezogen.«

»Encantat.« Jaume drückt mir so fest die Hand, dass ich vor Schmerzen fast einen Knicks mache. Dabei treten allerorten Adern aus seinem Unterarm hervor, wie Wurzeln aus einem Waldboden. *»Inglés?«*, fragt er.

»Nein, kein Engländer, sondern Deutscher«, sage ich mit schmerzverzerrtem Lächeln.

Jaume lässt schlagartig meine Hand los und widmet

sich wieder Marta, indem er seine Handflächen seitlich auf ihre Schultern legt. »Sehen wir uns bei der Fiesta de Sant Roc?«

»Natürlich«, antwortet sie voller Vorfreude.

»Gut.« Er lächelt, dann küsst er Marta zweimal, nickt den Alten zu und verlässt in langsamen Trab das Café.

Die Spanierin starrt ihm lange nach. Die Art, wie sie Jaume ansieht, und meine pulsierende, angeschwollene Hand sind mehr als eindeutige Indizien: Mit dem Mann kann es noch sehr lustig werden. So lustig, dass mir das Lachen im Hals stecken bleibt.

»Und, was hat sie gesagt?«, fragt Lucia, als ich nur wenig später den Innenhof betrete. Sie schaukelt mit den Kindern in der Hängematte, die ich im Garten zwischen den Bäumen gespannt habe.

»Och«, sage ich und schaue beiläufig zu Teresas Fenster hinüber, aus dem ohrenbetäubend laute Kirchenmusik schallt, »es war keine böse Absicht. Sie dachten, es spiele keine Rolle. Ich glaube ihr, allerdings spielt es für mich doch eine Rolle.«

»Komm erst mal her«, sagt Lucia. »Wann hast du jemals mit uns dreien in einer Hängematte gekuschelt?«

»Noooch nie«, sage ich mit verstellter Monsterstimme und stampfe die kleine Treppe zum Garten hoch.

Die Kinder fangen vergnügt an zu kreischen.

Elf

»Das ist es!«, frohlocke ich am nächsten Morgen und strecke die Glieder in den azurblauen Himmel. »Frühstücken im eigenen Patio mit Blick auf die hauseigenen Orangenbäume – da weiß ich doch gleich wieder, warum wir nach Mallorca gezogen sind.«

»Mal sehen, wie die Strecke morgens so zu fahren ist«, nuschelt Lucia in ihre Müslischale. Sie ist bereits bürofertig gestylt und frisch wie der Morgentau auf einem Minzeblatt.

»Arbeit? Palma? Auto?«, fragt Luna, die riesigen grünbraunen Augen unverwandt auf ihre Mutter gerichtet.

»Ja, mein Schatz«, sagt Lucia. »Und ihr geht heute zum ersten Mal in den neuen Hort. Das wird sicher spannend. So, jetzt muss ich auch schon los.«

Beim Wort »los« flackert schlagartig Panik in Sophies Augen auf. »Nicht geeehen!«, schreit sie und steigert sich langsam, aber sicher in eine Schreischleife hinein.

»Na prima, das war es dann wohl mit dem Idyll.« Ich werfe demonstrativ meine Nutellastulle zurück auf den Teller.

»Mama kommt ja bald wieder, mein Hase, und dann gehen wir alle zusammen ein tolles Eis essen.«

Immer dieses »und dann« denke ich. Wieso reicht nicht ein »Mama kommt ja heute Abend wieder«? Nein, es muss jedes Mal ein »und dann« folgen, meist verbunden mit dem Versprechen auf Süßigkeiten oder kostspieligen Fahr- und Hüpfspaß. Als ob es nicht genug wäre, nach der Arbeit gesund und munter wieder hier aufzuschlagen und sich das Gemaule anzuhören. Ist doch auch etwas. So ein Nachhausekommen. Schließlich kann alles Mögliche passieren. Lucia verliebt sich in den Getränkemann im Büro. Oder ein Unfall auf der Autobahn. Oder ein Tsunami, der die Straßen hochspült.

Es kommt, was kommen muss.

»Nein, jäääzzz Eiiis«, jault Sophie, als ginge es um Leben und Tod.

»Gut, ich geh dann mal. Sorry, Schatz«, sagt Lucia und verschwindet.

Ihre Schritte hallen so laut durch den Flur, als würde sie mit Stahlsohlen durch ein altes Gerichtsgebäude tanzen.

»Na gut, Kinder. Dann wollen wir uns mal langsam auf den Weg zum Hort machen.«

Da öffnet sich die Tür des Schuppens an der Westseite zum Innenhof, und zwei sehr freundlich wirkende Rentner sowie zwei weitere, rauchende Männer in Latzhose kommen heraus. Sie tragen alufarbene Koffer und gehen grußlos an uns vorbei.

»Himmel«, schreie ich laut. »*Cómo* … wie kommen Sie denn hier rein?« Ich werfe einen Blick in den Schuppen, um sicherzugehen, dass nicht noch mehr Handwerker wie aus dem Nichts vor uns auftauchen. »Was machen Sie um acht Uhr morgens in Latzhose in unserem Patio?«

»*Bueno*, wir sind durch die Tür reingekommen«, antwortet einer der beiden älteren Männer.

»Welche Tür?«, frage ich völlig entgeistert.

»Nun, der Schuppen führt durch eine Tür zu einer Garage und die Garage zur Seitenstraße. Zu der Garage habe ich den Schlüssel. Hat Marta denn nichts gesagt?«

Während einer der Handwerker im Haus verschwindet, holt der andere eine Bohrmaschine aus seinem Koffer, schließt sie an eine Außensteckdose an und malträtiert eine der Wände, als hätte sie ihm was getan.

Die Kinder schreien beide auf und halten sich die Ohren zu.

Was Sophie nicht davon abbringt, auf ihrem Eis zu bestehen. »Eiiis!«

Über uns öffnet sich ein Fenster, und eine alte Frau mit lilastichigem Haar und gutmütigem Gesicht schaut heraus. Das muss Teresa sein.

»*Hola*, Teresa!«, brülle ich hinauf. »Wir sind die neuen Nachbarn!«

»Ehhh?« Sie verzieht fragend das Gesicht.

»*Vecinos!*«, wiederhole ich im Wettstreit mit den wütenden Maschinen.

Da entdeckt Teresa die Kinder. Sie verschwindet kurz, taucht mit einer Handvoll Bonbons wieder auf, wirft sie wie bei einer Hühnerfütterung auf den Hof und schließt das Fenster. Während Luna davon völlig unbeeindruckt bleibt, sucht Sophie jammernd den Boden nach dem Lutschzucker ab.

»Was hätte Marta denn sagen sollen?«, brülle ich.

»Sie lassen die Warmwasserrohre und Elektroleitungen austauschen. Außerdem sollen wir die Möbel abholen, die ihr aussortiert habt.«

Gut, denke ich, wenn sie schon mal da sind, werde ich sie kaum wegschicken. Wer weiß, wie lange ich sonst wieder auf Hilfe warten müsste.

🔈 🛠 *RATATATATATATA.*

»Ja, aber ich muss gleich die Kinder in den Hort bringen. Der Zeitpunkt ist etwas ungünstig.«

Das eben noch so friedliche Frühstück bei flatternden Schmetterlingen und Milchkaffee hat sich in Großbaustellenstimmung verwandelt. Ich bedeute den beiden älteren Männern, mir ins Haus zu folgen, da wir einige der aussortierten Möbel im Eingangsbereich deponiert haben.

Die Bohrgeräusche sind hier nicht mehr ganz so laut, doch die Kinder sind trotz Teresas Bonbons nicht zu beruhigen. Mit ausgestreckten Armen springen sie an mir hoch, was heißt, dass ich sie auf den Arm nehmen soll. Ich lasse mich nicht darauf ein und weise stattdessen die Männer so gut es geht an.

»Sie können mit den beiden antiken Betten und ein paar von den Schränken anfangen, die ich schon auseinandergeschraubt habe. Bis sie die weggebracht haben, bin ich sicher wieder da.«

»In Ordnung«, sagt der Mann, der sich als Vicens und Ehemann Montserrats vorstellt.

»So, Kinder, los geht's.« Zielsicher greife ich zu Schlüssel und Portemonnaie, die ich gestern wie immer am Eingang auf der Kommode platziert habe. Doch ich fasse ins Leere. Alles ist weg.

Ich sehe mich um. Nichts. Nur die beiden Rentner, die gerade unseren kenianischen Sofatisch an mir vorbeischleppen.

»*Nooo!* Diesen doch nicht.«

»Oh, *lo siento*, Entschuldigung.«

»Eiisss und Aaammm, Papa!«, schreien die Kinder.

Mir wird ganz flau im Magen. Ich bin mir sicher, dass ich die Sachen dort hingelegt habe. Planlos reiße ich irgendwelche Schubladen auf und klopfe mir die Hose ab wie vor dem Sicherheitscheck am Flughafen. Nichts. Geklaut! Jemand muss von der Straße durch die Tür ins Haus gekommen sein, als wir noch gefrühstückt haben, und die Sachen mitgenommen haben. Ich werde wahnsinnig. Führerschein, Personalausweis und die Kreditkarten, alles weg. Es wird Monate dauern, bis ich das wieder zusammenhabe. Ich bin erledigt.

»Eiiisss!«

Rööönnn.

Taumelnd wie ein angezählter Boxer, tänzele ich zu einem der herumstehenden Korbstühle und lasse mich darauf sacken. »Konsulat, Kreditkartensperrung, Flug.«

»*Qué te pasa,* was ist los mit dir?«, fragt einer der Opas im Vorbeifliegen. In der Hand hält er den Spiegel, den ich Lucia zum Einzug in unsere erste gemeinsame Wohnung in Köln geschenkt habe.

»*No*«, hauche ich tonlos und merke, wie mir langsam das Blut vom Kopf in die Füße fließt. Das könnte eine ausgewachsene Ohnmacht werden. Hatte ich schon mal. In einem Travestieschuppen in Köln beim Junggesellenabschied. Gott sei Dank war's nicht meiner. »Den auch nicht«, sage ich und füge hinzu: »Sie haben alles geklaut. Alles!«

»Bitte?« Vicens ist bestürzt.

»Ich habe alles da hingelegt. Da vorne. Und nun ist es weg«, bringe ich mit letzter Kraft hervor.

Der ältere Mann blickt mich mitleidig und verwundert an. Auch der andere Greis bleibt nun wie eingefroren stehen, als hätte die Musik bei der Reise nach Jerusalem ausgesetzt. Obendrein schaut auch noch einer der Handwerker um die Ecke und schaltet die Bohrmaschine ab. Er scheint mitbekommen zu haben, dass irgendwas nicht stimmt.

»Ja, das kann hier ruhig jeder hören. Alles ist geklaut. Wir wohnen keine zwei Tage hier, und schon ist alles weg. Ein schönes Dorf ist das hier, da fühlt man sich doch gleich willkommen. Wo ist eigentlich der zweite Handwerker. Da war doch noch einer, der ins Haus gelaufen ist? Heh?«

»*Estic aqui*«, ruft der Mann von oben auf Mallorquí und schreitet gemächlich die Treppe bis zur Hälfte herunter, damit ich ihn sehen kann. Er hat etwas von einer sehr grimmigen Muräne. »Gibt's ein Problem?«

»Aaaammm«, heult Sophie.

»ES GIBT JETZT KEINEN ARM UND AUCH KEIN EIS!« Mir springt fast die Halsschlagader heraus.

Vincens zuckt befremdet zusammen. Die Kinder fangen nun erst recht an zu weinen.

»Vielleicht haben Sie meinen Schlüssel und die Brieftasche irgendwo gesehen?«, wende ich mich an den Handwerker mit dem leicht durchgedrehten, übersanften Ton eines Psychokillers.

»Pfff!«, macht der Mann nur und stapft die Stufen wieder hoch. Kurz darauf setzt von oben erneut Gehämmer ein.

»Bestimmt hast du es irgendwo in den Kartons. Du bist bloß nervös, sicher wird alles gut«, sagt Vicens. Erstaunlich genug, in Anbetracht der Tatsache, dass ich ihn und die Handwerker gerade des Diebstahls bezichtigt habe.

RöööonnnRatatatatataBUMBUM.

»Nein, ich bin ganz sicher, ich habe beides dort hingelegt.«

»Hmm.« Vicens nickt verständnisvoll. »Das ist schlimm. Ich habe mal meine Brieftasche auf dem Autodach liegen lassen, nachdem ich getankt hatte. Es hat acht Monate gedauert, um alle Papiere wiederzubekommen, und einmal musste ich sogar nach Barcelona fliegen.«

Diese Information hat mir gerade noch gefehlt, du Motivationskünstler.

»Wie soll denn jemand von der Straße hier reingekommen sein? War die Tür denn nicht abgeschlossen?«

»Nein«, sage ich überrascht. »Deine Frau und ihre Schwestern haben gesagt, dass wir das hier im Dorf nicht bräuchten. Die Leute würden sich kennen und vertrauen. Mir hat der Gedanke gefallen, daher war die Tür zwar geschlossen, aber nicht abgeschlossen.«

»Was? Ja, das war vor vierzig Jahren vielleicht so, aber heute muss man immer abschließen. Die Dörfer haben sich stark verändert, ständig kommen und gehen die Leute.« Vicens kratzt sich an der hohen braunen Stirn mit dem schlohweißen Haarkranz. »Mach dir keine Sorgen, ich werde gleich losgehen und ein Ersatzschloss kaufen.« Auch die Bohrmaschine ist nun wieder im Einsatz.

Der andere Mann hält hinter ihm eines von den Jesus-Obst-Bildern hoch.

»Ja das kann weg«, sage ich. Dann drehe ich mich

von den quengelnden Kindern weg und rufe bei Lucia im Büro an.

»*Si*«, sagt Lucia mit diesem nüchternen Bürotonfall, bei dem klar ist, dass alle mithören.

»*Cariño*, die haben hier alles geklaut. Verdammtes Kuhdorf. Brieftasche und alle Schlüssel sind weg.«

»Ach, komm, das glaube ich ja jetzt nicht. Hast du alle Hosen gecheckt?«

»Was heißt hier alle? Ich habe überhaupt nur zwei kurze Hosen.«

Röööönnnnnn.

»Was ist denn das für ein Krach?«

»Es sind Handwerker da«, brülle ich. »Sie sind einfach aus dem Nichts hier aufgetaucht und waren in der Überzahl. Such bitte mal im Netz die Nummer von meiner Kreditkartengesellschaft heraus, ohne Internet kann ich das hier nicht selbst.«

»Okay.«

Eine Minute später rufe ich eine endlos lange Nummer an, die Lucia mir per SMS geschickt hat.

»Hello-this-is-our-customer-service-line«, schallt ein Roboter-Stakkato aus der Muschel.

Jetzt muss ich mich auch noch stundenlang auf Englisch per Tastendruck bis zu einem Mitarbeiter durchkämpfen. Ich hasse diese Dinger.

»*Hello?*«, meldet sich die Stimme erneut.

»Äh … *hello*?«, frage ich verwundert zurück. Offensichtlich sind die automatischen Anrufbeantworter mittlerweile sehr intelligent programmiert, oder sie haben ein paar Call-Center-Agents mit der Software gekreuzt.

»Sir-how-can-I-help-you?«

»Ach so. *Yes, my credit card has been stolen.*«

»Ich-wiederhole-Ihre-Kreditkarte-wurde-gestohlen.«

»Stimmt genau.«

»Sir-bitte-nennen-Sie-mir-jetzt-die-Kreditkartennummer.«

»Sie haben nicht verstanden«, erkläre ich der Maschine. »Ich habe keine Karte. Sie ist weg, geklaut.«

»Ich-wiederhole-Ihre-Kreditkarte-wurde-gestohlen.«

»Ja, genau. *So I don't have number. Credit card is away*, äh, *gone*.«

»Sir-bitte-nennen-Sie-mir-die-Kreditkartennummer-jetzt.«

»Hallo? Ist das hier *Versteckte Kamera* mit Paola und Kurt Felix?«

»Sorry-Sir?«

»Ich habe Ihnen gesagt, mir ist die Kreditkarte geklaut worden, und Sie wollen die Nummer haben, die auf der Karte steht?«, schreie ich das Ding an.

»Richtig-Sir.«

Ratatatatatatatatatat, AAAmmm, Eissss, Rööönnn, Klingelingbrotz.

Es sind dies die Momente, in denen sich in mir die Zeit dehnt. Aus Sekunden werden Stunden. Aus Stunden Tage. Momente, in denen ich mich wie ein Astronaut von der Raumstation abkoppele, schwerelos im All dahindümpele und unser Sonnensystem aus der Distanz betrachte. Das Ganze wird urplötzlich furchtbar klein und übersichtlich, so, wie auf den hinteren Seiten eines Schulatlanten.

Vor mir sehe ich einen riesigen, größtenteils flüssigen Ball, der Erde heißt, und mit über einhunderttausend Stundenkilometern durch das unendliche

Weltall heizt, ohne dass irgendwas von ihm abfällt. Wobei sich mir bei dem Wort »unendlich« kurz der Magen kräuselt. Auf dem Ball, und offenbar nur auf diesem Ball, existieren eigenartige Lebewesen wie das Okapi, der Kussfisch, der Nasenbär und der Mensch, die alle irgendwann aus dem Wasser gekommen sein sollen. Wasser – auch so etwas, das ich nicht verstehe. All diese Lebewesen rasen nun völlig isoliert und für einen überraschend kurzen Zeitraum auf diesem Ball durchs All. Urheber? Absichten? Unbekannt. Zumindest die Menschen haben weder eine Ahnung, woher sie kommen oder warum sie da sind, noch, wohin sie gehen.

Die Erde kreist um ein noch größeres bizarres Gebilde namens Sonne, das einhundertfünfzig Millionen Kilometer von ihr entfernt ist. In ein paar Milliarden Jahren wird die Sonne einfach so erlöschen, aber noch sorgt sie dafür, dass wir braun werden und die Tomaten wachsen. Während Kussfisch und Konsorten einen relativ klar vorgegebenen Tagesablauf haben, der hauptsächlich aus reproduzieren, fressen und nicht gefressen werden besteht, hat der Mensch sich irgendwann mal überlegt, dass er dem Räuber-Beute-Schema entkommen könne, indem er selbst andere Lebensformen züchtet. Dann bliebe ihm auch genug Zeit für *Donkeykong*, Oldtimerrallyes und Rhönradfahren.

Da sicher nicht alle gleich gut züchten können, sollten nur einige wenige kultivieren, während alle anderen in einer gestaffelten Lose-Win-Kette vom Erzeuger bis zum Konsumenten mitverdienen oder Dinge herstellen sollten, die eine Kultivierung noch leichter und effektiver machen. Als die Menschen aufgrund der entspannten Versorgungslage immer zahlreicher wurden, war in diesen Ketten plötzlich kein Platz mehr. Neue Ketten und damit neue Produkte mussten her. Aber es gab ein Problem: Alles, was die Menschen wirklich brauchten, existierte bereits. Also erschufen sie Produkte, die keiner brauchte, wie Nasenhaartrimmer, Bauch-Weg-Trainer, elektrische Muttermilchpumpen, Pfefferstreuer mit eingebauter Taschenlampe und Autositzheizungen, und beauftragten andere Menschen damit, wiederum andere davon zu überzeugen, dass diese Produkte unverzichtbar seien.

Damit die Menschen die Produkte, die sie nicht brauchten, auch wirklich immer kaufen konnten, bekamen sie eine Plastikkarte mit einer endlos langen Nummer darauf.

Wenn diese Karte nun also, wie in meinem Fall, geklaut wird, muss der Geschädigte irgendwo am anderen Ende der Welt anrufen. In Michigan vielleicht. Am anderen Ende der Leitung sitzt eine Frau. Sie stellt sich am Telefon nicht vor, aber das ist egal. Ich will sie mal Mandy nennen und male mir aus, dass Mandy und ihr Mann Harold, der stellvertretende Leiter einer Fastfoodkette, zwei nette Kinder haben, die Betty und John heißen.

Heute hat Mandy Nachtschicht. In letzter Zeit hat es viel geregnet, und die Straßen sind rutschig, deshalb fährt sie heute langsamer als sonst und kommt genau vier Minuten zu spät zur Arbeit. Schnell legt sie ihren Mantel ab, grüßt die Kollegen und setzt sich das Headset auf. Ein Knopfdruck, und ihre Leitung ist freigeschaltet. Es klingelt, und ein Mann ist dran, irgendwo am anderen Ende der Welt. Im Hintergrund sind Bohrmaschinen und Kindergeschrei zu hören. Dieser Mann bin ich.

In Momenten wie diesem frage ich mich, warum die Welt so ist, wie sie ist. Warum wir uns selbst von allem wegführen, was mit uns zu tun hat. Warum wir nicht mehr alle nackt in einem Wigwam sitzen und Lieder singen. Diese Fragen werfen mich auf den Nukleus meines Daseins zurück: *amor*, Liebe, *love*.

Auf einmal werde ich ganz ruhig, sehe Sophie und Luna an. Sie stehen vor mir. Verheult und verzweifelt. Wenn die Welt für mich zuweilen schon vertrackt und sinnlos ist, wie muss es dann erst für sie sein?

»*I will call you back, Mandy … or not*«, flüstere ich in den Hörer.

»*I am not Mandy. I am …*«, tönt es noch aus der Muschel, bevor ich das Gespräch mit einem Tastendruck beende und den Hörer weglege.

»Kommt her, meine Engel«, sage ich zu den Kindern und schließe sie in die Arme.

»Wenn jemand meine Kreditkarte in irgendeinem Geschäft benutzen will, kommt jetzt zwar nicht die Polizei, aber sie werden ihn tüchtig auslachen, bei meinem Kontostand.« Ich lächle zwischen ihren Köpfen hindurch. Die beiden sind etwas verschwitzt von der vielen Heulerei.

»Ich bringe euch jetzt erst mal zum Hort. Alles andere kann warten.«

»Meine Tasche«, sagt Luna, »oben.«

»Na gut, ich hole sie dir schnell.«

Ich springe mit ihr auf dem Arm und Sophie an der Hand die Treppe hoch, vorbei am Muränenmann, der gerade irgendwelche Kabel ins Kinderzimmer zieht. In der Mitte des Raumes erhebt sich ein pyramidenförmiger Berg von Klamotten, auf dessen Gipfel Lunas Tasche thront. Gleich darunter liegt etwas, das mir sehr bekannt vorkommt: meine Hose. Die dritte. Ich nenne sie den »Kneifer«, weil darin mein allerheiligstes Dreigestirn so eng eingeschnürt wird wie ein Meisenknödel.

Den Kneifer ziehe ich nur im größten Notfall an, etwa wenn die anderen beiden Hosen in der Wäsche sind und ich niemanden treffen muss. Schon als ich den Kneifer anhebe, ist er unnatürlich schwer, zudem wirkt die Seitentasche etwas ausgebeult. Ein Griff hinein, und die Sachlage ist klar: Der Kneifer war's. Eine fast kindliche Freude überkommt mich, und es fühlt sich ein bisschen so an wie damals, als ich an Weihnachten die Carrera-Bahn bekommen habe. Die vierspurige. Mit Rennwagen, die kleine Scheinwerfer hatten und einfach so die Spur wechseln konnten.

Auf dem Weg nach unten wedele ich dem Muränenmann mit der Brieftasche zu und klopfe ihm im Vorbeigehen damit auf die Schulter.

»Joder«, sagt er und freut sich kein bisschen.

Unten ist Vicens bereits dabei, das Schloss auszuschrauben.

»Vicens, warte!«, rufe ich hastig. »Ich habe die Sachen gefunden, es hat doch niemand was geklaut. Sieht ganz so aus, als hätte deine Frau recht gehabt. Tut mir leid, dass ich euch … na ja, verdächtigt habe.«

Vicens lässt sofort von der Tür ab, läuft auf mich zu und legt mir brüderlich die Hände auf die Schultern. »Schon gut. *Dios mio*, ich hätte mich sonst wirklich für die Leute hier geschämt.«

»Gut, dann bringe ich jetzt mal die Kinder weg. Bin gleich wieder da.«

»Vale«, sagt er und lächelt.

Der Weg zur *escoleta*, dem neuen Kinderhort, ist nicht sehr lang, vielleicht fünfhundert Meter. Kein Vergleich zu *El monito* in Palma, da waren es einige Kilometer. Doch die paar Meter haben es in sich, zumal ich mich gegen den Kinderwagen entscheide und mit den Zwillingen laufe.

Zunächst läuft alles prima. Die Sonne erhebt sich langsam von Osten her und beschattet die engstehenden gassenartigen Sträßchen aufs Angenehmste. Wie sandfarbene Bänder fassen die kleinen, freundlichen Dorfhäuser den Asphalt ein, unterbrochen nur von den grünen *persianas*, den hölzernen Fensterläden, die man hier überall sieht. Viele Türen stehen offen und erlauben einen kurzen Blick ins Innere der Häuser, genau wie es die vier Schwestern beschrieben haben. Die Entrees ähneln sich mit ihren immer wiederkehrenden Elementen. Schaukelstühle, Messingtöpfe, Kommoden und Ölbilder.

Eine ältere Frau kommt uns entgegen. Sie hat die klassische Kofferform. Schulter, Rumpf und Rocksaum bilden ein perfektes, massives Viereck, aus dem zwei knöcherne Waden ragen, die jederzeit wie Salzstangen zu bersten drohen. Ich grüße freundlich auf Mallorquí und sage: »*Bon día.*« Sie eiert einfach weiter, ohne uns zu beachten.

Dann kommt das erste Auto, die Straße herunter. Das wird eng, denke ich, denn hier gibt es keine Bürgersteige, keine Bauminseln und auch keine Einfahrten. Nichts, wohin man springen könnte.

»Autooo, an die Seite!«, rufe ich.

Der tiefergelegte Sportwagen nähert sich zügig. Sophie bekomme ich gerade noch gepackt und ziehe sie zu mir an die Häuserwand, Luna dagegen steht ein Fußbreit auf der Straße. Das reicht, und so touchiert der Seitenspiegel des Wagens sie leicht am Hinterkopf. Zum Glück kommt sie mit einem Schrecken davon.

»He!«, rufe ich dem Fahrer hinterher und versuche einen Blick ins Innere des Wagens zu werfen. Ich kann das Profil eindeutig erkennen. Es ist Jaume. Der Bergsteiger und Moderator. »Nichts passiert«, besänftige ich Luna und fahre ihr liebkosend über den Kopf. »Wir müssen hier offensichtlich noch mehr aufpassen als in der Stadt.«

Die Straße öffnet sich kurz und wird zu einer pittoresken Plaza, auf der ein stillgelegter öffentlicher Brunnen thront. Ein paar Meter weiter fällt mir ein hässlicher, fensterloser Klotz in Schweinchenrosa auf, der so gar nicht zu den urigen Steinhäusern passen will. Teatre Alaró steht über der Tür des Gebäudes.

»Sogar ein Theater haben die hier«, sage ich mehr zu mir selbst als zu den Kindern. »Vielleicht spielt Papa hier ja mal irgendwann Gitarre.«

Sophie lacht und gerät selbstvergessen immer wieder auf die Straßenmitte. Das kann ja noch heiter werden.

Wie aus dem Nichts spricht plötzlich eine laute, verzerrte Stimme zu mir. Ich zucke zusammen und ziehe instinktiv die Kinder zu mir heran. Was ist das denn jetzt schon wieder? Jugendliche, die Passanten auflauern und fremde Leute durch ein Megaphon anbrüllen? Nein, dafür ist die Stimme zu getragen und brüchig.

Gott!, durchzuckt es mich. Das kann nur Gott sein. Meine Stunde ist gekommen. Er will mir die Leviten lesen, für all die Ungeduld und das viele Hadern mit den Kindern. Doch eigenartigerweise kann ich nicht verstehen, was er sagt. Abgesehen davon scheint er nicht nur mich zu meinen. Seine Worte hallen über das ganze Dorf hinweg und überlagern sich wie Echos. Ich schnappe ein paar Brocken auf. Von *pau*, Friede, und *déu*, Gott, also ihm selbst, ist da die Rede. Gott spricht Mallorquí! Das ist nun wirklich verblüffend. Aber warum hier? Warum jetzt? Und wieso klingt Gott so grauenhaft verzerrt?

Eine Drehung, dann sehe ich ihn.

Gott ist ein Lautsprecher, der an einer Laterne hängt. Vielmehr hängt er überall, wie mir nun auffällt, an quer gespannten Kabeln, Dachgesimsen und Strommasten. Das ganze Dorf ist voller Lautsprecher. Schließlich beendet die laute Stimme mit einem Klick die Ansprache, und Julio Iglesias beschallt die leeren Straßen und Gässchen.

Der Klang katapultiert mich zurück in eine Umkleidekabine im Norden Spaniens, in der ich übernachtet habe, als ich vor der Geburt der Zwillinge mit dem Rad auf dem Jakobsweg unterwegs war. Bei der Musik habe ich sofort wieder die beiden katalanischen Pilger und den Aufseher vor Augen. Doch bis ich den Kopf an jenem Abend auf die durchgelegene Schaumstoffmatratze betten durfte, hatte ich eine wahre Höllentour hinter mir.

Dabei hatte die Strecke vom Flughafen nach Bilbao, die ich am Tag meiner Ankunft in Spanien bewältigen wollte, auf der Karte wie ein Katzensprung gewirkt. Schließlich war sie nur einen Fingernagel breit, und auch so etwas wie ein Relief war nicht zu erkennen gewesen.

Noch war ich weit entfernt von meiner Unterkunft, als ich mit dem Rad etliche Kilometer vor den Toren von Bilbao in einer tristen, feuchten Almlandschaft stand, deren Kuppen im Nebel verschwanden. So verbarg sie geschickt ihre wahren Ausmaße vor mir. Die Täler hingegen lagen klar und gelangweilt vor mir. Giftige Dämpfe stiegen ringsherum empor, und es zischte aus löchrigen Industrieanlagen. Alte Kräne ächzten und stöhnten hie und da, nur unterbrochen von dem Klirren aufeinanderschlagenden Metalls. Mordor. Ein Ort des Grauens.

Wie sollte ich hier eine spirituelle Reise beginnen, von der ich ehrlich gesagt gar nicht genau wusste, warum ich sie überhaupt machte? Ich wusste ja nicht mal, was das Wort spirituell eigentlich bedeutet. Ich hatte so meine Assoziationen dazu: Schamanen, die im Bärenfell über Feuer hüpfen oder Giftbrei anrühren. Aborigines, die in der australischen Steppe auf einem Bein stehen und brummen. Verhärmte Manager um die sechzig, die in schneeweißen Gewändern anfangen, an den Ufern des Neckars Mantras aufzusagen. Nur was hatte das alles mit mir zu tun?

Vielleicht war es die finale Chance, vor der Geburt der Zwillinge noch mal auszubrechen und das Gefühl zu genießen, zum letzten Mal in diesem Leben nur für mich selbst verantwortlich zu sein. Falls ein Mensch das überhaupt je ist. Trotz dieser Argumente kam mir der ganze Akt irgendwie lachhaft und ein wenig fadenscheinig vor. Als ob ich für ein fragwürdiges Gefühl von Freiheit mit dem Fahrrad durch triste Industriegebiete zum Grab eines mir völlig unbekannten Apostels fahren müsste, während Lucia in Deutschland die Zwillinge in einem riesigen Fass vor sich her trug, mit dem sie kaum noch die Treppe hochkam. Aber für derartige Zweifel war es nun zu spät.

Langsam rollte ich in Richtung Bilbao los. Ich wollte so schnell wie möglich ans Meer und von dort die rund sechshundert Kilometer an der Küste entlang Richtung Westen nach Santiago de Compostela fahren.

Die ersten beiden Berge bezwang ich allein dank der Hoffnung, auf der anderen Seite bereits das Meer sehen zu können. Stattdessen stand ich vor dem baskischen Matterhorn. Zu allem Übel setzte auch noch heftiger Regen ein, und ich sah mich letztlich genötigt, die Regenkombi mit den Sicherheitsstreifen überzuwerfen. Die hatte Lucia mir gegen meinen Willen eingepackt, wie eine Mama, die ihrem Kind das ungeliebte Pausenbrot mit Schmierkäse in den Ranzen steckt. Ständig wurde ich angehupt, die Steigung nahm kein Ende, und selbst die Abfahrt wurde zur Quälerei. Je näher ich Bilbao rückte, desto breiter wurde die Straße, und ehe ich's mich versah, landete ich statt am Meer auf der vierspurigen Stadtautobahn.

Ich passierte die tristen Plattenbauten der Vorstädte, dann Industrieboulevards einer vergangenen, besseren Zeit und fuhr unbewusst immer schneller an dem Fluss entlang, der die Stadt teilt. Jeder Fluss mündet irgendwann ins *Meer*, beschwor ich mich selbst. An einer Stelle neben einer Chemiefabrik atmete ich ein süßes Gas ein, das mir die Kehle aufraute und nach alten Mirabellen schmeckte. Mein Tacho zeigte vierunddreißig Stundenkilometer an.

Der heilige Santiago dagegen zeigte Milde mit mir, denn die Landschaft um mich herum veränderte sich. Aus den Industriekomplexen wurden allmählich stattliche Wohnblöcke und anstelle der Kräne flankierten ehrwürdige Platanen die Ausfallstraße. Mein Puls beruhigte sich, ich war tatsächlich am Meer.

Bereits nach wenigen Kilometern an der Küste klarte es auf, und die ersten Sonnenstrahlen meiner Pilgerreise knallten mir auf den Helm. Alles wird gut, sagte ich mir. Regencombo ausziehen, Stulle essen, durchhalten.

Nach weiteren vierzig Kilometern erreichte ich Castro Urdiales, einen malerischen Ort mit einem alten Fischerhafen. Ich beschloss, für die Nacht hierzubleiben, und suchte die örtliche Pilgerherberge auf.

Ich hatte mir vor meiner Abreise viel darunter vorgestellt, am ehesten vielleicht eine Jugendherberge für Erwachsene oder ein Kloster oder, im schlimmsten Fall, eine heruntergekommene Pension, die von der Stadt unterhalten wird. Doch ganz sicher hatte ich keine Umkleidekabine in einer Tennishalle erwartet. Aber genau das war es. Als man mich zu der Halle schickte, war ich noch der Überzeugung, es gehe darum, dort jemanden zu finden, der mir dann die Pilgerherberge aufsperrte, vermutlich eines der vielen kleinen putzigen Natursteinhäuser. Doch als ich dem kleinen, geckoartigen Mann im Eingangsbereich erklärte, dass ich ein Pilger sei, führte er mich wortlos den Gang hinunter zur Männerumkleide. Dort lagen zwischen Umkleidebänken und den Duschen drei vermilbte Schaumstoffmatratzen nebeneinander auf dem Boden. Auf zweien davon waren bereits Wanderrucksäcke deponiert, die dritte konnte ich haben.

»Um zehn Uhr wird das Licht ausgeschaltet und die Musik auch«, sagte der Mann.

»Welche Musik?«, fragte ich.

Er deutete auf einen der Deckenlautsprecher, aus dem leise Julio Iglesias in die Kabine sudelte, und schloss die Tür.

»Können Sie die Musik nicht gleich ausmachen?«, rief ich ihm noch hinterher.

Als ich mich gerade aus meinen Radklamotten schälte, kam ein katalanisches Paar Anfang zwanzig herein. Meine Pilgerkollegen waren schüchtern, aber freundlich. Der Mann hatte einen Fusselbart und war extrem abgemagert. Sie hingegen war noch recht rund und kindlich, mit kleinen Titten, die durch ihr T-Shirt wie Igelschnauzen aussahen.

»Wir sind zu Fuß unterwegs, seit vielen Wochen, und bereits auf dem Rückweg nach Barcelona«, erklärten sie mir.

»Wollt ihr vielleicht ein paar Schokokekse?«, fragte ich und hielt ihnen die Packung hin.

»Gracias.« Sie nahmen das Angebot gerne an und wollten sich mit einem Bohneneintopf aus der Dose revanchieren, den ich dankend ablehnte.

Der Ort hatte wirklich Charme, wie ich bei meinem kleinen Ausflug feststellte. Im Hafen wiegten sich die kleinen hölzernen Boote friedlich im Takt des Meeres, während das warme Licht der Abendsonne die mittelalterlichen Gässchen rund um den Kirchberg erhellte. Wo sie nicht mehr hinschien, standen überall schon die Männer in den Hauseingängen. Ältere Männer. Zu alt für die Sonne. Die Dämmerung kam ihnen gerade recht, denn da gerieten sie in Stimmung. Mit ihren karierten kurzärmeligen Hemden und den Bundfaltenhosen, die Hände hinterm Rücken verschränkt, schauten sie den jungen Frauen hinterher und dachten sich ihren Teil. Langsam strömten auch die ersten Großfamilien aus den Häusern. Nach der kleinen obligatorischen Runde am Hafen verschwanden sie in den vielen kleinen Restaurants mit Meerblick. Hier war Spanien endlich so wie in den Prospekten.

Als ich in die Tennishalle zurückkam, lagen die Katalanen schon auf ihren Matratzen und lasen. Ich warf mich auf den freien Schaumstofflappen. Mit der Karte in der Hand überlegte ich gerade, wie weit ich am nächsten Tag wohl fahren könnte, da hörte ich Stimmengemurmel auf dem Gang, das immer lauter wurde. Die Tür zu unserer Kabine öffnete sich, und eine Horde gutgelaunter, braungebrannter Opas spazierte herein. Ohne uns auch nur eines Blickes zu würdigen, streiften sie flink die langen Sommerhosen, karierten Hemden und die Feinrippunterwäsche ab, bis sie nackt neben, zwischen und über uns standen. Obwohl mir ihre betagten Glockenspiele schon fast gegen die Stirn bammelten, ließen sie sich nicht aus der Ruhe bringen. Mit der Abgeklärtheit des Alters zogen sie sich die antiquierten Tennishosen knapp bis unter die Achseln, ohne auch für eine Sekunde ihre Unterhaltung über irgendwelche Lokalthemen einzustellen. Bei derart hochgezogenen Hosen hätten sie nun wahrlich keine Oberteile mehr gebraucht, doch nachdem sie den Stoff über ihre bronzefarbenen Bäuche gestreift hatten, entschwanden sie genauso gutgelaunt, wie sie hereingekommen waren.

Noch eine ganze Weile hörten wir ihre laute, angeregte Unterhaltung durch die Gänge hallen, bis langsam, aber sicher wieder Julio Iglesias buttrig aus dem Deckenloch ertönte.

Ich schaute zu den Katalanen hinüber, die schon etliche hundert Kilometer in den Beinen hatten, und fragte: »Sagt mal, sind alle Pilgerherbergen so?«

Sie lachten.

Um 20.45 Uhr kam der Hallenwart alias Herbergsvati herein und sagte, wir sollten uns jetzt besser die Zähne putzen, denn gleich werde er das Licht und die Musik ausmachen, jawohl, auch die Musik.

»*Vale*, machen wir«, antworteten wir artig im Chor.

Also putzten wir uns brav die Zähne und legten uns auf die Matten, den Blick auf den kleinen Deckenlautsprecher gerichtet, aus dem wir dank Julio erfuhren, was Liebe so alles mit einem anrichten kann. Plötzlich knisterte es im Klangbild, und das Signal wurde schwächer. Vielleicht ein Orkan über dem Atlantik? Sollte der heilige Jakob meine Gebete jetzt schon erhört haben, nach nur fünfundsechzig, wenn auch höllenhaften, Kilometern?

Dann verstummte das Signal abrupt, und mit einer schier unglaublichen Lautstärke blökte die nasale Stimme des Hallenwarts aus dem Lautsprecher: »In fünf Sekunden geht das Licht aus und die Musik, jawohl, auch die Musik!«

»Wieso habe ich nur das Gefühl, dass er das Ausschalten der Musik als pädagogisches Druckmittel benutzt?«, fragte ich den Katalanen.

»CINCO ...«, der Hallenwart zählte runter, »CUATRO ... TRES ...« Ich stellte mir vor, wir wären ein internationales Forschungs- und Astronautenteam, das zu einer defekten Raumstation hochgeschossen werden soll. »DOS ...« Wir waren jahrelang auf diesen Moment vorbereitet worden, und nun kam es drauf an. Eine einzige Fehlzündung würde das Projekt mittelfristig gefährden und Millionen verschlingen. »UNO ...« Zündung!

Nee, nur Licht aus. Mit einem »Plopp« verabschiedete sich der Boss von uns. Roger, Over und Aus, dachte ich.

Weit gefehlt. Durch ein schmales Fenster in der Umkleide drang von draußen ein schwaches indirektes Licht herein, das die Umkleide in ein dunkles Blau tauchte, so, als befänden wir uns auf dem Meeresgrund. Es war totenstill.

»Graaahhh«, schrie plötzlich der Katalane und schnellte, einem Klappmesser gleich, mit dem Oberkörper empor.

»*Que*, was ist?«, rief ich und schnellte mit hoch.

Doch er schien mich gar nicht zu hören, sondern schmierte seinen nackten, bläulich leuchtenden Oberkörper hektisch mit irgendeiner Creme ein. Dabei machte der Katalane Geräusche, als wäre der Gehörnte persönlich im Anmarsch, während er in einem Ameisenhaufen festsaß. Es klang nach einem panischen Kieksen. Vermutlich war es nur ein ganz normaler Kampf zwischen einem handelsüblichen Dämon und einem zur Läuterung bereiten Pilger. Das wird mir auch noch blühen, dachte ich und legte mich wieder hin.

Seine Freundin versuchte ihn derweil zu beruhigen, wenn auch etwas halbherzig. »Xavier, bleib ruhig«, flüsterte sie und klopfte ihm mit der Hand auf die Schulter wie bei einem bockigen Tier.

Doch bei Xavier gab es kein Halten mehr, offenbar kratzte und kribbelte es überall. Er schien in eine Art Trance geraten zu sein, während seine Freundin schon wieder friedlich schlummerte. Ich dagegen war hellwach und fand die Situation langsam unheimlich.

Diese hektischen Bewegungen. Wieder und wieder schmierte der Katalane sich ein. Er verrenkte sich fast die Gliedmaßen, um auch einige Stellen am Rücken mit der Creme zu bedecken. Auf dem gelben Schaumstofflappen hatte er etwas von einem vielarmigen Insekt, das sich auf einer Scheibe Käse putzte.

Genauso plötzlich, wie er nach vorne geklappt war, klappte er nun wieder nach hinten. Er schlug betonesk auf der Matratze auf und fiel augenblicklich in einen flachen, unruhigen Schlaf. Als schlechter Schläfer erkannte ich das sofort an dem leisen Wimmern und Stöhnen, den vielen Positionswechseln, dem schweren Atem samt Atemaussetzern sowie dem Kratzen an Kopf, Brust und Genitalien.

Ich war gerade eingeschlafen und hatte Xaviers Gejammer erfolgreich in meinen Traum eingebaut, da hörte ich, wie irgendwas Robustes, Kleines auf dem Boden der Umkleidekabine aufschlug. Vielleicht ein Stein oder eine große Münze. Ich brauchte ein paar Sekunden, um mich zu orten. Wo war ich hier? Umkleidekabine? Stöhnender Katalane? Ach ja, da war was.

Ich schaute mich um. Xavier lag seitlich zusammengekauert auf seinem Schlafsack, die Hände von sich gestreckt und lose wie zum Gebet gefaltet, und schlief. Leise, aber fluchend rappelte ich mich auf, um nachzusehen, was da angeflogen kam. Ich tapste über Schlafsäcke und Matratzen in Richtung Tür, zum Lichtschalter. Natürlich vergeblich, der Hallenwart hatte ja das Licht abgeschaltet. Ich tastete mich zurück zur Matratze. Eine Weile lag ich wach und überlegte, wie ich trotzdem das Geheimnis des mysteriösen Gegenstandes lösen konnte. Mein Handy!, dachte ich, das hat eine Leuchtfunktion. Damit könnte ich den Boden ableuchten. Auf allen vieren machte ich mich auf die Suche nach dem Telefon und wurde bald fündig.

Das Ding, ein pechschwarzer, daumengroßer Gegenstand, war unweit meines Kopfkissens gelandet. Etwas Genaues konnte ich nicht erkennen, dazu musste ich es erst direkt mit dem schmalen Lichtkegel der Handylampe erfassen. Langsam schwenkte ich die Hand näher heran. Ich hatte es fast fokussiert. Herrgott, es bewegte sich. Es bekam Beine. Es rannte!

Es war, wie ich nun deutlich sehen konnte, ein riesiger, schwarz glänzender Käfer. Die Mutter aller Käfer sozusagen, fast so groß wie eine Maus. Instinktiv griff ich nach meinen Fahrradschuhen. »Du läufst mir heute Nacht nicht übers Gesicht, Freundchen«, murmelte ich und schlug erst hierhin und dann dorthin. Immer wieder fuhr ich auf das schuldlose Geschöpf nieder, bis ich das Monster mit dem metallenen Beschlag der Sohle erwischte, der für die Klickpedale bestimmt ist. Mit einem letzten lauten »Knack« gab der Käfer nach.

Ruhe. Zur Sicherheit ließ ich den Schuh auf dem Kadaver stehen, schaltete das Handy aus und drehte mich wieder um, als ich bemerkte, dass die beiden bläulich angeleuchteten Katalanen direkt hinter mir hockten, aufrecht wie zwei Erdmännchen.

»HAAA!«, rief ich. »Mein Gott!«

»Was machst du da?«, fragte mich das Mädchen mit halb besorgter, halb verschlafener Stimme.

»Käfer, ein Riesenkäfer«, erklärte ich.

»Ein Käfer?«, fragte der Katalane. »Alles in Ordnung mit dir?«

»Ja, danke der Nachfrage, alles bestens. Und selbst? *Bona nit*«, sagte ich schnell auf Catalan und zog mir den Schlafsack bis ans Kinn. Noch ein Weilchen hörte ich die beiden flüstern, dann war es still.

Am nächsten Morgen wachte ich vom einfallenden Licht und der Hintergrundmusik, diesmal Barry White, auf. In der Ecke standen zwei Matratzen aufrecht an der Wand. Die Katalanen waren bereits fort. Als ich meine Fahrradkleidung angelegt hatte und die Schuhe hochnahm, stutzte ich. Nicht nur die Katalanen waren weg, auch von dem Käfer fehlte jede Spur.

Auf meinem Handy, das noch neben der Matratze lag, leuchtete das Symbol für eine empfangene SMS. Lucia schrieb: »Heute wieder beim Ultraschall gewesen. Es sind zwei Mädchen. Bin kurzatmig. Love.«

Beschwingt und etwas beunruhigt zugleich raste ich durch die Fischerdörfer Kantabriens, passierte die auf Pfählen stehenden Kornspeicher Asturiens und verirrte mich in den Eukalyptuswäldern Galiciens. Ich traf nur wenige Menschen auf der nördlichen Route, die nichts mit dem völlig überlaufenen bekannten »französischen« Weg im Süden zu tun hatte. Ich schlief auf Fliesenböden und verlausten Matratzen, zwischen schnarchenden Schotten und endlos faselnden Franzosen. Ich kackte in finstere Wälder und trank aus Bächen ungewisser Herkunft. Die letzten zweihundert Kilometer konnte ich nur noch im Stehen fahren, da mein Hintern glühte wie der mächtige Ätna zu Bestzeiten. Irgendwo in Galicien war ich einmal so erschöpft, dass mir helle Blitze erschienen, als würden mich die Leute am Straßenrand fotografieren. Es wäre ein Leichtes gewesen, dies abends bei den geselligen Runden als spirituelle Erfahrung zu verkaufen, die so manch ein Pilger herbeisehnte. Stattdessen fragte ich nach Wundsalbe und Wein.

Die kurze Nachricht von Lucia hatte alles verändert. Mir war klargeworden, dass es gar nicht um mich ging.

Die Reise hatte nichts mit meiner Abenteuerlust zu tun, die ich torschlusspanisch stillen musste, bevor ich Vater wurde. Ich musste auch niemandem etwas beweisen. Nein, das hier war kein Trip, den ich für mich machte. Wäre es nach mir gegangen, würde ich mich von einer Asiatin mit Eselsmilch massieren lassen und dabei Fußball gucken. Das hier war meine persönliche Schwangerschaft. Mein Leiden. Meine Solidarität mit Lucia. Ich fuhr für sie.

Obwohl mir das alles vordergründig kitschig, albern und ein bisschen mittelalterlich vorkam, gefiel mir der Gedanke. Alles ergab plötzlich einen Sinn. Auf einmal wollte ich nur noch eines: So schnell wie möglich nach Santiago de Compostela gelangen, Jakob um eine reibungslose Geburt, um eine Entschädigung für die Strapazen und meinen wunden Hintern bitten, und dann nichts wie ab nach Hause.

»Papa! Papaaa!«, ruft Luna und ruckelt an meiner Hand. Sie hat offensichtlich bemerkt, dass ich mit meinen Gedanken ganz woanders bin.

Kurz darauf geht die Tür eines der charmanten Dorfhäuser auf, und ein Mann kommt heraus. Er geht langsam und nach vorne gebeugt, als würde er einen unsichtbaren Karren ziehen. Auf seinem linken Unterarm wippt ein akkurat drapierter Stapel blauer Zettel. Am Theater bleibt er kurz stehen, dann nimmt er einen Zettel, klebt ihn neben den Eingang und geht weiter. Neugierig ziehen mich die Kinder zur Theatertür. Auf dem Zettel ist ein pixeliges Bild einer alten Frau mit Brille zu sehen. Darunter stehen ein Name und die Jahreszahlen 1937–2010.

»Wer ist das?«, fragt Sophie.

»Ich weiß es nicht, Schatz! Aber ich weiß, dass der Mann erst eine Durchsage macht und danach blaue Zettel aufhängt, wenn hier jemand in den Himmel kommt. Das finde ich eigentlich ganz schön. Und ich weiß, dass wir uns sputen müssen.« Ich ziehe die Zwillinge mit einem leichten Ruck von der Tür weg.

Wir biegen in eine immer enger werdende Straße ein, die wie eine Rodelbahn durch die Häuserreihen mäandert.

Zuerst höre ich nur das Brummen, dann kommen sie. Riesige Geländewagen, zusammengeschweißt in Süddeutschland, England und Fernost. Eine ganze Karawane, als ob sie ein Staatsoberhaupt in ihrer Mitte führten. Alle schwarz oder silbern.

»Luna und Sophie, schnell!«

Ich springe mit den Kindern in eine offene Tür, von wo aus wir mit gebührendem Abstand die vorbeifahrenden Offroader beobachten, auf denen bedrohliche Namenszüge wie Emperior, Invader und Attack prangen. Darin sitzen jeweils eine Frau am Steuer und ein bis zwei Kinder auf den Rücksitzen. Die Kleinen wirken in den riesigen Polstern so verloren wie vereinzelte Medizinbälle in einer Turnhalle. Einige der Frauen und Kinder winken uns sogar. Fehlt nur noch, dass sie Blumen und Konfetti werfen.

»Na toll, die fahren auch zum Hort«, seufze ich enttäuscht. Ich hatte wirklich gehofft, im Dorf auf weniger Verkehr zu stoßen. Die Kinder sollten hier gefälligst auf der Straße Völkerball und Käsekästchen spielen.

Nachdem der letzte Wagen an uns vorbeigerollt ist, springen wir aus dem Hauseingang und erhöhen die

Schrittfrequenz. Die anfängliche Bummellaune ist mir vergangen. Nur gut, dass mich der betörende Duft des Rosmarins, meines All-time-Lieblingskrauts, das hier allerorten in den Gärten hinter den Häuserzeilen wächst, etwas versöhnt.

»Kinder, wir haben es gleich geschafft«, juchze ich, als die Straße eine Linkskurve macht. »Da vorne ist schon der Hort.«

Die Blechlawine ist sogar noch angewachsen, da aus den Seitenstraßen Defeaters, Patriots und Colonels dazugestoßen sind. Ein Dorfpolizist versucht ein wenig Ordnung in die Armada zu bringen und dirigiert das Geschehen. Türen und Kofferräume öffnen sich. Englischsprachige Mütter entsichern die Kinder und traben mit ihnen im Schlepptau zum Eingang des modernen Baus. Im Gegensatz zu dem heruntergekommenen Schuppen in Palma ist das hier ein wahrer Vorzeigehort.

Schon vor dem Eingang erwartet uns ein kleiner Biogemüsegarten, in dem lustige Skulpturen stecken. In dem großzügigen, lichtdurchfluteten Gebäude wird man durch phantasievoll dekorierte, bunte Gänge geleitet. Es geht vorbei an Collagen, Blättermännchen und Salzteigabdrücken. Hier ein Raum mit Instrumenten, dort Bälle und Matten für die Knirpse. Wir passieren das Schwarze Brett, das im Gang hängt. Auf den vielen handgeschriebenen Zetteln und recht professionell wirkenden Computerausdrucken wird so einiges angepriesen: gebrauchte Kinderwagen, Babysitting, Massagen und sogar Häuser.

Beeindruckt wackele ich mit den Mädchen an einer Zwergenkantine vorbei, vor der eine Tafel Auskunft über das heutige Menü gibt. Von dem Essraum führt eine Tür auf einen großen Sandspielplatz, der von einer gigantischen, knorrigen Aleppokiefer beschattet wird.

»*Hola*«, sagt jemand hinter uns.

»*Si*«, antworte ich und drehe mich um.

Vor mir stehen Carmen und Alba. Anders als bei Maria und Josef 1 handelt es sich diesmal allerdings um zwei Personen. Die Erzieherinnen sind beide hübsch und jung, auch fehlen die Kittel und die teigigen Arme. Ich bin fast ein wenig enttäuscht.

»Das sind also die Zwillinge, stimmt's?«

»*Si*«, sage ich noch einmal.

»Wie süß sie sind. Gut, hier habe ich ein paar Unterlagen für Papa, und Luna kommt gleich mit mir«, sagt Carmen und händigt mir einen Ordner mit Informationen und Fragebögen aus.

Meine Tochter springt ihr gleich an die Hand und verschwindet in ihre Gruppe.

»Und Sophie kommt mit mir«, sagt Alba mit einem Lächeln und streckt dem anderen Zwilling die Hand entgegen.

Sophie geht hinter mir in Deckung. Nicht schon wieder, denke ich. Bitte kein Drama und auch kein Gezeter. Zögernd kommt sie schließlich hervor und lässt sich an Albas Hand in eine andere Hortgruppe leiten. Einmal dreht sie sich noch um, bevor sie durch die Tür entschwindet. Ihr Blick ist eine eindeutige Drohung und sagt so viel wie: Ich mache das jetzt mal dir zuliebe, aber ich merke mir alles. Wenn du in vierzig Jahren sabbernd in die Windeln machst und ich dich in einem Altenstift parke, das vermutlich genauso aussieht wie dieser Hort hier, dann kriegst du alles mit Zins und Zinseszins zurück.

»Macht's gut, Mäuse«, flüstere ich und verlasse zügig das Gebäude. Zu Hause ist schließlich die Hölle los.

Draußen stehen die Eltern in Gruppen zusammen und halten Smalltalk auf Mallorquí, Spanisch, Deutsch, Englisch, Französisch und Holländisch. Wie in einem Ameisenhaufen lösen sich immer wieder einzelne Mitglieder bestimmter Verbände, um auf Mitglieder anderer Gruppen zu treffen. Es folgt eine kurze Begegnung samt Datenabgleich und Geruchscheck oder schlicht ein Gruß. Es geht um Zugehörigkeiten und Anerkennung. Eltern und ausgewandert – das ist sicher Stoff für eine starke Gemeinschaft. Ein andermal, sage ich mir. Die Handwerker warten.

Als ich zu Hause ankomme, ist alles fertig. Die Möbel sind abtransportiert, das warme Wasser läuft, und auch ein paar dickere Stromkabel sind längst verlegt.

Ich beschließe spontan, den kleinen *forn*, den Bäcker bei uns in der Straße, zu testen. Meine angeschlagenen Nerven können etwas Zucker und Fett gut gebrauchen. Die Bäckerei ist ein winziger, aber sehr hoher Raum, in dessen Mitte eine alte Frau auf einem Stuhl sitzt, die Hände auf einen Gehstock gestützt. Eine andere, fast ebenso alte Frau steht derweil vor der Vitrine und betrachtet in Seelenruhe die wenigen Teigwaren dahinter: drei *ensaimadas*, mit Schmalz gebackene Sauerteigkringel, das mallorquinische Nationalgebäck. Daneben ruhen die traurigen Reste einer Quiche mit Schinken-Käse-Füllung sowie ein paar runde Bauernbrote, *pan morenos*. An der Wand stehen eine Box mit Speiseeis und ein riesiger Kühlschrank mit Glastür, in dem eine einsame rosafarbene Cremetorte vor sich hin dämmert. Von der Verkäuferin keine Spur.

»*Buenos días*«, grüße ich die anwesenden Frauen.

»Buenos días«, grüßt die Alte auf dem Stuhl freundlich zurück und hebt dabei eine Hand vom Stock.

Ihre Augen stehen weit auseinander. Das rechte Auge zielt links und das linke rechts an mir vorbei. Obwohl ich direkt vor ihr stehe, befinde ich mich damit im toten Winkel. Da ich nicht genau weiß, wo ich hingucken soll, entscheide ich mich für ihr linkes Auge.

Die Frau an der Vitrine reagiert gar nicht. Als ich mich ihr nähere, um auch einen Blick in den Glaskasten zu werfen, sagt sie plötzlich: *»Al final lo encontraste.«*

Zunächst bin ich leicht verwirrt und denke, dass sie etwas bestellt oder den Satz an die andere Frau gerichtet hat. Doch offensichtlich meint sie mich.

Sie dreht sich zu mir um und wiederholt das Gesagte. »Du hast sie also doch noch gefunden.«

»Bitte?«, erwidere ich.

»Na, deine Brieftasche«, sagt die fremde Frau. »Du hast erst gedacht, man hätte sie dir geklaut, aber dann war sie doch in einer von deinen Hosen.«

Fehlt nur noch, dass sie »im Kneifer« sagt, denke ich entsetzt und starre verlegen auf die Käse-Schinken-Quiche.

Willkommen im Dorf!

Zwölf

Wir wohnen inzwischen seit über einem Monat in Aland ró. Die Kinder mögen den Hort, und die internationale Elterngemeinschaft hat uns größtenteils akzeptiert. Ich habe sogar einen deutschen Abend ausgerichtet, um den Integrationsprozess zu beschleunigen. Lucia fand die Idee riesig. Ich konsultierte meine Mutter wegen ein paar typisch deutscher Rezepte und lud kurzerhand alles zu uns nach Hause ein, was sich gerade auf dem Dorfspielplatz tummelte.

Leider waren meine Reibekuchen innen pappig und außen überkross. Der Kartoffelsalat nahm zu meiner Überraschung ein kräftiges Achtziger-Jahre-Pink an, als ich die gewürfelte Rote Bete hineingab. Außerdem waren mir alle, aber auch wirklich alle Knackwürste geplatzt und bekamen dadurch irgendwie was Obszönes. Aber die Gäste haben es geliebt. Vor allem die Schweden und Engländer wollten gar nicht mehr nach Hause gehen. Lucia meinte, es hätte eher am bayrischen Weizenbier gelegen, für das ich quer über die halbe Insel gefahren war, als am Essen oder gar an meinem Charme als Gastgeber. John, einer der Engländer, hat mich im Gegenzug zu einer Kickertruppe eingeladen, die nur aus Vätern besteht und einmal pro Woche auf dem Dorffußballplatz spielt.

Das ließ ich mir natürlich nicht entgehen. Auch wenn ich über zehn Jahre gegen keinen Ball mehr getreten hatte, war es ein großer Spaß. Eine Reihe Mallorquiner spielten auch mit, die mich alle sehr freundlich aufnahmen und mir sofort den Spitznamen »*el muro de Berlín*, die Berliner Mauer« verpassten, nur weil ich einmal gegen den winzigen Dorfschreiner Xavier krachte und er theatralisch im hohen Bogen von mir abprallte. Beim Kicken lernte ich auch noch zwei weitere deutsche Väter kennen: Ingo, einen sehr kontrollierten und beinahe mundtoten Koch aus dem Münsterland, und Matthias, einen überdrehten Schwaben mit krausem Haar, der Hochseeyachten internetfähig macht.

Lucia liebt das Dorf. Zwar ist der Weg zur Arbeit für sie nun länger, doch wird sie dafür jeden Abend mit einem perfekten Kleinod entlohnt. Der leicht bäuerliche Touch ist für sie einfach der perfekte Kontrapunkt zum Flughafen-Konferenzraum-Leben. Außerdem hat sie sich gleich mit ein paar einheimischen Nachbarsfrauen und Müttern zu einer Art Girlsgroup zusammengeschlossen. Die Frauen machen zusammen Pilates, Kochabende und bestellen bei Miguel, einem Biobauern, wöchentlich Obst- und Gemüsekörbe. Überflüssig, zu erwähnen, dass Lucia die Gruppe auf Facebook verwaltet und die Körbe zu uns nach Hause geliefert werden, wo ich dann die Gemüseausgabe an ihre neuen Bekanntschaften organisieren darf, weil meine Holde mal wieder bis zehn Uhr abends im Büro sitzt.

Selbst an Teresas schauderhafte Stuhlgänge und Flatulenzen inmitten der totenstillen Dorfnächte haben wir uns längst gewöhnt. Und was die weitere direkte Nachbarschaft aus Mallorquinern betrifft, so haben sich zwei Lager gebildet. Einige beachten uns einfach nicht. Kein Gruß. Kein Blick. Nichts. Andere wiederum sind herzlich und liebevoll. Sie bringen Mehlspeisen und Gewürze vorbei, erzählen uns von früher, als die fleißigsten Söhne die guten Äcker der Inselmitte erbten und die einfältigsten unter ihnen die unfruchtbaren Strände bekamen. Erstere wären heute immer noch arm, die anderen Millionäre.

Heute Nachmittag kommt unsere Nachbarin von gegenüber vorbei, eine freundliche ältere Frau, die dank ihres Kurzhaarschnitts und der rundlichen Brillengläser etwas von einer Eule hat. Sie führt einen Friseursalon, der im Stundentakt Omas mit lila Haaren ausspuckt. Manchmal schleicht sie sich in unseren Flur, ohne dass ich es bemerke. Meist hat sie dann zwei Plombenzieher in der Hand. Für die Mädchen. Dabei handelt es sich um diese Bonbons, die nach einem Karnevalsumzug noch wochenlang im Rinnstein liegen bleiben. Will man das Papierchen entfernen, bemerkt man schnell, wie ungern sich das Bonbon davon trennen mag. Ein eigenartiger, suppender Klebstoff ist entstanden, der Fäden zieht und einen Hauch von Labor-Aprikose freigibt.

Die Kinder wollen die Bonbons natürlich so schnell wie möglich essen, und nehmen gerne in Kauf, dass noch kleine Papierinselchen auf der Bonbonoberfläche kleben. Die Frau steht immer daneben, neigt den Kopf leicht zur Seite und lächelt. Ich versuche dann notgedrungen, die letzten Papierreste zu beseitigen, doch oft grabe ich die Fingernägel viel zu tief ins Bonbonfleisch oder drücke so unsanft zu, dass an den Seiten bereits die glasige Füllung heraustritt. Die Frau grinst mich dann an, während die Kinder an mir hochspringen wie zwei Rottweiler, deren Herrchen gerade nach Hause gekommen ist. Irgendwann gebe ich auf und stecke ihnen die Bonbons in den Mund, ehe ich mich artig bedanke und die Dame zur Tür geleite.

Heute steht sie wieder mal unverhofft im Flur und hält etwas in der Hand. Die Kinder rennen freudig auf sie zu, doch diesmal will ich nein sagen und versuche die Frau zeitgleich mit den Zwillingen zu erreichen, um die Warenausgabe zu verhindern. Aber ich bin zu spät.

»Was ist das?«, frage ich erstaunt.

Die Kinder haben jeweils einen Plastikhaarreif in der Hand, an dem zwei kleine rote Hörner befestigt sind.

»Das ist für die Fiesta de Sant Roc. Es sind *demonis*, Teufel«, freut sie sich.

»Teufel?« Ich stutze.

»*Si*«, sagt die Frau, deren Namen ich nicht mal kenne, und grinst. »Bald wirst du ihn erleben. Den Tanz der Teufel.«

Es ist Samstagmorgen, Ende August. Ungewöhnlich viele Stimmen dringen von der Straße in den Patio, in dem wir wie fast jeden Tag versuchen, ein halbwegs zivilisiertes Frühstück abzuhalten. Eins ohne umgeworfene Milchgläser, Nutellastullen auf meiner Hose und Kinder, die nach einem Bissen lieber auf die Schaukel gehen.

Wir hören einige Jungs, die juchzend und mit klatschenden Sandalen die Straße herunterrennen, außerdem Mütter, die eben jene Jungs lautstark zurückrufen, und Väter, die sich mit anderen Vätern am Bierstand verabreden. Alles strömt zur Plaza, um der Fiesta de Sant Roc beizuwohnen.

»Papa, Hörner jetzt?«, bettelt Luna aufgeregt und zappelt mit den Füßen.

»Was für Hörner?«, fragt Lucia, während die Kinder aufspringen, um den diabolischen Kopfschmuck zu holen.

»Gestern war die Frau vom Friseursalon da«, erkläre ich ihr. »Sie hat den Kindern winzige Teufelshörner geschenkt. Wegen der Fiesta heute.«

Luna und Sophie kommen breit grinsend aus dem Haus, auf dem Kopf die Teufelshörner.

»Ich kann keine Veränderung feststellen«, sagt Lucia lachend. »Nein, jetzt mal im Ernst, Mäuse, ihr seht super aus.«

»Wir gehen nachher mal auf die Plaza«, schlage ich vor. Dabei könnte ich mir ebenso gut einen kompletten Nachmittag auf dem Sofa vorstellen. Ohne Teufel.

Als wir kurz darauf auf der Plaza ankommen, platzt sie schon aus allen Nähten. Alle haben sich herausgeputzt zum großen Showdown der Dämonen. Quer über den Platz sind Papiergirlanden gespannt. Die Bar Can Jordi schenkt an einer Außentheke Bier in Plastikbechern aus. Der Dorfbäcker wandert mit einem Tablett durch die Menge und preist seine *bunyols* an, in Fett ausgebackene Anisbällchen.

Über die Lautsprecheranlage werden heute ausnahmsweise mal nicht die Namen von Toten durchgesagt, stattdessen läuft spanische Popmusik. Das hält einige vereinzelt umherstreunende Duos in mallorquinischer Spielmannstracht aber nicht davon ab, mit Inbrunst in Flöte und *xeremia*, den mallorquinischen Spross des Dudelsacks, zu blasen. Vor der Kirche laufen ein paar angeheuerte Gaukler auf Stelzen den Kindern davon, andere jonglieren mit gekochten Eiern. Mit einem Wort: Es herrscht jenes Chaos, für das man alle Länder südlich der Alpen so mag.

Als wir an einer Frau vorbeikommen, die einen Strauß Luftballons in Pferdeform in der Hand hält, fangen Luna und Sophie sofort an zu betteln. Ich bleibe hart. Die letzten beiden Gasballons für zehn Euro sind nämlich nach zwei Minuten in den Wipfeln einer Platane gelandet.

»Seht mal da, Kinder, ein geschmückter Wagen«, versuche ich die Mädchen abzulenken.

Wir kommen gerade rechtzeitig zu dem großen Umzug. Die Dorffrauen haben offenbar den kompletten Winter mit Nähen zugebracht und stolzieren nun in den schillerndsten Farben mit ihren Kindern und Männern über den Platz. Hier eine Gruppe knallgelber Kanarienvögel, da ein wandelndes Kartenspiel. Dazwischen von Traktoren gezogene Wagen, auf denen Jugendliche, als Blues Brothers verkleidet, Bier trinken oder im Cowboykostüm in die Luft schießen. Ein waschechter Dorfkarnevalszug. Heimatgefühle kommen auf. Einzig die Kamelle und Pralinenpackungen, die man zuweilen in Deutschland an den Kopf bekommt, und die überehrgeizigen Väter mit den umgedrehten Regenschirmen fehlen heute. Doch, da: Eine Gruppe, die sich offenbar als Wald verkleidet hat, wirft Bonbons.

Luna sieht mich verwundert an. Ihr Gesichtsausdruck ist eindeutig. Wer kann so verrückt sein und freiwillig Bonbons wegwerfen? Schätze, die man normalerweise mit Hundeblick erbetteln und mit Beharrlichkeit gegen andere Kinder behaupten muss.

Während Luna die Welt nicht mehr versteht, krabbelt Sophie schon zwischen den unzähligen Beinpaaren umher und stopft sich die Taschen voll. Auch Lucia hebt ein Bonbon auf, packt es aus und steckt es sich in den Mund.

»Wie absurd, dass unsere zwei köllschen Mädchen den Karneval ausgerechnet auf einer Insel im Mittelmeer kennenlernen«, ruft sie mir ins Ohr. Dabei kann ich hören, wie das Bonbon zwischen ihren Zähnen klackert.

»Erstaunlich, dass du als Karnevalshasserin diese Ironie bemerkst«, sage ich.

Lucia küsst mich und schiebt mir dabei das Bonbon in den Mund.

»He! Was soll das? Mmm, Zitrone, meine Lieblingssorte.«

Sie lacht.

Nachdem der letzte Wagen mit Wikingern in Trinklaune an uns vorbeigerollt ist, setzt es ein. Das Graulen, Gurgeln und Wummern. Es stammt von den tiefen Trommeln aus Tierhäuten, die an Kannibalen hängen und aus dem schwärzesten Dschungel des Kongo zu stammen scheinen. Kurz darauf biegen sie auf den Platz ein. Die Teufel, die *demonis*. Es sind an die vierzig Mann, alle tragen sie mit Flammen bemalte Anzüge und Kapuzen, auf denen kleine rote Hörner sitzen. Hinter den trommelnden Teufeln läuft eine sofagroße, zähnefletschende Fledermaus auf zwei Beinen. Ein armer Teufel steckt offensichtlich in dem massiv wirkenden Gestell, an dem Sprengsätze, Knallfrösche und Leuchtraketen haften. Was immer das ist, es ist nicht gekommen, um sich Freunde zu machen.

Ich frage den Mann neben mir, was es mit den Teufeln auf sich hat. »Man wird doch wohl kaum im August den Winter austreiben?«

Er zuckt mit den Schultern. »Keine Ahnung, ich glaube, es hat irgendwann mal ein Gastspiel von einer Teufelsgruppe vom Festland gegeben, seitdem machen wir das hier auch. Aber der Tanz der Teufel ist eine katalanische Tradition aus dem Mittelalter zum Amüsement der Adeligen.«

Einige der Teufel stellen sich jetzt im Kreis auf, während die restlichen sie mit archaischen Rhythmen antreiben. Ein schwarzer, sehr großer Teufel mit Gesichtsmaske, der Darth Vader unter den Beelzebuben, schreitet nun mit seinem Stab in ihre Mitte, entzündet ihn und reißt ihn in die Höhe. Nun halten die weißen Teufel ihre metallenen Stäbe an den bereits funkensprühenden Stab des Oberluzifers. Binnen Sekunden steht alles lichterloh in Flammen. Die Teufel wedeln mit ihren Stäben, aus denen riesige Funkenfontänen schießen. Auch die Fledermaus spuckt hinten Feuer und ballert eine Rakete nach der anderen ab, die heulend in den Himmel verschwinden. Selbst in den Platanen drehen sich Feuerkränze. Alles brennt. Innerhalb weniger Minuten hat sich das Familienfest in die Hölle auf Erden verwandelt. Ich ziehe Lucia und die Kinder ein Stück aus dem Funkenregen.

»Das ist ja grauenhaft«, brülle ich, ernsthaft in Sorge um mein Gehör, mit dem ich immerhin meinen Lebensunterhalt verdiene, und verabschiede mich.

Geduckt spurte ich über den Platz. Im Slalom laufe ich unter den Feuerbäumen hindurch und an der Luftballonfrau vorbei, die sich etwas abseits von dem wilden Treiben postiert hat, und biege schließlich in die Carrer d'en Mig ein. Geschafft. Noch an der Haustür höre ich das Pfeifen und Zischen des Feuerwerks. Ich trete ein und schließe hinter mir die Tür. Ruhe. Himmlisch. Ich mache mir einen eiskalten *vino* auf und lege die John-Mayer-Trio-DVD ein, die vor ein paar Tagen mit der Post gekommen ist.

Was für ein Sound! Der Bursche hat's echt drauf. Nur beim dritten oder vierten Lied stimmt etwas nicht. Der Schlagzeuger scheint irgendwelche eigenartigen Wirbel zu spielen, die so gar nicht zu dem Stück passen wollen. Ich nippe am Wein und stoppe die DVD. Eigenartig, die Wirbel sind immer noch da. Sie kommen von draußen. Trommeln. Die Teufel, denke ich. Schon wieder. Sie scheinen direkt auf unser Haus zuzumarschieren.

Wieso bleiben die nicht auf der Plaza? Konzentriert verfolge ich vom Sofa aus, wie die Trommeln immer lauter werden, bis sie direkt vor dem Sofa zum Stehen zu kommen scheinen. Das Weinglas zittert bei jedem Paukenschlag leicht verzögert nach. Ich schiebe die Vorhänge zur Seite, und tatsächlich: Ein weißer Teufel steht mit dem Rücken zum Fenster und trommelt. Die anderen *demonis* haben einen Kreis gebildet, in dessen Mitte der Obermufti mit der Riesenfledermaus tanzt. Hier auf der Straße, keine fünf Meter Luftlinie von unserem Sofa entfernt. Ich könnte die dünnen Fenster genauso gut öffnen und den Kopf in die Trommel halten, es wäre kein bisschen lauter. Das war's dann also mit meinem himmlischen Abend. Keine Kinder, John-Mayer-Konzert und kalter Wein – theoretisch prima, praktisch unmöglich.

Zwanzig Minuten verharrt die Teufelsschar wummernd vor dem Wohnzimmerfenster, dann zieht sie weiter.

Kurz darauf geht die Haustür, und Lucia steht strahlend mit den Kindern im Flur. Eine jede hat einen riesigen Pferdeballon in der Hand.

»He, da seid ihr ja. Diese Teufel sind doch tatsächlich bis genau vor unser Wohnzimmer prozessiert. Aha, Mama hat euch also doch die Ballons gekauft.«

»Ja, die Teufel ziehen jedes Jahr unsere Straße entlang, verharren hier und gehen wieder zurück. Und nein, ich habe den Kindern die Ballons nicht gekauft«, sagt Lucia.

»Nicht? Wer dann?«

»Na, dieser Oberteufel in Schwarz.«

»Wie bitte? Wieso kauft der Teufel meinen Kindern Luftballons?«

»Na, er ist nach der Zeremonie auf dem Platz plötzlich mit den Ballons auf uns zugekommen. Er war sehr charmant und sagte, die Zwillinge seien sehr hübsch, genau wie die Mutter. Du kennst doch die Spanier. Das hat nichts zu bedeuten.«

»Wenn es nichts zu bedeuten hat, muss man es auch nicht erwähnen«, sage ich.

»Ja, so denkst du als deutscher Mann. Die Menschen hier denken halt anders.«

»Hm, hat er denn die Maske mal heruntergenommen?«

»Ja.«

»Und, wie sah er aus?«

Ein bisschen wie George Clooney, nur größer und etwas breiter.

»Jaume!«, schreie ich. »Das ist Jaume, der Bergsteiger und Moderator.«

»Ja, genau. Kennst du ihn?«

»Flüchtig.« Ich denke kurz daran, in die Küche zu

gehen, eine Schere zu holen und die Ballons zu zerstechen. Was fällt dem Kerl ein!

»Warum, die Mädchen haben ihn mit großen Augen angesehen und auf Tritt und Schritt verfolgt. Vielleicht hat er sich dadurch genötigt gefühlt, sie ihnen zu kaufen, allein um sie loszuwerden.«

»Der arme Jaume! Mir kommen gleich die Tränen. Bullshit ist das. Du hast ihn aber nicht zufällig auch mit großen Augen angegafft und bist ihm gefolgt? Mann, wie ich diese Schmierlappen hasse, die allen Frauen nur das erzählen, was sie hören wollen.«

»Oh«, sagt Lucia. »Offensichtlich bist du, was mich betrifft, nicht Jaumes Meinung. Interessant … Sehr charmant, der Herr *alemán*.« Sie lässt mich einfach im Flur stehen.

»Ich … was? Doch, natürlich. Du bist eine wundervolle und attraktive Mutter«, rufe ich ihr hinterher. Das Letzte, was ich jetzt brauche, sind zerschmetterte Möbel und Schweigewochen.

»Na, wenn er recht hat, worüber regst du dich dann auf?«, hallt es aus der Küche.

»Ach, vergiss es«, flüstere ich und schicke Jaume in Gedanken die übelsten spanischen Flüche, die ich kenne.

Zwei Wochen später ist der attraktive Spanier schon wieder vergessen. Ich bringe zwar keine Entschuldigung heraus, aber um Lucia zu überraschen, fahre ich mit den Kindern in ein Gartencenter und kaufe für umgerechnet eine halbe Gitarre Blumen. Etwas, das ich noch nie zuvor gemacht habe und auch ganz bestimmt nie mehr tun werde. Zu Hause buddele ich bei Nieselregen mit den Kindern Löcher in die Beete und stecke die Pflanzen hinein. Jasmin, Ringelblumen, Rosmarin, Geranien, Salat, Basilikum und ein paar andere, deren Namen ich nicht mal kenne.

»Huch, was ist denn hier passiert?« Lucia steht unvermittelt im Hof.

»Mamiii«, rufen die Kinder und stürmen in ihren Gummistiefeln auf sie zu.

»He, das sollte 'ne Überraschung werden. Ich dachte, du würdest dich über ein paar neue Blumen freuen«, sage ich.

»Das tue ich, sie sind wundervoll.«

»Okay, aber pflegen musst du sie. Du weißt, mein Daumen riecht nach Friedhof, bei mir wächst nicht mal Unkraut.«

»Mach ich, versprochen. Das wird ja noch ein richtiger *huerto*, ein echt spanischer Gemüse- und Kräutergarten. Wie bei meiner Tante, zu der wir früher immer in die Ferien gefahren sind.«

»Ja, vielleicht können wir irgendwann mal einen echt mallorquinischen Salat aus unserem eigenen Garten auftischen.«

»Wie schön das ist, am Abend zu euch nach Hause zu kommen«, sagt Lucia, küsst erst die Kinder und dann mich. »Und es wird immer schöner. Übrigens, ich habe eben Nuria auf der Plaza gesehen. Sie fragt, ob wir zusammen in der Bar ein paar Tapas essen wollen.«

»Klar«, sage ich. »Los geht's.«

Die Freude an unserem Garten soll leider nicht lange währen. Auf einmal sind sie da. Vermutlich greifen sie in der Dämmerung an. Von einem Blitzangriff zu sprechen wäre übertrieben, aber als ich am nächsten

Morgen in den Garten trete, ist alles kahl gefressen. Eine halbe Gitarre, einfach so weggeputzt.

»*Cariño*, wir haben ein Problem.« Ich stehe im Schlafanzug an der Türschwelle zum Innenhof und atme die angenehm frische Luft ein. Noch hat die tiefstehende Septembersonne den Garten nicht berührt.

Lucia schreitet im Business-Kostüm und mit Laptop unter dem Arm an mir vorbei in die Küche. »Ich will keine Probleme«, sagt sie und packt dabei den Kindern etwas in die Pausentaschen. »Ich will Lösungen.«

»Hallo? Du bist hier nicht im Büro.«

Sie streicht sich eine Locke ihres schwarzen Haars aus dem Gesicht und sieht mich leicht genervt an. »Okay … was ist los?«

»Schnecken«, sage ich tonlos. »Eine ganze Legion. Sieh mal durchs Fenster. Die Ringelblumen – alles weg!«

»Oh«, sagt sie, »das ist ärgerlich. Aber vielleicht wächst ja das ein odere andere nach.«

»Vielleicht«, sage ich.

»Schau«, meint Lucia in einem Ton, der mich an meine endlos langen Beamer-Präsentationen vor den Chefetagen mittelständischer Unternehmen erinnert. »Der Garten ist wie ein kleines marktwirtschaftliches System. Du hast es angeboten, und die Schnecken haben es gewollt.«

»Stimmt«, sage ich, »aber die Schnecken haben nicht bezahlt. Ich habe hier ein ernstes Problem, und du speist mich mit Metaphern ab. Ich brauche hier das gesammelte Wissen aller Garten-Junkies und kein BWL. Außerdem bist du eigentlich die Romanistin und ich der Manager.«

»Bin spät dran«, sagt Lucia und streicht den Zwillingen über den Kopf. »Kinder, seid lieb zu Papa.«

»Was ist jetzt mit den Schnecken?«

»Dir fällt schon was ein«, flötet Lucia und zieht die Haustür hinter sich zu.

Gut, ich habe schon etliche Ameisenstraßen abgesaugt oder umgeleitet und zig verirrte Tausendfüßler in den Garten zurückgebracht, doch die Schnecken sind eine Nummer größer.

»Juan el caracol?«, fragt Luna und sieht mich mit großen Augen an. Mit ihren zweieinhalb Jahren redet sie schon richtig gut.

Für einen Moment bin ich verwirrt, aber dann weiß ich, was sie meint, und beuge mich zu ihr hinunter. »Nein, Schatz, das ist nicht die lustige Schnecke aus deinem Buch, die immer so schöne Seifenblasen macht. Im Garten haben wir ganz viele Schnecken. Zu viele.«

»Zu viele?« Luna zieht die Augenbrauen hoch.

»So viele, dass sie alle Blumen auffressen. Deshalb müssen wir sie jetzt töt…, ich meine, entfernen.« Ich beiße mir auf die Lippe. »Kommt, ich bringe euch in den Hort.«

Wie soll ein Kind so etwas verstehen? Tagelang hören wir uns Hörspiele von der lustigen Schnecke Juan an, und jetzt will Papa in den Garten gehen und sie fertigmachen.

Kaum wieder zu Hause, schalte ich den Rechner ein.

»Einsammeln und woanders aussetzen«, behauptet ein Mann, der sich als Gene Schneckmän im Forum für Hobbygärtner eingeloggt hat. Das sei schonend und nachhaltig. Na also, geht doch auch ohne Gewalt, denke ich. Hätte ich auch selbst draufkommen können.

Die passenden Schnecken-Auffanglager sind schnell gefunden. Zwei kleine, zerschrammte Strandeimer der Kinder, knallgelb und feuerrot.

Ich warte die Abendstunden ab, bevor ich das Sonder-Einsatz-Kommando zusammenrufe.

»Es dämmert bereits, der Feind sitzt in den Startlöchern«, doziere ich, während ich im Wohnzimmer auf und ab schreite. Lucia, noch in Bluse und Rock, und die Kinder sitzen in einer Reihe vor mir und sehen mich mit großen Augen an. »Gestern hat er das südliche Terrain erobert. Daher rechne ich damit, dass er heute im Osten zwischen dem Rosmarin und dem Salat angreifen wird.«

»Juan el caracol?«, fragt Luna und kichert.

»Nein, Schatz. Nicht Juan, aber viele seiner Freunde.« Ich kann mir ein Lächeln nicht verkneifen.

»Wir wollen alle Schnecken in die Eimer tun und dann umsiedeln. Und wir wollen sie lebend. Alles klar?« Lucia nickt, die Kinder schütteln den Kopf »So, und jetzt alle die Gummistiefel anziehen, die beiden Taschenlampen einpacken und dann auf ins Gefecht«, trompete ich. »Wir rücken aus!«

»Vielleicht hättest du dich damals doch nicht für den Zivildienst entscheiden sollen«, sagt Lucia.

Als wir die kleine Treppe vom Patio zum Garten hochsteigen, wird uns das volle Ausmaß der Katastrophe bewusst. Wohin wir mit der Taschenlampe auch leuchten, die Schnecken sind überall. Hunderte. Mit Spitzdach, rundem Haus oder obdachlos. Sie kriechen aus Mauerritzen, seilen sich von den Bäumen ab und robben durch den Schlamm. Absolute Eliteeinheiten. Für jede Schnecke, die wir pflücken, tauchen woanders zwei neue auf.

»Huch«, ruft Sophie, immer wenn irgendwo eine Kalkschale knackt.

Die Kinder giggeln. Trotz der Kollateralschäden füllen sich die Eimer schneller, als es uns lieb ist.

»Meiner ist schon voll! Die feiern eine Orgie da drin!«

»Meiner auch«, antwortet Lucia, die hinter dem Orangenbaum gegen die schleimigen Biester kämpft.

Plötzlich tanzt ein weiterer Lichtkegel einige Meter über unseren Köpfen. Ich blicke auf und verfolge ihn bis zur Lichtquelle. Es ist Teresa, die an ihrem Fenster steht und mit einer Lampe herumfuchtelt.

»*Hola!* Wer da?«, ruft sie mit leicht zitternder Stimme in den Garten hinaus.

»*Hola*, Teresa, wir sind's, wir sammeln nur die Schnecken ein.«

»Juan el caracol«, verbessert mich Sophie und zupft dabei am Saum meines T-Shirts.

»Ach so, ich habe nur die Lichter gesehen und dachte, es seien vielleicht Einbrecher. Schnecken, eh?« Sie seufzt genießerisch. »Die sind jetzt besonders gut, nicht?«

Ich glaube mich verhört zu haben.

»Im Frühjahr schmecken sie nicht so besonders, da sind sie noch ein bisschen zäh, aber im Herbst … mmh.«

Möglichst unauffällig drehe ich mich zu Lucia um und flüstere: »Habe ich das richtig verstanden, oder trügen mich meine Spanischkenntnisse? Sie will die Dinger essen?«

»Ich glaube schon«, murmelt Lucia.

»Juan el caracol?«, fragt Luna alarmiert. »Teresa will *Juan el caracol* essen?«

»Nein, nein, niemand wird hier irgendwen essen. Die Oma macht nur Spaß«, sage ich.

»*Pues*, haben die Schnecken auch an den Kräutern genascht?«, will Teresa wissen.

»Und wie.« Empört wedele ich mit der Lampe durch die Luft. »Stell dir das mal vor! Eine Ungeheuerlichkeit ist das! Auch noch die Kräuter!«

»Sehr schön, dann schmecken sie noch besser. Dazu etwas Schweinespeck und *sobrassada* …« Teresa schmatzt selbstvergessen, wobei ihre Gebisshälften wie Kastagnetten aufeinanderklappern.

Ich zögere. Eigentlich wäre es ein prima Geschäft. Teresa hätte einen nahrhaften Snack, und ich müsste nicht mehr raus auf die Felder fahren, um die Tiere auszusetzen.

»Ähh … Kinder, es ist schon spät. Los, Zähne putzen. Mama liest euch noch was vor, ja?« Ich klinge so scheinheilig wie ein Fernsehseelsorger.

Quietschvergnügt verschwinden die Zwillinge im Haus, gefolgt von Lucia, die sich auf der Türschwelle noch mal zu mir umdreht und in meinen Taschenlampenkegel lächelt. Dann seufzt sie laut und geht ins Haus. Ihr Lebewohl an die Schnecken, vermute ich.

Mit den gut gefüllten Eimern stelle ich mich unter Teresas Fenster und beliefere sie spontan per Zieheimer mit unserer Beute. Die alte Frau lässt ein Seil herunter, ich verknote ein Ende der Schnur am Henkel und rufe: »Zieh, Teresa!«

Sie zieht die Last erstaunlich flott nach oben. Nachdem auch der zweite Eimer im Fenster verschwindet und Teresa kurz drauf das Licht in der Küche anschaltet, muss ich kurz an Gene Schneckmän denken. Das hat er sicher nicht gewollt.

Zu meiner Überraschung sind am nächsten Tag weitere Pflanzen völlig kahl gefressen. Im Überschwang ihres Triumphes besitzen einige der Schnecken sogar den Nerv, für alle Welt sichtbar an den Stängeln ihrer Opfer im Wind zu schaukeln. Das kommt einer Beleidigung für jeden Schneckenjäger gleich.

»Schneeeckmäääännn«, brülle ich angesichts dieser Niederlage in den Garten.

Obwohl ich eigentlich einen kurzen Jingle für einen Sekundenkleber-Werbespot komponieren muss, den mir Thomas aus Köln durchgereicht hat, sitze ich kurze Zeit später wieder vor dem Rechner, auf der Suche nach Hausrezepten. Gegen Schnecken, nicht für Schneckengerichte.

Schneckenzäune errichten, Moosextrakte ein- oder Igel aussetzen, steht dort. Das ist ja ein toller Ratschlag. Wo soll ich denn jetzt einen Igel herzaubern? Und was soll ich danach mit ihm anstellen? Ihn ebenfalls in Butter ausbacken?

Moment mal, hier: Bier. Das ist die Lösung. Das habe ich doch schon mal gehört. Das Bier lockt die Schnecken, sie plumpsen hinein und ertrinken. Der Gerstensaft solle frisch und gekühlt sein, keinesfalls abgestanden oder warm, so der Autor.

»Frisch und kühl, frisch und kühl«, trällere ich auf dem Weg in die Küche vor mich hin. Der Telefonmann in Palma hatte unrecht. Das Internet kann durchaus sehr nützlich sein. Dank seiner Hilfe werde ich die Schnecken erledigen.

Im Kühlschrank steht genau noch ein Bier. Am Abend spielt Gladbach, mein Lieblingsteam, gegen die Bayern. Ein Klassiker, auf den ich mich schon seit langem freue. Ich will mir das Spiel als Live-Stream ansehen. Vielleicht ist das Bier ja noch zu warm, kommt es mir kurz in den Sinn, dann wäre es laut Internet ungeeignet, und ich könnte es doch abends beim Spiel trinken.

Ich nehme die Flasche prüfend in die Hand. Sie ist eiskalt und damit genau richtig für die Schnecken.

Schweren Herzens kippe ich den eiskalten, perlenden goldgelben Gerstensaft in eine flache Schale und platziere sie im Garten.

»Schnecken dieser Welt«, rufe ich und beobachte aus den Augenwinkeln, wie sich oben an Teresas Fenster der Vorhang leicht bewegt.

»Onkel Steve lädt euch hiermit zu einer riesigen Party ein. Die Getränke gehen aufs Haus. Alle, ich wiederhole alle, sind eingeladen. Auch die kleinen, hässlichen.« Mit gönnerhaftem Unterton. »Kommt und labt euch an meinem letzten Bier. Und glaubt mir, dieser Festakt ist meine letzte Großtat für euch, denn es wird euer letztes Bier sein.« Ich strecke die Arme aus und drehe mich im Kreis, als säßen die Schnecken menschengroß wie in einem Senat um mich herum.

Am Abend sitze ich bierlos vor dem Computerbildschirm. Das Bild stockt ständig. Gladbach verliert. Ein Omen?

Am nächsten Morgen wache ich mit den Hähnen auf. Viel früher als sonst. Die Schneckenplage lässt mir irgendwie keine Ruhe.

Lucia seufzt kurz, als ich mich aus dem Bett schwinge, und dreht sich auf die andere Seite. In Morgenmantel und Pantoffeln begebe ich mich nach unten, um die wohlverdiente Ernte einzufahren. Ich sehe den meterhohen Haufen alkoholgetränkter Mollusken förmlich vor mir. Die ganze Nachbarschaft wird sich mit duftenden Backwaren, Zimt- oder Marzipanschnecken, bei mir bedanken, da ich durch mein beherztes Eingreifen auch die angrenzenden Gärten von den Schädlingen befreit habe.

Doch schon als ich im Licht der Morgendämmerung in den Hof trete, merke ich, dass etwas nicht stimmt. Der Basilikum, der gestern noch gesund und munter wirkte, gleicht nunmehr einem Gerippe. Meine Schritte werden schneller, und mein Herzschlag beschleunigt sich ebenfalls. Im Garten liegt die silberfarbene Schale noch genau dort, wo ich sie hingestellt habe. Ohne eine einzige Schnecke. Bier ist allerdings auch keins mehr drin.

Der Fall ist klar. Entweder stammt der Beitrag in dem Forum von einer sehr intelligenten Schneckenbande, die schnell und möglichst kostengünstig an frisches Bier herankommen wollte, oder die jahrhundertealten Hausrezepte greifen bei meiner Weichtierschar nicht.

»Was zum Geier machst du in aller Herrgottsfrühe hier draußen?«, fragt Lucia, die hinter mir unbemerkt den Garten betreten hat.

»Leer.« Ich halte die Schale empor. Im schwachen Licht sind sogar noch die angetrockneten Schleimspuren der Diebe zu erkennen. »Zuerst fressen sie fast eine ganze Gitarre, und jetzt saufen sie auch noch mein letztes Bier. Das bedeutet Krieg.«

Nachdem ich mich angezogen, mit den Kindern gefrühstückt und sie in den Hort gebracht habe, mache ich mich zur *ferreteria* im Dorf auf. Dieses Ladenkonzept gibt es in Deutschland so nicht: ein Gemischtwarenladen, der die Bereiche Werkzeug, Haustierbedarf und Gartenzubehör abdeckt, aber auch gerne mal in andere Produktsegmente wie Chips und Karnevalsverkleidungen abgleitet. Die Besitzer stellen ihre Geschäfte gern mit allen möglichen Dingen voll, und dennoch glänzen sie auf gar wundersame Weise stets durch eines: Sie haben nie das da, was man gerade braucht.

Der Laden gehört Joan Carles, einem kleinen, untersetzten Mann, der seine Lesebrille stets so weit vorn auf der Nasenspitze trägt, dass er sie mit zwei schweren metallenen Brillenbändern sichern muss.

Das Geschäft ist wie immer leer. Nicht mal Joan Carles ist da. Er kommt ab und zu durch eine Tür, die vermutlich in seinen privaten Wohnbereich führt. Aber nur, wenn er selbst etwas aus seinem Laden braucht, und nicht etwa, weil er die wartende Kundschaft bemerkt hat. Meist läuft er dann, den Blick auf den Boden gerichtet, schnurstracks an einem vorbei, murmelt etwas Unverständliches vor sich hin und wirkt hoch konzentriert. Hat Joan Carles in seinen Regalen den Dübel oder die entsprechende Beize für sein eigenes Projekt gefunden, blickt er den potentiellen Kunden mit dem größtmöglichen Ausdruck des Erstaunens über die Lesebrille hinweg an. Ganz so, als ob man ein alter Freund wäre, den er seit zwanzig Jahren nicht gesehen hat und von dem er sich nicht vorstellen kann, warum er ausgerechnet in diesem Augenblick in seinem Laden steht und etwas kaufen will. Dutzende Male hat Joan Carles mich schon unverrichteter Dinge zurück nach Hause geschickt.

»Was gibt's?«, fragt er nun.

»*Caracoles*, Schnecken«, antworte ich.

»Auf dem Teller oder im Garten?«

»Im Garten«, sage ich müde lächelnd und werde schlagartig ernst. »Du hast nicht zufällig ein Pulver gegen Schnecken da?«

»Machst du Witze? Natürlich habe ich was da«, sagt Joan Carles, als ob er jeden erdenklichen Artikel dieses Universums führen würde. Er geleitet mich in den hinteren Teil des Ladens, wo auf einem Regal gut sortiert Schneckenvernichtungsmittel in allen erdenklichen Größen und Ausführungen stehen. »Schau«, sagt er grinsend und belädt mir die Arme mit Contra Caracoles, Adiós Caracoles und Toxi Caracol plus, damit ich auch die Schnecken in den Ritzen erwische.

»Ich … ich weiß nicht, was ich sagen soll. Ich bin überwältigt.« Für einen Moment habe ich eine Vision von Schnecken, die sich in Lauge auflösen, Schnecken, die zappeln, Schnecken, die ihre Sünden bereuen … und dann explodieren!

»Was haben sie dir denn getan?«, will Joan wissen.

»Sie haben eine ganze Gitarre verputzt.«

»Una guitarra?« Joan Carles ist sichtlich verwirrt. »Du brauchst wohl eher was gegen Termiten.«

»Nein, ich meine Blumen im Wert von einer Gitarre.«

»Uff, von einer ganzen Gitarre«, wiederholt er in extrem verkaufsfördernder Art und Weise.

»*Si*, uff«, sage ich, zahle und stapfe voll beladen nach Hause.

Noch bevor ich den Garten betrete, reiße ich eine der Packungen auf, ohne mir überhaupt durchzulesen, was darauf steht. Darin sind bläuliche, eher harmlos wirkende Körner.

»Kamelle!«, rufe ich und schleudere das Zeug faustweise in den Garten. Im Nu bedeckt das Granulat die

Beete, so, als wäre blauer Hagel vom Himmel gefallen. Wenn jetzt eine UN-Delegation auf der Suche nach Biowaffen im Nahen Osten zufällig auf dem Rückweg Station in meinem Garten macht, dann bin ich dran. So viel ist klar.

»So, Freunde, das war's fürs Erste. Ich hole jetzt die Kids ab, und wenn ich zurückkomme, dann sieht das hier aus wie nach der Schlacht bei Waterloo. Und falls nicht, gibt es die anderen beiden Packungen auch noch.«

Ich klopfe mir die Hände an der Hose ab und gehe los.

»Was machen wir jetzt?«, fragt Luna auf dem Nachhauseweg.

»Wir könnten mit der Murmelbahn spielen«, schlage ich vor.

Beide Zwillinge schütteln den Kopf, während ich die Tür aufschließe.

Sophie läuft sofort los. »Ball spielen«, juchzt sie.

»Der Ball liegt im Garten«, sage ich. Dann fallen mir schlagartig die Schnecken ein.

Als ich die Tür zum Garten aufstoße, steht Sophie wie angewurzelt zwischen den Zitruspflanzen und starrt auf den Boden. Die Schnecken liegen überall. Sie sind keineswegs explodiert, sondern wirken noch recht intakt. Nur bewegen können sie sich offenbar nicht, irgendwie sind sie wohl gelähmt. Ihre Weichkörper schlagen eigenartige Blasen wie beim Auflösen einer Vitamintablette. Bei einer Schnecke direkt vor Sophies Fuß bildet sich gar eine größere Blase, die sich sanft löst und wenige Zentimeter über dem Boden schwebt. Dann zerplatzt sie, und es regnet in winzig kleinen Tropfen auf das Beet.

»Papa, guck mal«, sagt Luna, die ihrer Schwester und mir gefolgt ist. *»Juan el caracol.«*

»Ja, *Juan el caracol*«, sage ich zerknirscht. »Kommt, wir spielen noch ein bisschen mit der Murmelbahn.«

Dreizehn

Es ist Sonntag, und ich bin mit den Mädchen allein zu Hause. Lucia fährt mittlerweile fast jeden Sonntag auf Geschäftsreise. Nach Deutschland, genauer gesagt nach Kassel. Mal organisiert sie Messeauftritte für Kunden, mal trifft sich die Führungsriege der Firma in wechselnden Nobelhotels und wird mit bunten Folien traktiert. Zwei bis drei Tage bleibt sie meist weg. Viel zu lang, finden wir drei. Aber Job ist Job. Und es ist ein gutbezahlter Job.

»Da ziehen wir nach Mallorca, damit du dein halbes Leben in Kassel verbringst«, sage ich süß-sauer am Abend vor einer ihrer Dienstreisen.

Aus dem Nebenraum vernehme ich nur ein paar dumpfe, bassige Schlagwörter wie »Konsolidierung«, »Deutsche Mutter« und »Übergangslösung«. Lucia steckt offensichtlich mal wieder mit dem Oberkörper in den Untiefen ihres Kleiderschranks.

»Wenigstens ist es in deinem Hotelzimmer schön warm«, frotzele ich weiter. »Hier wird es nämlich langsam fri-iiiisch.« Ich reibe mir mit den Handflächen über die Oberschenkel. Ein Blick auf den Temperaturmesser in unserer Mehrzweck-Radiowecker-Wetter-Station im Wohnzimmer gibt mir recht. Fünfzehneinhalb Grad Celsius bei einer Luftfeuchtigkeit von neunundachtzig Prozent. Und das Ende Oktober.

Allmählich kehrt sich das kühle Wohnklima, das im Sommer noch eine Wohltat war, ins Negative um.

»Wir müssen diese beiden mobilen Gasöfen mal langsam anwerfen, die uns die Vermieter dagelassen haben«, schlägt Lucia vor und stopft ihre Kleiderausbeute in den aufgeklappten Trolley.

»Aber wir haben kein Gas. Wann kommt noch mal der Gasmann und bringt die orangen Flaschen?«

»Immer montags.«

»Das ist ja schon morgen. Dann werde ich ihm gleich welche abkaufen.« Zufrieden mit dem extrem kurzen Problemlösungsprozess wende ich mich den Mädchen zu. »Kinder, ab jetzt müssen wir unsere Filzpantoffeln anziehen, da der Steinboden sehr kalt geworden ist, okay?«

»Ich weiß nicht, wo die sind«, sagt Sophie, »kannst du mir helfen, Papa?«

Zusammen suchen wir in einer der Schuhkisten nach den Puschen.

Lucia hetzt an uns vorbei zu ihrer Handy-Laptop-Dockingstation, streckt mir die Zunge raus und sagt: »Heute fliege ich nicht nach Kassel, sondern nach Zürich. Denkst du bitte noch an den Papagei?«

Na, dann eben Zürich. Ach ja, die Sache mit dem Vogel. Den hatte ich völlig vergessen.

»Wie heißt er noch? Charly?«, frage ich.

»Nein, die Frau heißt Charly, der Papagei hört auf den Namen Vivien.«

»Was ist denn das für ein bescheuerter Name für einen Papagei?«, sage ich. »Schau, Schatz, hier sind sie doch, deine Lieblingspantoffeln.«

Sophie zieht glücklich ab.

»Wir nehmen ihn nur für ein paar Tage in Pflege, bis Charly und Howard aus dem Urlaub zurück sind.«

»Kenne ich Charly und Howard?«, frage ich.

»Nein, sie macht mit mir den Pilateskurs, und Howard ist wohl ein etwas lichtscheuer Workaholic. Beides Engländer.«

An diesem Volk kommt man auf der Insel nicht vorbei, denn sie sind ähnlich präsent wie die Deutschen. Die Engländer von Alaró haben sich für mich jedoch als große Überraschung erwiesen. Auch wenn ihre Spanischkenntnisse meist dürftig sind, so zeichnen sie sich beinahe alle durch gute Laune, einen feinen Humor und ihre gute Kinderstube aus. Die englische Enklave in unserem Dorf hat jedenfalls nichts mit den britischen Hängebauchschweinen aus Magaluff an der mallorquinischen Südwestküste, dem englischen Pendant zum Ballermann, zu tun.

»Katzen, Schnecken, ein abgehackter Schweinskopf und jetzt auch noch ein Papagei. Ich finde, es hat sich bald mit den Tieren.«

»Jetzt hab dich nicht so. Du weißt doch, wie viel Spaß Sophie an Tieren hat. Sie tun ihr gut. Erinnere dich doch nur mal daran, wie wir Frau Leutheusser-Schnarrenberger für ein paar Tage aufgenommen haben, weil einer meiner Kollegen beruflich nach Deutschland musste.«

»Ja, der hatte Nerven, sammelt irgendwo einen namenlosen Köter auf, wirft ihn bei uns in den Garten und sagt, er müsse auf ein Seminar zum Thema Work-Life-Balance nach Deutschland.«

»Sophie hat sich total süß um Frau Leutheusser gekümmert.«

»Leutheusser-Schnarrenberger, wenn ich bitten darf.« Ich nehme Lucia in den Arm und küsse sie. »Wie schaffst du es nur, immer so frisch und wundervoll auszusehen?«

»Komm schon, *cariño*, nur eine Woche, dann holen sie Vivien wieder ab. Charly hat mir gesagt, dass sie und ihr Mann wegen des Vogels seit fünfzehn Jahren nicht mehr zusammen weggefahren sind.«

»Bitte? Das ist doch absurd! Die haben echt 'nen Vogel.«

»Vivien ist wie ein Kind für sie. Charlie und Howard haben ja keine.«

»Kann ich mittlerweile ganz gut verstehen.«

»Also, ist das ein Ja?« Lucia klimpert mit ihren Rehaugen. »Charly kommt heute um sieben vorbei.«

»Heute schon? Ich habe doch recht in Erinnerung, dass du gleich zu der Präsentation nach Zürich fliegst und erst in drei Tagen wiederkommst? Korrekt?«

»Korrekt. Wo ist das Problem?«

»Das Problem ist, dass Charly dein Vogel ... ich meine, dass Vivien deine Freundin ist.«

»Du meinst Charly. »

»Ja, genau. Es ist eine Sache, dass wir den Vogel nehmen, eine andere aber, dass du erst mal weg bist, während ich den Käfig säubern und mir den ganzen Tag das Gekrächze anhören soll.«

»Wenn ich aus Zürich zurück bin, kümmere ich mich komplett um Vivien, und du hast deine Ruhe. Versprochen.«

»Deal!«

Drei vor sieben. Jemand schlägt mit dem bronzenen Klopfring an die Eingangstür.

»Wer ist das?«, ruft Sophie, »Mama? Au ja, Mama!«

Seitdem Lucia häufiger beruflich durch Europa fliegt, hat die Mamitis unserer Tochter noch zugenommen.

»Ich glaube, das sind eher Charly und Vivien«, antworte ich, streichle ihr tröstend über den Kopf, und öffne die Tür.

»Hey, Vivien, how are you?«, sage ich in meinem besten Schulenglisch *wiss tschörman äkssent.*

Vor mir steht eine rothaarige Frau um die fünfzig. Sie ist sehr groß und schlank. Ihr Gesichtsausdruck erinnert mich an Rocky Balboa unmittelbar nach dem Kampf um die Weltmeisterschaft im Schwergewicht gegen Apollo Creed. Etwas gequält und zugleich irgendwie erleichtert. Vermutlich auch etwas gequält, weil sie den Papagei abgeben muss, und dennoch froh, weil Lucia mich offensichtlich instruiert hat. In der rechten Hand hält sie einen großen metallenen Käfig, in dem ein mausgrauer, hässlicher Papagei sitzt. Während das Gefieder an Flügeln und Kopf einen relativ normalen Eindruck macht, ähnelt die Brust einem Tiefkühlhühnchen im Supermarkt. Sie ist völlig kahl gerupft.

»Hi, ich bin Charly, und das hier ist Vivien.« Sie zeigt auf den Papagei. »Du musst Steve sein. Das ist ein englischer Name, *isn't it*?«

Die Kinder stehen mittlerweile hinter mir. Luna starrt aus sicherer Entfernung fasziniert auf den Papagei.

»*Yes*, ein paar Freunde haben mich so genannt, vielleicht weil es zu viele Stefans in unserer Klasse gab.«

»Oh.« Charly lacht. Dabei schlägt sie eine Hacke in Richtung Po nach oben.

Ich lache mit. Dadurch gewinnen wir Zeit, um uns zu taxieren und wichtige Entscheidungen zu treffen.

Mein Entscheidungsbaum während des Lachens verläuft so:

Frage 1: Mag ich Charly? Antwort 1: Geht so.

Frage 2: Mag ich Vivien? Antwort 2: Nein.

Wenn Frage 1 und 2 nicht mit Ja beantwortet werden können, reicht es dann, um eine Woche mit dem Papagei zu verbringen?

Antwort: Nein!

Bei einem Nein stellt sich wiederum die Frage, ob ich Lucia so sehr liebe, dass ich ihr diesen Gefallen tue, also irgendwie über Bande gespielt.

Antwort: Ja.

Charlys Entscheidungsbaum sieht dagegen vermutlich so aus:

Frage 1: Mag ich Steve? Antwort 1: Geht so.

Frage 2: Mag Vivien Steve? Antwort 2: Nein.

Wenn Frage 1 und 2 nicht mit Ja beantwortet werden können, reicht das dann, um den Papagei für eine ganze Woche dazulassen?

Antwort: Nein!

Ein Nein bedeutet allerdings, dass der für meine Partnerschaft so wichtige Urlaub schon wieder ins Wasser fiele, wegen Vivien. Ich müsste es Howard erklären und die Tickets stornieren. Will ich das?

Antwort: Nein!

Wir lachen immer noch. Allerdings werden unsere Lachpausen länger, bis unser Gekicher schließlich austrudelt und zum Erliegen kommt. Charly reibt sich eine Träne aus dem Augenwinkel, wo gar keine ist, während ich mich ohne Not räuspere. Stille.

»*So, you are bringing me the Papagei?*« Ich strahle und stelle mir vor, dass Lucia es so wollen würde.

»*You mean the parrot?*«

»*Parrot*? Nie gehört, aber ja.« Ich beuge mich zu dem Käfig herunter, und Vivien legt den Kopf schief.

»He, kleines Mädchen, wie geht es dir?«

»*O no*, eigentlich ist es ein Junge«, sagt Charly.

»Ein Junge? Oh. In Deutschland wäre Vivien vermutlich ein Mädchen.«

»Oh, wieso sollte er sein Geschlecht ändern, nur weil er in Deutschland ist?«, fragt Charly mit angewidertem Gesichtsausdruck, gerade so, als würde mir irgendwas aus der Nase sprießen.

»*Asshole*«, krächzt Vivien plötzlich mit leichtem Oxford-Akzent in die Stille hinein.

In der Ferne bellt ein Hund. Eine Baumaschine wird mit einem Stottern angelassen. Der Wind bläst eine Getränkedose die Straße herunter. Ich blicke Charly tief in die Augen.

»Hmm … okay … hat der Vogel gerade *asshole* gesagt?«

»Nein, nein, er kann nicht sprechen.« Charly winkt lachend ab.

»Aha. Wie alt ist er denn?«

»Dreiundvierzig. Er ist bei meinem Schwiegervater aufgewachsen, und nun lebt er seit fünfzehn Jahren bei uns.«

Charly folgt uns ins Kaminzimmer und stellt den Käfig auf den Boden. Aus einer Tasche zieht sie eine Packung mit Körnerfutter hervor.

»Es wäre sehr nett, wenn du ihm jeden Tag etwas frisches Wasser und Futter geben könntest. Und einmal den Käfig säubern wäre toll.«

Käfig säubern, denke ich. Pah, damit wird schön gewartet, bis Lucia wieder da ist. Dann sage ich: »*Yes, of course*. Vivien wird bei uns einen schönen Aufenthalt haben.«

»Hier ist meine Handynummer, für den Notfall.« Sie gibt mir eine Visitenkarte. Charly Taylor, Property estate agent – Maklerin also.

Ein letzter zärtlicher Blick in den Käfig, dann geleite ich die Engländerin zur Tür.

»*Thank you very much*. Der Urlaub bedeutet uns sehr viel.«

»*Asshole*«, schallt es aus dem Kaminzimmer in den Flur herüber.

»*You are welcome*«, überspiele ich den verhaltensauffälligen Vogel. »Genießt eure Ferien.«

Zurück im Kaminzimmer, setzen wir uns zu dritt im Schneidersitz um den Käfig.

»Wie heißt der?«, fragt Luna.

»Das ist Charly«, sage ich. »Nee, Vivien. Der Papagei ist schon ganz alt. Älter als Papa.«

Die Kinder blicken den Vogel ehrfürchtig an.

»Vivien wohnt für ein paar Tage bei uns. Und hier, seht ihr, das Körnerfutter, das wir ihm geben sollen.« Ich halte die Tüte hoch.

»Ich jetzt den streicheln«, sagt Sophie.

»Ja, aber ich habe Charly gar nicht gefragt, ob wir den rausnehmen dürfen. Wisst ihr, Papageien gelten als höchst sensible und intelligente Tiere, glaube ich.«

»*Asshole*«, kontert Vivien und untermauert meine These damit eindrucksvoll. Seine Unverschämtheiten kommen so perfekt auf den Punkt, dass es sich nur um ein außergewöhnliches schlaues, wenn auch offenbar einsilbiges Individuum handeln kann.

»Was hat der eben gesagt?«, fragt Luna.

»Öh … Es … es, es, es … es holt. Er hat ›es holt‹ gesagt.«

»Es holt was?«, fragt Luna.

»Gemüse. Es holt Gemüse. Wisst ihr, so wie Miguel, der uns immer den Bio-Gemüsekorb bringt. Jedenfalls so ungefähr.«

Die Pupillen der Kinder setzen sich in Bewegung und bleiben irgendwo an einem unbestimmten Punkt an der Wand haften. Ein eindeutiges Indiz dafür, dass sie die Information verarbeiten. Da keine weitere Frage folgt, scheinen sie mit der Antwort zufrieden zu sein.

»Papaaahhh, mir ist kalt«, sagt Sophie.

»O ja. Morgen kommt der Mann mit den Gasflaschen, dann können wir die Öfen anmachen«, sage ich und versuche schnell vom Thema abzulenken. »So, mal sehen, ob der Papagei auch ein bisschen sprechen kann. Vivien kann vermutlich kein Deutsch oder Spanisch, aber Papa versucht es mal in einer anderen Sprache. Die heißt Englisch.«

»Englisch?«, plappert Luna nach, »So wie Luke?«

»Ja genau, wie Luke, der auch Zwillinge hat.«

»Okay, Vivien.« Ich gehe mit dem Gesicht so nahe an den Käfig, dass die Nase fast zwischen den Gitterstäben steckt. *»Can you say something?«*

»Somethiiiiiing«, trötet der Vogel nach einer kleinen Bedenkzeit heiser.

»Can you say Sophie?«

»Sophieee«, wiederholt Vivien mustergültig.

Meine Tochter strahlt über das ganze Gesicht.

»Asshole«, krächzt der Vogel nun wieder.

»Gemüse«, ergänzen die Kinder unisono.

»Äh, gut. Also, fragt Vivien doch mal nach etwas. Mit ein bisschen Glück wiederholt er es dann.«

Während die Kinder die Namen ihrer mallorquinischen Kindergärtnerinnen, der Dorfheiligen und so schöne Wörter wie Kaka und Pups in den Käfig hineinrufen, schnappe ich mir eine herumstehende Westerngitarre. Ich will schnell einen Fingerstyle-Blues spielen und entscheide mich für »Old Mountain Rag«, einen netten Schunkelblues, zum Warmwerden. Erster Akkord, ein sattes G-Dur. Riiinnnng.

Dann ein Schrei.

Mein erster Gedanke: Der Papagei hat die Kinder gebissen. Verfluchter Gockel, die Engländer sollen ihn sofort wieder abholen. Doch als ich aufblicke, sehen die Mädchen mich etwas bedrückt und gleichwohl erschrocken an. Keine blutenden Finger oder Nasen. Nichts dergleichen.

Es ist Vivien selbst. Er hat den Kopf nach vorne gereckt, flattert wie von Sinnen mit den gespreizten Flügeln und stößt grauenhafte spitze Schreie aus. Der Papagei ist völlig außer sich. Selbst die Augen treten ihm aus dem Kopf.

»So beruhige dich doch«, rufe ich und stelle die Gitarre weg. »Ich konnte doch nicht ahnen, dass du keinen Blues magst.«

Plumps.

»Vivien? Vieviiien!«

Der Papagei liegt rücklings auf dem Käfigboden. Mein erster Impuls ist, sofort in den Käfig zu greifen, doch dann zögere ich. Wer weiß, vielleicht wäre das der endgültige Todesschock, oder aber Vivien würde mir im Reflex mit seinem Hornschnabel eine klaffende Wunde in den Handteller schlagen. Außerdem sind Papageien angeblich außerordentlich intelligent. Vielleicht stellt er sich nur tot, damit ich die Käfigtür öffne, und dann entflieht er in das nahegelegene Vögelparadies nach Santa Eugenia. Andererseits würden die Engländer mich vermutlich wegen unterlassener Hilfeleistung verklagen und mich im Dorf als verantwortungslosen Tierhasser bezichtigen. Damit hätten sie zwar prinzipiell recht, aber nicht in diesem Fall. Verdammt! Okay, ich mach's.

Vorsichtig öffne ich die Käfigtür und schiebe die Hand behutsam unter das Tier. Die Kinder verfolgen jede meiner Bewegungen aufmerksam und neugierig. Als ich dabei eine von Viviens Krallen berühre, schließt sie sich ein wenig. Eigenartig. Ich hatte mir das Federvieh irgendwie schwerer vorgestellt. Um den Papagei aus dem Käfig zu befördern, muss ich einen seiner Flügel wie einen Zollstock zusammenklappen, damit er nicht an der Käfigtür hängenbleibt. Vorsichtig lege ich den Vogel aufs Parkett. Geschafft.

»Papa, was macht Vivien da?«, wundert sich Luna.

»Na, der hält ein Nickerchen.« Die Standardantwort bei toten oder schwerverletzten Tieren.

»Papa versucht mal, ihn aufzuwecken. – Vivien! Vivieen, du wirst mir doch nicht sterben. Nicht jetzt. Nicht hier.«

Als hätte der Vogel mich verstanden, hebt er kurz den Kopf und gibt leise Laut. »Ass …, Asss …« Dann lässt der Flattermann den Kopf fallen. Es wird Nacht um Vivien.

»Nicht sterben«, flehe ich und reibe mir verzweifelt über die Backen. Ich bin nicht gut in so was.

Alles, was mir einfällt, ist der Erste-Hilfe-Kurs, den ich damals für den Führerschein belegen musste. Vor siebzehn Jahren. »Stabile Seitenlage«, sinniere ich laut und verwerfe den Gedanken gleich wieder. »Unsinn! Herz-Rhythmus-Massage. Das könnte gehen.«

Das hieße aber auch, den Vogel an der pockigen, federfreien Zone zu berühren. Puh. Das darf mir Lucia mit Zins und Zinseszins zurückzahlen.

»Ich nehme mal an, dein Herz sitzt auch links oben.« Ich drücke vorsichtig mit der Daumenspitze auf Viviens linke Brusthälfte. Einmal, zweimal, dreimal. Pause. Wie war das noch? Ich kann mich nicht an die Intervalle erinnern. Egal, weiterdrücken.

Es ist zwecklos, der Papagei reagiert nicht.

»Ich rufe mal schnell bei Charly an, die müsste gerade auf dem Weg zum Flughafen sein.«

Aus der Hosentasche krame ich die Visitenkarte heraus und wähle die angegebene Nummer.

»*Yes?*«, erklingt eine sonore Stimme am anderen Ende der Leitung.

»Äh, Howard?«

»*Yes?*«

»Sitzt du? Howard, du musst jetzt stark sein.« Meine Stimme klingt wie die eines Grabredners auf einem amerikanischen Militärfriedhof.

»Was ist passiert?«

»Vivien ist nicht wohl.«

»Nicht wohl? Was soll das bedeuten?«,

»Sie, äh, er ist vermutlich tot.«

»*What?* Bleib, wo du bist. *We will be right there.*«

Ich lege das Telefon zurück auf die Station.

»So, Howard und Charly kommen gleich vorbei und holen Vivien ab«, erkläre ich den Kindern. »Solange bleiben wir hier bei dem Papagei und malen etwas.«

Die Kinder sind einverstanden.

Nur eine Viertelstunde später klopft es wieder an der Haustür.

»Come in«, rufe ich aus dem Kaminzimmer, »wir sind hier drüben.«

Ich höre, wie jemand die Klinke herunterdrückt und die Haustür langsam öffnet. Dann sind mächtige, langsame Schritte im Flur zu vernehmen, die den Boden zum Schwingen bringen. Zwischen den einzelnen Schritten ein pfeifendes Schnaufen.

»Hello?«, rufe ich, um mich zu vergewissern, dass es auch wirklich die Engländer sind, und nicht Godzilla.

Keine Antwort.

Als Erstes sehe ich den Bauch, der sich wie in Zeitlupe von rechts in mein Blickfeld schiebt. Eigentlich ist es gar kein Bauch, sondern eine Art Wulst, die vor dem Schritt her wabert. In der Mitte scheint die Wulst gekerbt zu sein, so, wie ein handelsüblicher Arsch. Über eine Rundung geht sie in ein fast vertikales Plateau über, auf dem man prima ein *menu del día*, ein Tagesmenü, hätte abstellen können. Danach steigt das Ganze einem Fließheck gleich bis zu den beiden gigantischen Brustbatzen an, die tonnenschwer und müde auf den seitlichen Ausläufern des Bauchplateaus lagern, so, wie alte Bergstürze auf einem Gletschertal.

Eine grüne Cordhose hält das Ganze untenherum zusammen und wird nach oben hin von einem zeltartigen Sweatshirt abgelöst, auf dem die Muppets posieren. Auf diesem elefantösen Zellgebilde sitzt ein Kopf. Das ist Howard. Und zwar nur der Kopf. Irgendwie scheint das restliche Gewebe nicht zu ihm zu gehören. Es wirkt eher wie ein schrilles Kostüm. Howard hat Locken, einen Bart und trägt eine Brille. Sein sehr freundliches und wohlmeinendes Gesicht wirkt etwas in die Länge gezogen, so, wie man es mit diesen Spaßprogrammen für Fotos am Computer gerne macht.

Als der Engländer den Raum betritt, fällt sein Blick sofort auf den Vogel. »Vivien!«, schreit er und fällt auf die Knie, was sich als Drahtseilakt herausstellt, da er sich mehrfach mit den Armen abstützen muss, um nicht lang aufzuschlagen. Zusammen mit den Zwillingen rücke ich ein wenig zur Seite. Aus Respekt vor diesem Naturschauspiel.

Howard liebkost zärtlich den Kopf des Vogels. *»My tiny baby«*, schluchzt er, gräbt beide Handteller unter den Papagei und hebt ihn vors Gesicht, wie jemand, der nach einer Wüstendurchquerung aus einer Quelle Wasser schöpft.

»Es tut mir so leid«, sage ich.

»What?« Howard dreht sich um. Offensichtlich hat er uns jetzt erst registriert. Er legt den Vogel ab, stemmt einen Fuß auf den Boden und hievt sich hoch. Schnell reiche ich ihm die Hand.

»No«, sagt er schnaufend. *»No!«*

»Doch, es tut mir leid. Wirklich.« Ich sehe, wie sehr Howard an dem Tier hängt.

»Nein, mir tut es leid«, brummt Howard und richtet beide Zeigefinger auf seine Monsterbrüste. »Er hätte nicht hier vor dir und den Kindern sterben sollen.«

»*Nooo*, mir tut es leid«, wiederhole ich seine Geste. *»He was more than a bird for you.* Was wird nun aus den Ferien mit Charly?«

»Charly sitzt draußen im Auto. Mach dir keine Sorgen wegen der Ferien.«

Doch bei dem Wort *holidays* fangen Howards Lippen plötzlich an zu zucken, und Tränen schießen ihm in die Augen. Kurz darauf öffnet er behäbig die

Arme zu einer Umarmung. Ein Angebot, das ich liebend gerne annehme, da ich immer Trost vertragen kann. Nicht wegen des gerupften Sittichs, sondern wegen der unzähligen Nicht-anziehen-wollen-, Nicht-essen-wollen- und Nicht-ins-Bett-gehen-wollen-Kämpfe mit meiner eigenen Brut. So lasse ich mich einfach in Howard fallen, wie Sophie das immer bei den Hüpfburgen auf den Supermarktparkplätzen macht.

Der Engländer ist unglaublich weich. Er hat geradezu Wasserbettqualität. Da ich um einiges größer bin als er, kann ich ihn sogar umarmen, indem ich mich stark vorbeuge. In dieser Haltung müssten wir eine perfekte Ying-und-Yang-Kugel abgeben. Seine Locken kratzen mich leicht am Hals, und aus dem Spalt zwischen dem Sweatshirtkragen und dem Nacken entweicht ein süßlich-warmer Geruch. Aber das sind wahrlich zu vernachlässigende Störsignale in dieser rundherum gelungenen Zeremonie. Zusammen vergießen wir ein paar Tränen, und tätscheln uns tröstend auf den Rücken, dann ist es vollbracht. Wenn Männer sich einmal umarmen, ist das ein Bund fürs Leben. Da braucht es keine Worte mehr.

Howard bückt sich, nimmt den Vogel, der mittlerweile steif wie ein Staffelstab ist, in die eine und den Käfig in die andere Hand. So schreitet er zur Haustür. Die Kinder und ich folgen ihm zum stillen Geleit. Auf der Türschwelle dreht der Engländer sich noch mal um und hält kurz inne.

»Übrigens«, sagt er, »es ist ziemlich frisch hier drin.« Langsam hebt er die Hand mit dem toten Vogel zum letzten Gruße und steigt in den Wagen.

»Tschüs, Vivien, schlaf gut«, flüstert Sophie.

»Wa-a-as gibt es bei euch Neu-neu-neu-neu-neues?«, fragt Lucia mich am Abend per Skype. Die Leitung nach Zürich ist sehr instabil und zerhackt immer wieder Sätze.

»Och, nichts, alles prima. Wir frieren, der Papagei hat nach zehn Minuten ins Gras gebissen, und ich habe in den Armen eines sehr dicken Engländers geweint, aber sonst alles bestens.«

»De-e-e-r-r-r Pa-pa-pagei ist tot?«

»Ja, Mensch. Du klingst wie ein Roboter, der irgendwo in Mombasa sitzt«, sage ich. »Wieso bist du überhaupt noch wach? Es ist fast Mitternacht, und du hast doch morgen ein wichtiges Meeting?«

Auf dem Computerbildschirm wirkt Lucia müde. Sie hat leichte Ränder unter den Augen, und auf dem Kopf ein zu einem Turban gewickeltes Handtuch. Offensichtlich kommt sie gerade aus der Dusche. Im Hintergrund erkenne ich eine türkisfarbene Wand, auf der saftlose Herbstlandschaften in Aquarell hängen.

»Wie-e-e-e konnte-e da-a-a-s passi-ie-re-n-n?«

»Keine Ahnung. Vivien ist einfach umgefallen, als ich gerade Gitarre spielen wollte.«

»O-o-o-de-r-r wa-a-a-re-n-n's die Kind-er?«

»Nein, die haben nichts damit zu tun. Ausnahmsweise mal. Vielleicht ist der Broiler auch erfroren, ich weiß es nicht. Für eine Weile würde ich ganz gerne keine Tiere mehr aufnehmen.«

»O-o-k-a-y.«

»Und, wie ist Zürich? Muss toll sein, in einer Stadt, wo es Heizungen gibt.«

»Ha-a-a-be-e bi-s-he-r ni-chts vo-o-on der Stadt gese-he-n. U-u-n-d-d bei euch i-i-st es ka-alt?«

»Nee, nur drinnen. Draußen sind noch gut siebzehn

Grad, im Wohnzimmer mittlerweile nur dreizehn. Das soll mir mal einer erklären, wie die hier die Häuser gebaut haben. Ich habe das bisher so begriffen: Wenn man sich aufwärmen will, dann muss man das Fenster aufmachen.«

»Ha-ha-a-ha-a«, tönt es cyborghaft aus den Computerlautsprechern. »Denk da-ran, dass mo-o-rgen der Gas-ma-ann kommt.«

»Aye, aye. Und nun genug gestottert, *buenas noches, amor.*«

»Schlaaf gu-ut.«

Vierzehn

Am nächsten Morgen stehe ich mit den Kindern pünktlich an der Haustür. Tatsächlich kommt ein kleiner Laster die enge Straße hochgewackelt, die Ladefläche voller orangefarbener Gasflaschen. Fast bei jedem Haus hält er an. Der große Mann in der blauen Latzhose steigt aus und nimmt zwei volle Behälter von der Ladefläche, als wären sie aus Styropor. Dann stellt er sie auf die Straße und rollt sie parallel mit beiden Händen, indem er die Flaschenböden an einer Seite leicht anhebt, zu den Hauseingängen. Bei der Rollbewegung entsteht ein glockiger, steeldrumartiger Klang, der sich mir bald einbrennen soll wie die Glocke bei den Pawlow'schen Hunden.

In den Türrahmen stehen überall alte Frauen und warten, zusammengerollte Scheine in der Hand. Sie strahlen, als ob es sich um den Höhepunkt des Tages handelte.

Hinter dem Laster ist ein langer Stau entstanden, da man selbst mit dem Fahrrad kaum daran vorbeikommt.

Alles Mallorquiner, die zur Arbeit wollen, denke ich. Einige nutzen die Zwangspause, lassen entspannt das Fenster herunter und halten ein Schwätzchen mit den Frauen. Andere hupen und hängen sich mit dem

Oberkörper aus der Autotür, um zu sehen, wann es weitergeht.

Endlich hält der Wagen bei uns. Hinter der Frontscheibe klemmt ein Schild mit dem Namen Toni.

»*Dos!*«, rufe ich in das offene Beifahrerfenster hinein.

Toni steigt aus und kommt auf uns zu. Er ist ein sehr untypischer Mallorquiner: stoisch, blass, Bart, Brille, Heavy-Metal-Frisur, über einen Meter neunzig groß, breite Schultern. Ich hätte bei ihm weniger auf einen mallorquinischen Gasmann als auf einen irischen Friedhofsgärtner und Live-Rollenspieler getippt.

»Und die leeren Flaschen?«, fragt Toni.

»Ich ... wir haben keine leeren Gasflaschen.«

»*Pues no te puedo dar*«, sagt der Gasmann. Das bedeutet, dass er mir keine geben kann. Oder will.

»Du musst erst nach Inca und melden, dass du Flaschen brauchst«, erklärt er mir.

Das ist bestimmt schon wieder so ein Neu-zugezogener-Ausländerquatsch, denke ich. Wenn wir schon mal zusammen Skat in der Dorfkneipe gekloppt hätten, würdest du jetzt keine Sekunde zögern.

Prompt meldet sich mein Stolz. Er sagt mir, ich solle den offiziellen Weg gehen. Auch wenn es Monate dauern würde und wir uns mit Decken behelfen müssten. Alles nur für diesen einen Augenblick, wenn Toni wieder mit seinem Laster angedengelt käme und ich ihm die unterschriebenen Papiere aus Inca mit noch feuchter Unterschrift unter die Nase halten könnte. Aber mein Stolz ist eben auch temperaturabhängig und verabschiedet sich bei morgendlichen dreizehn Grad in der Küche.

»Bis wann kann ich denn dann welche haben?«

»Uff. Das kann dauern, da sie vorher noch eine Inspektion machen.«

»So lange kann ich nicht warten. Hier sterben Tiere, und die Temperatur in der Küche nähert sich allmählich dem Gefrierpunkt. *Por favor.*« Ein Blick zu den Kindern, dann ein Nicken. Aha, wieder mal der Kinderbonus. Soll mir recht sein, solange wir die Bude warm kriegen. Der Gasmann steigt aus und wuchtet in einer einzigen Bewegung zwei Flaschen direkt von der Ladefläche vor unsere Haustür.

»*Veinti-cuatro*. Das macht vierundzwanzig Euro.«

Ich zahle. »*Gracias*, Toni.«

Er zieht den Rotz in der Nase hoch. In der hiesigen Dorfsprache bedeutet das offensichtlich: Danke schön, ist angenommen. Dann setzt er sich wieder in sein Fahrerhäuschen und tuckert weiter.

»Kommt, Kinder, Papa bringt schnell die Flaschen rein, und heute Nachmittag, wenn ihr aus dem Hort kommt, machen wir es uns schön kuschelig warm. Mann, sind die Dinger schwer.«

Da tönt von irgendwoher ein Pfeifen. Lieblich und tonal absolut vollkommen.

♫ »Tea for two and two for tea.« ♫

Die Melodie kenne ich doch? Ach ja, Wolfgang. Toll, jetzt hat der deutsche Auswanderer auch noch sein eigenes Soundlogo. Er braucht es nur zu pfeifen, und jeder weiß, dass er es ist. Wofür manche Firmen Unsummen in den Sand setzen, das hat Wolfgang einfach so geschafft. Ganz ohne Pitches, Glaspaläste und Designerbrillen. Na bravo!

»Na ihr? Wird's da enem etwa schon zu frosta?« Wolfgang wirft einen hämischen Seitenblick auf die klobigen Gaskartuschen.

»Hallo, Wolfgang«, sage ich. »Nun ja, so langsam wird's im Haus leicht ungemütlich. Feucht und kühl.«

»Papperlapapp! Dit ist doch noch jar nüscht. Der Winter hat ja noch nichma anjefangen. Da haste tropische fünfundneunzich Prozent Luftfeuchtischkeit im Wohnzimmer, weil de Wände det Wasser außem Boden ziehen wie 'n Stück Würfelzucker 'n Kaffe. Und wennde dich ins Bett haust, denkste dir, die Bettwäsche is och nass. Allet klamm. Ja, und dann kriegste Schimmel. Damit dit nich passiert, musste heizen. Vollet Rohr. Aber wenn ick mir eure Bude und die Türen so ankieke, dann seh ick schwarz, wah. Allet uraltlavendel, mit riesen Spalten drinne. Da kannste den Ofen jenauso jut gleich nach draußen stelln. Da ham die freilaufenden Köter, die hier überall hinkacken, vielleicht och noch wat von. Aber weeste, selbst die neuen Buden, die die Mallorquiner bauen, sind feucht wie 'n Fraunschlüpper. Die baun dit irgendwie frei Schnauze. Wenn et jut läuft – jut, und wenn et schief wird, nennense es einfach *rustico*.«

»Ja, und was kann man da machen? Wie hast du das Problem denn gelöst?«, frage ich.

»Na, ick hab 'ne Fußbodenheizung reinjelecht. Vorjefräste Trockenestrichplatten uff de modulären Polyethylenrohre – fertig ist die Laube. Konstante Raumtemperatur im Winter sind bei mir zweeundzwanzich Grad, bei 'ner relativen Luftfeuchtischkeit von zwoundseschzich Prozent. So werd ick älter als der olle Heesters. Ick! Harhar …«

»Gratuliere, da hast du ja wohl alles richtig gemacht. Wenn du uns jetzt bitte entschuldigst, wir, ähem, haben es eilig. Wir müssen los zum Hort«, falle ich Wolfgang ins Wort. Das Letzte, worauf ich jetzt Lust habe, sind

Erfolgsgeschichten über Heizsysteme, von denen ich keinen blassen Schimmer habe.

»Ja, juti. Man sieht sisch. Fängt ja och wieder zu schütten an.« ♫ »Tea for two and two for tea.« ♫

Schnell streife ich mir und den Kindern die Regencapes über und greife zum Schirmständer. Außer Lunas rosafarbenen Minischirm mit dem seiltanzenden Elefanten sind sie jedoch alle weg. »Mist, wo sind denn jetzt schon wieder die großen schwarzen Schirme? Wir hatten doch zwei davon.« Dann fällt mir ein, dass ich unlängst einen in Palma im Bus vergessen habe und Sophie bei dem anderen durch endloses Aufspannen und Zuklappen die Schirmspeichen zerdeppert hat. »Sei's drum.« Ich nehme den Kinderschirm und schließe die Tür.

Auf dem Weg zum Hort machen wir einen Schlenker über die Plaza, da ich mir schnell noch eine Zeitung kaufen will. Das Dorf hat sich verändert. Der ansonsten stets belebte Platz wirkt verwaist. Die Alustühle sind weg, und auch die Touristen sind wie vom Erdboden verschluckt. Ein paar gelbe Blätter der Platzplatanen wehen im Regen über das Kopfsteinpflaster, bevor sie wasserdurchtränkt liegen bleiben. Selbst das weiß getünchte Immobilienbüro hat geschlossen. Natürlich posieren die völlig überteuerten Objekte immer noch auf ihren Steckbriefen in der Auslage. Alle schön bei Sonne fotografiert. Alle mit Pool. Alle mit Panoramasicht. Alle ohne direkte Nachbarn. Alles auf Deutsch. Finca mit Charme … charmantes Landhaus … stilvolle Landfinca … Landhaus mit Charme … Luxus-Finca im charmanten Landhausstil … Ob die in den Hütten auch so charmant frieren wie wir in unserem charmanten Dorfhaus?

Selbst die blauen Todeszettel an der Tür des Gemischtwarenladens sind viel seltener geworden. Die fallenden Temperaturen kommen den Alten vermutlich zupass.

Auch im Hort hat sich etwas getan. Ich entdecke einen zweiten Dorfpolizisten, der den Verkehr in der engen Straße regelt. Es sind noch mehr Autos als sonst, denn bei Regen kommt keiner mehr zu Fuß. Der Polizist ist bewaffnet bis an die Zähne, und sein Waffengürtel ist so vollbehangen wie ein Weihnachtsbaum in einer amerikanischen Shopping-Mall. Schlagstock, Taschenlampe, Messer, Funkgerät, Handy, Pistole, Magazin, Handschellen – alles da. Seine Arme stehen schussbereit vom Körper ab, als hätte er Rasierklingen unter den Achseln. Auf der Nase trägt er eine verspiegelte Sonnenbrille. Bei Regen. Eine von denen, die sonst nur Polizisten im glühenden Mississippi zustehen, wenn sie die angeketteten Schwerverbrecher beim Grabenausheben bewachen.

Dennoch ist also das komplette Polizeiaufgebot Alarós damit beschäftigt, die Muttis und Papas durch die enge Straße zu schleusen und allzu lange Kinder-Entlade-Zeiten zu verhindern. Entweder ist das ein Zeichen einer sehr heilen Welt oder einer sehr kaputten.

Auf einmal komme ich mir wahnsinnig deutsch vor. Ich bin der Einzige, der mit den Kindern noch zu Fuß geht, wenn auch fluchend.

»Es gibt kein schlechtes Wetter, sondern nur die falsche Kleidung«, hat mal eine blinde Frau zu mir gesagt, mit der ich als Zivildienstleistender regelmäßig Wanderungen unternehmen sollte. Wieso fällt mir das ausgerechnet jetzt ein, obwohl ich diesen Spruch immer ziemlich idiotisch fand? Vielleicht weil mir der Trotz gefällt, der darin liegt. Vielleicht weil es urdeutsch ist, im Regen herumzulaufen. Geht ja in Deutschland auch nicht anders. Regnet ja ständig.

Am Horteingang warten die Eltern und mallorquinischen Omas unter bunten Schirmen auf den Einlass. Normalerweise schließt Carmen auf, doch zu unser aller Überraschung kommt heute Morgen Jaume aus der Tür. Richtig, Jaume, der Bergsteiger und Fernsehmoderator. Ungeachtet des strömenden Regens, tritt er in seinem körperbetonten weißen Laufshirt und der kurzen Hose, einem engen Verwandten meines Kneifers, mit der angemessenen Ruhe und Gelassenheit eines Gewinners in das Unwetter hinaus. Ein paar der Frauen fangen an zu fiepen und tippen sich gegenseitig schnell an, als wären sie defekte Fahrkartenautomaten. Wie Moses den Ozean einst teilte, so teilt Jaume nun das Schirmmeer, und eine Gasse entsteht.

»Jaume, Jaume«, jauchzt eine Mallorquinerin schmelzend.

Der Moderator ist nach wenigen Metern bereits nass bis auf die Knochen. Ein Umstand, der ihm zuspielt, schmiegt sich doch nun der Polyesterstoff wie eine milchige Folie an seine definierten Brust- und Bauchmuskeln. Damit besteht kein Grund, den Schritt zu beschleunigen. Im Gegenteil. Jaume bleibt kurz stehen, winkt gönnerhaft in die Menge und gibt jedem der Anwesenden ausreichend Zeit, seinen chitinharten Body zu bestaunen. Unterdessen tropft der Regen von seinem perfekt gestutzten Dreitagekinnbart. Fehlt nur, dass er den Kopf in den Nacken legt und die Arme ausbreitet. In meinem Kopf höre ich dazu einen Song von Vangelis oder einen Queen-Pathos-Knaller à la »The show must go on«.

Jedenfalls wird mir unter Lunas rosa Kinderschirm übel. Was macht der Typ hier? Soviel ich weiß, hat er keine Kinder. Wahrscheinlich hat er eine Zwangsneurose und muss sich mindestens einmal täglich von Müttern im Stand-by-Sex-Modus feiern lassen.

Eine Frau hält Jaume unter ihrem Schirm ein halb aufgeweichtes Papier hin. »Ein Autogramm, bitte.«

Verlegen hebt er die Schultern und lächelt über das nass glänzende Gesicht, wobei die Grübchen und Lachfalten noch stärker hervortreten. Überflüssig, zu erwähnen, dass sich die Schultermuskeln bei dieser sympathischen Geste auffalten wie das Relief eines Mittelgebirges. Ja, klar, jetzt auch noch die verklemmte Ich-konnte-ja-nicht-wissen-dass-ich-ein-Autorgramm-geben-muss-und-habe-deshalb-natürlich-keinen-Stift-dabei-bescheiden-wie-ich-nun-mal-bin-Nummer.

O Mann, der Typ macht mich fertig. Selbst die Kinder stehen wie paralysiert zwischen den Müttern und schauen ungläubig zu ihm hoch, als wäre er eine zwei Meter große Waffel. Es gibt solche Männer, die einfach alle um den Finger wickeln können, egal ob Kinder, Mütter oder Omas. Immer ein nettes Kompliment für die Großen auf den Lippen oder den Ballon für die Kleinen zur Hand. Jaume ist genau so einer.

Als er cäsarenhaft an mir vorbeischreitet, lässt er den Blick abfällig über mein Regencape wandern. Auf Höhe meiner Oberschenkel angekommen, entdeckt er schließlich Sophie und Luna. Er grinst die beiden an, offensichtlich hat er sie wiedererkannt. Dann streichelt er ihnen vor der versammelten Jungelternschaft von Alaró über die Wangen.

»*Que bonito*, wie süß!«, ruft eine der Mütter.

Das sprengt ja wohl alles! Jetzt inszeniert der Kerl sich auch noch als künftiger, kinderlieber Superpapa, noch dazu mit meinen Zwillingen, die ich mit Blut, Schweiß und Tränen aufgezogen habe.

Ich würde gerne irgendwas auf Spanisch fluchen, aber immer wenn mein limbisches System rotsieht, setzt auch mein internes Wörterbuch total aus. »Kommt, Mäuse, wir müssen jetzt reingehen«, ist alles, was ich zustande bringe.

Ich schiebe die Kinder von Jaume weg in Richtung Eingangstür, während die anderen Mütter wie angewurzelt verharren und sabbern.

Im Hort ist es empfindlich kühl. Alba empfängt uns etwas besorgt an der Klassentür. »Der Strom ist ausgefallen«, sagt sie leicht verzweifelt. Das erklärt natürlich einiges, denn viele der Heizungen hier funktionieren elektrisch. Überall gibt es stromfressende Radiatoren oder Heißluft-Klimaanlagen. Auch hier im Hort. Alba lächelt. »So ist das eben in Alaró. Wir sagen immer scherzhaft, es war 1901 das erste Dorf auf der Insel mit Elektrizität und ist deshalb auch immer das erste Dorf ohne Strom … sobald es regnet. Normalerweise dauert es nie länger als dreißig Minuten, danach sollte es wieder gehen.«

»Gut«, sage ich und frage mich gleichzeitig, ob dreißig Minuten reichen, damit unser Kühlschrank abtaut, und ich die Sauerei aufwischen muss.

Im Gang kommen mir die begeisterten Jaume-Fans entgegen. Er hat die Versammlung anscheinend aufgelöst. Ich höre, wie eine der Mütter zu den anderen sagt: »Die kleinen Mädchen haben ihm wirklich gut gestanden.«

Ungeheuerlich. »Gut gestanden«. Ich glaube, es

hackt! Wie wäre es, wenn ich die Kids an den verehrten Herrn Eisenmann Jaume verleihe? Vornehmlich nachts oder wenn Sophie mal wieder mit vollgeschissener Hose zwischen drei zerplatzten Gurkengläsern im Supermarkt liegt und »Kekse!« brüllt. Mal sehen, wie es dann mit dem Fitnesstraining und Bergehochrennen aussieht.

Draußen regnet es immer noch in Strömen. Es ist jedes Mal das Gleiche. Die Insel scheint irgendwie nicht dafür präpariert zu sein, das war schon in Palma so. Binnen Minuten stauen sich Rinnsale angeberisch zu reißenden Bächen auf und donnern gurgelnd die Straßen entlang. Hauptsächlich deshalb, weil es hier an Abflüssen und durstigen Grünflächen mangelt. Auch die funkelnden Ocker- und Brauntöne der Sandsteinfassaden wirken mit einem Mal nur noch grau. Die *persianas* werden wie Segel bei Sturm eingeholt, Bretter zum Schutz gegen die Wasserläufe vor die Türen gestellt.

Selbst das ach so viel gelobte Straßenleben der Spanier kommt gänzlich zum Erliegen. Denn so lustig, dass der Spanier bei einer *cerveza* nass werden möchte, ist er dann noch nicht. Es scheint, bei Regen kehre sich alles, was eben noch großartig und spektakulär war, in eine Karikatur desgleichen um. Es wird geradezu grauenhaft und unspektakulär. Ein Hauch von Wattenscheid mitten im Mittelmeer.

Die Leute hier behaupten, noch vor ein paar Jahren habe es im Herbst und Winter nicht so viel geregnet. Großes Ehrenwort. Das Klima habe sich eben verändert. Die Stauseen liefen über, während es früher im Sommer schon mal knapp mit der Wasserversorgung werden konnte. Und die Winter seien früher auch milder gewesen, barmherziger, kürzer.

»Schön, dass der Klimawechsel ziemlich genau mit unserer Ankunft auf diesem Eiland zusammenfällt«, antworte ich dann scherzhaft, aber eigentlich finde ich das eher subkomisch.

Als ich die Haustüre aufschließe, klingelt bereits das Telefon. Klitschnass renne ich hin. Deutschland, ein Kunde aus der Kölner Zeit. Es geht um den Jingle für Zahnarztzubehör.

»Wir haben uns entschlossen, das Projekt nach hinten zu verschieben, der Krise wegen. Das können Sie sicher verstehen«, sagt Herr Brauner, der Verantwortliche fürs Marketing. »Natürlich haben uns Ihre Layouts sehr gut gefallen, sie sind modern und nicht zu abgegriffen, aber wir müssen zurzeit andere Prioritäten setzen«, fügt er hinzu.

»Natürlich, verstehe«, sage ich und merke, wie mir das Wasser vom Handrücken in den Ärmel läuft. »Wiederhören und bis bald, Herr Brauner.«

Das war jetzt schon die dritte Absage in nur zwei Wochen. Vielleicht liegt es doch daran, dass ich so weit weg vom Markt bin. Wenn es so weiterläuft, werde ich über kurz oder lang einen anderen Job suchen müssen.

Positiv denken!, ermahne ich mich. Das habe ich für viel Geld in Managerseminaren und umsonst von ein paar Freunden mit unverwüstlicher Frohnatur gelernt. Qualität setzt sich durch. Gut, Qualität und Freundlichkeit. Okay, Qualität, Freundlichkeit und vernünftige Preise. Das ist das Triumvirat des Erfolges. Daran habe ich immer festgehalten. So auch jetzt.

Ich ziehe die nassen Sachen aus und entzünde einen der Gasöfen. Ernüchtert stelle ich fest, dass er kaum wärmt, dafür aber die Raumluft unangenehm andickt. Besser als nichts, denke ich und mache es mir bequem.

Zehn Wochen und unzählige Gasflaschen später. Eine unbedeutende Nacht Anfang Januar.

Ich habe die Zwillinge ins Bett gebracht, nachdem sie sich vor Kälte heulend die Zähne geputzt und einen Meter vorm Gasofen bibbernd den Schlafanzug übergestreift hatten. Danach bin ich runter ins Wohnzimmer gegangen, habe einen anderen Gasofen sowie den Laptop angemacht, meine E-Mails gecheckt und mir ein paar Videos von Django Reinhardt, Steve Morse und George Benson bei youtube angesehen. Habe dann den Ofen in die Küche geschoben und einen Salat geschnibbelt. Bin daraufhin mit einem Tablett, auf dem ich den fertigen Salat, zwei Teller, Besteck, Gläser und eine Flasche Rotwein platziert hatte, ins Wohnzimmer zurück. Musste erneut in die Küche, um den Ofen zurück ins Wohnzimmer zu schieben. Bin auf das rote Sofa geplumpst, habe mir eine Gitarre genommen, ein paar schlampige Flamenco-Akkorde gespielt und auf Lucia gewartet.

Als sie um Mitternacht noch nicht hier, sondern offensichtlich noch im Büro war, habe ich die Gitarre weggestellt, ein wenig von dem Salat und dafür umso mehr von dem Wein gekostet und den Ofen ausgemacht. Nach einem kurzen Besuch im Bad bin ich geradewegs ins Schlafzimmer gegangen, habe mir einen warmen Schlafanzug angezogen und mich ins Bett gelegt, um in den gähnend langweiligen Memoiren einer Zwillingsmutter zu stöbern. Nach nicht mal einer Seite, die ich wieder und wieder von vorn beginnen musste, bin ich eingeschlafen.

Jetzt bin ich wach. Ich bin wach, weil mich gerade irgendwas in beide Ohren gestochen hat.

Schläfrig schalte ich die kleine Nachttischlampe an, um nachzusehen, ob es ein Tier war oder gar Lucia, die mir einen Streich spielte. Der Wecker zeigt vier Uhr morgens. Ich blicke zu Lucia hinüber, die zwischenzeitlich von der Arbeit nach Hause gekommen und sich leise in ihr Bett geschlichen haben muss. Sie schlummert friedlich auf ihrer Bettseite. Ein Insekt ist bei Licht allerdings auch nirgends zu sehen. Dann jedoch fällt mir etwas Eigenartiges auf. Mein Atem kondensiert zu silbrigem Dampf, der langsam aus dem Lichtkegel emporsteigt und sich schließlich im Raum verliert. Außerdem schmerzen meine Ohren immer noch so sehr, als würde ich in einer eiskalten Januarnacht durch einen deutschen Wald joggen.

Ein Blick auf eines der drei Thermometer, die ich bei Joan Carles gekauft habe (er musste sie extra in Barcelona telefonisch bestellen), bestätigt mir, was ich für unmöglich gehalten habe. In unserem Schlafzimmer sind es ganze fünfeinhalb Grad. Bei geschlossenen Fenstern und Türen, versteht sich. Das ist im Prinzip so, als würden wir auf der Straße schlafen.

Leise stehe ich auf, schleiche auf den eiskalten Fliesen zum Kleiderschrank und ziehe mir einen Kapuzenpulli über.

Wie ist das möglich? Plattentektonik? Ja, wir müssen über Nacht mit der Mallorca-Scholle irgendwie durch die Meerenge von Gibraltar nach Grönland abgetrieben sein. Anders ist das nicht zu erklären. Die zweite Möglichkeit wäre, dass die Mallorquiner traditionell gerne frieren und daher die Häuser so bauen, dass sie im Winter zuverlässig auskühlen und feucht bleiben. Vielleicht hat das ja irgendwelche positiven Einflüsse auf die Gesundheit? Nur leider will mir gerade keiner einfallen.

Sinnierend sitze ich auf der weichen Schaumkante des Wasserbettes und muss spontan an Wolfgang denken. Er hat recht behalten. Es ist tatsächlich noch viel kälter und unbehaglicher im Haus geworden. Ach, fange ich an zu schwelgen, jetzt ein überheiztes deutsches Schlafzimmer, in dem die Luft so trocken ist, dass man sich während der Nacht einmal komplett häutet. Ja, und dann morgens einfach mal barfuß in die Küche hüpfen, ohne Angst, dass man seine erfrorenen Zehen hinterher einzeln auflesen muss. Nirgendwo zieht es oder regnet es rein. Allein die Erfindung eines raumfüllenden Teppichs kommt mir momentan nobelpreisverdächtig vor. Ach, mein Deutschland! Eigenartig, dass ich mich ausgerechnet nach dem deutschen Winter sehne. Die Jahreszeit, in der man fast nur miesepetrige Menschen unter mehreren Schichten Fleece- und Daunenklamotten sieht, die so schnell wie nur möglich von Hauseingang zu Hauseingang hetzen.

Aber in den warmen Stuben erwarten sie herrliche Spiele- und Racletteabende. Tiefschürfende, wenn auch manchmal ein bisschen zu tiefschürfende Gespräche auf molligen Sofas. Dazu Fußbodenheizungen, die den Menschen zuraunen: »Kommt her und setzt euch einfach hin. Ja, ihr habt richtig gehört, direkt auf den Boden. Wir sind schließlich nicht auf Mallorca, wo euch auf den kalten Steinen der Arsch auf Grundeis geht.«

Ich muss mich dringend aufwärmen. Ein Tee könnte

helfen, überlege ich und schlüpfe in die alten Filzpantoffeln, die ich gerade in den letzten Tagen ganz besonders ins Herz geschlossen habe. So schlurfe ich langsam die Treppe hinunter in die Küche, wo mich das gleiche Bild erwartet. Sechs Grad bei neunzig Prozent Luftfeuchtigkeit. Das Küchenfenster ist beschlagen. Immer wieder bilden sich Tropfen und wandern die Scheibe hinunter, um sich in einer kleinen Lache auf dem unteren Teil des Holzrahmens zu verlieren. Wie Akne auf einem Teenagergesicht, hat sich Schimmel in kleinen, verstreuten Kolonien an der Decke breitgemacht. Ich setze den Tee auf und greife mit einer Hand zum Weihnachtsteller, auf dem noch ein paar aufgeweichte Spekulatius liegen.

Es war unser erstes Weihnachten auf der Insel, im Jahr davor sind wir noch nach Deutschland zu meinen Eltern und auch kurz zu Prude gefahren. Meine Mutter hatte damals ihren persönlichen Spritzgebäckrekord gebrochen und achtzehn verschiedene Plätzchensorten gezaubert, der Kinder wegen, wie sie fast entschuldigend erklärte. Prude dagegen war mit uns schlotternd durch Hannover gelaufen, nicht ohne leise über die Kälte zu fluchen, und hatte uns stolz die Innenstadt gezeigt. Insgesamt blieben wir eine Woche in Deutschland und schliefen eine Nacht unruhiger als die nächste. Die Kinder waren wie auf Drogen. Zuckerschock, meinte Lucia. Geschenkeschock, meinte ich. Für uns war die trockene Heizungsluft mittlerweile so ungewohnt, dass wir morgens das Gefühl hatten, ohne Schleimhäute aufzuwachen. Daraufhin hatten wir beschlossen, Weihnachten das nächste Mal hier zu feiern.

Zu meiner Überraschung ist die Stimmung auf der Insel der in Deutschland gar nicht mal so unähnlich.

Die Mallorquiner schmücken ihre Fassaden und Fußgängerzonen ganz ähnlich wie wir. Leuchtgirlanden in Rentierform werden über die komplette Plaza gezogen, überall tauchen Weihnachtssterne in den Schaufenstern auf, Legionen von Plastiknikoläusen kleben an den Häuserwänden, Kirchen werden angestrahlt, Krippen aufgestellt, kleine Weihnachtsmärkte aufgebaut und alte Frauen wackeln allabendlich eingehakt über das Kopfsteinpflaster zur Messe. In den schmalen Gassen hallen ihre Schritte so laut, als wären sie Hunderte. Auch die kurzen Tage und die pechschwarzen, kalten Nächte erinnern nur wenig an die vollen Sommerstrände der Lichtinsel.

»Ich freue mich schon richtig auf Weihnachten. Wir werden den Kids das volle Brett geben. Baum, Bescherung, süße Teller. Wie zu Hause«, sagte ich vor knapp einem Monat beim gemeinsamen Abendbrot mit Lucia und den Kindern.

»Ja, aber vergiss nicht: Die Spanier bescheren erst an Heilige Drei Könige. Weihnachten ist hier eher klein gehalten.«

Das war ein Schlag in die Magengegend. »Heilige Drei Könige?«, fragte ich spöttisch. »Da laufen doch in Deutschland nur ein paar angemalte Kinder durch die Gegend, sagen brav ihren Spruch auf und werden mit Naschkram überschüttet. Ich war selbst mal einer von denen, aber nur, weil ich in Melchior alias Sybille Fuchs verknallt war. Die Tüten hat uns die dorfbekannte Mofagang hinterher erwartungsgemäß abgeluchst.«

»Wenn ich richtig informiert bin, muss man die Geschenke sogar im Rathaus abgeben. Die Könige holen sie dann ab und bringen sie den Leuten zu Hause vorbei«, sagte Lucia.

Die seltsamen spanischen Gepflogenheiten waren für mich Grund genug, das deutsche Vätertribunal des Kindergartens einzuberufen. Wir beschlossen, Weihnachten noch mal auf die deutsche Art zu feiern, solange die Kinder klein waren. Also organisierten wir einen Weihnachtsmann-Staffellauf und timten die Bescherungszeiten auf die Minute genau. Ingo fuhr als Weihnachtsmann verkleidet zu Matthias und zog die Show durch. Kurz darauf stand Matthias zwischen den Geschenkpaketen in unserem Wohnzimmer. Nach getaner Arbeit geleitete ich ihn ins Gästezimmer, wo er sich schnell umzog und verabschiedete. Ich stopfte mir ein Kissen unter den Pulli, zog mir das Kostüm über und radelte als übergewichtiger Weihnachtsmann mit wehendem Bart durch die dunklen Gassen von Alaró zu Ingos Haus. Ein paar Mallorquiner, die gerade aus einem Restaurant kamen, sprangen lachend zur Seite, als ich angeflitzt kam, konnten sich aber keinen Reim drauf machen.

Bei Ingo hatten natürlich alle mit der Bescherung auf mich gewartet. Seine Frau Maria hatte sogar schon die Videokamera zur Hand. Ich sang »Hohoho« und versuchte dabei so tief zu klingen und so wenig zu schnaufen wie nur möglich. Danach verteilte ich die Geschenke an Ingos Söhne, wobei ich den kleineren von beiden Tom nannte, obwohl er Tim heißt. Der achtjährige Karl sah mich lange kritisch an und fragte mit der Stimme eines Klugscheißers, warum ich a) so dick, b) so erschöpft und ob c) nicht korrekterweise das Christkind kommen müsse statt dem Nikolaus aus der Cola-Werbung.

Da ich als Weihnachtsmann schnell reagieren musste, behauptete ich einfach, dass a) ich mich hauptsächlich von Plätzchen ernährte, b) meine Rentiere gestreikt hätten, und c) das Christkind noch ein Kind und Kinderarbeit sittenwidrig sei. Außerdem warte das Christkind ebenfalls auf mich und die entsprechenden Geschenke.

Karl schluckte und packte nachdenklich sein erstes Geschenk aus, während Maria die Kamera wegpackte und Ingo mich zur Tür brachte.

Silvester gingen wir auf den knallvollen Dorfplatz und stopften uns vor dem Jahreswechsel traditionsgemäß zwölf Weintrauben in sechsunddreißig Sekunden in den Mund. Stress pur, da man ein Seuchenjahr riskierte, sollte man die letzte Traube auch nur eine Millisekunde nach Mitternacht herunterschlucken.

Am Dreikönigstag fuhren dann tatsächlich drei Männer in schrillen, bunten Gewändern und mit schlechtsitzenden Perücken auf einem Traktor vor und brachten den Kindern die beiden Mini-Geschenke, die wir zuvor im Rathaus abgegeben hatten, damit sie nicht leer ausgingen.

Als ich, in Gedanken noch bei den Kindern und ihren Geschenken, die Teetasse an den Mund setze, spüre ich, wie der Wasserdampf auf meiner Haut kondensiert, so kalt ist sie. Absurd.

Positiv denken, ermahne ich mich wieder. Ich überlege kurz, wofür ein so kaltes Gesicht gut sein könnte. Man könnte darauf Gemüse konservieren oder Fußballerwaden damit kühlen. Ich könnte auch den Kopf in die Alster stecken, damit sie zufriert. Das wünschen sich die Hamburger doch immer.

Erheitert von dieser Vorstellung, wische ich mir die Tropfen vom Gesicht und beschließe, mich am nächsten Tag bei unseren Vermieterinnen zu beschweren. Wir brauchen eine Heizung.

Gleich am nächsten Tag rufe ich Marta an, um ein ernstes Gespräch mit ihr zu führen.

»Glaub mir, wir können nicht mehr«, sage ich.

»Was ist los, Steve?«, fragt die Mallorquinerin besorgt.

»Es ist eiskalt hier im Haus. Wir müssen was unternehmen.«

»Aber ihr habt doch die beiden beweglichen Gasöfen.«

»Ja, das stimmt, aber entgegen meiner Vorstellung heizen die nur, was unmittelbar davor steht. Außerdem sorgen sie für Sauerstoffarmut im Raum und erzeugen bei allen Anwesenden leichte Übelkeit, gepaart mit Kopfschmerzen. Es sind einfach zu viele Räume. Ständig schiebe ich die Dinger vor mir her, wie einen Bauchladen.«

»Was sollen wir deiner Meinung tun?«

»Wir wäre es denn mit einer Heizung?«

Stille.

»Nun, das wäre eine enorme Investition, die wir auf die Miete umlegen müssten, denn ein Haus mit Heizung ist natürlich gleich eine ganz andere Kategorie von Haus.«

»Was wäre es denn dann? Eine charmante Luxusfinca mit Stil?«, stichele ich übellaunig.

»Zudem habt ihr das Haus ohne Heizung besichtigt, für gut befunden und gemietet.«

»Ja, aber damals waren es fünfunddreißig Grad im Schatten und auf Nachfrage habt ihr behauptet, dass es mit den Gasöfen prima ginge. Aber die Wahrheit ist: Wir frieren. Heute Nacht bin ich aufwacht, weil meine

Ohren vor Kälte gebrannt haben. Überall macht sich Schimmel breit. Allein das wäre in Deutschland ein Grund auszuziehen.«

»Hier nicht«, antwortet Marta trocken. »Aber gut, wir besorgen einen Holzofen. Wie hört sich das für dich an?«

Ich bin verwirrt. In ihrer Stimme schwingt etwas Gönnerhaftes mit, so, als handele es sich um eine hochmoderne Solar-Erdwärme-Hybrid-Anlage mit Raumsensoren, die eine gleichbleibende Raumtemperatur bei verschwindend geringen Kosten sicherstellten.

»Einer von denen, in die man Holzscheite reinwerfen und anzünden muss?«, frage ich vorsichtshalber nach.

»*Si, calientan mucho*, sie wärmen gut. Ich rufe noch heute an, dann habt ihr den Ofen gleich morgen«, verspricht Marta. »Und wenn euch das noch nicht reichen sollte, können wir immer noch aufstocken. Ich gebe unserem Holzlieferant Pep Bescheid, dass er dich anrufen soll.«

»Ja, okay. *Gracias* vorerst, *hasta luego*, bis dann.«

Ich lege auf, und zu meiner Überraschung klingelt schon fünf Minuten später das Telefon.

»*Hola, soy* Pep, der Holzlieferant«, sagt eine kehlige Männerstimme. »Wie viel brauchst du?«

»Keine Ahnung, Sie sind der Experte. Ich musste bisher immer nur an einem Knopf drehen, um die Wohnung warm zu kriegen.«

»Zwei Tonnen«, sagt der Mann fachmännisch.

»Was, zwei Tonnen? Also, bei allem Respekt, ich wollte mit dem Holz das Haus heizen und keins bauen.«

»*Como?* Wie war das?«

»*Pues, nada*, schon gut, wenn Sie es sagen. Wann können Sie das Holz vorbeibringen?«

»Heute um elf. Aber ich rufe vorher noch mal durch.«

»Sehr gut. Der Ofen ist zwar noch nicht da, aber es kann ja nicht schaden, das Holz schon zu haben.« Das hat ja mal gut geklappt.

Leider weit gefehlt! Um ein Uhr mittags fährt ein Jeep mit einem Anhänger voller Holzscheite vor. Der Fahrer hupt zweimal kräftig und parkt äußerst dicht vor der Haustür, damit die anderen Autos gerade noch so vorbeikommen. Es ist Pep. Angerufen hat er nicht.

Er steigt aus und schlägt die Tür zu. Allein durch die Art, wie er das macht, signalisiert er eine latente Kampfbereitschaft. Pep hat einen großen Kopf, ist von stämmiger, gedrungener Gestalt, und sein Blick ist voller Selbstvertrauen. Die Hände sind schroff, die Fingerkuppen erdig. Vor dem Anhänger mit dem Holzberg sieht er aus wie ein rechtschaffener Biber vor einem gigantischen Holzdamm. Auf dem Anhänger steht: Pep – *leña*. Er und Holz, das ist eins. So viel ist klar.

»Hola, com va?«

Wir schütteln Hände.

»Bien«, sage ich. Dann nicke ich zu dem Anhänger hinüber. »Uff, ganz schön viel Holz, oder?«

»No«, sagt Pep einsilbig, »aber du solltest damit bis März hinkommen. Wo soll ich es hintun?«

»Hinten im Garten ist ein überdachter Schuppen. Kannst du es dort stapeln?«

Pep starrt mich an. Reglos. »Wo soll ich es hintun? Das Holz«, wiederholt er die Frage, als ob wir das Thema noch nicht erörtert hätten.

Vermutlich habe ich mich nicht einwandfrei auf Spanisch ausgedrückt, denke ich. Ich bemühe mich um eine klare Aussprache und die richtigen Verbendungen. »Du gehst durch das Haus in den Garten. Dort ist ein großer, überdachter Raum. In dem kannst du das Holz stapeln.« Ich klopfe ihm aufmunternd auf die Schulter, um mich wieder dem längst fälligen Angebot für einen Kunden zu widmen.

Da zeigt Pep gleich neben der Haustür auf die Straße und fragt: »*Aqui*, gleich hier?«

»Neeeiiin, nicht hier. Hinten durch. In den Garten«, wiederhole ich und komme mir langsam vor wie in einem Monty-Python-Film.

Vielleicht ist Pep aber auch krank. Völlig retardiert. Das selbstbewusst wirkende Äußere nur eine zufällige Frucht eines verkrüppelten Baumes. Allzu oft ist mir Ähnliches in der Altenpflege begegnet, wenn sich lichte mit völlig konfusen Momenten abwechselten. Je nachdem, in welcher Phase man den Patienten antraf, war man völlig auf dem Holzweg. Und Holzweg würde bei Pep ja passen.

Spontan nehme ich mir einen Scheit vom Anhänger, greife mit der anderen nach Peps Hand und ziehe ihn wie ein kleines Kind durch den Hausflur in den Innenhof. Sein Widerwille ist deutlich spürbar. Das ist völlig normal bei Menschen, die ihre Behinderung nicht bis ins Letzte akzeptieren wollen, sage ich mir.

»*Mira*, schau, da ist der Schuppen. Da kannst du das Holz«, ich halte ihm den Scheit deutlich sichtbar vors Gesicht, »schön gestapelt hinlegen.«

Pep blickt durch mich hindurch. Nichts davon scheint bei ihm angekommen zu sein. Irgendwann nickt er apathisch.

»Siehst du. War doch gar nicht so schwer, jetzt verstehen wir uns«, sage ich und schiebe ihn wieder durchs Haus zu seinem Anhänger.

»Nun entschuldige mich bitte, ich muss arbeiten. Sag mir einfach Bescheid, wenn du fertig bist.«

Pep scheint seinen Schub überstanden zu haben und stapft zielgerichtet zu seinem Jeep, aus dessen Kofferraum er eine Kurbel hervorholt, während ich in mein Arbeitszimmer im ersten Stock verschwinde.

Dann ein Geräusch. Ein Grollen wie bei einem Erdrutsch. Dazwischen immer wieder dieses helle Plocken von aufeinanderschlagenden Bowlingpins. Als ich die Treppe hinunterstürze, ist es bereits zu spät. Pep steht neben seinem hochgestellten Anhänger, die Kurbel noch in der Hand. Zweitausend Kilo Holz liegen vor unserer Haustür und machen die Straße unpassierbar.

»Peeeep, warum machst du das?«, frage ich den Holzmann und merke, wie mein Sonderpadägogenton unwirscher wird. »Sag mir bitte mal, was ich mit dem Holz hier auf der Straße tun soll? Schau, der Ofen wird drinnen sein und nicht hier draußen. Soll ich immer auf die Straße laufen und Holz holen, wenn uns kalt wird?«

Die ersten Autos hupen. Ein dicker Regentropfen platscht mir auf die Stirn.

»Oder hast du das Holz nur hier hingekippt, weil du es so besser durchs Haus transportieren kannst?«, frage ich.

»Wieso ich?«, sagt Pep. »Meinst du im Ernst, ich trage dir die Holzscheite einzeln durch die Wohnung und stapele sie hinten im Schuppen? Pfff, *forasters* … Ausländer.«

»Ehrlich gesagt, schon«, gebe ich zu.

Der Regen wird stärker. Das Hupkonzert auch.

»Pass auf«, holt Pep mit leicht amüsiertem Tonfall aus, »du bestellst Holz, ich komme, werfe es dir vor die Tür, du zahlst, und ich bin weg. So läuft das hier.«

»Und wie soll ich das Holz nun von der Straße schaffen?«, frage ich und blecke die Zähne.

»Hast du denn keine Schubkarre? Ich hätte eine mitgebracht, wenn du was gesagt hättest. Jeder hat doch eine Schubkarre.«

»Ich nicht.«

»Das macht dann dreihundert Euro.«

»Ist das jetzt der Teil, wo ich zahle und du dann weg bist?«, frage ich. Mit den Augen versuche ich ihm zu erklären, dass er jetzt die einmalige Gelegenheit hat, etwas für die deutsch-mallorquinische Völkerverständigung zu tun.

»Ja«, sagt Pep.

»Dreihundert Euro ist ziemlich viel für ein paar Holzscheite. Woher weiß ich, dass es auch wirklich zwei Tonnen sind?«

»Das weißt du nicht«, sagt Pep und hält die Hand auf.

»Okay, dir ist klar, dass dies meine letzte Holzbestellung bei dir sein wird, egal, wie man das hier macht«, sage ich und ziehe das Geld aus meiner Börse.

Eine Drohung, die in Deutschland eventuell noch fruchten würde, nicht aber bei Pep. Ich zähle ihm die Geldscheine in die schwieligen Handflächen. Daraufhin lässt er den Anhänger wieder herunter, steigt in den Geländewagen und verschwindet.

Ich springe kurz auf den Holzberg und blicke auf die Straße hinunter. Der Autokorso scheint endlos. Mittlerweile völlig durchnässt und entnervt, beginne ich den

Haufen so zu ordnen, dass wenigstens die Autos daran vorbeifahren können. Einige der Fahrer fuchteln sich mit der Hand erbost vor dem Gesicht herum, andere machen schnell mit dem Handy einen Schnappschuss von mir, und wieder andere sehen mich aufmunternd lächelnd an. Zuletzt kommt ein Sportwagen. Ich kenne ihn. Es ist Jaumes Wagen. Der Moderator fährt langsam an mir vorbei. Ich habe gerade einen prächtigen Scheit in der Hand, mit dem ich ihm ein schönes Andenken in die Fahrertür stanzen könnte. Er streckt mir den Daumen entgegen, als würde er sagen: gut gemacht. Ich suche sein Gesicht nach Spuren von Ironie ab, finde aber keine. Als Jaume den Holzhaufen hinter sich hat, drückt er aufs Gas und verschwindet mit quietschenden Reifen in den Sträßchen von Alaró.

Jetzt muss es fix gehen. Wenn das Holz nass wird, hätte ich die dreihundert Euro auch genauso gut rauchen können. In der Küche finde ich zwei Ikea-Tüten, mit denen ich zum Holzberg renne. Wenigstens sind die Autos weg.

Dafür steht ein Opa direkt vor dem Holzhaufen. Er hat die Arme nach vorne gestreckt und stützt sich mit beiden Händen auf den Knauf seines Spazierstockes. »Das Holz wärmt dreimal«, sagt er und wedelt prophetenhaft mit dem rechten Zeigefinger in der Luft herum.

»Wie meinen Sie das?«, frage ich, während ich die Tüten vollpacke.

»Na ja«, schmunzelt er, »zuerst wärmt es dich, wenn du es schlägst, dann, wenn du es stapelst und schließlich, wenn es im Ofen ist.«

»Der war gut«, sage ich und lächele etwas verkrampft.

Dann hebt er den Stock zum Gruß und zieht mit langsamen, kleinen Schritten die Straße weiter herunter.

Zweitausend Kilo Holz mit zwei Ikea-Tüten zu transportieren ist, als würde man einen Pottwal mit einer Pinzette häuten.

Der Berg wird nicht kleiner. Nur nasser. Eine Schubkarre könnte wirklich helfen. Wolfgang!, schießt es mir durch den Kopf. Der hat sicher eine. Vermutlich sogar eine, die von selbst fährt. Der Berliner wohnt ja nur einen Steinwurf entfernt. Ich stelle die Tüten ab und jogge durch den Regen zu Wolfgangs Haus mit der perfekt restaurierten Natursteinfassade hinüber. Die Fenster sind doppelverglast, made in Germany. Wolfgang öffnet die Tür, noch bevor ich überhaupt klingele. Aus dem Hauseingang mit den Terrakottafliesen dringt ein angenehm warmer Luftstrom, angereichert mit irgendeinem zitrusartigen Duft.

»He, Wolfgang, ich mach's kurz: Holzlieferung auf der Straße, Regen, keine Schubkarre.«

»Keen Problem. Ick hab zwo Stück. Nimm doch schon ma eene aus der Garage mit. Is offen. Ick komm gleich nach. Zieh mir nur noch schnell wat an.«

»Das, das … wäre wirklich nett«, stottere ich.

Kurz darauf laufe ich mit einer der Schubkarren zurück zu dem Holzstapel und beginne mit der Knochenarbeit.

»Ach, du ahnst et nisch, du has ja rischtisch Holz vor der Hütten.« Wolfgang steht hinter mir. »Ihr müsst ja echt frieren. Na, denn ma los.«

Mit zwei Schubkarren schrumpft der Haufen schnell zusammen. Wolfgang packt gut zu, verlangt aber alle fünf Minuten nach einem frischen Bier.

»Dit is wie ’n Motor, der jeschmiert werden muss«, ruft er mir auf meinem x-ten Weg zum Kühlschrank hinterher.

Nach knapp zwei Stunden ist es dann so weit.

»Fertig«, ächzt Wolfgang und legt den letzten Scheit auf den Stapel im Schuppen.

»Danke, Wolfgang, hast mir echt aus der Patsche geholfen.«

»Untereinander hilft man sisch doch jerne. Aber ick sach ja, Fußbodenheizung – und die Sache is erledigt. Komm doch noch rüber zum Essen. Meene Frau macht jute Buletten. Hatse von mir jelernt.«

»Danke. Vielleicht ein andermal«, sage ich.

Am folgenden Abend ist auch der Holzofen aufgestellt, ein gusseiserner Kasten mit eingelassenem Sichtfenster. Die Männer aus Palma, laut Marta die besten ihres Faches, haben sich für den Eingangsbereich entschieden. Sie sagten, die warme Luft könne sich von dort am besten verbreiten und sogar in den ersten Stock zu den Schlafräumen aufsteigen.

Lucia und die Kinder sitzen mit großen Augen auf dem Teppich vor dem Ofen, während ich feierlich das schwere Türchen und die Luftzufuhr an der Frontseite öffne, die ersten Scheite hineinlege und sie mit den Grillanzündern des letzten Sommers entflamme. Es knistert, knackt und zischt. Dann endlich springt die Flamme über. Die Kinder staunen. Schnell bildet sich ein gebündelter Feuerstrahl, der wuchtig an die Ofendecke knallt und sich ausbreitet.

»Hört ihr das Surren?«, frage ich.

Die Kinder horchen auf.

»Das Feuer atmet, genau wie wir«, erkläre ich mit der Stimme eines whiskytrinkenden Märchenerzählers.

Lucia und die Zwillinge sehen mich an. Auf ihren Gesichtern tanzen die Schatten der Flammen zum unberechenbaren Takt des Luftzuges, der durch die Türritzen pfeift. Langsam, ganz langsam erfüllt eine angenehme Wärme die riesige Eingangshalle. Zum ersten Mal fühlt sich der Winter auf Mallorca gut an.

Fünfzehn

Anfang Februar. Während in Deutschland die heruntergesetzten Schokoladennikoläuse in den Supermarktregalen versauern, ein Mus aus Schneematsch und Streusand die Gehsteige verkleistert und Pennälerherzen beschlagene Busscheiben zieren, beginnt auf Mallorca die Mandelblüte. Weht dazu noch eine warme Februarbrise und trägt das Geträller der heimischen Singvögel herbei, ist man kurz davor, sich die Klamotten vom Leib zu reißen und »*YESSS*« zu rufen.

Doch auch auf Mallorca ist Februar der kälteste Monat des Jahres. Die kurze Frühlingsstimmung ist nichts weiter als ein vorgetäuschter Orgasmus. Tag für Tag schleppe ich tütenweise Scheite aus dem Schuppen und werfe sie in den Ofen. Ich ermahne die Kinder, auch ja die Puschen anzuziehen, und trinke mehr gezuckerten Tee als je zuvor. Das Schimmelproblem haben wir durch einen Entfeuchter und die trockene Luft des Ofens halbwegs in den Griff bekommen. Trotzdem stehe ich fast wöchentlich auf der Leiter und entferne kleine, fiese Pilzherde.

Auch wenn die Mandelblüte nur ein Ausreißer im Klammergriff des Winters ist, komme ich langsam wieder in die Gänge. Musikalisch. Sozial. Körperlich. Ich taue buchstäblich auf.

»Kinder kommt! Wir müssen los in den Hort«, sage ich wie jeden Morgen.

Ich ziehe ihnen die Zipfelmützen mit den riesigen Bommeln, einen Schal und Handschuhe an. Luna besteht auf die Gummistiefel in Rosa. Sophie will die blauen.

Auf der Straße zum Hort riecht es wunderbar würzig nach Holzfeuer. Wir sind nicht allein mit unserem Ofen, was beruhigend ist. Gemeinsam friert es sich irgendwie leichter. Am Hort ist kaum was los. Zum einen, weil ich mir angewöhnt habe, immer ein bisschen zu spät zu kommen, um nicht ständig gegen die Autolawine ankämpfen zu müssen, zum anderen, weil dann auch die schwatzenden Elterncliquen verschwunden sind. Mir ist schlicht zu kalt für einen Outdoor-Tratsch.

Als wir durch den leeren Gang des Kinderhorts gehen, kommen wir wie üblich am Schwarzen Brett vorbei. Normalerweise achte ich nicht auf die Aushänge, doch heute fällt mir eine schlichte Visitenkarte auf, die mit einer Nadel auf die korkige Fläche gespickt wurde. *Pep – leña*, steht samt einer Telefonnummer darauf. Ich schmunzele.

»Papa, warum lachst du?«, fragt Luna.

»Ach, nur so, Hase. Der Mann, der uns das Holz gebracht hat, macht im Kinderhort ein bisschen Werbung, das ist alles. Ich habe mir nur gerade vorgestellt, wie er den verdutzten Engländern das Holz vors Haus wirft.«

Gerade will ich den Blick von dem Kärtchen abwenden, da zieht ein weiterer Aushang meine Aufmerksamkeit auf sich.

»*Cantante de Blues busca guitarrista en Alaró –*

Bluessänger sucht Gitarristen aus Alaró, Tel.: 66109 4932.«

Was ist das denn? Wie hat sich dieser Zettel denn dazwischengemogelt? Väter, die Blues singen? In diesem Dorf?

»Komm, Papa.« Sophie möchte endlich die dicken Sachen ausziehen.

»Moment noch, Hase.« Ungläubig tippe ich die Nummer in mein Handy. Dann helfe ich den Zwillingen beim Ausziehen, hänge die Sachen an die Haken, über denen in Großbuchstaben »SOPHIE« und »LUNA« steht, und schicke sie mit einem Kuss in ihre Gruppen.

Wieder zu Hause, lege ich schnell meine Sachen ab, werfe ein paar Holzscheite nach und entfache den Ofen. Das ist fast zu einer kleinen Zeremonie geworden. Durch das Fenster in die aufkeimenden Flammen zu schauen entspannt mich.

Der Bluesvater … Sollte ich wirklich noch mal einen Versuch starten, hier eine Band oder zumindest ein Duo zu gründen?

Die Suche nach Bandmusikern hat sich auf Mallorca als äußerst zäh herausgestellt. Ganz anders als in Köln. In Palma habe ich in einem unübersichtlichen Internetforum für Musiker annonciert. Da ich ein wenig Lärm machen wollte, suchte ich ausdrücklich nach Rockmusikern. Schlagzeug, Bass, Gesang. Punkt. Ich bekam genau vier Zuschriften, was rein zahlenmäßig gereicht hätte. Aber zunächst schrieb mir eine pummelige Latina Queen, vierzehn Jahre alt, die einen Produzenten suchte. Dann ein Bodybuilder-Bassist aus Karlsruhe, der gleich ein Foto mitschickte, auf dem er mit nacktem Oberkörper auf einem Motorrad posierte. Die Dritte im Bunde war eine betagte englische Professorin für Literaturgeschichte. Sie schrieb, dass sie sich sehr für Fado interessiere und einem musikalischen Tête-à-Tête mit einer Mischung aus Neugier und Erregung entgegensehe.

Zuletzt meldete sich noch Eric, ein kleiner, quirliger Schwede, der in der DJ-Szene von Mallorca recht bekannt ist. Er schickte mir ein paar Songs, die er auf dem Computer komponiert hatte, eine Mischung aus Electro, House und Rock. Er wolle eine »echte« Gitarre über die Samples legen, um es etwas dreckiger zu machen, schrieb er mir. Das überzeugte mich, und ich traf ihn daraufhin in Palma. Er redete viel, ohne mich dabei anzusehen, aber er steckte mich irgendwie an, und wir traten ein paar Mal zusammen auf. Wir, das waren: er, sein Laptop und ich.

Verstanden wir uns anfangs noch blendend, verwandelte sich Eric ohne erkennbaren Anlass binnen weniger Wochen in einen Hardcore-Veganer und Menschenhasser. Er bastelte wie versessen an neuen Songs und Videos, die per Beamer auf den Bühnenhintergrund projiziert werden sollten. Ich bekam sie nie wirklich zu sehen, da sie ja in meinem Rücken abliefen, während ich spielte. Stattdessen sah ich die regungslosen, leicht angeekelten Gesichter der Leute, die vor der Bühne standen.

Bei den ersten Konzerten dachte ich mir nichts weiter dabei und schob ihre Fassungslosigkeit auf den kruden Mix der Musikstile. Erst als Lucia einmal ein Konzert filmte, bekam ich mit, was sich die ganze Zeit hinter mir abspielte. Da wurden Hunde gehäutet, Affenhirne in Labors aufgeschnitten und Robben geschlachtet. Zwischendrin ging mal ein Atompilz hoch, oder Eric hatte eine Hitler-Rede reingeschnitten. Als Auflockerung flackerte ab und zu seine Exfreundin im Büstenhalter bei roboterartigen Verrenkungen auf. Gefilmt im gemeinsamen Schlafzimmer.

Ich rief Eric sofort an und sagte, dass ich die Videos irgendwie zu seltsam fand.

»Man muss den Leuten richtig auf die Schnauze hauen, damit sie es kapieren«, erklärte er mir.

»Ja«, sagte ich, »ich weiß, worauf du hinauswillst, bevorzuge aber einen subtileren Weg. Und kannst du nicht wenigstens Hitler mal aus dem Spiel lassen?«

»Auf gar keinen Fall«, schrie Eric, legte auf und suchte sich einen neuen Gitarristen.

Ich führte seine Unbeherrschtheit auf seine abrupte Nahrungsumstellung zurück.

Deshalb waren meine einzigen musikalischen Ergüsse auf Mallorca die Auftragskompositionen gewesen. Für Kunden in Deutschland.

Was soll's, denke ich und starre ins nunmehr lodernde Feuer. Ein Versuch kann nicht schaden. Ich investiere höchstens eine Stunde. Ich krame mein Handy hervor und wähle die Nummer aus dem Kindergarten.

»Si?«

Die Stimme am anderen Ende klingt angenehm. Natürlich meldet sich derjenige nicht mit Namen. Das macht in Spanien niemand.

»*Si,* hallo, hier ist Steve, ich habe den Aushang im Kindergarten gesehen. Ich bin tatsächlich Gitarrist und auf der Suche nach einem kleinen musikalischen Projekt.«

»Gut, kennst du den alten Schlachthof von Alaró?«

»Ja, an dem bin ich mal vorbeigelaufen.«

»*Pues*, da treffen wir uns. Ich habe dort einen kleinen Proberaum. Wie wäre es morgen Abend gegen sechs?«

»Ja, das … das wäre toll. Ich muss nur dafür sorgen, dass meine Frau pünktlich aus dem Büro kommt.«

»Vale, hasta mañana.«

Etwas erstaunt über eine derart konkrete Ansage, lege ich das Telefon zur Seite. Der *matadero*, der alte Schlachthof, ist mir schon vorher aufgefallen. Er liegt neben einem kleinen Gehege mit iberischen Schweinen, die im Schatten einiger Steineichen dösen. Oft schon bin ich mit den Kindern dort entlanggelaufen, habe sie hochgehoben und zusammen mit ihnen beobachtet, wie die schwarzen Schweine mit den Schnauzen die feuchte Erde aufwühlen. Fürs Proben ist der Schlachthof einfach perfekt. Er liegt gerade so weit jenseits der Dorfgrenze, dass sich kein Nachbar beschweren kann, und doch so nah, dass er problemlos zu Fuß zu erreichen ist.

Am nächsten Abend mache ich mich ohne Kinder auf den Weg, die Westerngitarre auf dem Rücken und einen kleinen Verstärker in der Hand.

Der Eingang zum *matadero* ist ein altes, blau getünchtes Holztor ohne Schloss. Als ich die Hand darauf lege und leicht drücke, springt es sofort auf. Ich stehe in einem Lichthof, um den sich das Gebäude wie ein quadratischer Rahmen legt. Überall gehen Türen ab. Es scheint mehrere Proberäume zu geben. Doch weder höre ich Musik, noch ist jemand zu sehen. Ich schaue auf die Uhr, Viertel nach sechs. Es ist beinahe schon dunkel. Vielleicht doch eine Sackgasse, denke ich.

Da öffnet sich eine der hinteren Türen, ein ziemlich großer Mann tritt heraus und kommt langsam auf mich zu. Ich traue meinen Augen in der Dämmerung nicht. Was habe ich bloß angestellt, dass mir das Universum einen derartigen Streich spielt? Das kann doch nicht … das ist doch … Er ist es. Jaume, der Bergsteiger und Moderator. Immer wieder Jaume.

»*Hola*«, sagt er.

»*Hola*«, sage ich. »Ich nehme an, du bist der Bluessänger.«

Jaume nickt. »Schön, dass du gekommen bist«, sagt er, nimmt mir den Verstärker aus der Hand und geht voran.

Meine Lust sinkt gegen null. Musizieren ist eine technische, vor allem aber eine soziale Herausforderung, bei der jeder das eigene Ego zugunsten einer höheren Sache zurückstellen muss. Die Grundbedingungen für diese Rückstellung sind Sympathie, Empathie und Respekt den anderen Musikern gegenüber. Nichts davon verbindet mich mit Jaume, dem Raser, Luzifer, Frauenschwarm, Extremsportler und Fernsehmann. Schon gar nicht, nachdem er den Kindern Ballons gekauft und mit Lucia geflirtet hat.

Am liebsten würde ich umkehren, doch Jaume ist mit meinem Verstärker bereits im Proberaum verschwunden. Okay, sage ich mir, eine Session. Ein Versuch. Wenn er sich auch nur irgendwie doof anstellt, nicht singt wie Luther Allison oder nicht weiß, was ein Turnaround ist, beende ich die Unternehmung. Sofort. Dann kann er schön alleine weiterjammern, ohne Begleitung. Ich gehe ihm also hinterher.

Der Proberaum ist zu meiner Überraschung recht schmuck. Kühlschrank, Klimaanlage, Sofa, Schallabsorber, ein Poster von Stevie Ray Vaughan, eine kleine Gesangsanlage, zwei Mikros und ein Laptop mit Recordingsoftware.

»Wow, du hast es dir hier aber nett eingerichtet. Ziemlich professionell«, sage ich.

»Meine Höhle. Hierhin ziehe ich mich zurück, wenn es mir da draußen zu viel wird.«

»Aha?«, frage ich, ohne eine Antwort zu erwarten. Ich hole die Gitarre aus dem Gigbag, stimme sie kurz und stöpsele das Verstärkerkabel an.

Jaume schaut kurz auf den Gitarrenkopf, auf dem die Marke steht, und hebt die Daumen. »*Muy buena,* die ist sehr gut.«

Ich bin baff, denn kaum jemand kennt den kleinen Gitarrenbauer aus dem Taunus. Nur Insider.

»Willst du ein Bier?«, fragt Jaume.

»Gerne.«

Er öffnet den Kühlschrank und wirft mir eine Dose herüber. Irgendwie sieht er heute anders aus. So normal. In Jeans und Pullover wirkt er eher wie aus einem Fernsehspot für Mobilfunkwerbung.

»Okay, was spielen wir?«, frage ich und nehme einen großen Schluck.

»Kennst du ›Born Under a Bad Sign‹?«

»Klar.« Kurz überlege ich, ob das eine Anspielung sein soll. »Welche Version? Eher Albert King, Cream oder Hendrix? Was darf's sein?«

Jaume stockt. Dann grinst er. »Sieh mal einer an, was sich da für Juwelen im Kindergarten tummeln.«

Jetzt fällt mir wieder ein, dass er mir vor ein paar Monaten am Eingang zum Hort über den Weg gelaufen ist. Sicher hat er damals den Zettel ans Schwarze Brett gehängt.

»Ich habe meiner Mutter immer gesagt, dass der Blues überall ist.«

»Deiner Mutter?«

»Ja, sie ist eine absolute Expertin und singt auch recht passabel, wenn sie nicht gerade in dem Backshop in Palma arbeitet.«

Gema, schießt es mir durch den Kopf. Jaume ist Gemas Sohn, den ich immer mal kennenlernen sollte. Unfassbar.

»King, wenn's recht ist, in D.«

»Okay«, sage ich etwas verdattert, zähle an und spiele den Bläser-Auftakt auf der Gitarre.

Dann steigt Jaume ein. Seine Stimme ist voll und kräftig, ohne aufdringlich zu wirken. Er arbeitet gut mit den Pausen, lässt sich und dem Hörer Zeit, ohne die Wortendungen mit Melismen zu verkleistern und dem Song so jeglichen Atem zu nehmen. Sicher, sein Englisch ist alles andere als akzentfrei, aber ich bin begeistert. Das habe ich nicht erwartet. Jaume, der Oberteufel, entpuppt sich als geschmackvoller Bluessänger. Zu allem Überdruss zaubert er plötzlich eine Mundharmonika hervor. Wild, aber stets mit kontrollierten Vibrato, rattert er die wunderbarsten Bluesphrasen herunter. Es klingt jetzt schon zu gut, als dass ich ihn hundertprozentig hassen könnte. Irgendwas an ihm muss ich mögen. Jedenfalls meiner Theorie zufolge.

Dann noch einmal das Thema mit Gesang. Schlussakkord. Aus.

Die Stille nach dem Song. Sie ist offenbar länderübergreifend. Als ob man den letzten Tönen noch gestatten wollte, den Raum in Würde zu verlassen, und erst wieder zu sprechen wagte, wenn das Lied sich weit genug vom Probenraum entfernt hat, irgendwo auf seinem Weg in den Äther.

»*Cantas muy bien*, du singst gut«, sage ich. Ich muss

vorsichtig sein. Mein Widerstand Jaume gegenüber ist im Begriff, sich in gemäßigte Sympathie zu verwandeln.

»Du bist aber auch nicht übel«, sagt er und macht sich noch ein Bier auf.

Wir spielen und trinken bis in die Nacht. Einen Bluesklassiker nach dem anderen. Jaume kennt sie alle. Er kennt sie sogar fast besser als ich, worüber er nonchalant hinwegsieht. Kurz vor Mitternacht stelle ich die Gitarre weg, nehme mir das letzte Bier aus dem Kühlschrank und fläze mich auf das Sofa. In all dem Überschwang und der gegenseitigen Lobhudelei meldet sich plötzlich mein inneres Frühwarnsystem.

»*Pues*, ich muss zugeben, ich habe schon mit schlechteren Sängern zusammengespielt«, sage ich. »Das hat Spaß gemacht. Allerdings müssten wir ein paar Punkte klären, bevor wir weiterproben.«

»Wovon sprichst du?« Jaume zieht die Schultern hoch.

»Bei unserer ersten Begegnung im Café hast du keinen Hehl daraus gemacht, dass du Deutsche nicht magst. Aber ich bin einer und das gerne.«

»Ach, das.« Jaume räuspert sich. »Das musst du verstehen. Wir stehen den Ausländern etwas zwiegespalten gegenüber. Nicht speziell den Deutschen, aber ihnen natürlich auch.« Er nimmt einen großen Schluck. »Viele Einheimische finden eben, dass die Ausländer wie Heuschrecken hier eingefallen sind, ohne sich wirklich für unsere Kultur und unsere Sprache zu interessieren. Sie haben alles aufgekauft, sich uralte mallorquinische Ländereien unter den Nagel gerissen und dafür gesorgt, dass die Immobilienpreise in schwindelerregende Höhen geklettert sind.«

»Ja, aber dafür mussten ihnen die Mallorquiner die Buden erst mal verkaufen. Wenn ich richtig informiert bin, hat Mallorca vor fünfzig Jahren noch zu den ärmsten Regionen Spaniens gehört, mit einer Analphabetenquote von dreißig Prozent.« So in etwa steht es in meinem Reiseführer. »Inzwischen ist es die wohlhabendste.«

»*Claro*, das stimmt. Wir haben unser Land und unsere Häuser zu leichtfertig verkauft. Zudem muss man den Deutschen wohl oder übel anrechnen, dass es oft Ruinen waren, die sie liebevoll im mallorquinischen Stil restauriert und so für die Nachwelt erhalten haben. Aus architektonischer Sicht sind sie ein Segen.«

»Siehst du!« Ich fühle mich als Anwalt einer Gruppe bestätigt, zu der ich als Mieter gar nicht zähle.

»Dennoch verstehe ich nicht, warum so viele Deutsche hier unter sich bleiben oder auf ihren Fincas abtauchen, ohne sich zu integrieren. Sie leben einfach so weiter wie in Deutschland. *Son raros*, sie sind komische Kauze. Und diejenigen, die als Touristen herkommen, buddeln als erste Amtshandlung erst mal ein riesiges Loch in den Strand. Das habe ich noch nie verstanden. Bei meinen Reisen nach Deutschland habe ich noch ein paar eigenartige Dinge beobachten können.«

»Zum Beispiel?«

»Ich war nur ein paar Mal dort. Abgesehen davon, dass ich viele Frauen ziemlich hübsch fand, waren die Leute dort vor allem eines: ernst. Ich war mit einer kleinen mallorquinischen Delegation unterwegs zu einem Alpinistentreffen in München. Abends im Restaurant konnte ich mehrere Ehepaare beobachten, die kein Wort miteinander sprachen, *ni una palabra*.

Nicht mal, als es darum ging, das Salzfass herüberzureichen.« Jaume sieht mich fragend an.

»Das liegt eben daran, dass wir ein etwas stressigeres Leben haben als ihr hier auf der Insel und ruhebedürftiger sind«, sage ich, obwohl ich genau weiß, dass er recht hat.

»Ein anderes Mal war ich mit einem internationalen Team zum Bergwandern in Nepal. Eine Deutsche war auch dabei.«

»Na bitte. So selbstbewusst sind unsere Frauen«, unterbreche ich ihn. »Sicher war sie die einzige Frau unter lauter Kerlen?«

»Das war sie nicht. Wir sind unterwegs durch ein sehr armes Dorf in den Bergen gekommen, wo Kinder um uns herumsprangen und bettelten. Sie waren völlig ausgehungert. Die Deutsche, Sabine hieß sie, glaube ich, holte sofort etwas Proviant aus ihrem Rucksack und verteilte die Sachen. Aber nicht an die Kinder, sondern an die herumstreunenden Katzen im Dorf.«

»Ich … äh … ja, so sind wir eben. Immer ein Herz für die ganz Schwachen. Hier auf Mallorca werden die Tiere unkastriert und voller Flöhe auf die Straße geworfen, und keiner kümmert sich um sie. Katz und Hund sind doch des Menschen bester Freund.« Als wäre das ein Zitat aus dem deutschen Grundgesetz.

»Bist du ein Tieraktivist, oder so?«

»Nun, Aktivist ist zu viel gesagt, aber mir liegen Tiere schon auch am Herzen«, lüge ich für diese Sabine, die ich hoffentlich nie im Leben kennenlernen werde.

Irgendwie hat Jaume einen Nerv getroffen. Plötzlich fühle ich mich wie ein Fußballtrainer, der sich schützend vor seine schlecht spielende Mannschaft stellt.

»Noch mal zum Thema ernst und verschlossen«, sage

ich, »die Mallorquiner sind auch nicht gerade für den Preis ›Gastfreundlichstes und offenstes Volk‹ nominiert. Viele sind sehr schroff oder grüßen nicht mal.«

»Die Gründe dafür habe ich dir doch gerade genannt.«

»Das ist die berühmte Henne-Ei-Diskussion, die zu nichts führt.«

»*Vale*, die Mallorquiner sind vielleicht nicht so locker wie die Andalusier, aber wenn du sie erst mal richtig kennst, sind es Freunde fürs Leben.«

»Ach, hör mir doch damit auf. Das behauptet doch so ziemlich jedes Völkchen von sich, das zum Lachen in den Keller geht. Jeder sagt, am Anfang sei er zwar verschlossen, aber hinten raus entstehe eine ehrliche, lebenslange Freundschaft. Bis auf die Kölner. Die sagen gleich, dass sie nicht verschlossen sind, und werden trotzdem die besten Freunde. Ich habe in Deutschland genauso viele gutgelaunte Leute gesehen wie hier. Okay, fast so viele.«

»Ja, natürlich gibt es überall Ausnahmen«, sagt Jaume. »Bei mir im Sender arbeiten ein paar Deutsche, die sich schon derart mallorcanisiert haben, dass sie am unpünktlichsten, feierwütigsten und chaotischsten von allen sind.«

»Außerdem fragt einen hier niemand, was man den ganzen Tag so treibt«, sage ich. »Über die Arbeit zu sprechen ist geradezu ein Tabu. Man gilt schon fast als penetrant oder indiskret, wenn man mal nachfragt, und wird oft mit einem einzigen Satz abgespeist. In Deutschland ist das die erste Information, nach der man sich erkundigt und über die sich ein Gespräch ergibt.«

»Willst du mir das jetzt etwa als deutsche Tugend

verkaufen? Vielleicht ist die Arbeit hier nur ein Mittel zum Zweck, während sie in Deutschland der unbestrittene Lebensmittelpunkt ist. Meinst du wirklich, die Deutschen würden so viel arbeiten, wenn sie jeden Tag bei dreißig Grad im Schatten surfen, grillen oder Fahrrad fahren könnten?«

»Äh, weiß ich nicht, aber mir ist hier schon oft am Tag nach einer Feier der Gesprächsstoff ausgegangen. Mit denselben Leuten, mit denen ich die Nacht davor durchgezecht habe. Und überhaupt: Was ist mit Einladungen nach Hause? Wieso muss man sich ständig in Bars treffen? Nie bekommt man die Spanier mal in ihrem natürlichen Umfeld zu sehen. Immer nur in Bars. In Deutschland ist es Usus, neue Bekannte frühzeitig zu sich nach Hause einzuladen. Das ist für jede Freundschaft unerlässlich.«

»Schon mal drüber nachgedacht, dass es an dir liegen könnte, wenn dich keiner einlädt?«

»Sehr witzig.«

»Eventuell hast du noch nicht die Richtigen getroffen«, sagt Jaume lächelnd. »Man kann alles überall finden – wenn man denn sucht.«

»Das war jetzt aber ein schönes Schlusswort. Bleibt nur noch die Sache mit Lucia.«

»Wer ist das?«

»Meine Frau. Bei der Fiesta de Sant Roc hast du sie angebaggert und obendrein meinen Kindern Ballons gekauft.«

»Qué?« Jaume sucht mit den Augen den Boden ab, als würde die Szene irgendwo zwischen den Kabeln noch einmal ablaufen. »*Si*, ich erinnere mich«, sagt er plötzlich, »ich musste deinen Kindern einfach was schenken, sie sind zu niedlich. Und Lucia ist … toll.«

»Toll? Quatsch! Sie ist unglaublich. Und vor allem ist sie *meine* Frau«, belle ich.

»*No sabia*, das wusste ich nicht. Ich habe euch im Dorf noch nie zusammen gesehen. Wenn ich gewusst hätte, dass …«

»Na, jetzt komm. Als ob dich das davon abgehalten hätte.«

»Hm, vermutlich nicht«, sagt Jaume, »aber betrachte es doch als Kompliment, dass ich mit ihr geflirtet habe.«

»Willst du dafür jetzt auch noch einen Orden? Das ist eine interessante Sichtweise, die du bei deiner nächsten Reise nach Deutschland besser für dich behältst.« Ich reiche ihm die Hand, wobei ich diesmal so fest zupacke, dass er überrascht aufblickt.

»Lass die Finger von Lucia. Und, mindestens genauso wichtig, kauf meinen Kinder nie mehr Ballons. Das ist mein Job. Sonst …«

»Sonst was?« Jaumes Stirn zieht sich zusammen wie eine Gewitterfront.

»Sonst kannst du deinen Blues alleine weiterdudeln. Sicher findest du in dem Nest hier noch ein Dutzend anderer guter Gitarristen.« Zufrieden packe ich meine Gitarre ein, klopfe Jaume auf die Schulter und sage: »Bis nächsten Mittwoch dann.«

»Einverstanden«, sagt er leicht entgeistert.

Leise schleiche ich nach Mitternacht ins Haus, um ja niemanden zu wecken.

»Du bist noch wach?«, frage ich Lucia, die im Wohnzimmer in eine Decke eingekuschelt daliegt und liest.

»Klar, wenn ich schon mal sturmfrei habe, ohne

euch drei Quälgeister, dann muss ich das ausnutzen. Außerdem wollte ich wissen, wie die Probe gelaufen ist.«

Im Holzofen knacken die Scheite, als würde jemand im Dickicht auf Totholz treten. »Du wirst es nicht glauben, der Typ, der den Aushang gemacht hat, ist tatsächlich dieser Jaume.«

»Was, der nette Oberteufel?« Lucia legt das Buch weg, auf einmal hellwach. »Wieso ist der Bluessänger? Kann er denn singen?«

»Ja«, grummele ich. »Er hat eine essstarke espanissse Aksssent, aber er hat Leidenschaft, Wumms und einen Kühlschrank voller Bier. Er gehört eben zur seltenen Gattung der Ich-kann-alles-Männer. Sobald unser Programm steht, wollen wir mal hier im Theater spielen.«

»Schön«, flötet Lucia.

Die Art und Weise, wie sie flötet, gefällt mir nicht. Einerseits freut sie sich sicher, dass es gut gelaufen ist, aber in diesem »schön« schwingt ebenso mit, dass Jaume auf ihrer Aktraktivitätsskala noch ein paar Punkte gesammelt hat.

Ich setze mich zu ihr aufs Sofa. »Die gutaussehenden, interessanten und humorvollen Typen haben selten Kinder. Das ist mir schon oft aufgefallen. Irgendwie eigenartig. Vielleicht verhält es sich mit ihnen ja wie mit Zigaretten.«

Lucia sieht mich verwundert an.

»Ja, ganz richtig. Ich war als Junge felsenfest davon überzeugt, dass Rauchen die Menschen schön und humorvoll macht. Da auf allen Werbeplakaten nur gutaussehende, lachende Leute zu sehen waren. Jeden Morgen fuhr ich mit dem Linienbus an einem Plakat mit Zigarettenwerbung vorbei. Immer waren Typen wie Marlon Brando oder schlanke Frauen mit knallharten Brüsten darauf zu sehen. Da musste es zwangsläufig einen Zusammenhang geben. Dass es stimmte, konnte ich leicht an meiner kompletten Nachbarschaft sehen. Die rauchten alle nicht und sahen konsequenterweise auch nicht so gut aus wie die Leute auf den Plakaten.«

Lucia runzelt die Stirn.

»Als ich meine Mutter damals fragte, ob Rauchen schön mache, da lachte sie nur laut und sagte: ›Aber nein, mein Schatz! Das sind doch alles nur Schauspieler.‹ Doch so leicht war ich von meiner Entdeckung nicht abzubringen. Erst mein Onkel Wendel, den ich nach Jahren zufällig auf der Dorfkirmes traf, machte mich stutzig. Er rauchte Kette und sah aus wie eine Mischung aus Mickey Rourke und drei Kilo Mett. Da verstand ich, dass Rauchen zwar nicht schön macht, aber dass bis auf einige Ausnahmen nur schöne Menschen rauchten – was letztlich auf dasselbe hinauslief. Man wollte dazugehören.«

»Und was hat das jetzt mit Kindern zu tun?«, fragt Lucia.

»Ganz einfach: Genauso könnte es doch sein, dass man keine Kinder haben darf, will man weiterhin zu den gutaussehenden, interessanten Typen gehören. Oder anders gesagt: Während einige Väter den Kinderwagen noch in Zeitlupe durch die Fußgängerzonen und Zoos der Großstädte schieben oder stark emotionalisiert ihre Kinder wickeln, sitzt der George-Clooney-Typ schon wieder im Flieger, um sich in einem Schlauchboot die Angel Falls runterzustürzen.«

Lucia sieht mich mit großen Augen an. »Sag mal, du Thekenphilosoph, wie viel Bier hast du eigentlich getrunken?

»Mehr, als ich vertrage, aber weniger, als ich gebrauchen kann. Gute Nacht, *cariño*.«

Sechzehn

»Mmh, das duftet aber gut. Was hast du denn da auf dem Grill?« Lucia linst mir über die Schulter.

»Goldbrasse und Seeteufel in einer Marinade aus Rosmarin, Knoblauch und Olivenöl. Dazu gibt es einen schönen Teller *piementos de padrón*, eine *ensalada con queso de cabra* und einen *blanco* aus Katalonien. Es gibt was zu feiern.«

»So, was denn?«, fragt sie erstaunt und kramt allerlei Schlüssel und Handys aus der Tasche ihres Jacketts.

»Heute hat ein Vertreter des hiesigen Tourismusverbandes angerufen. Er hatte die Nummer von Magdalena, unserer Vermieterin. Ich soll ihnen eine komplette Kampagne vertonen. Spots, Messen, Präsentationen, Web, einfach alles.«

»Das ist ja großartig.« Lucia springt mir in die Arme und küsst mich so intensiv wie schon lange nicht mehr. Dann blickt sie sich erschrocken im Hof um. »Wo sind eigentlich die Kinder?«

»Ich habe sie bei Fußball-Xavier und seiner Frau Gemma geparkt. Damit wir wenigstens ein Mal in Ruhe essen können, ohne anschließende Vollreinigung. Gut, dass heißt natürlich, dass wir mit ihren Jungs auch bald mal dran sind.«

»Prima. Ich gehe schnell hoch und ziehe mich um, bin gleich wieder da, ja?«

Fünf Minuten später kommt Lucia in einem von meinen Labber-Sweatshirts, das ihr fast zu den Knien reicht, und einer alten Trainingshose wieder in den Patio.

»Äh ... macht es dir was aus, was Nettes anzuziehen, wenn ich schon mal groß auftische?«, murmele ich leicht enttäuscht und wende den Fisch auf dem Grill.

Lucia blickt mich entsetzt an. »*Cariño*, ich war elf Stunden unterwegs und habe mich den ganzen Abend darauf gefreut, endlich aus den Klamotten zu kommen. Das verstehst du doch?«

»Natürlich verstehe ich das. Aber es geht hier nicht um Verständnis, sondern darum, ab und zu an das Gefühl heranzukommen, wie es einmal war, ohne Kids. Mit all den Details, für die man sich damals die Zeit nehmen konnte. Ich denke, wir sollten das nicht verlernen.«

»Beim nächsten Mal, versprochen. Interessant, seit wir auf Mallorca wohnen, essen wir viel mehr Fisch als in Deutschland.« Sie klaut sich eine Olive aus dem Salat.

Ein klassisches lucianisches Ablenkungsmanöver. Ich habe das immer schon an ihr geliebt. Ihr ätherisches, flüchtiges Wesen. Diese spanische Unverbindlichkeit. Stets duckt sie sich unter meinen Anforderungen weg, lässt meine Verhöre stumm versiegen, steigt in Diskussionen einfach nach Belieben aus. Dadurch ist sie für mich bis heute ein Mysterium geblieben.

»Für irgendwas muss der völlig überdimensionierte Sportgrill, den wir in Palma gekauft haben, ja gut sein. Außerdem ist es im April an manchen Tagen schon so herrlich mild draußen, dass wir das schöne Wetter nach dem grausamen Winter unbedingt ausnutzen müssen. Und gegrillt kriege ich selbst das glibberigste Meeresungeheuer runter. Ich würde sogar Prudencia gegrillt verputzen.«

»Ach, übrigens. Prude kommt morgen und … äh … bleibt vierzehn Tage.«

»Prude kommt? Gleich für zwei Wochen! Wieso erzählst du mir das nicht vorher?«

»Sorry, im Büro ist momentan die Hölle los. Ich dachte, ich hätte es dir gesagt, aber offenbar ist es mir durchgerutscht.«

»Na wunderbar! Der schwarze Zauberer, die Mutter aller Schwiegermütter, die kastilische Harpyie – das hat mir gerade noch gefehlt. Bitte vergiss nicht, Mallorca ist eine *Insel*! Möglichkeiten zur spontanen Flucht gibt es nicht. Wie konnte dir das nur durchrutschen? Blauzahn, Schwarzbeere, Ausguck und Ei-Pott. Ständig synchronisierst du irgendwelche Geräte und Programme miteinander, aber ich erfahre über eine Salatschüssel hinweg, dass ich in weniger als vierundzwanzig Stunden vermutlich tot bin. Und dann auch noch gleich zwei Wochen, warum nicht gleich zwei Jahre?«

»Von hier fliegt sie weiter nach León in ihre alte Ferienwohnung«, sagt Lucia und schaut lieber in den Salat als zu mir. »Ist ja gut, so schlimm wird es schon nicht werden.«

»Du weißt, dass wir morgen Abend unseren ersten Auftritt im Dorftheater haben. Egal, dann kann sie wenigstens auf die Kids aufpassen und du schaust dir das Konzert seelenruhig an.«

»Ich fürchte, meine Mutter wird sich kaum davon

abbringen lassen, ihren Schwiegersohn live auf der Bühne zu sehen.«

»Na klar, Prude und der jaulende Baumwollblues. Besser könnte es nicht zusammenpassen.«

»Lass uns jetzt einfach das Essen genießen«, sagt Lucia.

»Ja, du hast recht.« Ich seufze und serviere die köstlichen Fische, die ein paar Tage zuvor noch um unsere Insel geschwommen sind.

Wieder raus zum Flughafen.

Lucia arbeitet, was bedeutet, dass ich Prude abholen muss. Mit dieser Frau allein im Auto zu sein ist wirklich gefährlich. Ihr stummes Klagelied an die Welt, die sich angeblich mit jeder Faser gegen sie richtet, ist ein echter Hammersong. Wenn man nicht aufpasst, pfeift man es gleich mit. Weil es so schön einfach ist. Was bleibt, ist schlechte Laune.

Für heute habe ich mir vorgenommen, auf Prude zuzustürmen, sobald sie aus der Schiebetür tritt. Ich will sie herzen, umarmen und ihr so von Anfang an den Wind aus den Segeln nehmen.

Am Flughafen stelle ich den Wagen wie immer im Parkhaus ab. Wie ein Gepäckstück lasse ich mich von den Transportbändern zur Ankunftshalle befördern und warte mit einer Tüte Drops und einer Zeitung in gebührendem Abstand zur Tür. *»Hannover landed«*, blinkt es auf der Anzeigetafel, und ich mache mich langsam bereit für die herzlichste Begrüßung aller Zeiten. Erst kommen einige typische Touristen mit Golf- oder Tennistaschen heraus. Dann Prude.

Ihr Gesichtsausdruck ist kurz vor der Steinwerdung. Sie trägt eine gelbe Bluse, einen Rock aus schwerem grünem Stoff und Stützstrümpfe. Sie geht langsam, denn sie zieht zwei riesige Koffer hinter sich her. Ich falte die Zeitung zusammen und mache den ersten Schritt. Auf einmal spüre ich so etwas wie einen Magnetismus zwischen den Schuhsohlen und dem Fußboden. Eigenartig, der ist mir vorher gar nicht aufgefallen. Meine Füße scheinen festgeklebt, genauso wie damals bei dem Anthrax-Konzert, als ich eine geschlagene Stunde in einer angetrockneten Bierlache seitlich von der Bühne stand, ohne es zu bemerken. Mit einem Ruck löse ich mich und gehe extrem schnell auf Prude zu. Je schneller ich laufe, desto weniger können die Bremskräfte wirken, rede ich mir ein.

»Prudencia!«

Noch hat sie mich nicht entdeckt. Noch könnte ich einfach hinter einem der Zeitungsständer abtauchen oder in den Coffee-to-go-Shop abbiegen. Könnte behaupten, ich hätte mich mit den Ankunftszeiten vertan, sei ganz durcheinandergekommen wegen der Kinder und dem vielen Komponieren. Doch just in diesem Moment trifft mich ihr medusenhafter Blick so unvermittelt und wuchtig, dass mir die Dropstüte aus der Hand fällt. Da ist sie wieder, diese Lähmung. Meine Schritte verlangsamen sich verdächtig in Richtung Moonwalk. Ich muss aufpassen, dass ich nicht noch langsamer werde, sonst gehe ich bald rückwärts.

Prude wendet sich in meine Richtung. Auch sie läuft noch immer sehr langsam. Vermutlich weil in den Koffern an die zweihundert Tafeln Schokolade und jede Menge selbstgestrickte Pullover schlummern, des vergangenen harten Winters wegen.

Konzentrier dich. Sei gefälligst herzlich, brich den Bann. Die Liebe siegt, es wird schon gehen.

Mechanisch breite ich die Arme aus, als zöge jemand an durchsichtigen Tauen, und setze ein Ben-Affleck-Lächeln auf.

»Hola«, sagt Prude, ohne die Lippen zu bewegen.

Allerliebste Prudencia, wir freuen uns so sehr, dass du gekommen bist, und hoffen, dass es dir in unserem neuen Heim, das wir mit Liebe und Sorgfalt ausgewählt haben, auch gefällt. Herzlich willkommen auf der Insel des Lichts, der Freude und des Erbarmens. Lass dich umarmen. Das zumindest ist der Text, den ich mir auf der Autofahrt zurechtgelegt habe. Stattdessen bringe ich jedoch nur ein ebenso bauchrednerhaftes »*Hola*, Prude« heraus. Ich drücke ihr einen Kuss auf die Betonbacke, die nach ABC-Pflaster riecht, nehme die Koffer und verlasse mit ihr die Halle. Ohne Drops.

Während der Autofahrt schweigen wir. Das war abzusehen.

»In Palma haben wir eine großartige Kathedrale«, sage ich auf Spanisch in die Stille.

Prude blickt aus dem Fenster auf ein paar kaputte Windmühlen, die an der Autobahn stehen. »Du weißt schon, wo ich herkomme?«

»Ja, aus León, wieso?«

»Dann weißt du sicher auch, dass wir die schönste aller Kathedralen haben«, sagt Prude in Richtung Scheibe.

»War ja nur ein Vorschlag.«

Schwiegermütter! Wer hat die eigentlich erfunden? Letztlich sind sie nur ein finsterer Ausblick auf das, was einen in ein paar Dekaden bei der eigenen Frau erwartet. Mehr nicht. Seitdem ich Prude kenne, bin ich deswegen ein glühender Verfechter der These, dass bestimmte Eigenschaften nicht zwangsläufig genetisch weitergegeben werden müssen. Dass sie vielmehr bei einem gesunden sozialen Umfeld herauswachsen können. Alles andere wäre mein Sargnagel aus Titan.

Eigentlich habe ich mit den vielen mallorquinischen Schleichern auf der Autobahn genug zu tun. Mir kommt es so vor, als würden die Leute hier langsamer fahren als in den engen Dorfsträßchen. Geradezu lebensgefährlich ist das.

Dann sehe ich nochmals zu Prude herüber, deren Blick nun über die Felder und Wiesen schweift. Mir fällt auf, dass ihre Körperhaltung sich verändert hat. Saß sie vorhin noch wie ausgestopft da und klammerte sich an ihrer Handtasche fest, so scheint nun die Anspannung gewichen zu sein, als würde sie die ergonomischen Vorgaben eines Autositzes letztlich akzeptieren. Auch die Gesichtszüge wirken irgendwie aufgeweicht und voller Melancholie, als hätte sie im Vorbeifahren einen alten Freund wiedererkannt. Jetzt bloß diesen Moment nicht stören, er könnte sich positiv auf die nächsten Tage auswirken, denke ich, setze den Blinker links und drücke aufs Gaspedal.

In Alaró bringe ich erst Prude nach Hause und hole dann die Kinder vom Hort ab. Sophie freut sich sehr über die Ankunft ihrer Oma und fällt ihr spontan um den Hals. Gegen diesen unverfälschten Impuls ist selbst Prude machtlos. Eine weitere Last scheint von ihr zu fallen. Zum ersten Mal, seit ich sie kenne, lächelt sie. Luna dagegen hält erst mal Abstand. Dann verteilt Prude die mitgebrachten Geschenke. Kleider, allesamt handgenäht, und Süßigkeiten. Grund genug für Luna, ihre Ressentiments über Bord zu werfen.

Danach zeige ich Lucias Mutter das Haus. Sie folgt mir stumm und verweilt lange in den Räumen. Sie scheint gar nicht auf die Details zu achten, die für die anderen Gäste aus Deutschland so spektakulär sind, etwa die handbemalten Böden, die schiefen Decken mit den *vigas vistas* oder das rustikale Mobiliar. Vermutlich ist sie schon einen Schritt weiter. Für sie ist es eine nostalgische Reise in das Dorf, in dem sie selbst aufgewachsen ist und das sie vor über vierzig Jahren verlassen hat. In Richtung Hannover.

Nach der kurzen Besichtigung führe ich Prude in den Innenhof. »*Quieres un café*, möchtest du einen Kaffee?«, frage ich sie.

Sie nickt. Ich verschwinde und kredenze schnell zwei *café con leche*.

»Das Haus ist sehr schön«, sagt sie, als ich mit dem Tablett wieder nach draußen komme.

»*Si.*«

Dann schweigen wir wieder für eine Weile.

»Ich würde gerne mal durchs Dorf gehen«, sagt Prude unvermittelt, trinkt hastig aus und steht auf.

»Ja, natürlich.« Ich bin überrascht. In Köln wäre ein derartiger Alleingang undenkbar gewesen. Da hätte ich sie an die Hand nehmen und buchstäblich herumführen müssen.

»*Hasta luego.*«

Ich nutze die Gelegenheit, steige zum Garten hoch und pflücke ein paar Orangen. Jetzt, Ende April, schmecken sie am besten. In der Küche presse ich gerade den zuckersüßen Saft heraus, als Luna reinkommt. In ihren Armen hält sie ein halbes Dutzend Kleider, die Prude für sie angefertigt hat. Sie sind alle wunderschön, voller kleiner Details und handwerklicher Perfektion. Meine Tochter grinst übers ganze Gesicht und zeigt mir eins der Kleider.

»Wow, die sind aber echt toll.« Nachdenklich berühre ich den Stoff.

Ich bekomme es nicht zusammen. Wie kann jemand nur so kühl sein und gleichzeitig so kreativ und liebevoll schneidern? Ich werde Prude mal etwas auf den Zahn fühlen, wenn sie zurückkommt. Nach drei Runden Memory und einmal Esel-Streck-Dich höre ich, wie die Haustüre geht. Prude.

Zufrieden steht sie mit zwei Tüten voller Obst und Gemüse vor uns. »*Bueno*, ich habe alles gefunden«, sagt sie und klingt, als ginge es um mehr als ein paar Knoblauchzehen und Strauchtomaten. »Die Leute hier grüßen alle nett. Ich habe auf dem kurzen Weg schon mit drei Mallorquinern ein Schwätzchen gehalten. Das ist so anders als in Deutschland.«

»Da du es gerade ansprichst«, sage ich und nehme ihr die Tüten ab, »wie war das eigentlich, als du damals ausgewandert bist?«

Prude sieht mich mit großen Augen an, als hätte das noch nie jemand gefragt. »Uff, wo soll ich denn da anfangen?«

Ich zucke mit den Schultern. »Wie war es, als ihr nach Deutschland gekommen seid?«

»*Pues*, grauenhaft.« Prude schaut über die Orangenbäume hinweg in die Schäfchenwolken. »Es war 1969, zur Zeit Francos. Damals gab es kaum Arbeit in Kastilien. Pedro, mein Mann, wollte bei der Post in unserem Dorf anfangen. Erst mal schien alles zu klappen, aber dann sagten sie ihm in letzter Minute ab. Ja, und dann war da diese Organisation, die überall erzählte, man könne in Deutschland leicht Arbeit finden. Das klang nach dem einzigen Ausweg. Also zahlten wir einen kleinen Betrag, und sie kümmerten sich um

Pedros Arbeitsvertrag. Er sollte als Schweißer in einer Fabrik in Gelsenkirchen anfangen.«

»Was wusstet ihr denn zu diesem Zeitpunkt von Deutschland?«

»Nur, dass sie zwei Kriege verloren hatten. Das war alles. Wir sprachen kein Wort Deutsch, wussten nichts über Land und Leute, auch nicht über das Wetter oder das Essen. Gar nichts. Es hätte genauso gut Australien oder China sein können.« Prude schluckt und schüttelt leicht den Kopf, als könnte sie es immer noch nicht fassen. »Eines Nachts im November wurden wir dann in den Zug gesetzt. Jeder von uns hatte ein Pappschild um den Hals hängen, auf dem eine Nummer stand. Wie Vieh. Es war die Postleitzahl des Ortes, an den wir gebracht wurden. Vier – sechs – fünf – null stand auf meinem. Die Zahl werde ich nie vergessen.«

Etwas betreten blicke ich zu Boden.

»Dann sprang irgendwann ein Mann in den Zug und meinte, dass wir aussteigen müssten. Draußen war es eiskalt und so dunkel, dass die Laternen kaum dagegen ankamen. Er brachte uns zu einer Wohnung, in der wir mit drei weiteren Ehepaaren leben sollten. Wir teilten uns ein Klo mit acht Leuten. Ein italienisches Paar musste zudem durch unser Schlafzimmer, um in seines zu kommen. Duschen konnte man nur in der Fabrik.« Prude hält inne.

»Magst du vielleicht einen frisch gepressten Orangensaft?«, frage ich.

»*No, gracias*. Doch das Schlimmste war das Essen.« Prude lacht heiser. »In der Fabrik gaben sie uns verwässerte Kartoffelsuppe. So etwas Grauenhaftes hatte ich noch nie zuvor gegessen. Außerdem ging für Nahrungsmittel viel von unserem Lohn drauf. Damals kannte man in Deutschland noch keine Auberginen, Zucchini und Melonen. Auch Paprika und Knoblauch waren so gut wie nicht zu kriegen.« Prude schaut auf die Einkaufstüten. »Es war entsetzlich. In den ersten Wochen habe ich fast jede Nacht geweint, während Pedro neben mir schlief, erschlagen von der harten Arbeit.«

»Und die Deutschen? Wie waren die Leute?«

»*Pues*, wir konnten uns mit ihnen nur über einen der Italiener verständigen. Er sprach etwas Deutsch und übersetzte. Ohne ihn wären wir verloren gewesen. Und die Deutschen ... sie behandelten uns stets sehr korrekt, aber nicht herzlich. Aus einigen Bars wurden wir sogar hinausgeworfen, weil wir Ausländer waren. Aber das war wirklich unser geringstes Problem. Dann bekam Pedro ein Angebot aus Hannover, und wir zogen dorthin. Ich fand dort bald eine Arbeit als Näherin.«

»Wolltet ihr nicht sofort umkehren, sobald sich die Lage in Spanien etwas verbessert hatte?«, frage ich.

»*Por supuesto*, natürlich! Aber dann kam Lucia zur Welt. Zudem starb Franco und hinterließ in unserer Heimat einen Trümmerhaufen. An eine Rückkehr war damit erst mal nicht mehr zu denken. Und dann ... dann wurde Pedro krank und starb.«

Luna setzt sich auf Prudes Schoß. Sie hat eins der neuen Kleider an.

»Was ich am meisten über all die Jahre vermisst habe, sind die Leute hier. Das Leben auf der Straße. Die Gemeinschaft. In Deutschland verschanzen sich alle immer gleich nach der Arbeit.«

»Das kann man ihnen bei dem Wetter nicht verübeln.«

»Vielleicht nicht, schade ist es trotzdem.« Prude küsst Luna auf die Backe. »Mit der Zeit sehnte ich mich immer mehr nach Spanien. Es ist wie bei einer Beziehung. Je länger sie zurückliegt, desto mehr überwiegen in Gedanken die Vorzüge, die guten Zeiten. Andersherum wird es vermutlich genauso sein. Du wirst dein Heimatland auch vermissen.«

»Ja, das tue ich, oft sogar. Aber genauso oft fehlt es mir überhaupt nicht.« Ich lächele und bin froh, dass ich einfach mal nachgefragt habe.

Die Haustür geht auf. Lucia kommt heute etwas früher nach Hause. Wegen Prude und weil ich sie darum gebeten habe. Die Zwillinge stürmen sofort auf sie zu, um ihr Prudes Geschenke und die Kleider zu zeigen.

Mit einem kurzen, straffen Ruck zieht Prude ihren Pullover nach unten, steht auf und geht auf Lucia zu. Es ist vielleicht das dritte oder vierte Mal, dass ich die beiden zusammen sehe. Sie haben so gar nichts gemeinsam. Nur im Schweigen ähneln sie sich. Aber schweigen tun sie eigentlich nur, wenn sie gemeinsam in einem Raum sind. Sie drücken sich kurz.

»Wie war dein Flug?«

»Gut.« Prude holt einen weiteren Stapel Kleidung aus ihrem Koffer. Es sind Blusen, Hemden und Hosen für Lucia, handmade by Prudencia.

»Danke«, sagt Lucia. »Ich probiere sie später an. Jetzt will ich erst mal wissen, was die Kinder für tolle Sachen bekommen haben.«

»*Vale*«, sagt Prude leise.

Während Sophie in einem Bilderbuch blättert, streift sich Luna ein Kleid nach dem anderen über und dreht wacklige Pirouetten.

»Mensch, das sind ja tolle Kleider«, sagt Lucia.

Prude steht hinter den beiden. Die Szene hat ihr ein friedliches Lächeln aufs Gesicht gezaubert. Ein bei ihr selten gesehener und dennoch sehr vertrauter Gesichtsausdruck. Zu meiner Verblüffung spüre ich, wie mir automatisch das Herz aufgeht. Es ist Lucias Lächeln.

»Äh, Prude?«, sage ich spontan, »magst du morgen Abend mit zu meinem Konzert kommen? Ich spiele mit einem mallorquinischen Freund im Dorftheater.«

»*Si*, ich komme gerne.«

Na also, denke ich, als ich abends im Bett liege. Der erste Tag war doch gar nicht mal so schlecht.

Als ich am nächsten Abend auf das Theater zugehe, stehen schon ein paar Leute davor.

»Viele werden nicht kommen«, hat Jaume bei der letzten Probe gesagt. »Für die meisten ist der Weg aus Palma zu weit, und die Dorfbewohner sitzen lieber auf der Plaza, sobald der Winter vorüber ist.«

»Was soll's, wir spielen ja auch für uns und den Blues und überhaupt ... Wenn hier schon ein Theater rumsteht, das man einfach benutzen kann, dann muss man es auch tun.«

Vor dem Eingang sitzt Joan Carles aus der *ferreteria*.

Ich bin erstaunt und erfahre, dass er der Präsident des hiesigen Musikvereines ist.

Als ich den kleinen Saal betrete, ist Jaume bereits auf der Bühne und spielt sich warm. Er trägt ein schwarzes, weit aufgeknöpftes Hemd, eine schwarze Lederhose und Cowboystiefel made in Alaró. Ich dagegen laufe in einer Freizeithose (nicht dem Kneifer!), einem Kermit-der-Frosch-T-Shirt und Sneakers auf.

»Ach, Jaume, *señor ironman*«, begrüße ich ihn.

»*Qué?*« Jaume lacht zurück und lässt die Brustmuskeln auf und ab hüpfen.

»Sieh uns an, Kraut und Rüben«, sage ich. »Vielleicht hätten wir uns wegen der Kleiderordnung absprechen sollen.«

»Ach was, komm schon. Stöpsel die Klampfe ein und los geht's.«

Wir spielen ein wenig, und kurz darauf ist der Sound abgestimmt. Das ist der große Vorteil bei einem Duo. Nur noch zwanzig Minuten bis zum Konzertbeginn. Mein Puls jagt.

Schließlich verschwinden wir in dem kleinen Ankleideraum hinter der Bühne. Jaume knipst das Licht an. Ein Spiegel, ein paar aufeinandergestapelte Getränkekisten und ein olles Sofa. Nichts, was einen noch irgendwie ablenken könnte. Nach zehn Minuten öffne ich behutsam die Tür und riskiere einen Blick in den Zuschauerraum. Zu meiner Überraschung hat sich der kleine Saal schnell gefüllt. Einige mir unbekannte Frauen warten aufgebrezelt und schmachtend in der ersten Reihe. Jaume hat seine Fans mitgebracht. Oder seine Verflossenen. Oder beides.

»Jaume«, flüstere ich.

Er betrachtet sich gerade im Spiegel und wuschelt sich mit beiden Händen durch die kurzen Haare. »*Si?*«, sagt er.

»Da draußen warten jede Menge gefährliche Raubtiere Mitte dreißig.«

»*Si, claro*, ich habe auf Facebook eine Einladung herumgeschickt, an alle.«

»Na, dann lass uns mal rausgehen und aus dem Theater ein Baumwollfeld am Mississippi machen.«

»*Venga, tío*, auf geht's«, sagt Jaume und klatscht in die Hände.

Eine kurze, feste Umarmung – die Betonung liegt auf fest –, dann gehen wir raus.

Als wir die Bühne betreten, bricht tosender Beifall los. Die gut einhundert Leute klingen wie tausend. Als wir auf die beiden Hocker zusteuern, kommt es im Saal zu einer kleinen Völkerwanderung. Die Frauen aus Palma zieht es geschlossen zu Jaume hinüber, dem sie unablässig winken und Handküsse zuwerfen. Vor meinem Platz postieren sich im gedimmten Licht dagegen Lucia, Prude und die Kinder. In der zweiten Reihe erkenne ich Wolfgang, Marta und Magdalena sowie einige der englischen Eltern, die meinen schnell gebastelten Flyer am Tor zum Hort entdeckt haben müssen. Weiter hinten, gleich neben dem Notausgang, sitzt Howard auf drei bis vier Stühlen. Zu meiner Überraschung entdecke ich auch Silvia aus dem Hotel. Sie ist nicht allein. Neben ihr steht ein sympathischer, kahlköpfiger Mann.

»Das gibt's doch nicht! Was machst du denn hier?«, rufe ich von der Bühne herunter.

Jochen kommt lachend nach vorne. »Meinst du, ich würde mir entgehen lassen, wenn du dir im Dorf die letzten Sympathien mit diesem grausamen Jammerblues verspielst? Außerdem wollte ich Silvia mal wiedersehen …«

»Verstehe. Jedenfalls schön, dass du da bist. Wir sehen uns nach dem Konzert, okay?«

Jochen nickt.

Ich schnappe mir die Gitarre und setze mich auf den Hocker. Jaume hält eine kurze Ansprache auf Mallorquí, von der ich so gut wie nichts verstehe. Eine

Frau kreischt. Gelächter. Dann nickt er mir zu. Mein Zeichen.

Mit Muddy Waters' Alltime-Klassiker »Hoochie Coochie Man« wärmen wir uns und das Publikum ein wenig auf. Das Riff scheppert knochig und klar durch den Saal und wird selbst von jenen wiedererkannt, für die Blues ein langsamer Tanz mit vorspielhaftem Körperkontakt ist oder gar eine Londoner Fußballmannschaft. Jaume kommt richtig in Fahrt. Mit einem seiner besten Harpsolos, bei dem er das Instrument fast zu essen scheint, erntet er einen Sonderapplaus.

Dank Robert Johnsons »Crossroad Blues« und einigen weiteren Midtempo-Knallern halten wir das Publikum bei Laune. Gegen die wiederkehrenden Harmonien im Blues ist nun mal kein Kraut gewachsen, und irgendwann springt der Funke auf alle über. Alles nur eine Frage der Zeit. Aus Wippen wird Schunkeln. Aus Schunkeln wird Tanzen. Aus Tanzen wird Singen.

Bald läuft Jaume der Schweiß in Strömen über den Körper. Er singt leidenschaftlich. Damit kompensiert er seinen spanischen Akzent, der für den einen oder anderen Puristen sicher eine Zumutung wäre. Bei »Sweet home Chicago« tanzt der ganze Saal. Prude wippt selbstvergessen, und hinten hat sich sogar Howard erhoben und singt lauthals mit.

♬ *»Ohoo-oo, baby don juan a go.«* ♬ Jaume ist auf dem Höhepunkt angelangt. Es folgt ein letzter Turnaround und danach ein langes Schrummeln zum Finale, bei dem Jaume in der Kopfstimme unfassbare Jodler intoniert. Der finale Anschlag. Dann ist es vorbei. Tosender Applaus bricht los.

Jaume kommt auf mich zu, legt mir einen eisernen Arm um die Schulter und zieht mich an sich heran.

Den anderen Arm in Richtung Publikum ausgestreckt, formt er mit den Fingern das Victory-Zeichen. Ich sehe zu ihm hinüber. Einer der Scheinwerfer ist genau auf sein Gesicht gerichtet und ich sehe die Schweißperlen, die ihm über die Stirn laufen. Immer wieder walkt er mit der aufliegenden Hand meinen Nacken. Das ist sicher als Aufmunterung gedacht oder seine persönliche Art, Danke zu sagen, doch ich muss kurz aufpassen, um nicht vor Schmerzen auf einer Seite einzuknicken. Endlich lässt er von mir ab. Ich lasse den Blick übers Publikum schweifen, betrachte die vielen Armpaare über den Köpfen. Einige Leute singen: »*Otra, otra*, Zugabe, Zugabe.« Das lange, rhythmische Klatschen der Zuhörer wirkt hypnotisierend auf mich. Stück für Stück führt es mich weg von der Bühne, in einen inneren Raum, in dem es klingt wie ein aus der Ferne tickendes Metronom.

Fast zwei Jahre sind wir jetzt hier. Eine nicht immer einfache Zeit. Erst der kurze, dafür aber schmerzvolle Abschied aus Deutschland. Die Auflösung der Firma. Berufliche Unwägbarkeiten. Dann die laute Stadtwohnung und der Ärger mit Pau. Lucias neuer Job, die schreienden Kinder. Schließlich das Dorf mit dem Geisterhaus. Der fiese Winter. Die mürrischen Nachbarn. Das Ungeziefer. Heimweh.

Doch das sind nur ein paar Blüten, die die Insel getrieben hat. Mallorca kann viel mehr sein, wenn man es lässt. Eine Frau, auf der schon viele drauf waren, das Epizentrum des abgeschmackten Tourismus, das herrlichste Eiland auf der ganzen Welt, ein vielseitiges Wanderparadies oder ein bezahlbarer und gut zu erreichender Kompromiss für den Familienurlaub. Doch vor allem ist die Insel eins: eigen. Sie ist nicht ganz spanisch und schon gar nicht deutsch, vor allem aber gar nicht schlecht. Ich persönlich betrachte die beiden Jahre als Übergang. Von schnell zu langsam, von nass zu trocken, von flach zu bergig, von konzentriert zu zerstreut, von unverbindlich zu verbindlich, was Lucia und die Kinder betrifft, und von verbindlich zu unverbindlich in Bezug auf alle anderen.

Komponiert man einen Song, dann sind die Übergänge immer am schwersten. Ganze Teile, etwa die Strophen oder der Refrain, mögen in sich stimmig und wunderschön sein, aber einen Übergang zu schaffen, der sanft von einem Teil zum anderen überleitet, ohne aufdringlich, konstruiert oder banal zu wirken, ist die eigentliche Kunst. So schwer und unmöglich die Übergänge und Wechsel sich auch anfühlen müssen, sie sind die eigentlichen Herausforderungen, auf die wir später voller Wonne und Glück zurückblicken. Im Song unseres Lebens.

Joan Carles schaltet das Saallicht an. Es ist, als hätte ein Hypnotiseur auf null gezählt. Erst jetzt merke ich, dass ich die Gitarre die ganze Zeit wie einen Speer über den Kopf gehalten habe.

Jaume dreht sich zu mir um. »Wie wär's, wenn ich euch vier mal zu mir nach Hause zum Essen einlade? Ich koche ganz gut«, sagt er augenzwinkernd.

»Wird aber auch Zeit, wir kommen gerne«, sage ich.

Lucia stellt die Kinder auf die Bühne.

Luna und Sophie klammern sich umgehend an meine Beine und rufen: »Papi, Papi!«

»Ja«, sage ich und stelle die Gitarre ab. »Lasst uns noch ein bisschen zusammen mit Jaume, Jochen und Prude feiern. Danach gehen wir nach Hause, okay?«

»Für Bluesgejammer war das gar nicht mal so

übel.« Jochen ist mit Silvia zur Bühne gekommen. »Ich bin fast ein bisschen traurig, dass euer Konzert schon vorbei ist.«

»Das Konzert ist zwar vorbei«, sage ich, hüpfe von der Bühne und hebe die Zwillinge sachte herunter, »aber irgendwas sagt mir, dass alles andere genau in diesem Moment erst richtig anfängt.«

Ich lege einen Arm um Lucia, den anderen um Jochen, und so schlendern wir gemütlich aus dem Theater, wobei ich ganz leicht ihre Nacken walke.

Danksagung

Fast alle dieser Geschichten sind tatsächlich passiert. Einige wurden allerdings gestreckt oder zusammengeschoben, wieder andere um ein fiktives Detail oder eine ausgedachte Person ergänzt. Genau diese fiktiven Details, Personen und Begebenheiten, die es so nie gegeben hat, machen *Papa ante Palma* zu einer fiktiven Erzählung. Daher muss gesagt werden: Alle Namen, Personen und Orte sind rein zufällig gewählt.

Dank an die grandiosen Erzähler und Freunde Anselm, Leo, Jean und Götz für ihren fachkundigen Rat und ihre stete Aufmunterung. Dank an Ann-Kathrin für ihren unerschütterlichen Mut, dieses Buch möglich zu machen. Ulrike sei gedankt für die verlagsseitige Unterstützung sowie Angela für ihr formidables Lektorat. Dank auch an Claudio und Holger für ihre Freundschaft und Inspiration auf Mallorca. Meinen Eltern danke ich für ihre endlose Geduld und ihren Humor (als Papa weiß ich das heute mehr denn je zu schätzen). Und meinen Kindern danke ich jetzt schon dafür, dass wir irgendwann zusammen über dieses Buch lachen können. Hoffentlich.

Dolce Vita an der Isar

Angela Troni

RISOTTO MIT OTTO

Ein italienisches Jahr in München

ISBN 978-3-548-37375-1
www.ullstein-buchverlage.de

Die italienische Studentin Angela verlässt für ein Jahr den Schoß ihrer *grande famiglia* und landet nicht wie von Papa geplant bei dem vertrauenswürdigen Signor Colluti, sondern mitten in einer Münchner Männer-WG. Angelas südländisches Temperament wird in der Fremde auf eine harte Probe gestellt. Ein putzwütiger Mitbewohner, ein Frauenheld und ein waschechter Bayer machen ihr das Leben schwer. Als dann auch noch die Sache mit Signor Colluti auffliegt, kommt *mamma* Raffaella angereist – und damit ist das Chaos perfekt!

US377

ullstein